ALEXIS HARRINGTON

# Heimkehr am Morgen

amazon crossing

## Das Buch

Oktober 1918. Auf dem Weg von New York nach Seattle macht Jessica Layton in ihrer Heimatstadt Powell Springs in Oregon Station. Dort begegnet sie Cole Braddock, ihrer längst verflossenen ersten und einzigen Liebe. Inzwischen ist Jessica eine hochqualifizierte Klinikärztin, die in Kürze eine interessante neue Stelle in Washington antreten wird, und Cole ein erfolgreicher Pferdezüchter, der ihrer Schwester Amy den Hof macht. Obwohl beide überzeugt davon sind, über ihre Jugendliebe und den Schmerz, als sie zerbrach, hinweggekommen zu sein, sind sie froh, dass Jessicas Kurzbesuch wenig Gelegenheit bieten wird, alte Wunden aufzureißen. Doch bevor Dr. Layton die Stadt verlassen kann, wird Powell Springs von der Grippeepidemie heimgesucht, die im ganzen Land grassiert. Da keine anderen Ärzte zur Verfügung stehen, muss Jessica in Oregon bleiben und sich um ihre Freunde und ehemaligen Nachbarn kümmern. Durch ihre Arbeit kommt sie ständig mit Cole Braddock in Kontakt, der immer mehr daran zweifelt, dass die sanftmütige Amy den Platz ihrer Schwester in seinem Herzen einnehmen kann. Vor dem Hintergrund des Ersten Weltkriegs und der Spanischen Grippe von 1918 ist *Heimkehr am Morgen* eine mitreißende Geschichte von Verrat, gebrochenen Herzen und Versöhnung.

## Die Autorin

Alexis Harrington ist die preisgekrönte Autorin von über einem Dutzend Romanen, darunter der internationale Bestseller *The Irish Bride*. Nach zwölfjähriger Tätigkeit in einem Ingenieurbüro wechselte sie das Metier und begann hauptberuflich zu schreiben. In ihrer Freizeit fertigt sie gern Schmuck, macht Handarbeiten, kocht und bewirtet Gäste. Sie lebt unweit des Columbia River im Pazifischen Nordwesten, wo sie auch geboren und aufgewachsen ist, zusammen mit vielen Tieren, die alles tun, um sie von der Arbeit abzuhalten.

ALEXIS HARRINGTON

# Heimkehr am Morgen

Roman

Übersetzt von Christa Prummer-Lehmair

amazon crossing

Dieses Buch erschien 2011 unter dem Titel
»Home by Morning« bei Montlake Romance, Las Vegas.

Deutsche Erstveröffentlichung bei AmazonCrossing,
Luxembourg, April 2013
Copyright © der Originalausgabe 2010
by Alexis Harrington
All rights reserved.

Copyright © der deutschsprachigen Ausgabe 2013
by Christa Prummer-Lehmair

Umschlaggestaltung: bürosüd° München, www.buerosued.de
Lektorat: Waltraud Ries
Satz: Monika Daimer, www.buch-macher.de
Printed in Germany
by Amazon Distribution GmbH, Leipzig
ISBN 978-1-477-80527-5

www.amazon.com/crossing

*Für die Jungs*

# Kapitel 1

**Oktober 1918**
**Powell Springs, Oregon**

Als der Neun-Uhr-zehn-Zug in den Bahnhof von Powell Springs tuckerte, spähte Jessica Layton angestrengt durch das schmutzige Fenster.

Sie war zu Hause. In ihrer Heimatstadt – obwohl sie sich geschworen hatte, niemals hierher zurückzukehren.

Der Zug kam zum Stillstand, und sie hörte Jubelrufe. Durch die trübe Scheibe sah Jessica ein dichtes Menschengedränge im Morgensonnenschein.

Samstags herrschte immer Trubel in der Stadt, aber was sich hier abspielte, ging über das übliche Treiben hinaus.

Überall Fahnen, an Masten und Häuserfronten, und auch die Menschen wedelten mit Fahnen und hielten Plakate hoch. Von manchen starrte Uncle Sam mit strenger Miene aus der fröhlichen Menge, auf anderen standen Schlachtrufe wie: »Nieder mit den Deutschen!«

Kinder lachten. Lächelnde Frauen schwenkten Taschentücher, während sich in dem dichten Gewühl aus Pferden, Wagen und

Menschen jeder einen möglichst guten Blick auf das vorbeiziehende Spektakel zu verschaffen versuchte.

Als Jess auf den Bahnsteig trat, die schwarze Ledertasche fest im Griff, schmetterte die örtliche Blaskapelle eine kümmerliche, aber so ohrenbetäubende Version von »Stars and Stripes Forever«, dass es Jess schier zurück in den Zug blies.

Zwar sah sie die Rückkehr in die vertraute Umgebung mit gemischten Gefühlen, dennoch empfand sie eine unerwartete Nostalgie, die noch verstärkt wurde durch den Geruch nach Herbst in der Luft und die frische, klare Brise, nachdem sie eine Woche in einem Pullmanwagen eingesperrt gewesen war.

Ihre Schwester Amy sollte sie abholen, in ihrem Telegramm an Jessica hatte sie allerdings keine Parade erwähnt; von Amy war keine Spur zu sehen.

Jessica beauftragte einen betagten Gepäckträger, den Transport ihrer Koffer ins Hotel zu arrangieren, dann bahnte sie sich ihren Weg durch die Zuschauer, die wie Hühner in einem überfüllten Stall drängelten und schubsten. Beim Aufblicken sah sie, wie ihre Schwester vorbeifuhr und dabei lächelnd in die Menge winkte, eher wie eine Königin in einer Sänfte als eine ganz normale Frau von nebenan in einem robusten Fuhrwerk. Neben ihr saßen mehrere Personen, die Jess nicht kannte. Überrascht winkte Jess zurück, obwohl ihr bewusst war, dass Amy sie nicht sehen konnte. Die Parade führte an der Lagerhalle vorbei, um die Pferdetränke herum, wo nun eine plumpe Nachbildung der Freiheitsstatue stand, und bog dann nach links in die Hauptstraße ab.

Jess wandte sich an die Frau neben ihr und fragte: »Was ist hier denn eigentlich los?«

Als die Frau sich zu ihr drehte, erkannte Jess Susannah Braddock, die übers ganze Gesicht strahlte. »Jessica!« In ihrer Begleitung befanden sich ein schlaksiger Mann um die dreißig und zwei kleine Jungen.

»Susannah, du siehst großartig aus.« Tatsächlich fand Jess, dass Susannah ein bisschen schmal wirkte und einen müden Zug um die Augen hatte. Sie trug ihr schwarzes Haar immer noch in langen, glänzenden Locken, die nur von zwei Schildpattkämmen gebändigt wurden. Das dunkle Haar und die dunklen Augen verliehen ihr etwas Exotisches.

»Wie schön, dich wiederzusehen«, sagte Susannah und deutete dann auf die Straße.

»Das ist eine Werbekampagne für den Kauf von Kriegsanleihen. Der Sohn von Bürgermeister Cookson trägt bereits Uniform und kommt als Ehrengast.«

»Wirklich?« Der kleine Eddie Cookson war schon alt genug, um Soldat zu sein?

Susannah ergriff Jess' behandschuhte Hand. »Ich bin froh, dass du wieder da bist, wenn auch nur für eine Weile. Eigentlich hätten wir gar keine Zeit für einen Besuch in der Stadt, aber ich war schon seit Wochen nicht mehr hier, und es tut gut, mal von der Farm wegzukommen. Außerdem wollten die Jungs die Parade sehen.« Sie nickte zu den beiden Jungen, die sich für eine bessere Sicht nach vorn durchgeschlängelt hatten. Dann wandte sie sich ihrem Begleiter zu.

»Jess, das ist Tanner Grenfell. Er und seine beiden Neffen sind vor ein paar Jahren gekommen, um uns bei der Arbeit zu helfen.«

Der mittelgroße Mann mit sandfarbenem Haar tippte sich an die Hutkrempe. »Ma'am.«

»Wir wüssten nicht, wie wir ohne ihn auskämen, jetzt wo Riley im Krieg ist. Tanner kann fantastisch mit Pferden umgehen. Das muss sogar Cole zugeben, und der kann ziemlich pingelig sein.«

Das wusste Jess nur allzu gut, sehr viel besser, als Susannah es sich vorstellen konnte.

»Aber Miss Susannah ...« Tanner errötete, doch Jess sah ihm an, dass er sich über Susannahs Lob freute. In dem Blick, mit dem er sie bedachte, lag aufrichtige Zuneigung, was Jessica nicht entging.

Schulkinder, die das beliebte Kriegslied »Over There« sangen, radelten vorbei, die Speichen ihrer Fahrräder mit Bändern aus Kreppapier umwickelt. Sie führten die restliche Wagenkolonne an, darunter eine Frau auf der Ladefläche eines Fuhrwerks, die

»You're a Grand Old Flag« auf einem Klavier hämmerte, diverse Reiter und ein Planwagen mit johlenden Suffragetten. Das Ergebnis war eine regelrechte Kakofonie, doch der Jubel, der plötzlich weiter hinten in der Zuschauerreihe erscholl, übertönte sämtliche Dissonanzen und auch so gut wie alles andere.

»Da kommt Eddie!«

»Ich sehe ihn! Er gibt einen prächtigen Soldaten ab!«

Der am kunstvollsten dekorierte Festwagen kam in Sicht, mit Wimpeln und mehreren Sternenbannern geschmückt. An die Wagenseiten hatte man Plakate genagelt, die zum Kauf von Kriegsanleihen aufriefen. Jetzt wurden das Beifallsgeschrei und der Jubel um Jess herum noch lauter. Sie hätte Bürgermeister Cooksons Sohn nicht wiedererkannt, einen rotwangigen, mageren Achtzehnjährigen, der trotz seiner steifen Armeeuniform sehr jung und schüchtern wirkte. Er war umringt von anderen Auserwählten, die man für den unverkennbaren Höhepunkt der Parade auserkoren hatte. Die Menschen stürzten sich auf ihn, um ihm die Hand zu schütteln und viel Glück in Europa zu wünschen. Er ließ keine Hand aus, die sich ihm entgegenstreckte. Der Applaus und der Wirbel um seine Person ließen ihn bis zum Haaransatz erröten. Er musste schwitzen in dem dicken, khakifarbenen Wollstoff, denn von ihrem Platz aus sah sogar Jess, dass sein Gesicht vor Schweiß glänzte. Kreischende Mädchen am Straßenrand vergaßen jeden Anstand und warfen Papierblumen und die letzten Spätsommerrosen aus dem Garten. Er grinste dümmlich.

Nachdem Sheriff Whit Gannon als Letzter der Parade vorbeigeritten war, strömten die Zuschauer vom Gehweg auf die Straße, um der Wagenkolonne zu folgen und weiterzufeiern.

Tanner und Susannah liefen hinter Josh und Wade in Richtung von Eddies Wagen. Über die Schulter rief Susannah Jessica zu: »Jessica, du musst mal zu uns zum Essen kommen, während du hier bist!« Dann verschwand sie mit Tanner in der Menge.

Jess blieb bei einigen Bekannten stehen, die sie herzlich zu Hause begrüßten und ihre Hoffnung ausdrückten, sie würde nun für immer bleiben.

Überwältigt von ihrem Überschwang hatte Jess keine Gelegenheit – oder nicht den Mut – ihnen zu sagen, dass sie nur ein paar Tage auf dem Weg nach Seattle hier Station machte.

Plötzlich drangen von weiter vorn aufgeregte, besorgte Rufe zu Jessica. Das hintere Ende der Parade kam zum Stillstand und Sheriff Gannon lenkte sein Pferd durch die verwirrten Zuschauer zum Ort des Geschehens. Jess folgte in seinem Windschatten, denn es klang, als ob etwas Ernstes passiert sei. Jemand hatte sich verletzt oder war krank.

»Granny Mae! Hol doch jemand Granny Mae!«, befahl eine energische Stimme, und Jessica bekam einen Kloß im Hals, als sie ihren Besitzer erkannte. Es war Cole Braddock. Sie hatte gewusst, dass sie ihm begegnen würde, aber sie hatte gedacht, sie wäre dann besser darauf vorbereitet.

»Es ist Eddie«, sagte ein anderer. »Ist einfach vom Wagen gefallen, als wäre er ohnmächtig geworden oder so.«

Als Jessica sich an einem Zuschauer vorbeidrängte, der ihr im Weg stand, sah sie, wie Cole Eddie auf seine Schulter hievte und ihn zu Granny Maes Café auf der anderen Straßenseite trug. Sie heftete sich an seine Fersen, die schwarze Tasche immer noch fest im Griff.

Beim Eintreten schlug ihr die vertraute Duftmischung aus Gewürzen und anderen kräftigen Aromen entgegen.

Jess bahnte sich ihren Weg durch das dicht gefüllte winzige Lokal zu Eddie, der bereits wieder auf den Beinen war, wenn auch noch ein bisschen wackelig.

Dann glitt ihr Blick zu Cole. In diesem Augenblick verschwamm alles um sie herum, und die Erinnerungen rissen sie mit wie ein tosender Fluss. Sie sah nur noch ihn. Sein Haar, das er immer noch kinnlang trug, die gerade Nase und den festen Mund, die Haltung seiner Schultern.

»Mae!«, brüllte Cole. »Wo zum Teufel ist Mae? Eddie Cookson ist ohnmächtig geworden und vor meiner Schmiede vom Wagen gekippt.«

Eddie, der bleich und benommen wirkte, hatte vom Sturz eine klaffende Wunde auf der Stirn. Jess' Aufmerksamkeit wandte sich automatisch dem Patienten zu. »Lass mich das mal ansehen.« Coles Blick traf sie, und ein Zittern ging ihr durch und durch. Er musterte sie kühl wie ein Fremder von Kopf bis Fuß, ehe er sich abwandte.

»Will hier jemand was von mir?« Eine wettergegerbte, spindeldürre Frau kam aus der nach hinten liegenden Küche. Sie hatte ihr graues Haar zu einem unordentlichen Knoten hochgesteckt, und ihr längliches Gesicht war zerfurchter als ein Pfirsichkern. Auf einer großen Kochgabel hatte sie einen rohen Rinderbraten aufgespießt. »Was zum Teufel habt ihr alle hier drin zu suchen?« Beiläufig wischte sie sich eine Hand an der blutbespritzten Schürze ab.

Cole ließ Jess stehen und zog Eddie mit sich. »Ihm sind einfach die Beine weggeknickt, Mae. Er ist zusammengeklappt wie ein Papierschirm.«

»Vielleicht bin ich auch nur über meine eigenen Beine gestolpert«, meinte Eddie halbherzig.

Die alte Frau musterte den jungen Soldaten flüchtig. »Bring ihn nach hinten, damit ich ihn mir näher ansehen kann.« Dann verkündete sie lauthals, ohne ein Fünkchen Rücksicht auf seine Intimsphäre oder Würde: »Er braucht wahrscheinlich nur eine ordentliche Dosis Bittersalz, um ihn gründlich durchzuputzen. So ein verstopfter Darm kann ganz schön Probleme machen, ihr würdet es nicht glauben.« Mae, Eddie und Cole steuerten auf die Küche zu.

»Du lieber Himmel, das kann sie doch nicht ernst meinen«, murmelte Jess. Sie ignorierte das kleine, fliegenverklebte »Zutritt verboten«-Schild neben der Küchentür und schob die Schwingtür auf.

Am Fenster unterzog Mae Eddie einer kurzen Untersuchung, während Cole ihn auf den Beinen hielt, dann gab sie zwei gehäufte Esslöffel voll weißer Kristalle in ein Glas Wasser. »Es schmeckt nicht gerade gut, aber wenn du es in einem Schwung hinunterschluckst ...«

»Eddie Cookson, du wirst nichts dergleichen tun!«, fiel ihr Jess ins Wort und sie trat zu den dreien. Aus der Nähe wirkte Eddie trotz seiner militärischen Aufmachung sogar noch jünger.

Sie streckte die Hand aus und drehte seinen Kopf am Kinn zu sich. Dabei fiel ihr auf, was der alten Frau ganz offensichtlich entgangen war. Glasige Augen. Verschwitzt und blass. Feuchtes Haar. Das konnte man nicht als »Verstopfung« abtun. Von der Wunde auf der Stirn tröpfelte Blut über die Wange, und seine Haut war unter ihrer Berührung merkwürdig klamm. »Wie fühlst du dich?«

»Ich habe schon den ganzen Tag Kopfschmerzen, aber ansonsten ging es mir heute Morgen beim Aufwachen noch ganz gut, Ma'am. Dann, nach der Parade, na ja, ich weiß nur noch, dass ich auf einmal auf dem Boden lag. Mir ist nur irgendwie ... schwummrig.«

»Genau dafür ist das Salz ja da! Wenn einem schwummrig ist!« Mae rührte unverdrossen weiter, um das Salz im Wasser aufzulösen, jetzt mit grimmiger Erbitterung.

Jess musste sich zurückhalten, um nicht mit den Zähnen zu knirschen. »Nein, keineswegs. Hier geht es nicht um ein Verdauungsproblem. Er braucht medizinische Hilfe, Mae.« Sie wusste zwar, dass auch viele ausgebildete Ärzte bei einer Vielzahl von Leiden auf Darmreinigung setzten, hielt selbst jedoch nichts von dieser Methode. Sie deutete auf die Dose mit dem Bittersalz. »Das wird ihn nur schwächen.«

Als Mae sich ihr zuwandte, hatte sie einen hämischen Ausdruck im Gesicht, der noch verstärkt wurde durch ihre hoch angesetzten Nasenlöcher. »Ach, papperlapapp, *Doktor* Layton. Ich habe mich um die Leute schon gekümmert und ihnen Medizin verabreicht, bevor Sie geboren wurden.«

»Das ist noch lang kein Grund, es auch weiterhin zu tun.« Wieder nahm sie Eddies Kinn und drehte sein Gesicht zu der alten Frau. »Er muss gründlich untersucht werden, und außerdem muss diese Wunde versorgt werden.«

Mae schnaufte ungehalten auf. »Ich habe vor Ihrem Vater nicht klein beigegeben, Miss, und ich werde mir auch von Ihnen keine Vorschriften machen lassen. Haben Sie das Schild an der Tür nicht gesehen? Gäste haben in der Küche nichts verloren.«

»Aber der *Hund* schon?« Jess deutete auf die flohverseuchte, gescheckte Promenadenmischung, die vor dem Fenster in der Sonne lag und an einem Knochen nagte. Das Tier setzte sich auf und kratzte sich heftig hinter einem Ohr, woraufhin ein Gestöber aus Haaren durch die Luft schwirrte. »Wo das Essen gekocht wird?«, fügte sie mit einem angewiderten Schaudern noch hinzu.

Granny Mae bedachte sie mit einem säuerlichen Blick und drückte Eddie das Glas in die Hand. »Trink das. Runter damit.«

In schierer Verzweiflung wandte sich Jessica hilfesuchend an Cole. »Lieber Himmel, Cole, du bist doch nicht etwa ihrer Meinung, oder?« Von der Arbeit in der Schmiede roch er nach der altvertrauten Mischung aus Holzrauch, Pferden und poliertem Metall.

Eddie wartete auf eine Entscheidung. »Mein Hals fühlt sich an wie mit einer alten Raspel bearbeitet, und mein Kopf ...«

Coles Miene entspannte sich, und schließlich schüttelte er den Kopf. »Nein. Du solltest ihn dir ansehen, Jessica«, meinte er widerwillig.

Granny Mae straffte beleidigt die Schultern. Jess hätte schwören können, dass sie die betagten Gelenke quietschten hörte wie eine rostige Schubkarre. »Aber ganz bestimmt nicht in meiner Küche. Raus hier, und nimm alle mit.« Sie schnappte sich das Glas in Eddies Hand.

»Ach verdammt, Mae ...«

»Schon gut, Cole.« Jessica beäugte erneut den Hund und das rohe Fleisch auf dem Tisch. »Hier drin ist es sowieso nicht hygienisch.«

Mae rümpfte die Nase und gab einen unverständlichen, empörten Laut von sich.

Die drei gingen zurück ins Café, vorbei an den neugierigen Gästen.

Inzwischen war Amy ebenfalls eingetroffen und stand neben einem Tisch, die Hände zu einer festen Faust verschränkt.

Nun ganz Ärztin drückte Jessica ihr nur einen flüchtigen Kuss auf die Wange. Die Patienten kamen zuerst. »Amy, weißt du einen Ort, wo ich diesen jungen Mann behandeln kann?«

»Vielleicht lässt uns meine Vermieterin Mrs. Donaldson ihre Küche benutzen. Sie ist so eine freundliche Seele.«

Cole trat näher. »Nein. Ich habe den Schlüssel zur Arztpraxis neben der Schmiede. Die steht sowieso leer, bis der neue Doktor kommt.« Er wühlte in der vorderen Hosentasche und zog einen Messingschlüssel hervor.

»Das wäre perfekt«, entgegnete Jessica, die Steifheit spürend, die zwischen ihnen herrschte. »Danke, Cole.«

Ein harter Blick durchbohrte sie, dann wurde seine Miene weicher und er nickte. »In Ordnung. Gehen wir, mein Junge«, sagte er zu Eddie. »Glaubst du, du schaffst es über die Straße?«

»Ja, sicher. Ich wollte Ihnen nicht so viel Mühe machen. Keine Ahnung, was passiert ist.«

Cole winkte ab und schob ihn durch die Tür.

Ungewollt schwirrte Jessica ein Bild von Cole durch den Kopf, wie er an seiner schwarzen, rot glühenden Esse stand, mit nacktem Oberkörper und nur mit einer schweren Lederschürze bekleidet, während er einen Hammer schwang. Bei jedem Schlag des Hammers stoben Funken wie kleine Glühwürmchen von dem heißen Metall, das er auf dem Amboss formte. So mächtig und elementar wie seine Arbeit war auch ihre Vorstellung von ihm, die betörend schöne Inkarnation des hässlichen, lahmen Hephaistos, Gott des Feuers und der Schmiede und Waffenschmied für die unsterblichen Götter des Olymp. Oh ja. Blond, muskulös, wild – das war Cole Braddock. Und treulos. Auch das war Cole. Würde sie ihn sich jemals aus dem Kopf schlagen können?

Jessica drehte sich um und nahm ihre Tasche. »Amy, wenn ich mich um Eddie gekümmert habe, gehe ich ins Hotel. Treffen wir uns dort zum Essen?« Sie lächelte. »Wir haben uns eine Menge zu erzählen.« Dann folgte sie eilig Eddie, der von Cole über die Straße geführt wurde. Amy trippelte neben ihr her.

»Das wäre großartig«, entgegnete Amy. »Ich lade Cole auch ein. Das Hotel hat so ein nettes Restaurant.« Sie warf einen Blick zurück zu Granny Maes Café. »Außerdem sollten wir Granny sowieso eine Weile aus dem Weg gehen. Sie war nicht besonders gut auf uns zu sprechen, als wir gegangen sind.«

Auf der Hauptstraße war wieder das übliche Treiben eingekehrt, die Zuschauer hatten sich zerstreut.

»Es tut mir so leid, Ihnen zur Last zu fallen, Dr. Layton«, sagte Eddie nicht zum ersten Mal, als er in der Arztpraxis leicht schwankend auf den erstbesten Stuhl sank, als hätte ihn das letzte Quäntchen Kraft verlassen. »Wenn Sie nicht im Café gewesen wären, hätte ich Granny Maes Rat befolgt.«

Weiß Gott, was Granny Mae ihm sonst noch alles verschrieben hätte, dachte Jess, als sie ihm die Stirn fühlte. Vielleicht hätte sie ihm einen Zwiebelwickel auf den Ohren verpasst und verordnet, sich den Mondaufgang über dem Mount Hood anzusehen. Sie saß ihm gegenüber auf einem Stuhl, die Tasche zu ihren Füßen. Beim Desinfizieren der Wunde zuckte er zusammen, doch als Jessica die Schramme gesäubert hatte, stellte sie fest, dass sie nicht so schlimm war wie anfangs gedacht. »Ich bin froh, dass ich dort war, Eddie.«

»Es ist wahrscheinlich bloß eine Erkältung, aber ...« Er legte sich die Hände an den Kopf wie um zu verhindern, dass ihm der Schädel platzte. Als er matt lächelte, fiel Jess auf, dass er immer noch blass aussah und fiebrige Augen hatte. Seine Nebenhöhlen und Bronchien waren verschleimt, das konnte man hören, denn er klang, als hätte ihm jemand einen Eimer über den Kopf gestülpt. Plötzlich wurde er von einem Hustenanfall geschüttelt, der so heftig war, dass Jess halb erwartete, er würde seine Lungen auf den Boden des Wartezimmers spucken.

Sie runzelte die Stirn. »Du hast einen ziemlich bösen Husten.«

»Ja, Ma'am«, keuchte er. »Er kam ganz schnell. Ich schwöre, alles tut mir weh, jeder Muskel in meinem Körper. Und mir ist eiskalt. Ich gehe nach Hause und lege mich ins Bett, aber vielleicht könnten Sie mir etwas gegen die Schmerzen geben?«

Jess lehnte sich zurück und musterte ihn. Es könnte wirklich nur eine schlimme Erkältung sein. Oder aber etwas Ernsteres. Bevor Amy zu ihrem Treffen des Kriegsanleihen-Komitees aufgebrochen war, hatte sie von Medikamenten im hinteren Zimmer gesprochen. Jess hatte allerdings noch keine Zeit gehabt nachzusehen, und in ihrer Tasche befand sich Aspirin. »Also gut. Versuchen wir es mit einem einfachen Mittel.« Sie öffnete die Schnappverschlüsse der Tasche und zog das Apothekerfläschchen heraus. Beim Durchsuchen einer Seitentasche förderte sie außerdem einen leeren Umschlag zutage und zählte die Tabletten ab. »Hier hast du zehn Stück – nimm alle vier bis sechs Stunden zwei davon.«

Er nahm das Kuvert entgegen und würgte zwei Tabletten hinunter, bevor sie ihm ein Glas Wasser geben konnte.

»Danke, Ma'am, ich meine, Frau Doktor.«

»Kann dich dein Vater abholen?«

»Er hat im Büro zu tun.«

Sie nickte. »Na schön. Dann lass uns einen besseren Platz für dich finden, wo du auf ihn warten kannst.« Sie ging den kurzen Flur entlang, der zu einem Behandlungszimmer und einem Arbeitszimmer führte. In Letzterem stand ein Rosshaarsofa in passablem Zustand, das bequemer sein würde als der harte Holzstuhl vorn.

»Eddie«, rief sie, »komm und setz dich hierher.«

Er rappelte sich mühsam auf. »Nur ein paar Minuten. Ich musste in Camp Lewis viel marschieren und kann zu Fuß nach Hause laufen, wenn das Aspirin zu wirken beginnt.«

Das hielt sie für keine gute Idee, wollte jedoch nicht streiten. »Trotzdem, ich werde deinen Vater benachrichtigen. Jetzt muss ich ein paar Sachen erledigen, aber ich sorge dafür, dass du nach Hause kommst.«

Als Jess ihn auf dem Sofa zurückließ, konnte sie ihre Sorge nicht abschütteln. Immerhin, sagte sie sich, ist er ein kräftiger, kerngesunder junger Mann. Dennoch erschien es ihr seltsam, dass ihn eine Erkältung so plötzlich hingestreckt hatte. Das war kein normaler Verlauf.

Sie schlängelte sich durch das Gedränge auf dem Gehweg, und da kam ihr der Bürgermeister entgegen. Er schritt zielstrebig aus.

»Jessica! Ich meine Miss – Dr. Layton. Nach Ihnen suche ich.« Horace Cookson war ein stämmiger Mann Mitte vierzig, ein Milchfarmer, der eine etwas ramponierte, schlichte Würde an sich hatte. Seine Hemdärmel waren bis zu den Ellbogen hochgekrempelt, an seiner Weste fehlte der unterste Knopf und seine Krawatte saß schief. Er wirkte ständig in Eile, mit dem einen noch nicht fertig und schon an das Nächste denkend. An jedem Wochentag stand er vor dem Morgengrauen auf, melkte seine Kühe, zog seine guten Sachen an und machte sich auf in die Stadt.

»Wenn es um Eddie geht ...«

»Ich habe gehört, dass Sie wegen ihm mit Granny Mae aneinandergeraten sind. Er wird doch wieder, oder?«

»Er hat sich in der Arztpraxis hingelegt und muss nach Hause gebracht werden. Er will zwar zu Fuß gehen, aber das schafft er nicht.«

Der Bürgermeister nickte, offenbar nicht im Mindesten besorgt. »Eddie ist jung und stark und kommt schon wieder auf die Beine. Ich lasse ihn von jemandem abholen – seine Mutter wird einen Mordswirbel um ihn machen. Aber jetzt würde ich gern mit Ihnen sprechen. Bitte«, sagte er und zeigte in Richtung des kleinen Rathauses von Powell Springs am Ende der Straße. »Würden Sie für einen kleinen Plausch mit in mein Büro kommen?«

Jessica runzelte leicht die Stirn. »Worüber? Der Bezirk will doch nicht etwa immer noch Grundsteuer von mir eintreiben ...?«

Er winkte ab. »Nein, ganz bestimmt nicht. Außerdem habe ich mit dem Finanzamt nichts zu tun. Nein. Es geht um etwas anderes.«

»Ach ja?«

»Bitte – begleiten Sie mich zu einer kurzen Unterredung«, bat Cookson erneut und streckte einladend die Hand aus.

Jessica sah sich ratlos um, sie suchte nach einer Ausrede. Vergeblich. »Na schön.« Widerstrebend folgte sie ihm, einer Frau ausweichend, die zwei Kinder mit amerikanischen Fähnchen im Schlepptau hatte.

Am Rathaus angekommen rauschte Cookson an seiner Sekretärin vorbei. »Ich will nicht gestört werden, Birdeen«, informierte er die dunkelhaarige Frau, die im Vorzimmer an der Telefonschalttafel saß. Birdeen Lyons hatte eine Doppelfunktion als Sekretärin des Bürgermeisters und Telefonfräulein von Powell Springs, auch wenn, soweit Jess wusste, Fernsprechapparate hier nicht so verbreitet waren wie anderswo. Powell Springs war immer noch eine Kleinstadt, und in jeder Straße hatten nur ein oder zwei Häuser einen Anschluss.

»Geht klar, Horace.«

Wie ein Wirbelwind fegte er in sein unaufgeräumtes Büro und schob einen Stapel Papiere vom Stuhl neben seinem Eichenschreibtisch. Er bedeutete Jessica, sich zu setzen. »Ich habe hier keinen Tee oder Kaffee, aber ich könnte im Café welchen holen lassen. Dauert nur eine Minute.«

»Nein, danke.« Sie sah sich um. An der Wand hinter dem Schreibtisch hing dasselbe Werbeposter für Kriegsanleihen wie in nahezu jedem Schaufenster der Stadt. Daneben befand sich eine kleine, gerahmte Fotografie von Eddie, steif und stolz in Uniform.

Der Bürgermeister nahm Platz und drehte sich frontal zu ihr. »Sie müssen mir nachsehen, dass ich Sie auf der Straße abgefangen habe. Glauben Sie mir, wenn es nicht dringend wäre, hätte ich es nicht getan.«

Jessica nickte und wartete auf einen Grund, der noch dringender war als ein kranker Sohn, der nach Hause gebracht werden musste. Sein rundes Gesicht, obgleich freundlich, verriet nichts.

»Als ich heute Morgen gehört habe, dass Sie in der Stadt sind und dann meinen Sohn behandelt haben, habe ich eine Sondersitzung des Stadtrats einberufen.«

Argwöhnisch setzte sie sich auf. Wie hatte sich die Nachricht von ihrer Ankunft so schnell verbreiten können? Dann kam ihr ein Gedanke, und sie zog unwillkürlich die Augenbrauen zusammen. »Du lieber Himmel, hat sich Granny Mae etwa über mich beschwert? Bin ich deswegen hier?«

»Aber, aber, lassen Sie sich von Mae doch nicht die Laune verhageln. Sie ist schon in Ordnung und gehört hier zum festen Inventar. Sie mischt schon seit Urzeiten ihre Tränke und bringt die Babys auf die Welt.«

*Aber, aber, nur ruhig Blut ...* Wie oft hatte sie sich diese gönnerhaften Sätze schon anhören müssen, seit sie sich entschlossen hatte, Ärztin zu werden. »Bürgermeister Cookson, mit meiner *Laune* ist ...«

»Mae ist in Ordnung«, unterbrach er sie, »und sie kocht einen Hühncheneintopf, dass meine Mutter vor Neid erblassen würde, Gott hab sie selig. Aber ich denke, wir sind uns darüber einig, dass sie keine richtige Ärztin ist.«

Jess Mund, den sie bereits geöffnet hatte, um zum Protest anzusetzen, klappte zu. »Ähm, nein, wohl nicht. Deshalb habe ich mich ja eingemischt«, stimmte sie ihm vorsichtig zu.

»Und ich bin froh darüber. Wir brauchen hier einen *Arzt.* Seit Doktor Vandermeer letztes Frühjahr an der Grippe gestorben ist, haben wir keinen mehr.«

»Wie ich gehört habe, gibt es bereits einen Nachfolger.« Amy hatte es in ihrem letzten Brief erwähnt.

»Ja, Frederick Pearson. Ein respektabler junger Arzt, der gerade sein Examen gemacht hat, soweit ich seinen Briefen entnehmen kann.« Er wühlte in diversen Papierstapeln auf seinem Schreibtisch herum. »Ich kann sie gerade nicht finden. Aber respektabel oder nicht, es steht immer noch nicht fest, wann er kommt. Wir erwarten ihn schon seit geraumer Zeit. Wegen des Krieges sind viele Ärzte nach Übersee gegangen.«

Das war ihr wohl bewusst. Sie war sich nicht ganz sicher, wie respektabel er sein konnte angesichts dessen, dass die Armee jeden auch nur halbwegs kompetenten Arzt eingezogen hatte. Die einzigen, die noch übrig waren, waren Quacksalber ohne Ausbildung und ein paar wenige Frauen wie sie, die für die Armee uninteressant waren. »Was hat das mit mir zu tun, Mr. Cookson?«

Er verschränkte seine großen Bauernhände über der Schreibunterlage auf seinem Schreibtisch. »Es war eine kurze Sitzung.

Nach einigen Streiter…, ich meine, Diskussionen hat der Stadtrat dafür gestimmt, dass ich Sie bitten soll, in Powell Springs zu bleiben, bis Dr. Pearson kommt.«

Jessica starrte ihn an. »Der Beschluss war sicherlich nicht einstimmig.«

Er rutschte auf seinem Stuhl herum. »Nicht direkt. Ehrlich gesagt bestanden gewisse Zweifel, weil Sie, na ja …« Er hielt inne. »Weil Sie eine Frau sind.« Jess hob die Augenbrauen und spürte, wie ihre Wangen heiß wurden. »Aber Ihr Vater war ein rechtschaffener Mann – er wurde sehr geschätzt. Und die meisten Leute hier kennen Sie schon ewig.« Jetzt lebte er auf. »Adam Jacobsen hat sich für Sie eingesetzt, und zwar ziemlich energisch. Natürlich zählt die Meinung des Ortspfarrers, eines Mannes, der sich so aktiv in der American Protective League engagiert – tja, er hat die anderen überzeugt.«

Die American Protective League, das hatte sie von Adam nicht anders erwartet. Jess erinnerte sich, wie er als Kind gewesen war, ein kleiner Jammerlappen, der alle bei seinem Vater, dem früheren Pfarrer, verpetzt hatte. Die American Protective League, ein Auswuchs von Präsident Wilsons Gesetz gegen Aufwiegelung, zählte über zweihunderttausend freiwillige Mitglieder, die es zu ihrer Sache machten, ihre Nachbarn auszuspionieren, Männer anzuzeigen, die sie für Drückeberger hielten, ihre Nase in die Angelegenheiten anderer Leute zu stecken, Verrat zu finden, wo keiner war, und Menschen zu schikanieren, die keine Kriegsanleihen kauften. Sie konnten andere wegen kritischer Äußerungen über den Krieg einsperren lassen und begegneten jedermann mit Argwohn. Adams Unterstützung war daher unerwartet und eher unwillkommen.

»Aber ich bleibe doch nur etwas über eine Woche, um meine Schwester zu besuchen. Ich werde eine Forschungsstelle in Seattle antreten.«

»Hmm, ja, das könnte ein Problem werden, denn wir wissen ja nicht, wann Pearson kommt.«

»Nicht ›könnte‹. Es *ist* ein Problem. Man erwartet mich in Washington, das kann ich nicht aufschieben. Ich praktiziere nicht mehr als Ärztin.«

Er beugte sich vor, seine Miene war ernst und offen. »Dr. Layton ... Jessica ... Ich weiß, das ist jetzt ziemlich viel verlangt, aber Sie haben die Situation mit Ed so gut gemeistert. Granny Mae ist einfach nicht qualifiziert zur Behandlung von medizinischen Problemen. Sie hat mir das eine oder andere Mal geholfen, ein Kalb auf die Welt zu bringen, und mit kleineren Sachen wird sie wohl ganz gut fertig. Aber manche Menschen hier machen sich allmählich Sorgen, was bei dem nächsten richtigen Notfall passiert. Der arme alte Elvin Fowler sitzt den ganzen Tag auf seiner Veranda, seit er sich das Bein gebrochen hat, kein Arzt hat ihn behandelt. Es ist meine Aufgabe als Bürgermeister von Powell Springs dafür zu sorgen, dass die Bürger dieser Stadt ärztlichen Beistand bekommen.« Er suchte ihren Blick und hielt ihn fest. »Und ich glaube, Ihr Pa würde wollen, dass Sie in der Stunde der Not Ihrer Heimatstadt helfen.«

»Aber ...« Jessicas Kiefer verkrampfte sich. Sie fühlte sich schuldig und ausgetrickst. Ja, selbstverständlich würde ihr Vater wollen, dass sie half. Er würde es sogar von ihr verlangen. Sie wollte weder in Powell Springs bleiben *noch* ihre neue Stelle am Allgemeinen Krankenhaus in Seattle gefährden. Und doch hatte der clevere Bürgermeister Cookson genau gewusst, was er sagen musste, um ihren Entschluss ins Wanken zu bringen. »Nun, ich ...«, setzte sie an, sich der Last der Pflicht beugend, »ich denke – man hat mir sechs Wochen Zeit für den Umzug gewährt, einen Monat könnte ich also bleiben.« Dann fügte sie noch mit Nachdruck hinzu: »Aber danach werde ich abreisen, ob Dr. Pearson nun hier ist oder nicht.«

Der Bürgermeister lehnte sich in seinem Stuhl zurück, und ein Hauch der Zufriedenheit oder auch Erleichterung ging über sein wettergegerbtes Gesicht. »Natürlich, das verstehe ich.«

»Vielleicht könnte ich wie heute Morgen die leere Praxis benutzen, das Haus meines Vaters steht ja nicht mehr zur Verfügung.«

Wenn er den bitteren Unterton hörte, den sie nicht hatte unterdrücken können, ließ der Bürgermeister es sich nicht anmerken. »Genau das hatte ich im Sinn! Wir haben zwar schon Dr. Pearsons Schild angebracht, aber das macht nichts. Wir sorgen dafür, dass

Sie gleich loslegen können, Sie müssen sich um nichts kümmern. Ich glaube nicht, dass es allzu viel zu tun geben wird, immerhin sind sie ja eigentlich hier, um Amy zu besuchen. Wir bringen Sie in der Wohnung unter, die wir für Dr. Pearson vorgesehen haben, und übernehmen die Kosten. *Sämtliche* Kosten.« Damit stand er auf und streckte ihr über den Schreibtisch die Hand entgegen. »Schön, dass Sie wieder da sind, Frau Doktor.«

Als sie einschlug, bereute sie bereits ihre Entscheidung. »Aber nur vorübergehend, Mr. Cookson. Nur vorübergehend.« Sie stand auf. »Und Sie sehen nach Ed? Ich habe ihn in der Praxis gelassen.«

»Sicher, sicher, ich muss nur noch ein bisschen von diesem Papierkram hier erledigen.« Er tippte auf die Papierstapel. Jessica hätte nie gedacht, dass die Verwaltung einer Kleinstadt so zeitaufwändig war.

# Kapitel 2

Cole Braddock hielt den Huf der Stute zwischen seinen Knien und nagelte ihr Hufeisen ordentlich an. Zwar hatte Jeremy, der Junge, der ihm nach der Schule zur Hand ging, bereits damit angefangen, aber Cole musste es noch einmal neu machen. Der Junge lernte schließlich noch, und da blieben Fehler nicht aus. Normalerweise hätte Cole Jeremy seinen Schnitzer selbst ausbügeln lassen, aber er hatte ihn nach Hause geschickt, weil seine Mutter krank war.

Ein paar Spatzen, die aufgereiht in den Dachsparren saßen, begannen zu tschilpen und flattern. Roscoe, Coles schwarzweißer Hütehund, kommentierte es mit einem Jaulen und ließ sich dann auf seine vier Buchstaben nieder, um der weiteren Dinge zu harren.

Amy hatte Cole angebettelt, mit ihr und Jess im Hotel zu essen, und jetzt wusste er nicht, wie er sich da wieder herauswinden sollte. Wie sie ihn angesehen hatte mit ihren grünen Augen mit den langen Wimpern, wie sie an seinen Lippen gehangen hatte, da war er einfach weich geworden. Dabei war ein Essen mit Jess und ihr das Letzte, was er wollte. Warum war Jess Layton zurückgekommen? Mit jedem Aufprall des Hammers auf den Nagel fragte er sich: *Warum?* Er hatte natürlich damit gerechnet, dass sie ihre Schwester besuchen würde, aber verdammt ...

Das Wiedersehen mit Jess hatte einen Cocktail an Gefühlen in ihm ausgelöst, von denen das stärkte Wut war. Sie war immer noch so schön, dass sie die Blicke der Männer auf sich zog. Und doch wirkte sie zerbrechlicher als früher, vielleicht ein bisschen erschöpft. Einen Augenblick fragte er sich, wie es ihr wohl ergangen war. Dann dachte er an alles, was zwischen ihnen passiert war, und wieder packte ihn die Wut. Verdrossen drosch er auf den Nagel ein, bis das Pferd sich schnaubend beschwerte, den Kopf zur Seite neigte und ihn mit einem vorwurfsvollen Blick bedachte.

Er starrte in das braune Pferdeauge und holte tief Luft. Wirklich, er benahm sich wie ein Idiot. »Tut mir leid, Molly«, murmelte er, den Mund voller Nägel.

War er nicht ein Glückspilz? Bald würde er sich mit Amy verloben, einer wundervollen Frau, einer Frau, die alle Eigenschaften besaß, die sich ein Mann von einer Ehefrau wünschen konnte. Hübsch, sanftmütig, von bezaubernder Unschuld, eine gute Köchin und erwartungsfreudige Mutter.

Alle liebten Amy.

Sie ließ ihn nicht zappeln oder strapazierte seine Geduld bis aufs Äußerste, bevor sie ihn vom Haken nahm und wieder ins Wasser warf wie Jess. Sie zu heiraten war definitiv ein kluger Plan.

Nach der Hochzeit hätte er dann all die guten Dinge im Leben wie Riley – na ja, bis auf die Tatsache, dass er kein Soldat war. Dieses Thema war ein Streitpunkt zwischen den Brüdern. Cole hatte sich nach der Kriegserklärung Amerikas an Deutschland sofort freiwillig melden wollen. Er hatte nach Frankreich gehen und seinen Beitrag zum Sturz des deutschen Kaisers leisten wollen. Aber Riley, der zwei Jahre älter war als er und schon immer bekommen hatte, was er wollte, war ihm zuvorgekommen.

Und wie Pop es liebte, mit seinem Soldatensohn anzugeben.

Cole nahm einen weiteren Nagel aus dem Mund und steckte ihn in Mollys Hufeisen. Er konnte Pops rostige Stimme hören, wie er sich unaufhörlich über Rileys Heldentaten ausließ, von denen viele reine Fantasieprodukte waren. Aber das wussten die alten Knaben in Tilly's Soda Fountain ja nicht, oder vielleicht war es ihnen egal, jedenfalls ritt Pop, sofern seine steifen Gelenke es zuließen, dass er ein Pferd sattelte und aufstieg, gern hinüber zu Tilly's, um Whiskey aus einem Limonadenglas zu trinken und den Jungs Geschichten von Corporal Riley Braddock zu erzählen. Zwei Jahre, nachdem man in Oregon die Prohibition eingeführt hatte, wurde bei Tilly's nach wie vor Alkohol verkauft, nur wurde er jetzt anders serviert.

Pferde an die Alliierten und die amerikanische Armee zu liefern war im Gegensatz dazu keine Glanztat, für die einem bei Tilly's ein Drink spendiert wurde. Aber es war eine große Aufgabe, und Cole fand, dass man seine Schwägerin damit nicht alleinlassen sollte. Bei Amerikas Kriegseintritt wurden zusammen mit der Armee 182.000 Pferde nach Europa geschickt. Auch wenn man aufgrund der kilometerlangen Stacheldrahthindernisse keine Kavallerie einsetzen konnte, wurden Pferde benötigt, um Ausrüstung und Vorräte zu transportieren. Die Tiere starben genauso wie die Menschen durch Senfgas und Maschinengewehrsalven, und es wurde ständig Nachschub gebraucht. Wenn er daran dachte, welches Schicksal die armen Tiere in Europa erwartete, drehte sich ihm der Magen um. Ein Mann wusste, dass er sich als Soldat in Gefahr begab. Ein Pferd nicht.

Ganz in seine Arbeit vertieft und seinen Gedanken nachhängend hörte er den Reiter erst, als Roscoe zu seiner Begrüßung bellte und hochsprang. Cole blickte auf. Es war Pop auf Muley, einem langohrigen Wallach, der ebenso wie sein Reiter schon schwer vom Alter gezeichnet war.

Sein Vater saß ungelenk ab, eines seiner Knie war fast vollkommen steif. Er trug das aschgraue Haar kurz geschnitten, und von seinem zerfurchten Gesicht waren all die Tage abzulesen, an denen er Hitze und Sturm getrotzt hatte. »Soso. Nun ist sie also wieder da, was?«

Augenblicklich auf der Hut ließ Cole Mollys Huf los und straffte die Schultern. »Wer?«

»*Wer?* Na, Ben Laytons Mädel, die Ärztin. Die, die du fast geheiratet hättest. Ist drüben bei Tilly's das Tagesgespräch. Habe gehört, sie hat einen von Granny Maes Patienten geklaut, und du hast ihr dabei geholfen.«

Cole stöhnte innerlich. Diese alten Knaben bei Tilly's waren schlimmere Klatschmäuler als ein Haufen Betschwestern. Und Pop hatte natürlich nichts Besseres zu tun als sofort hierherzukommen, um es ihm brühwarm zu erzählen. »Ja, Jess hat sich um Ed Cookson gekümmert. Er hat eine schlimme Erkältung oder so was – ist zusammengebrochen und auf die Straße gefallen. Aber sie hat nicht Maes Patienten ›geklaut‹. Mae ist nämlich keine Ärztin.«

Obwohl Cole seinen Vater um einen Kopf überragte, gab Pop ihm mit einem einschüchternden Blick aus seinen kaffeebraunen Augen immer noch gern das Gefühl, ein Junge von zehn Jahren zu sein. »Du hast jetzt die richtige Frau, eine gute Frau, also schlag dir die Ärztin aus dem Kopf.«

Cole konnte seinen Ärger nicht verhehlen. »Meine Güte, Pop, sie ist nur zu Besuch nach Hause gekommen. Das ist alles. Was immer zwischen mir und Jess gewesen ist, es ist längst vorbei. Außerdem hat mir Amy erzählt, dass sie in Seattle eine Stelle antreten wird.«

Der alte Mann band Muley mit seinen knotigen Händen an einen Pfosten und humpelte zu einem Hocker, der neben einem Eimer mit Nägeln stand. Laut ächzend ließ er sich umständlich darauf nieder und fuhr fort: »Ich kann mich noch gut erinnern, wie du damals herumgelaufen bist, als sie dir gesagt hat, dass sie nach New York geht, mit einer Trauermiene wie ein Kälbchen, das nach seiner Mama sucht.«

»Das ist schon eine *Ewigkeit* her.«

Pop hatte ein Talent dafür, auf einem Thema herumzureiten, und so redete er weiter, als hätte er Coles Einwand nicht gehört. »Ach Gott, eine Stimmung war das wie in einem verdammten Beerdigungsinstitut. Rileys Frau hat geschmollt, weil er nach Übersee gegangen ist, und du hast Trübsal geblasen. Also lass das Arztmädel ihrer Wege gehen. Sie ist ein hübsches Ding, aber klüger, als gut für sie ist. War schon immer so, hat immer ihre Nase in Bücher gesteckt. Das ist nichts für eine Frau, wenn sie zu schlau ist.« So ging es noch minutenlang weiter, erst handelte er die Frauen ab, dann die Pferde und noch allerlei Themen mehr.

Cole unterdrückte einen Seufzer. »Pop, ist es nicht Zeit für deine Medizin? Du weißt, Susannah möchte, dass du sie jeden Tag zur gleichen Zeit nimmst.«

Er winkte ungeduldig ab. »Pah, Medizin! Das Zeug schmeckt nach Terpentin und hilft überhaupt nicht. Ich bin immer noch so steif wie John Browns Leiche.« Trotzdem hievte er sich vom Schemel hoch und schlurfte zu Muley. »Ich verzieh mich wieder zu Tilly's. Dort gibt's bessere Medizin.«

Cole sah zu, wie sein schwächlicher, dickköpfiger Vater auf den Rücken seines Wallachs kletterte. Er konnte sich leicht vorstellen, wie Pop mit ein paar Drinks zu viel intus aus dem Sattel kippte. »Geh's langsam an mit dem Whiskey, Pop. Es ist noch ein bisschen früh dafür. Am besten hole ich dich ab, wenn du nach Hause möchtest.«

»Den Teufel wirst du. Ich habe schon auf einem Pferderücken gesessen, bevor ich laufen konnte, und ich werde heute nicht damit aufhören. Aber komm doch später nach und trink was mit mir und den Jungs, wenn du möchtest. Diese Redenschwinger halten gegenüber im Park ihre Versammlung ab. Das dürfte unterhaltsam werden.«

»Ich habe noch zu arbeiten.«

»Wie du willst.« Er wendete Muley und ritt durch das große Tor der Schmiede.

Mit einem Seufzer, den er die ganze Zeit zurückgehalten hatte, machte Cole sich wieder an die Arbeit. Nachdem er den letzten Nagel eingeschlagen hatte, stellte er den Huf der Stute ab und klopfte ihr auf die Flanke. »Fertig, Süße. Versuch, das Hufeisen nicht wieder zu verlieren, ja?« Molly antwortete mit einem zufriedenen Wiehern. Er band sie los, führte sie auf die Koppel und ließ sie frei.

Er war dabei, mit der Gabel Stroh in einer leeren Box zu verteilen, als ihm plötzlich Jessicas Gesicht durch den Kopf geisterte. Normalerweise half körperliche Arbeit, um unangenehme Gedanken zu vertreiben. Wenigstens eine Weile lang. Damals nach dem Telegramm von Jess hatte er bestimmt an die fünfzig Heuballen bewegt. Jetzt wirkte es nicht. Er stellte die Gabel in die Ecke. Da musste er jetzt durch. Er war immerhin mit dieser Frau zum Essen verabredet.

»Roscoe, jetzt trägst du die Verantwortung«, sagte er zu dem Hütehund. »Halt eine Weile die Augen offen.«

Jess umarmte ihre Schwester, als sie sich schließlich im Hotel wiedersahen. Amy trug immer noch das gleiche, schwach nach Vanille duftende Parfum wie früher. Mit ihren kleinen, zarten Knochen fühlte sie sich in Jess' Armen wie ein Vogel an. Die Schwestern waren sich in vielerlei Hinsicht ähnlich – beide hatte honigfarbenes Haar und grüne Augen – und trotzdem so verschieden, als wären sie bei verschiedenen Familien aufgewachsen.

Sie nahmen einen Tisch am Fenster, und während sie Tee tranken und auf Cole warteten, sagte Amy: »Jess, ich habe eine fantastische Idee. Ich bin darauf gekommen, weil du doch den jungen Eddie verarztet hast. Du brauchst dir kein Hotelzimmer zu nehmen, über der Arztpraxis steht eine ganze Wohnung leer, und sie ist vollständig und sehr hübsch möbliert. Es gibt sogar einen nagelneuen Küchenschrank mit Anrichte.« Amy reckte das Kinn. »Das ist alles mein Werk. Wahrscheinlich ist es nichts verglichen mit deiner Wohnung in New York, aber es gibt Strom und fließend Wasser, und man kann sofort einziehen.«

Sie unterbrach ihren Redefluss nur kurz, um Cole zu begrüßen, der frisch geschrubbt, aber immer noch leicht nach der Schmiede riechend zu ihnen stieß. »Ich habe Jess gerade gesagt, sie muss in die Wohnung über der Arztpraxis ziehen. Findest du nicht auch, dass das eine großartige Idee ist, Cole?«

Cole starrte zuerst Amy, dann Jessica an.

»Du hast doch nichts dagegen, Cole, oder?«, fragte Amy. »Du hast selbst gemeint, sie steht nur leer.«

»Das ist wirklich nicht nöt…«, setzte Jess an.

Cole nahm Platz. »Ja, klar, es ist ja wohl nur für ein paar Tage …«

Amy strahlte. »Gut, dann also abgemacht«, entschied sie, bevor Jess einwerfen konnte, dass sie einen ganzen Monat bleiben würde. »So kann ich euch beide im Auge behalten. Die beiden wichtigsten Menschen in meinem Leben.« Es klang nach einer Neckerei, doch Jess fragte sich, warum sie diese zweideutige Bemerkung gemacht hatte. »Jess, wir lassen deine Sachen hinüberbringen. Ich denke – Cole, kannst du dafür sorgen, dass jemand ihre großen Koffer und alles abholt?«

Ein Kellner nahm ihre Bestellung auf, und als er fort war, quasselte Amy unverdrossen weiter. »Du erledigst das mit dem Gepäck doch gleich nach dem Essen, nicht wahr, Cole?«

»Ich schaffe das schon«, wandte Jess hastig ein.

»Mit den ›großen Koffern und allem‹?«, fragte Cole schroff. »Willst du sie dir auf den Rücken laden und rüberschleppen?«

»Wohl kaum. Ich bezahle jemanden dafür, auf diese Weise sind sie auch auf mein Hotelzimmer gekommen. Einer allein schafft es sowieso nicht«, gab sie widerborstig zurück. Sie wollte Cole Braddock nichts schuldig sein, wirklich absolut nichts. »Ich komme schon seit einer ganzen Weile allein zurecht.«

»Aber Jessica«, schaltete sich Amy ein. »Du musst doch niemanden dafür bezahlen. Cole gehört immerhin schon fast zur Familie.«

»Ich kümmere mich darum.« Wieder war sein Ton unfreundlich.

Amy bedachte beide mit einem zufriedenen Blick.

Jess verkniff sich eine scharfe Erwiderung und rang sich ihrer Schwester zuliebe ein Lächeln ab. Sie hatte sich noch nie gut verstellen können. In die Enge getrieben, kapitulierte sie. »Danke Cole, ich weiß deine Hilfe zu schätzen. Es ist allerdings nicht nur für ein paar Tage. Bürgermeister Cookson hat mich gebeten, bis zur Ankunft von Dr. Pearson einzuspringen. Ich habe noch ein paar Wochen Zeit, bis ich meine Stelle in Seattle antreten muss, deshalb habe ich mich bereit erklärt, einen Monat zu bleiben, außer Dr. Pearson kommt früher.«

»Oh – ähm, wie wundervoll, Jess!«, sagte Amy und wandte sich an Cole. »Cole, ist das nicht wundervoll?«

Cole schob mit dem Buttermesser das Essen auf seinem Teller hin und her. »Ja, ganz prima.«

Amy schlang ihren Arm um seinen und drückte ihn kurz. »Ich wusste, dass du so reagieren würdest.« Wieder warf sie Jessica ein zweideutiges Lächeln zu, dann fuhr sie, Cole in die Augen schauend, fort: »Meine Güte, wenn Dr. Pearson nicht kommt, weißt du, wenn er es sich anders überlegt, vielleicht fragt Mr. Cookson Jess dann, ob sie die Stelle haben will. Der Bürgermeister hielte das bestimmt für eine gute Idee.«

Cole fand keineswegs, dass es eine gute Idee war. Voller Bitterkeit und Schmerz, weil sein verletzter Stolz auch nach Monaten noch nicht verheilt war, bemerkte er: »Wir sollten Jessica nicht davon abhalten, ihre neue Chance zu ergreifen. Schließlich ist es das, was sie will.«

Es war eine Qual, mit diesen beiden Frauen hier zu sitzen – mit der einer war er praktisch verlobt gewesen, die andere wollte er heiraten, irgendwann. Amy funkelte wie Tau auf Frühlingsgras und Jessica ... tja, Jessica war wie ein Rubin: voll, dunkel schimmernd und komplex. Genau diese Eigenschaften hatten ihn vor Jahren angezogen, und letztendlich hatte sie sie dazu benutzt, ihn abzuservieren. Er blickte auf und sah Jessicas kühle Augen auf sich ruhen. Ihre Augen – er hatte immer das Gefühl gehabt, als könnte sie damit bis in sein Herz blicken, als wäre sie die Einzige, die das vermochte. Dieser Gedanke ließ die Spannung am Tisch noch stärker werden, aber Amy plauderte weiter, offensichtlich überglücklich, ihre Schwester wieder für sich zu haben. Wie hätte er ihr diese kleine Freude verübeln können?

»Aber Jess! Wenn du für immer hierbleiben würdest, wie du es früher einmal wolltest, das wäre himmlisch«, meinte Amy.

»Amy, du weißt, dass es nicht dazu kommen wird«, wandte Jessica ein. »Ich hätte mich nicht breitschlagen lassen, wenn Bürgermeister Cookson nicht Daddy ins Spiel gebracht hätte. Der Mann hat praktisch seinen Geist heraufbeschworen, nur damit ich ja sage.«

»Das überrascht mich nicht. Als wir Kinder waren, habt ihr beiden ständig eure Nase in diese wissenschaftlichen Wälzer und in eure Präparate gesteckt, von mir hat er nie Notiz genommen.«

Jess legte den Kopf schräg und lächelte, verwundert über diese Bemerkung. »Was ...?«

»Und du arbeitest einfach weiterhin in der Praxis, wo du Eddie behandelt hast.«

»Nun ja, Mr. Cookson hat gemeint, der Stadtrat kommt für alles auf, solang ich hier bin.«

Cole horchte auf. Ach du liebes bisschen, wenn Pop das erfuhr ... Sofern es nicht schon die Runde gemacht hatte – Tilly's war ein Umschlagplatz für Neuigkeiten, effizienter als die Zeitungen. Der alte Mann würde ihm nun von früh bis spät damit in den Ohren liegen, sich nicht mit »Ben Laytons Arztmädel« einzulassen. Dabei ging Amy praktisch in der Ranch ein und aus, und dagegen hatte er nichts einzuwenden.

Aber jetzt würde Jess tagtäglich direkt neben seiner Schmiede wohnen, bis sie wieder abreiste, und das wäre erst in einem Monat.

»Natürlich, es ist ideal für dich, wenn auch nicht so schick, wie du es gewohnt bist«, sagte Amy und fügte an Cole gewandt hinzu, »und du bekommst einen zahlenden Mieter.«

Jessica musterte ihre Schwester, überrascht, dass ihr der Bürgermeister diese kleine, aber feine Information vorenthalten hatte. Cole war Eigentümer des Gebäudes? Sie dachte, er hätte den Schlüssel nur, weil seine Schmiede neben der Praxis lag.

Wenn er nur nicht immer noch so gut aussehen würde, dachte sie irritiert. Er trug sein kinnlanges, weizenblondes Haar glatt nach hinten gekämmt, aber verglichen mit den sorgfältig rasierten Männern, mit denen sie sonst zu tun hatte, wirkte er regelrecht ungebändigt. Sie konnte sich nicht vorstellen, dass er in einem muffigen Salon herumsaß. Er hatte sein ganzes Leben im Freien verbracht und darum gerungen, die Elemente und die Natur seinem Willen zu unterwerfen. Oft war es ihm gelungen, auch bei ihr. Sie nippte an ihrem Wasser, um den schmerzenden Knoten unterdrückter Wut und Reue in ihrem Hals hinunterzuschlucken.

Entschlossen, die wachsenden Zweifel nicht weiter zu nähren, sagte sie: »Amy, in New York mag es prächtige Häuser und elegante Viertel geben, aber du weißt, dass ich in einer Pension gewohnt habe. Ich werde hier mehr Privatsphäre haben als dort. Und in einer richtigen Praxis kann ich die Patienten bestimmt besser behandeln als in einem Hotelzimmer. Aber Bürgermeister Cookson glaubt sowieso nicht, dass ich allzu viel zu tun haben werde.«

»Wahrscheinlich mehr, als du denkst. Mich haben schon einige Leute gefragt, ob du sie wohl untersuchen würdest, solang du hier bist. Und das war vor deinem Gespräch mit dem Bürgermeister.«

Jessica fand diese Vorstellung abschreckend, und sie musste an Eddie Cookson denken. »Da könntest du recht haben.«

»Ich komme vorbei und helfe dir dabei, dich einzurichten – ach nein, warte, ich muss ja in die Schulkantine, um für das Rote Kreuz Verbände aufzuwickeln. Und danach ist die Veranstaltung des Kriegsanleihen-Komitees im Park. Mist, das wird den restlichen Tag in Anspruch nehmen.«

Amy war wirklich eine Wohltäterin.

Plappernd brachte sie Jess auf den neuesten Stand über Hochzeiten, Todesfälle und gefallene Soldaten.

Während sie sich unterhielten, blieb ein mittelgroßer, dunkelhaariger Mann vor dem Fenster stehen und blickte über die halbhohen Spitzenvorhänge zu ihnen hinein.

Amy winkte, aber sein Blick glitt zu Jess und verweilte dort. Er lächelte und ging hastig weiter.

»Wer war das?«, wollte Jessica wissen. Er kam ihr bekannt vor, sie konnte ihn aber nicht einordnen.

»Das ist Adam Jacobsen, weißt du nicht mehr?«, schaltete sich Cole ein und blickte ihr den Bruchteil einer Sekunde in die Augen. »Er ist seit dem Tod seines Vaters unser Pfarrer.«

»Ja, weißt du nicht mehr, Jess?«, wiederholte Amy. »Ich habe dir doch geschrieben, dass der alte Reverend Jacobsen letztes Frühjahr gestorben ist.«

»Ach ja, ich glaube, das hast du.« So sah Adam also jetzt aus.

»Ich arbeite im Kriegsanleihen-Komitee mit ihm zusammen«, schwatzte Amy weiter. »Das ist eine unheimlich wichtige Aufgabe, das kann ich dir sagen. Das Geld wird so furchtbar dringend gebraucht. Adam vollbringt wahre Wunder – ich schwöre, er könnte noch aus einem Felsen Geld herauspressen. Er bringt praktisch jeden dazu, Kriegsanleihen zu kaufen.«

Jess wollte nicht über Adam Jacobsen reden. »Im Osten habe ich mehrere solcher Paraden gesehen. Sie zogen ein riesiges Publikum an, Zehntausende«, erklärte sie. »Bei einer war sogar Mary Pickford dabei.«

Cole hob die Augenbrauen. »Wirklich? Wir haben vielleicht keine Mary Pickford, aber dafür den Soldaten Eddie Cookson.«

»Der krank ist«, ergänzte Jessica stirnrunzelnd. »Ich hoffe, sein Vater hat ihn inzwischen nach Hause gebracht. Wie ich gehört habe, wird er in Camp Lewis ausgebildet.«

»Das stimmt«, sagte Amy. »Er ist gestern Morgen auf Heimaturlaub gekommen. Sein Vater hat alle Hebel in Bewegung gesetzt, damit er ein paar Tage freibekommt. Eddie ist persönlich von Tür zu Tür gegangen, um Spenden zu sammeln. Adam hat ihn begleitet – ich glaube, sie haben kein einziges Haus oder Geschäft ausgelassen. Der arme Eddie. Vielleicht war die Aufregung zu viel für ihn. Ich hätte zwar nicht gedacht, dass er gleich umkippt, aber ich hoffe, sein Vater hat ihn nicht nach Hause gebracht. Er soll heute Nachmittag beim Kriegsanleihen-Picknick im Park auftreten. Alle werden dort sein. Er ist unsere Hauptattraktion.«

»Ich finde, er sollte zu Hause im Bett sein.«

»Aber – aber – das geht nicht! Wir haben sehr wichtige Pläne. Pläne, die seine Teilnahme erfordern.« Amy blickte zu dem wolkenlosen Himmel hinter der Scheibe. »Sogar das Wetter spielt mit. Heute ist ein sonniger Tag, das gibt es in dieser Jahreszeit nicht so oft. Ich habe mir die ganze Woche lang Sorgen gemacht. Du weißt, wie regnerisch es im Oktober sein kann. Wir brauchen Eddie.«

Cole aß das letzte Stück seiner Forelle. Sie lag ihm wie ein Stein im Magen. »Adam Jacobsen dürfte auch ohne Eddie klarkommen.«

Amy lehnte sich zurück und verschränkte die Hände. »Wenn ich an Riley denke, dann weiß ich, dass wir alles in unserer Macht Stehende tun müssen. Wir haben uns alle solche Sorgen gemacht, weil er drüben in Frankreich kämpft, nicht wahr, Cole?«

»Es überrascht mich, dass dein Bruder eingezogen wurde«, bemerkte Jessica. »Ich dachte, er bliebe verschont, weil die Braddocks Pferde an die Armee liefern.«

»So ist es auch«, entgegnete Cole mit harter Miene, »aber er hat sich freiwillig gemeldet.«

»Und seine Frau allein mit der Farm zurückgelassen? Das war wohl die Idee deines Vaters, nehme ich an«, sagte Jessica. Sie hatte Coles Vater nie sonderlich gemocht, denn sie hielt ihn für einen Tyrannen.

»Nein, Riley wollte unbedingt.«

»So wie du eigentlich auch, das weiß ich.« Amy tätschelte Coles Hand. An Jessica gewandt fuhr sie fort: »Aber natürlich konnten nicht beide weggehen. Jedenfalls ist Susannah ganz vernarrt in Mr. Braddock und versucht ihn davon abzuhalten, die Gegend unsicher zu machen. Er wirkt ein bisschen bärbeißig und barsch, aber tief drin ist er ein Schatz. Außerdem hat sie Tanner Grenfell als Hilfe. Und Cole hat zusätzliche Aufträge angenommen.« Als Amy Cole ansah, strahlten ihre Augen vor Stolz und einer neuen Selbstzufriedenheit, die Jess nicht an ihr kannte.

Cole wollte weder Kaffee noch Dessert und verabschiedete sich steif von den beiden Frauen, unter dem Vorwand, er ersticke in Arbeit.

Amy nahm die Hand ihrer Schwester und drückte sie. »Ich bin so froh, dass du wieder da bist, Jess. Ich hatte schon Angst, du würdest vielleicht nicht kommen. Vermutlich ist es ein bisschen unangenehm für dich, dass Cole mir den Hof macht.«

Unangenehm war gar kein Ausdruck für das, was Jessica empfand.

An einem Nachmittag vor über einem Jahr hatte sie sich etwas geschworen. An jenem bitteren Tag, als sie das Telegramm in der zitternden Hand gehalten hatte und ihr die Tränen übers Gesicht gelaufen waren, hatte sie den Entschluss gefasst, nie wieder nach Powell Springs zurückzukehren, weil es ihr das Herz brechen würde. Und trotzdem war sie hier.

Aber schließlich hatten Amy und sie keine Angehörigen mehr, abgesehen von der schrulligen alten Großtante Rhea in Nebraska, die ungewollt komische Briefe über merkwürdige Lichter schrieb, die über ihrem Haus schwebten, und kleine graue Männer, die ihre Hühner stahlen. Und sie hatte gelernt, wie tief die Familienbande gingen, tiefer, als sie geglaubt hatte.

Sie zwang sich, den Druck von Amys Hand zu erwidern. Wie sie sich auch gezwungen hatte, heimzukehren. »Was geschehen ist, ist geschehen. Wenn er und ich füreinander bestimmt gewesen wären, hätte er – hätten *wir* nicht unsere – unsere *Abmachung* gebrochen.« Wie sollte sie es sonst nennen? Es war ja nicht offiziell gewesen, sie hatten sich nicht verlobt. Das wollten sie bei ihrer Rückkehr nachholen, aber dann war das Telegramm dazwischengekommen.

Sie rang sich ein Lächeln ab. »Ich bin froh, dass es mit dem Besuch geklappt hat. Powell Springs liegt Gott sei Dank so nah an Portland, dass ich auf dem Weg nach Seattle hier Station machen konnte.«

Ihre Schwester lachte nervös auf. »Ja was für ein Glück, nicht wahr? Wir können Zeit miteinander verbringen und alles Versäumte nachholen. Cole hat so viel zu tun mit den Pferden und der Schmiede. Aber ich bin ja auch so eingespannt mit dem Komitee.« Sie senkte die Stimme. »Ich bin sicher, dass er mir in den nächsten Tagen einen Antrag macht, und dann möchte ich schnell heiraten. Wir werden uns in Reverend Jacobsens Kirche trauen lassen mit all unseren Freunden, und ich werde mir Mamas Hochzeitskleid ändern lassen. Für richtige Flitterwochen ist natürlich keine Zeit. Aber später, wenn alles wieder in ruhigen Bahnen verläuft, machen wir eine Reise. Nach der Zeremonie werden wir nur die Hochzeitsnacht hier im Hotel verbringen.« Eine schwache Röte überzog ihre Wangen, und sie senkte den Blick auf ihren Teller. In ihrer Fantasie hatte sich Amy schon alles ganz genau ausgemalt.

Jessica konnte nichts darauf erwidern. Erinnerungsblitze durchzuckten sie, von Coles Lippen auf ihren Lippen, seinen Händen, die vor so langer Zeit ihre sensiblen Körperregionen erkundet hatten, während sie am Powell Creek in der Wildblumenwiese lagen … Auf gar keine Fall würde sie noch hier sein, wenn Cole Amy zum Altar führte. Sie schluckte schwer und lenkte sich damit ab, mehr Zucker in ihren Kaffee zu rühren, als sie eigentlich wollte.

Amy nippte an ihrem Kaffee und stellte die Tasse wieder ab. »Freust du dich wirklich darauf, nach Washington zu gehen?«

Erleichtert über den Themenwechsel entgegnete Jess: »Ja. Ich werde im Forschungslabor des Allgemeinen Krankenhauses in Seattle arbeiten. Es ist eine wundervolle Gelegenheit, besonders jetzt, wo so viele männliche Ärzte in Europa im Krieg sind.«

»Du behandelst keine Patienten mehr?«

Jess reckte das Kinn. »Nein. Nicht mehr.«

»Aber ich dachte …«

»Bei der Behandlung und Vorbeugung von Krankheiten werden im Augenblick solche Fortschritte gemacht, und da fand ich, ich kann keinen wichtigeren Beitrag leisten als in der Forschung.« Jess verstärkte den Griff um ihr Wasserglas. »Überleg doch bloß mal, was Edward Jenner mit dem Pockenimpfstoff für die Menschheit getan hat oder, oder … Joseph Lister, der herausgefunden hat, dass Phenol Infektionen verhindert. Und William Thomas Green Morton, der als Erster Äther zur Betäubung eingesetzt hat. Jemand musste all diese Dinge entdecken.«

»Na ja … wohl schon. Ich dachte nur, du würdest dich mehr für die praktische Medizin interessieren.«

Unwillkürlich überlief Jessica ein Schauer. »So war es auch. Früher.«

»Aber du hast Eddie behandelt.«

Jess zuckte die Schultern. Das war nur ein Reflex gewesen, der sich irgendwann legen würde. »Es war ein Notfall. Ich musste eingreifen.«

»Als du nach deiner Ausbildung nicht zurückgekommen bist, dachte ich eigentlich, du würdest in New York bleiben. Na ja, vermutlich wird sogar Seattle besser sein als das öde alte Powell Springs. Weißt du, hier gibt es erst seit ein paar Monaten elektrischen Strom, und kaum jemand hat fließend Wasser. Ich glaube, Daddy war der Erste, der beides hatte.«

Jess blickte auf zu Amy. »Und dir gefällt es bei Mrs. Donaldson?«

»Cole hält sie für eine Wichtigtuerin, aber sie hat so ein gutes Herz, wirklich. Sie hat mich liebevoll aufgenommen. Trotzdem vermisse ich natürlich unser Haus.«

»Amy, ich wollte das Haus ja behalten. Nur hatte ich, als Daddy starb, keine Ahnung, wie viele Schulden er mit der Praxis angehäuft hatte. Er hat ja immer das halbe Land kostenlos behandelt. Und von der anderen Hälfte haben es nur herzlich wenige Patienten für nötig gehalten, ihm Geld dafür zu geben.« Sie seufzte, als sie an den ganzen Schlamassel dachte. »Und Dr. Vandermeer war auch nicht besser. Als ich merkte, dass er die Grundsteuer nicht bezahlt hatte, war ich gezwungen, das Haus dem Bezirk zu verkaufen, um ...«

»Ist schon gut, Jess. Cole baut mir auf dem Grund neben der Ranch ein schönes neues Haus.« Wieder lachte Amy. »Mrs. Donaldson bekommt immer feuchte Augen, wenn wir über meinen Auszug reden.« Sie lehnte sich nach vorn. »Du bist ja schon so lang fort, und von dem, was du mir geschrieben hast, tja, jedenfalls habe ich Cole erzählt, dass du dich wahrscheinlich blendend amüsierst, in den Theatern und Bibliotheken und so.«

Jessica erforschte ihr Gedächtnis nach allem, was sie Amy über ihr nicht vorhandenes gesellschaftliches Leben erzählt haben könnte. Sie hatte vielleicht ein- oder zweimal erwähnt, dass sie im Theater gewesen war, aber die restliche Zeit ... »Das ist nicht der Grund dafür, warum ich dort geblieben bin. Es war ...« Sie zögerte einen Augenblick, dann räusperte sie sich und lächelte.

»Ich weiß, wegen deiner Arbeit«, vervollständigte Amy ihren Satz. »Ich glaube, Daddy dreht sich im Grab um. Immerhin hast du ihm versprochen, die Praxis zu übernehmen.«

Jess starrte sie an. Was für eine albtraumhafte Vorstellung. Ja, das war früher einmal ihr Plan gewesen. Aber jetzt? Nach Powell

Springs zurückzukehren und Cole Braddock begegnen zu müssen, *als Amys Ehemann*, ihn vielleicht als Patienten behandeln zu müssen? Nach allem, was passiert war?

Jess konnte vielleicht für einen kurzen Besuch gute Miene zum bösen Spiel machen, aber um nach Powell Springs zurückzukommen und dort zu leben, hätte sie schon eine Heilige sein müssen. Ihr Vater würde das sicher verstehen, von wo aus immer er ihr zusah. »Ich glaube, die Stadt kommt auch ohne mich zurecht. Und wenn Cole ... dir einen Antrag macht, hast du alle Hände voll damit zu tun, deine Hochzeit zu planen.«

»Ganz bestimmt.« Wieder lag in ihrem Gesicht dieser leicht selbstgefällige Zug.

# Kapitel 3

Der Mann, der auf der Kante von Emmalines dünner, durchgelegener Matratze saß, begann sich anzuziehen. Sie beobachtete ihn dabei, wie er in die Ärmel seines feinen Hemds schlüpfte. Er war länger als üblich geblieben, und nun sah er bereits zum zweiten Mal auf seine Taschenuhr.

»Was glaubt deine Frau, wo du bist, Frank? Unterwegs, um Traktoren zu verkaufen?«

Er warf ihr über die Schulter einen Blick zu. Auf den Ellbogen gestützt betrachtete sie das verwahrloste, zwei Hektar große Grundstück vor dem Fenster. Das Gelände war von wilden Rosen und Brombeergestrüpp überwuchert, das die Hütte fast gänzlich umschloss.

»Ich bin nicht verheiratet. Das weißt du doch, Em.«

Sie lachte, aber es klang nicht fröhlich. »Keine Sorge. Selbst wenn, besteht wohl kaum die Gefahr, dass sie das mit mir rausfindet.« Die Augen auf ihn gerichtet ließ sie die Hand durch ihr langes Haar gleiten. »Außer du erzählst es ihr.«

»Ich bin nicht verheiratet«, wiederholte er. »Wenn ich es wäre, dann würde ich nicht ...« Er beendete den Satz nicht.

»Ja, ja, ich weiß. Dann wärst du nicht hier. Sei dir da mal bloß nicht so sicher. Hier gehen ständig verheiratete Männer ein und aus. Sie müssen mir gar nichts erklären, aber manche tun es trotzdem. Und andere beschweren sich die ganze Zeit über ihre Frauen. Glaub mir, ich kann dir ein Lied davon singen.« Sie zuckte die nackten Schultern. »Wahrscheinlich hat mein Mann einer anderen Frau genau dasselbe erzählt, nachdem er ohne ein Wort abgehauen ist.«

Er stand auf, zog seine Hose hoch und begann sie zuzuknöpfen. »Wie lang ist er schon weg?«

Sie seufzte. »Fünf Jahre sind's jetzt.«

»Und du hast nie wieder von ihm gehört?«

»Nein, und ich bin froh, dass ich ihn los bin.«

»Aber du bist immer noch mit ihm verheiratet?«

»Was mich betrifft, nicht. Außerdem weiß er sowieso nicht, wo ich bin. Und für mich könnte er genauso gut tot sein. Das würde mich nicht wundern. Er war die Sorte Mann, die andere zur Weißglut treiben konnte.«

Er schaute in den halbblinden Spiegel über ihrer Frisierkommode und kämmte sich das Haar mit den Fingern. Er war jung, um einiges jünger als sie mit ihren vierzig Jahren. »Womit hat er sein Geld verdient?«

»Lambert?« Nun klang ihr Lachen rau und ungläubig, und die Bettfedern unter ihr quietschten. »Lamberts Vorstellung von Arbeit bestand darin, auf jede erdenkliche Art das schnelle Geld zu machen, und mit dem Gesetz hat er's dabei nicht so genau genommen. Er war fest davon überzeugt, gleich hinter der nächsten Ecke warte das ganz große Ding auf ihn, und ich war dabei nur ein Klotz am Bein. Also ist er abgehauen und hat mich drüben in Parkridge mit zwei kleinen Kindern und einem Pappkoffer sitzen gelassen.«

Er drehte sich zu ihr um und starrte sie mit gelindem Entsetzen an. »Du hast *Kinder*? Wo sind die denn?«

Ach verflixt, sie hatte nicht vorgehabt, die Jungen zu erwähnen. Sie bemühte sich, jeden Gedanken an sie zu verdrängen, denn es tat ihr in der Seele weh, aber vergeblich. Plötzlich fühlte sie sich nackt und verletzlich. Sie stand auf und wickelte sich in einen ausgebleichten Morgenmantel, der am Fußende des Bettes gelegen hatte. »Jedenfalls nicht hier, falls dich das beschäftigt.«

»Aber siehst du sie denn ab und zu?«

Sie presste die Lippen aufeinander. »Du stellst ganz schön viele Fragen heute, hm? Das ist meine Sache und hat mit dir oder sonst jemandem nichts zu tun.«

Amüsiert beobachtete sie, wie Frank doch tatsächlich bis zu den Ohren errötete. Irgendetwas stimmte nicht mit ihm. Sie kannte seinen Namen, Frank Meadows, und wusste, dass er in der Nähe wohnte, in Twelve Mile, wo er mit John-Deere-Traktoren handelte. Zumindest hatte er ihr das erzählt. Doch sie hatte ihn nie auf der Straße getroffen, wenn sie auf ihrer müden, klapprigen Mähre zum Einkaufen in die Stadt ritt. Twelve Mile war zwar nicht gerade ein Dorf, aber auch nicht so groß, dass man sich nicht ab und zu über den Weg gelaufen wäre.

Immerhin hatte ihr das Gewerbe, dem sie gezwungenermaßen nachging, eine gute Menschenkenntnis beschert. Er war freundlich und hatte gute Manieren, aber sie konnte ihn sich nicht bei der Arbeit vorstellen, wie er mit seinem feinen Anzug und nach Haaröl duftend auf einem Acker stand, knöcheltief in Erde und Mist, und mit den Farmern über die Ernte plauderte. Was seine Person betraf, war er so zugeknöpft, dass er garantiert verheiratet war, ganz gleich, was er sagte.

»Ich wollte nicht neugierig sein, Em.« Er fischte umständlich fünf Dollar aus der Hosentasche und legte sie auf die schäbige Frisierkommode.

Es war mehr als ihr üblicher Tarif, aber sie schlug es nicht aus. Auch wenn sie ihr Häuschen so sauber und ordentlich wie möglich hielt, blieb es immer noch eine winzige Hütte mit zwei Kammern, ausgestattet mit ausrangierten, zusammengewürfelten Möbeln. Es war keine Decke eingezogen, und durch die offenliegenden Dachbalken sah man die nackten Ziegel, hie und da ausgebessert mit wasserfleckiger Teerpappe. Der Moosteppich auf dem Dach half auch nicht gerade, die Löcher abzudichten. Im Winter war es hier so kalt wie in einer Gruft. Der Besitzer, ein Arzt aus Powell Springs und ehemaliger Kunde von ihr, verlangte keine Miete. Er hatte ihr erzählt, er habe das Häuschen in jungen Jahren als Jagdhütte genutzt.

Für Emmaline hatte er einige Verbesserungen vorgenommen, einen neuen Ofen gekauft und versprochen, die Mängel zu beheben. Doch dann hatte sie von seinem Tod erfahren. Niemand hatte Anspruch auf das Häuschen erhoben oder sie hinausgeworfen, daher betrachtete sie es nun als ihr Eigentum. Trotzdem, es war eine Bruchbude.

Sie schnappte sich das Geld und steckte es ein. »Schon gut.«

Routinemäßig hob sie die dünne Steppdecke mit dem schmuddeligen Bezug an, um sich ein Bild vom Zustand des Lakens darunter zu machen. Sie entschied, dass es noch einmal zu gebrauchen war, griff nach dem Zerstäuber auf dem Fensterbrett und besprühte das raue, graustichige Bettlaken mit billigem Rosenwasser, ehe sie es für den nächsten Mann, der an ihre Tür klopfen würde, glattzog und das Kissen aufschüttelte. So sehr sie das Geld auch nötig hatte, sie hoffte, dass heute keiner mehr auftauchen würde. Sie war müde und hatte Kopfschmerzen.

»Ich habe Kaninchenragout auf dem Herd, falls du noch zum Essen bleiben möchtest.« Die Worte waren heraus, bevor sie wusste, wie ihr geschah. Noch nie hatte sie jemanden eingeladen zu bleiben. Aber manchmal konnte sie die seelenzermürbende, verfluchte Einsamkeit ihres Daseins einfach nicht ertragen.

Wieder zeigte sich ein erstaunter Ausdruck auf seinen weichen Zügen, diesmal noch ausgeprägter. »Oh nein, ich habe noch ... zu tun. Geschäftsbesuche. Ich bin nur kurz vorbeigekommen ... wie dem auch sei, ich muss los.« Er packte seinen Mantel und langte nach dem Türknauf.

Sie nickte und befühlte das Geld in der Tasche ihres Morgenmantels. »Gut, also dann ... Bis zum nächsten Mal, Frank.« Stumm betrachtete er sie einen Augenblick, als wollte er noch etwas sagen. Doch stattdessen öffnete er die Tür und war auch schon draußen.

Emmaline verharrte, bis sie die Pferdehufe und die Wagenräder auf dem langen Feldweg, der zur Hauptstraße führte, klappern hörte. Während sie so dastand, erhaschte sie ihr Bild in dem trüben Spiegel der Frisierkommode. Seit wann war ihr rotes Haar von so vielen grauen Strähnen durchzogen? Das Geräusch der Wagenräder verklang. Sie setzte sich an ihren winzigen Küchentisch und starrte auf das Geld in ihrer Hand, bis die Sonnenstrahlen durch die Wipfel der hohen Bäume drangen, die ihr Grundstück auf dem Butler Hill umstanden.

# Kapitel 4

»Corporal Braddock, mein Bester, hätten Sie vielleicht ein Streichholz für mich?«

Riley Braddock blickte nach links, in die Richtung, aus der die Bitte gekommen war. Es war jedoch sinnlos. In solch einer schwarzen, wolkenverhangenen Nacht in einem feuchten, elenden Schützengraben war es so verdammt finster, dass man nicht einmal die Hand vor Augen sah. Er war umgeben von den Männern seines Bataillons, aber diese Stimme erkannte er an ihrem Singsang.

»Whip, bist du das?«

»Genau der«, erwiderte Remy Whipperton Fournier III. »Ich hab's endlich geschafft, mir ne trockene Zigarette zu drehen, aber ich hab keine Streichhölzer.«

»Mal sehen.« Riley tastete seine Uniformtaschen ab und wühlte in den Fächern seines Patronengurts. Seine Finger umschlossen eine kleine Blechbüchse. Er öffnete den Deckel und zog ein einzelnes Streichholz heraus. »Hier, bitte.«

Whips Hand tastete in der Dunkelheit, bis sie das Gesuchte gefunden hatte. »Danke.« Das Streichholz flammte auf und beleuchtete für einen Augenblick das freundliche Gesicht des Mannes. »Verdammt, wie ich das hier hasse«, klagte er matt. »So hab ich mir unseren großen Ausflug eigentlich nicht vorgestellt. Jeden Moment können die Deutschen eine Granate abfeuern, und peng, ist dein Kopf weg und kullert wie ein Krocketball durch den Schützengraben – oder wird weggespült, falls es regnet.«

Riley lächelte. »Zumindest heute Nacht wird das wohl nicht passieren. Aber ich muss gestehen, dass ich es in dem Bauernhaus, in dem wir gestern noch waren, auch gemütlicher fand. Das Essen war um Klassen besser als dieses Affenfleisch und der Dosenlachs, den wir hier kriegen.«

Whip zog an seiner Zigarette. Ein kleines orangefarbenes Leuchtfeuer glomm auf und erhellte sein breites Grinsen. »Auch das Ambiente war weitaus hübscher. Die junge Frau des Alten – oh là là!« Whippy war ein Gentleman aus dem Süden, aus Baton Rouge, mit einem stark ausgeprägten Akzent und trockenem Humor. Da er fließend Französisch sprach, konnte er sich leichter als die anderen mit den Einheimischen verständigen, auch wenn Riley den Eindruck hatte, dass sie seine eigentümliche Aussprache als Beleidigung für ihre Ohren empfanden.

»Denkst du eigentlich jemals an etwas anderes als an Weiber, Fournier?«, fragte eine Stimme aus dem Dunkeln.

»Natürlich. Ich mache mir Gedanken, wie ich Leib und Seele zusammenhalten kann.«

»Und was ist mit der Umgebung? Ist dir dieses Wäldchen mit waschechten Bäumen nicht aufgefallen?«

»Meine Herren, ich stimme zu, dass die Landschaft ebenfalls sehr ansprechend war, mit Ausnahme des unseligen Schmuckstücks, das hier offenbar in keinem Garten fehlen darf.«

»Du meinst den Misthaufen vor der Tür?«

Whip seufzte laut. »Ja, daran kann ich mich einfach nicht gewöhnen.«

»Macht mal halblang«, ließ sich eine andere Stimme vernehmen, die nach Steven Collier klang. »Wenn die Franzosen so kleinlich wie die Amerikaner wären, würden sie uns, verlaust wie wir sind, gar nicht erst reinlassen. Wenigstens sind sie diesbezüglich nicht so pingelig. Und wir riechen auch nicht viel besser als diese Misthaufen.«

»Teufel noch mal, Leutnant, das ist wohl nur ein schwacher Trost«, erwiderte Riley mit einem freudlosen Glucksen.

Fournier ließ sich nicht beirren. »Ich könnte mir vorstellen«, fuhr er in seinem schleppenden Singsang fort, »wenn so ein Prachtweib wie deine Miss Susannah zu Hause auf mich warten würde, würde ich auch lieber an sie denken. So ein bildschönes, engelhaftes Wesen auf Gottes herrlicher Erde. Zeig uns doch noch einmal ihr Bild, Braddock.« Genüsslich inhalierte er den Rauch seiner Zigarette.

Automatisch legte Riley die Hand über die Uniformtasche, in der Susannahs Fotografie steckte. »Kümmere dich um deine eigenen Angelegenheiten. Außerdem ist es hier sowieso zu dunkel, um irgendwas zu erkennen.«

»Und wo sind wir hier noch mal?«

»Mein Gott, Whippy, hörst du denn nie zu?«, fragte Riley. Fournier war ein netter Kerl und auch ein guter Soldat, wenn es darauf ankam, aber er schien mit den Gedanken immer woanders zu sein. Er war auf dem College gewesen und hätte eigentlich Offizier werden sollen, hatte die Beförderung jedoch abgelehnt. Zu viel Verantwortung, war sein Kommentar gewesen. Manchmal wunderte sich Riley, dass Fournier immer noch den Kopf auf den Schultern trug, wie dieser manchmal scherzte. »Die Schlacht hat am sechsundzwanzigsten September begonnen. Wir sind in der Nähe von Verdun, irgendwo zwischen der Maas und dem Argonnerwald. Vermutlich. In der Dunkelheit ist das schwer zu sagen.«

»Ach ja, die Argonnen. Wo schon so lang gekämpft wird.« Mit einem letzten Zug erlosch die Zigarette. Riley hörte das Geräusch eines Absatzes, der sie in den Schlamm trat. »Ich muss mal zur Latrine, Jungs«, verkündete Whippy. »Versprecht mir, dass ihr mich holt, wenn die Deutschen aufkreuzen. Ich will nichts verpassen.«

Das Bataillon hatte einen mehrstündigen Marsch im Regen hinter sich. Ihr Weg hatte sie durch Laufgräben und über zerstörte Straßen geführt, auf denen ein Chaos aus Fahrzeugen, Pferden und

Männern herrschte, die sich gegenseitig blockierten. Sie brachten Nachschub für ein anderes Frontbataillon. Das nächtliche Vorrücken schützte sie vor feindlichen Scharfschützen oder Spähtrupps, aber das Wetter war höchstens etwas für die Frösche und Ratten, von denen es in diesem Loch nur so wimmelte.

Riley lehnte mit dem Rücken an der Grabenwand, die mit Sandsäcken und dünnen Zweigen verstärkt war, neben sich mit dem Schaft nach unten sein von der Armee gestelltes Springfield-Gewehr. Von irgendwoher entlang der Front hörte er leisen Gesang, wunderschönen Gesang, ein harmonischer Chor wehmütiger Stimmen.

*Eine lange, lange Nacht muss ich warten,*
*bis meine Träume wahr werden.*
*Bis zu dem Tag, an dem ich den langen, langen Weg*
*mit dir gehe.*

Riley musste schlucken. Plötzlich hatte er einen Kloß im Hals. Er wünschte, Whip hätte Susannah nicht erwähnt. Seit sechzehn Monaten hatte er seine Frau nicht mehr gesehen. Mein Gott, es kam ihm vor wie ein ganzes Leben. Mit diesem Gefühl der abgrundtiefen Einsamkeit und Isolation, obwohl er von Tausenden von Männern umgeben war, hatte er nicht gerechnet, als er seine Heimat verlassen hatte. Wie kann sich ein Mensch mitten im Gewühl anderer Menschen einsam fühlen? Aber bei ihm war es so.

Mit geschlossenen Augen stellte er sich Susannahs lange schwarze Locken vor, ihre zarten Wangen, die weiche Rundung ihrer Hüfte unter dem Hemd, die Art, wie sie ihn mit ihren schokoladenbraunen Augen ansah, wenn sie allein waren. Er stellte sich vor, wie sie bis zu den Schenkeln im hohen Sommergras stand, ihn anlächelte und mit einem Funkeln in den Augen lockte, und wie er zu ihr hinging und seine Hände in ihrem Haar vergrub. Dann zog sie ihn hinunter ins tiefe Gras, wo niemand sie finden würde.

Wenn er sich konzentrierte, konnte er sich an ihren Duft erinnern – Kirschbaumrinde und Mandeln. Unvermittelt nahm er einen tiefen Atemzug, und das holte ihn wieder in die Gegenwart zurück.

Die Gräben rochen wie – nun ja, es gab kein geeignetes Wort, das zu beschreiben. So vieles trug zu dem Gestank bei: Tausende nur dürftig zugeschaufelte Gräber, gekochtes Essen, übergelaufene Latrinen, ungewaschene Körper, verrottende Sandsäcke, alles vermischt mit dem Geruch nach modrigem Schlamm. In der Dunkelheit konnte er die braunen Ratten nicht erkennen, die ohne Scheu durch die Gräben huschten. Diese dreckigen Nager waren oft so groß wie Hauskatzen, da es ihnen nie an Nahrung fehlte. Sie lebten von den menschlichen Überresten, die überall verstreut lagen. Einige Veteranen schworen, dass die Ratten das bevorstehende Granatfeuer der Deutschen spürten und sich rechtzeitig davonmachten, bis es vorbei war.

Warum er ursprünglich einmal geglaubt hatte, Krieg sei eine edle und romantische Erfahrung, war ihm inzwischen entfallen. Nichts an seiner Arbeit als Pferdezüchter hatte ihn auf Dinge vorbereitet wie den kilometerlangen Stacheldraht, das Maschinengewehrfeuer, das ein Dorf innerhalb von Minuten in Schutt und Asche legen konnte, und die unaussprechlichen, unmenschlichen Gräuel, deren Zeuge er geworden war. Aber auf das, was er hier erleben musste, war keiner der Männer vorbereitet gewesen. Verflucht noch mal, er hätte doch wenigstens wie manch anderer warten können, bis er eingezogen wurde.

Manchmal ... nur eine Minute lang ... wünschte er, er hätte nachgegeben, als Cole und er darüber stritten, wer gehen und wer bleiben sollte. Cole hatte in den Krieg ziehen wollen.

Natürlich hatte Pop wie immer seine Sprüche geklopft und getönt, dass beide Söhne dem Namen Braddock Ehre machen würden. Für Riley hatte es außer Frage gestanden, dass er sich freiwillig melden würde. Bei Cole hatte Pops Genörgel jedoch letzten Endes nicht gewirkt, und Riley war froh darüber. Zwischen den Brüdern hatte es Groll darüber gegeben, wie die Dinge gelaufen waren. Aber jemand musste Susannah mit den Verträgen helfen, und sein Vater war nicht in der Verfassung dazu.

Die goldenen, strahlenden Tage in jenem endlosen Sommer, an den er sich so gut erinnerte – sie waren der Grund, warum er hier in Frankreich war. Warum er und die anderen einen Feind bekämpften, der ihre Freiheit grausam und tyrannisch zerstören wollte.

So hatte man es ihnen zumindest gesagt. Aber er glaubte nicht mehr daran. Falls er starb, was hätte er dann von der Freiheit?

Er legte den Kopf in den Nacken und blickte zum Himmel. Nicht viel zu sehen.

Wenigstens hatte der Regen aufgehört.

# Kapitel 5

Nach dem Mittagessen ging Jessica zum Telegrafenamt, um Dr. Martin am Krankenhaus von Seattle ein Telegramm zu schicken und ihn von der Änderung ihrer Pläne zu unterrichten. Sie reichte Leroy Fenton, dem alten Telegrafisten von Powell Springs, ihre Nachricht.

»Seattle, ja? Hab Neuigkeiten aus der Gegend gehört – anscheinend haben sie dort oben gerade eine Grippewelle.«

»Wirklich?«

Leroy rückte seinen Ärmelhalter zurecht. »Es heißt«, fuhr er fort, »die Grippe sei wahrscheinlich in Camp Lewis ausgebrochen und habe sich dann auf einige Zivilisten übertragen, die sich dort eine Parade der Infanterie der Nationalgarde angeschaut haben.« Er zuckte die Achseln. »Die Ärzte dort meinen aber, wir bräuchten uns keine Sorgen zu machen. Andere Militärlager hätten sie auch schon, aber sie hätten die Lage im Griff. Das macht dann drei Dollar, Miss Jessica.«

Jess hatte selbst schon von einigen Grippeausbrüchen gehört – von manchen Ärzten als Lungenentzündung diagnostiziert – und sie wusste auch, wie überbelegt die provisorischen Militärlager waren. Unter solchen Umständen konnten sich Krankheiten rasch ausbreiten. Bei der Erwähnung von Camp Lewis musste sie unweigerlich wieder an den jungen Cookson denken.

»Im Krieg sterben mehr Männer an Krankheiten als an Verletzungen«, sagte sie, während sie in ihrer Beuteltasche nach dem Geld kramte, um Leroy zu bezahlen.

»Wirklich?« Er sah noch einmal auf ihre Nachricht und blickte sich dann rasch um, als wäre außer ihnen beiden noch jemand anwesend. Heutzutage war das keine grundlose Angst. Eine harmlose Bemerkung konnte einen in Teufels Küche bringen. »Dann bin ich froh, dass ich zu alt bin, um eingezogen zu werden«, murmelte er mit gesenkter Stimme.

Sie tätschelte seinen Arm und lächelte. »Ich auch, Leroy.«

Draußen auf dem Gehweg blieb sie einen Augenblick stehen, erfüllt von einer unguten Vorahnung, die ihr Herz schneller schlagen ließ. Dann holte sie tief Luft und machte sich auf den Weg ins Hotel.

Vor Jessicas Hotelzimmertür zog Cole seinen rechten Wildlederhandschuh aus, doch seine erhobene Hand verharrte unschlüssig vor der hölzernen Türfüllung. Es war Amys Idee gewesen, aber ihm ging das alles ziemlich unter die Haut, und er war fest entschlossen, diese Begegnung so kurz wie möglich zu halten. Wenn Amy ihn nicht darum gebeten hätte, wäre er jetzt wieder in seiner Schmiede oder würde Susannah und Tanner mit den Pferden helfen.

Ein Gast ging im Flur an ihm vorbei, und Cole wollte nicht so wirken, als liege er hier wie der böse Wolf auf der Lauer. Er klopfte scharf an die Tür.

Drin näherten sich Schritte. »Wer ist da, bitte?«

»Cole.« Sie öffnete die Tür zunächst nur einen Spalt weit, zog sie jedoch bei seinem Anblick ganz auf. »Hast du etwa Angst vorm Schwarzen Mann?«

Sie hatte sich umgezogen und trug nun ein schmal geschnittenes hellbraunes Kleid mit einem breiten Kragen, der bis zu den

Schultern reichte, und einem Volantrock, dessen Säume schwarz eingefasst waren. Das Kleid brachte ihre Rundungen zur Geltung, sodass er seine Augen nicht von ihr wenden konnte.

»Nein, ich bin mit den Jahren nur vorsichtiger geworden. Zum Glück muss hier niemand seine Haustür absperren. Powell Springs ist eben nicht New York.«

Als ob er das nicht wüsste. »Da erzählst du mir nichts Neues. Ist das alles?« Er zeigte auf die beiden großen Koffer und einige kleinere Gepäckstücke, die an der Wand standen. Frauen reisten nie mit leichtem Gepäck, dachte er, und Jessica, wenngleich eine praktisch veranlagte Frau, war da anscheinend keine Ausnahme. Aber fairerweise musste er zugeben, dass sie schließlich auf dem Weg nach Seattle war, um ... Karriere zu machen. Natürlich hatte sie all ihre Habe bei sich.

Trotz der weit geöffneten Tür wirkte Jessica nervös und nestelte an ihrem breitrandigen Hut, den Ärmelmanschetten und der schlichten Goldkette an ihrem Hals. »Ja, und es tut mir leid, dass ich sie nicht bereits habe nach unten bringen lassen, damit du nicht, na ja ...« Sie brach ab, und ihr Blick huschte zum Bett.

Obwohl das Zimmer nicht gerade klein war, stach das große Eisenbett sofort ins Auge.

Mehr als zwei Jahre zuvor hatte er in einer Winternacht mit Jessica in einem ähnlichen Bett gelegen.

An jenem Nachmittag hatte das Begräbnis ihres Vaters stattgefunden, und sie hatte ruhig und gefasst gewirkt, hatte den Leichenschmaus organisiert, mit den Nachbarn geplaudert und sich um die schluchzende, untröstliche Amy gekümmert. Als endlich alle gegangen waren, hatte sie ihrer Schwester ein starkes Schlafmittel gegeben und sie zu Bett gebracht. Erst dann hatte sich ihre Erstarrung gelöst. In seinen Armen hatte sie geweint, bis er dachte, das Herz müsse ihr brechen, und ihm ebenso. Sie verbrachten die Nacht auf ihrem Bett liegend, immer noch in den Kleidern, die sie beim Begräbnis getragen hatten, während der scharfe Januarwind ums Haus heulte und durch die Fensterritzen drang. Die Vorderseite seines Hemds war nass von ihren Tränen gewesen. Noch nie waren sie sich so nah gewesen wie in diesen kalten, dunklen Stunden, nicht einmal bei ihren kurzen, heimlichen Begegnungen in der Wildblumenwiese, wo sie sich hungriger Leidenschaft hingegeben hatten.

Es war das letzte Mal gewesen, dass er sie weinen gesehen hatte. Und ihm wurde klar, dass es das einzige Mal gewesen war.

Sie deponierte ihre Beuteltasche auf der Kommode und legte sich einige Kleider über den Arm. »Hast du niemanden zum Helfen dabei?«

»Wozu? Wenn ich das nicht allein schaffe, kann ich mich auch gleich zur Ruhe setzen und meine Tage mit Pop bei Tilly's zubringen.«

Sie zog eine Augenbraue nach oben, sagte aber nichts mehr.

Er trug einen der großen Koffer den Flur entlang und hinaus zu seinem Ford TT. Als er den Lastwagen letztes Jahr gekauft hatte, hatte es zu Hause Streit gegeben. Riley hatte darauf beharrt, dass sie ihn sich nicht leisten konnten, obwohl Cole ganz genau wusste, dass das nicht stimmte. Sein Vater hatte erklärt, dass er dem Ding eher eine Kugel zwischen die Frontscheinwerfer jagen würde, als es in die Nähe der Pferde zu lassen. Noch immer begegnete Pop dem Wagen mit Misstrauen, musste aber zähneknirschend zugeben, dass er seinen Zweck erfüllte, vor allem, wenn es um Transporte ging. Da es so viel zu tun gab, nutzte Cole das Fahrzeug oft.

Jessica folgte ihm mit ihrer Tasche und den Kleidern. Als sie zurückgingen, um den zweiten großen Koffer zu holen, meinte sie noch einmal: »Für den wirst du Hilfe brauchen. Er ist schwer.«

Er wedelte abwehrend mit der Hand. »Wenn ich mit Bill Franklins französischem Kaltblut klarkomme, dann werde ich das hier auch schaffen. Das Pferd wiegt über eine Tonne.«

»Wirklich? Und das trägst du auf dem Rücken?«, fragte sie honigsüß.

Er runzelte die Stirn und ging in die Hocke, um den Koffer anzuheben. Der rührte sich jedoch keinen Millimeter. Er versuchte es noch einmal, die Muskeln angespannt und schmerzend vor Anstrengung. Nichts – nur dass seine Schultergelenke knackten.

Er sah zu Jess hoch, zog seine Handschuhe zurecht und packte den seitlich angebrachten Ledergriff. Auch als er heftig daran zerrte, schaffte er es kaum, ihn mehr als einen Meter weit zu ziehen.

»Meine Güte, was ist denn da drin?«, fragte er völlig außer Atem. Er hatte das Gefühl, gleich würden ihm die Adern im Kopf platzen.

»Medizinische Fachbücher.«

Sein Stirnrunzeln wurde finster. »Warum zum Teufel hast du mir das nicht gesagt?«

»Du hast mir versichert, es wäre kein Problem für dich. Der Koffer wiegt doch bestimmt nicht so viel wie das Pferd, oder?«

»Wie hast du ihn hierher gebracht?« Er rückte seinen Hut gerade.

»Es waren drei Männer und ein Junge nötig. Ich habe sie am Bahnhof *engagiert.*« Sie wirkte sehr zufrieden mit sich.

Meine Güte, was für ein freches Ding. Das war sie schon immer gewesen. Wie konnte eine so ernsthafte Frau mit einem solch ernsthaften Beruf so frech sein? Aber genau das machte ja ihren Charme aus – eine Mischung von Gegensätzen in ein und derselben Person. Fleißig und diszipliniert, aber auch rebellisch und draufgängerisch. Belesen, aber unschuldig. Amy dagegen war weltfremd und unkompliziert. Obwohl Cole Jessica länger kannte, war er nie ganz aus ihr schlau geworden. Das war irritierend, hatte aber auch seinen Reiz. Wenn sie es darauf anlegte, konnte sie einen Mann ganz schön aus dem Gleichgewicht bringen.

»In Ordnung, ich muss jemanden holen, der mir hilft. Geh du einstweilen in die Praxis zurück.«

»Ich muss zuerst noch zur Wäscherei.«

Er fasste in seine Gesäßtasche. »Hier ist der Schlüssel. Wir treffen uns in der Praxis, wenn ich jemand gefunden habe, der – also, es wird eine Weile dauern.«

Er war sich nicht sicher, aber er glaubte das Aufblitzen der Genugtuung in ihrem Lächeln zu entdecken, als sie sich zum Gehen wandte.

ଷ ଷ ଷ

»Keine Sorge, Ma'am, wir liefern Ihnen die Sachen später am Nachmittag, gebügelt und so gut wie neu.« Clarence Wegner nahm Jessica die zerknitterten Kleider ab. Nachdem sie tagelang eingepackt gewesen waren, waren sie so zerdrückt, dass man sie nicht mehr tragen konnte. Freundlich und interessiert plapperte er weiter. »Schön, Sie nach so langer Zeit wiederzusehen. Ich wette, Sie sind froh, wieder zu Hause zu sein. Sieht so aus, als würden wir hier bald die Hochzeit Ihrer Schwester erleben dürfen.«

»Äh, ja, Mr. Wegner ...«

»Schade, dass Riley Braddock drüben in Frankreich ist. Aber wir hoffen ja, dass er zur Hochzeit hier sein kann. Als ich Mrs. Wegner geheiratet habe, war mein Bruder auch Trauzeuge und ...«

Jessica bemühte sich, Mr. Wegners Worten zu folgen. Der Himmel war klar, es war ein kühler Tag. Trotz der offenen Tür war die Luft in der Wäscherei allerdings stickig und feucht. Durch den Spalt in den purpurfarbenen Vorhängen, die den Arbeitsbereich von der Ladenfront abtrennten, konnte sie sehen, wie Dampf aus den Waschzubern quoll und von den Bügeleisen und der Wäschemangel aufstieg. Von irgendwoher kamen Essensgerüche. Vielleicht von Mae Rumsteadts Café ein Stück weiter die Straße hinunter, oder aus der Küche im ersten Stock, wo Clarence Wegner und seine Frau wohnten.

Plötzlich erinnerte sie sich lebhaft an den durchdringenden Geruch von gekochtem Kohl und ranzigem Schweineschmalz in dunklen, stickigen Fluren, die durch ebenso dunkle, stickige Treppenhäuser miteinander verbunden waren. Kinder, die in der Sommerhitze quengelten, ihre Mütter, die schrill keiften oder verzweifelt aufstöhnten. Eine Kakofonie von erhobenen Stimmen voller Zorn, Schmerz oder Hilflosigkeit drang durch die dünnen Wände der Mietskasernen. Egal, welches Gebäude – in New Yorks Armenvierteln waren sie alle gleich. Die Hölle auf Erden. In einem Raum ein kleines Mädchen mit einem gebrochenen Arm, am Ende des Flurs eine frischgebackene Mutter mit strähnigem Haar, die gegen das Kindbettfieber ankämpfte, das sie dahinzuraffen drohte, und wieder in einem anderen eine Frau, die ausgezehrt und hohläugig auf einer nackten, fleckigen Matratze lag, nur eine zerlumpte Steppdecke zum Zudecken, einen Tumor von der Größe einer Zitrone in der Brust.

Die Hitze.

Die Ratten.

Die Armut.

Die Hoffnungslosigkeit.

All das suchte sie in ihren Träumen heim, aber Jess hatte sich nicht mehr so lebhaft daran erinnert, seit sie New York für eine Auszeit in Saratoga Springs verlassen hatte.

»... alles in Ordnung, Miss Layton? Sie sehen ein bisschen blass aus.«

Ruckartig wurde Jessica in die Gegenwart zurückgeholt. »Ja, entschuldigen Sie.« Sie presste die Hand an die Stirn. Ihr klebte das Kleid am Rücken, und ihr Herz schlug so heftig wie die Basstrommel der Blaskapelle. Plötzlich schnürte ihr ein Gefühl von Panik die Kehle zu, und sie bemühte sich, es zu verbergen. »Es – es ist sehr warm hier drin, finden Sie nicht?«

»Aber sicher, die Sommermonate sind in unserem Gewerbe nicht einfach, auch wenn der neue elektrische Ventilator sie erträglicher macht.« Mr. Wegners Gesicht war von einem glänzenden Schweißfilm überzogen. Er deutete auf die rotierenden Ventilatorblätter in ihrem Drahtkäfig. »Aber kommen Sie doch nächsten Monat – von November bis März ist es hier angenehm warm.«

Jessica zog ein Taschentuch hervor. »Nun ja, ich – ich muss mich beeilen.« Wenn sie nicht bald hier rauskäme, würde sie noch in Ohnmacht fallen. Oder Schlimmeres.

»Selbstverständlich. Ich schicke eines der Mädchen, sobald ...«

Aber Jess hatte sich schon aus der Tür geschoben und stand auf dem Gehweg. Unter der Markise hielt sie inne und wischte sich mit dem zusammengeknüllten Tuch über die Schläfen. Es war eine Erleichterung, wieder an der frischen Luft, in der Kühle zu sein, doch das Gefühl von Panik, das sie erfasst hatte, machte ihr Sorgen.

Wann würden sie diese Erinnerungen in Ruhe lassen? Hatten sie sich so tief in ihr Gedächtnis eingegraben, dass sie wieder und wieder vor ihrem inneren Auge ablaufen würden, wie Szenen aus einem Film? Nein, beruhigte sie sich, das konnte nicht sein. Wenn sie erst einmal in Seattle war, würde es ihr besser gehen – sie würde ganz neu anfangen, und neue Erinnerungen würden die alten überlagern.

Sie holte tief Luft, um wieder Haltung zu gewinnen, stopfte das feuchte Taschentuch in ihre Rocktasche und machte sich auf den Weg zurück zur Hauptstraße. Als sie in der Praxis ankam, sah sie, dass Eddie Cookson fort war.

Gut. Wenigstens war jemand gekommen, um ihn abzuholen. Was er jetzt vor allem brauchte, waren Bettruhe und vernünftige Pflege.

# Kapitel 6

»Was hast du denn da vor, Junge?« Shaw Braddock brachte sein Pferd vor Coles Haus zum Stehen.

Verdammt, dachte Cole und packte den Griff des Koffers fester. Er hatte gehofft, der ganze Wirbel wegen der Kriegsanleihen würde seinen Vater noch eine Weile bei Tilly's festhalten, bis Cole Jessicas Hab und Gut in die Praxis gebracht hatte. Vielleicht wusste Shaw noch gar nicht, dass der Bürgermeister sie als Vertretung für Pearson engagiert hatte und dass sie in die Wohnung des Doktors ziehen würde. Und jetzt stand er, Cole, hier vor der Praxis mit Jess' Gepäck in seinem Ford. Neben sich Winks Lamont, den er angeheuert hatte, damit er ihm mit dem Bücherkoffer half. Es würde ihn nicht mehr kosten, als dem alten, einfältigen Säufer, der sowieso die meiste Zeit damit zubrachte, an Tilly's Tresen Drinks zu schnorren, ein paar Bier auszugeben. Andererseits verdiente er auch nicht mehr. Winks roch wie ein überreifer Käse, den man während einer Hitzewelle in einem Außenabort hatte liegen lassen.

»Ich dachte, du wärst auf einen Drink im Saloon.«

»Da war ich schon. Ich bin auf dem Weg nach Hause. Es wird bald dunkel.« Der alte Mann deutete in die ungefähre Richtung der Farm. »Wir haben ein paar Drückeberger ein bisschen in die

Mangel genommen, die mit irgendeiner jämmerlichen Ausrede vor dem Kriegsdienst kneifen. ›Meine Ma braucht mich‹, ›ich sehe nicht mehr so gut‹, ›ich muss mich um die Herde kümmern‹. Dein Bruder hat auch keine solchen Sachen vorgeschoben. Er hat sich wie ein *Mann* verhalten und sich freiwillig gemeldet. Hier geht's nicht um die eigene Bequemlichkeit. Wir haben schließlich Krieg!«

Cole biss die Zähne zusammen. »Vielleicht sind das gar keine Ausreden. Vielleicht stimmt es, was die Männer sagen.«

»Pah! Aber du hast mir immer noch nicht erzählt, was du mit all diesem Kram vorhast.«

»Jessica wird einen Monat hierbleiben.«

Der alte Mann warf ihm von Muleys Rücken einen scharfen Blick zu. »Ach ja?«

»Ja«, erwiderte Cole, während er nun versuchte, den Koffer von der Ladefläche hochzustemmen. »Horace hat sie gebeten, eine Weile zu bleiben. Die Stadt kommt für die Miete auf.« Er zuckte mit den Schultern. »Besser als die Wohnung leerstehen zu lassen, bis der andere Arzt kommt.« Mit einer Hand an der Rückwand des Fahrzeugs schwang er sich auf die Ladefläche. »Komm schon, Winks, pack mal mit an. Wir wollen schließlich fertig werden.«

»Das ist das Problem mit Horace Cookson«, begann Pop, »er redet immer, bevor er denkt. Wir brauchen dieses Arztmädel nicht, das immer so schlau tut ...«

»Shaw, wie nett, Sie wiederzusehen.« Jessica trat aus der Praxis. Sie trug einen Korb über dem Arm und kam über den Gehweg auf ihn zu. »Möchten Sie gern einen Donut? Ich habe welche in der Bäckerei gekauft.« Sie schlug die Serviette zurück, die das Gebäck bedeckte, und hob ihm den Korb einladend entgegen.

Cole blickte auf. Der alte Mann sah etwas belämmert drein. Für Süßes hatte er schon immer eine Vorliebe gehabt. »Einen Donut ...« Plötzlich war das Genörgel vergessen.

»Wie geht es Ihnen?«, fragte sie, als er sich aus dem Korb bediente, und deutete mit einer Kopfbewegung auf seine verkrümmten Finger. »Sieht so aus, als würde Sie immer noch die Arthritis plagen.«

»Na ja, die wird mit dem Alter ja nicht besser, oder?«, zischte Pop und biss herzhaft in den Donut.

Sie lächelte und ignorierte seine schlechte Laune. »Nein, aber sie kann nachlassen – ich meine, sie kann sich manchmal bessern, vor allem bei gutem Wetter.«

Seine Miene wurde finster. Er schluckte. »Erzähl mir was Neues, Mädel.« An Cole gewandt fügte er hinzu: »Was hab ich dir gesagt? Ärzte sind keine Hilfe, und die neuen wissen auch nicht mehr als die alten.«

»Zu schade, dass Sie sich nicht mehr an der frischen Luft bewegen«, fuhr sie unbeirrt fort. »Amy hat erwähnt, dass Sie den halben Tag im Wohnzimmer sitzen und sich von Susannah bedienen lassen. Durch das Herumsitzen wird die Krankheit nur noch schlimmer.« Das hatte Jess schon immer gut gekonnt, den alten Herrn zurechtzustutzen.

»*Herumsitzen*! Bei Gott ...«

Winks schallendes Gelächter klang rasselnd.

Cole musste sich abwenden, um sein Grinsen zu verbergen.

Pop stopfte sich den Rest des Donuts in den breiten Mund, während sich Röte auf seinem wettergegerbten Gesicht ausbreitete. »Ich sag denen doch dauernd, dass mit mir alles in Ordnung ist. Aber ihnen wäre es am liebsten, ich würde den ganzen Tag im Schaukelstuhl sitzen.« Er versprühte Krümel und Puderzucker. »Sie meinen, ich sei zu alt und zu steif zum Arbeiten. Susannah macht mich mit all ihrem Getue und Verhätscheln noch zum Invaliden. Ha! Ich krieg meinen Hintern immer noch hoch und zeig es jedem, der es wissen will! Und das gilt auch für dich, Jungspund!«, wandte er sich an Winks, der nicht viel jünger war als Pop.

Dann riss er Muley herum und trabte davon, was den Gelenken von Ross und Reiter nicht unbedingt zuträglich war.

Jessica winkte ihm nach, einerseits belustigt, andererseits erleichtert darüber, ihn los zu sein. Sie wusste, dass er sie nie wirklich akzeptiert hatte, und nachdem sie Powell Springs zum ersten Mal verlassen hatte, war er bei ihren Besuchen zu Hause geradezu grob gewesen. Aber sie wollte sich auch nicht hinter den Spitzenvorhängen des Erkerfensters verschanzen und sich anhören, wie er über sie herzog.

Als sie sich umdrehte, sah sie Cole lächeln. Es war ein vertrautes Lächeln, das an ihr Herz rührte. »Nicht schlecht, Jess.«

»Immer noch das gleiche alte Raubein, oder?« Sie sah Muley nach, unter dessen Hufen der Staub aufwirbelte.

»Tja, auch er ist mit dem Alter nicht besser geworden. Er behandelt uns immer noch wie Zehnjährige und versucht, die ganze Welt nach seiner Pfeife tanzen zu lassen.«

»Ich mache mir nur Sorgen, dass er seine Wut an Susannah auslässt. Und vielleicht sogar an Amy, weil sie ihn verpetzt hat.«

Er packte das eine Ende des Koffers und hievte es hoch. »Lass dich von ihm nicht zum Narren halten«, meinte er. Sein Hemd klebte ihm am Körper. »Er giert geradezu nach ihrer Aufmerksamkeit. Und Amy frisst er aus der Hand. Sie kann jedem um den Bart gehen. Das macht ihren Charme aus.«

Während sie zusah, wie Cole und Winks den Koffer durch die enge Türöffnung bugsierten, fiel ihr Blick auf Coles Nacken, wo sich sein schweißnasses Haar über dem Kragen ringelte. Ohne es zu wollen, ließ sie die Augen weiter seinen muskulösen, breiten Rücken hinab und dann tiefer zum Hosenboden seiner Jeans wandern, bevor die beiden Männer im dunklen Innern der Praxis verschwanden.

Energisch hob sie das Kinn. Auf keinen Fall würde sie sich Selbstzweifeln und Mutmaßungen hingeben. In diese Falle würde sie garantiert nicht tappen. Die letzten anderthalb Jahre waren schwierig genug gewesen.

»Möchtest du die Bücher auspacken?«, hörte sie Cole aus dem Hinterzimmer rufen.

Sie ging hinein, durchquerte das sauber aufgeräumte Wartezimmer und betrat das Untersuchungszimmer, wo er mit Winks auf sie wartete. Seine Miene war nicht mehr ganz so feindselig wie heute Morgen, aber das kurze Lächeln, das er ihr draußen zugeworfen hatte, war wie weggewischt. Als ob sich eine Wolke vor die Sonne geschoben hätte und es plötzlich kühl geworden wäre. »Nein, das hat keinen Sinn. Wie du weißt, werde ich nicht bleiben.«

Sein Blick verweilte auf ihr, dann richtete er seine Aufmerksamkeit wieder auf den Koffer. »Ja, ich weiß.« Aus der Vordertasche seiner Jeans fischte er einen Silberdollar, den er Winks reichte. »Hier, du alter Pferdedieb. Gib nicht gleich alles auf einmal aus.«

Winks stürzte sich praktisch auf das Geld und zeigte sein einfältiges, fast zahnloses Grinsen. »Danke, Cole.« Er nickte Jessica zu und ließ die beiden allein und verlegen stehen.

»Wahrscheinlich macht er sich sofort auf den Weg zu Tilly's und versäuft alles«, sagte Cole. Sein Hemd war bis zur Brustmitte aufgeknöpft und enthüllte den Blick auf ein sonnengebräuntes V, das, wie sie wusste, im Winter ein wenig verblassen, aber nicht ganz verschwinden würde.

»Wenn alle um ihn herum trinken, betäubt es vielleicht ihren Geruchssinn. Ich war bei Obduktionen von Leichen dabei, die man aus dem Hudson gezogen hatte, und die rochen weniger ... würzig.«

Wieder musste er lachen. Dann bedachte er sie mit einem angespannten, prüfenden Blick. Warum war er ihr immer noch so vertraut, nach all dem, was passiert war? Einen Moment lang erwartete sie, dass er einladend die Arme ausbreiten würde, und sollte er das tun, wäre sie stark in Versuchung, den kurzen Abstand zwischen ihnen zu überbrücken und sich seiner Umarmung zu überlassen.

Irgendwo am Rand ihres Bewusstseins hörte sie das Geräusch von Schritten, doch sie konnte die Augen nicht von ihm abwenden. Die Luft zwischen ihnen begann zu knistern.

»Ach, da seid ihr ja!« Amy stand in der Tür. »Ich hab's geschafft, mich von den Verbänden loszueisen und ...« Ihr Lächeln verschwand, als sie die beiden genauer beäugte. »Ist alles in Ordnung? Habt ihr den Umzug geschafft?«

»Es ... ja. Alles ist gut gelaufen«, sagte Jessica schließlich. »Ich sollte dir die Auslagen erstatten, Cole, die du mit Winks hattest.«

Er trat einen Schritt zurück und tat es mit einer Handbewegung ab. »Schon gut.« Er sah von einer Frau zur anderen. »Ich muss mich wieder an die Arbeit machen.« Damit drehte er sich auf dem Absatz um und verschwand.

»Also, das war seltsam«, meinte Amy, die ihm nachblickte.

Jess wandte sich ab. Das Gemisch aus dem Vanilleparfum ihrer Schwester und dem ihr ebenso vertrauten Geruch von Cole hing noch in der Luft.

ꝏ ꝏ ꝏ

Obwohl sie damit beschäftigt war, sich einzurichten, zog der Klang von Musik Jess hinaus auf den Gehweg. Alles bewegte sich auf den Park zu. Während sie so dastand, fühlte sie sich selbst beobachtet. Sie hob die Schultern, wie um eine unsichtbare Hand abzuschütteln, doch das Gefühl blieb bestehen.

Als sie schließlich nach links blickte, bemerkte sie Cole, der mit verschränkten Armen am Türrahmen seiner Schmiede lehnte und der vorbeiströmenden Menge zusah. Ihre Aufmerksamkeit verlagerte sich. Die Menschen schienen zu verblassen, die Musik und der Lärm klangen gedämpft – es gab nichts und niemanden mehr außer Cole Braddock. Er trug kein Hemd, nur die schwere Lederschürze, die von der Brust bis zu den Knien reichte. An Schultern und Armen zeichneten sich Muskeln ab, die vom Schwingen des Schmiedehammers und von vielen Jahren schwerer körperlicher Arbeit zeugten. Sein gutaussehendes Gesicht war rußverschmiert und glänzte vor Schweiß, als käme er geradewegs von seinem Amboss.

Er sah ihr voll ins Gesicht, und sie fühlte sich wie vom Blitz getroffen. Sie zwang sich, den Blick abzuwenden, doch das Gefühl, beobachtet zu werden, blieb. Augen, die sie musterten.

Er war Amys Zukünftiger, rief sie sich ins Gedächtnis. Er hatte Jessica betrogen. Er hatte sich als wankelmütig und treulos erwiesen ...

»... so froh, dass ich dich hier treffe, Jessica. Ich hatte schon darauf gehofft.«

Jessica zuckte bei der Nennung ihres Namens zusammen. Als sie sich umwandte, stand sie Adam Jacobsen gegenüber. »Bitte? Oh, Adam! Ja, wir haben uns lang nicht gesehen.«

Er war größer geworden, als sie gedacht hätte. Die breite Stirn und das volle Gesicht wurden durch seine großen Augen mit den dunklen Wimpern wettgemacht. Vor allem um die Kieferpartie und das Kinn herum jedoch ähnelte er noch seinem Kindergesicht. Seine Nase war schmal und spitz geworden wie ein Pfeil und schien auf seinen Mund zu deuten. Er trug seinen Sonntagsanzug und hatte ein Klemmbrett unter dem Arm. Um den Lärm der Menge um sie herum zu übertönen, beugte er sich näher zu ihr. »Ich freue mich, dass du Bürgermeister Cooksons Angebot angenommen hast, eine Weile bei uns zu bleiben.«

»Ich habe gehört, dass du ein gutes Wort für mich eingelegt hast«, erwiderte sie und fühlte sich sowohl angesichts dieser Tatsache als auch ihm gegenüber unbehaglich. Warum sollte gerade er sich dafür einsetzen, dass sie in Powell Springs blieb? Als sie noch Teenager gewesen waren, hatte er sie einmal mit Cole im hohen Gras am Bach überrascht und war sofort zu seinem Vater gerannt, um es ihm brühwarm zu erzählen. Der wiederum hatte ihren Vater unterrichtet. Der alte Jacobsen hatte eine ganze Sonntagspredigt über die Sünde der Fleischeslust gehalten und über die Gefahren, die drohten, wenn man junge Leute ohne Aufsicht ließ.

Nicht lang danach hatte Jessicas Vater sie aufs College geschickt, damit sie auf andere Gedanken kam.

»Du warst einfach die richtige Kandidatin dafür, hier die ärztliche Versorgung zu übernehmen, bis Dr. Pearson kommt.«

Sie hob eine Augenbraue und lächelte leicht. »Ich würde eher sagen, ich war die *einzige* Kandidatin.«

Errötend fummelte er an dem Klemmbrett herum. »Nun ja, das stimmt. Aber du kennst doch hier fast jeden. Ich hielt es für eine gute Idee.«

Sie sah, dass das Blatt Papier auf dem Klemmbrett ein Einwohnerverzeichnis enthielt. Einige von denen, die sie bei der Parade heute Morgen gesehen hatte, trugen einen Haken hinter dem Namen. Zum Klemmbrett nickend fragte sie: »Du machst dir Notizen?«

»Ach – das.« Er drehte die Liste so, dass sie sie nicht mehr lesen konnte. »Ich will nur auf dem Laufenden bleiben, das heißt sichergehen, dass alles klappt wie geplant. Das Komitee, zu dem ja auch deine Schwester gehört, hat so hart dafür gearbeitet.«

Genau, dachte sie. Noch immer der gleiche kleine Schnüffler wie früher, nur noch schlimmer. Ein aufgeblasener, wichtigtuerischer Schnüffler für die American Protective League. Sie fragte sich, ob ihr Name wohl auch auf der Liste stand.

Auf der anderen Straßenseite entdeckte Jessica Granny Mae, die ihr einen finsteren Blick zuwarf, bevor sie wieder in ihrem Café verschwand.

»Nun, ich sehe lieber zu, dass ich in den Park komme«, sagte Adam. »Wir haben heute noch den ganzen Tag zu tun.« Er schenkte ihr ein aufrichtiges Lächeln. »Ich würde dich wirklich gern wiedersehen, Jessica. Vielleicht sogar in der Kirche. Schön, dass du wieder da bist.«

Zielstrebig marschierte er davon. Als sie einen Blick zurück auf die Tür der Schmiede warf, war Cole verschwunden.

Später saß Jess mit einem Kaffee am Küchentisch, als sie hörte, wie unten die Praxistür geöffnet wurde. Ein neuer Patient?, fragte sie sich. Soviel zu Horace Cooksons Vorhersage, dass es hier ein ruhiger Monat werden würde.

»Telegramm für Dr. Layton!«

Sie sprang auf und eilte die Treppe hinab. Im Wartezimmer stand ein Junge, den sie nicht kannte. Er trug eine Wollmütze und Knickerbocker, und ein Hemdzipfel hing ihm aus der Hose. »Ich bin Dr. Layton.«

»Unterschreiben Sie hier, Ma'am. Mr. Fenton sagt, es sei dringend.« Er drückte ihr einen Quittungsblock und einen Stift in die

Hand. Als sie mit ihrem Kürzel unterschrieben und ihm den Block zurückgegeben hatte, spurtete er hinaus, schwang sich auf ein altes Fahrrad und sauste davon.

Jessica schloss die Tür und starrte den Umschlag der Western Union an, als enthielte er eine Schlange. Ihrer Erfahrung nach brachten Telegramme für gewöhnlich schlechte Nachrichten.

Aber es musste sein. Beklommen riss sie es auf. Als sie die hastig zusammengefaltete Notiz herauszog, sah sie, dass sie von ihrem zukünftigen Arbeitgeber stammte.

*Dr. Jessica Layton*
*Powell Springs, Oregon*
*-DRINGEND-*
*Ihre Hilfe am Allgemeinen Krankenhaus in Seattle umgehend benötigt. Verheerende Grippe in Stadt. Medizinische Versorgungslage sehr angespannt. Hohe Todesrate. Bitte kommen Sie unverzüglich.*
*Gezeichnet Dr. Thomas Martin*

Sie ließ sich auf den nächsten Stuhl fallen und las das Telegramm noch einmal. Leroy Fenton hatte etwas über einen Grippeausbruch in Camp Lewis erzählt. Und die Grippe hatte sich von einigen wenigen Menschen, die der Truppenparade zugesehen hatten, auf ganz Seattle ausgebreitet? Der Fall war ernst, das war ihr klar. Obwohl sie versprochen hatte, einen Monat in Powell Springs zu bleiben, änderte sich durch diese neue Entwicklung alles. Sie würde am Samstag den nächsten Zug nach Norden nehmen und die Sorge um die Gesundheit der Stadt wieder in die Hände von Granny Mae legen müssen.

Es gab keine Alternative.

Adam Jacobsen saß an seinem Schreibtisch, genau demselben Schreibtisch, der schon seinem Vater gehört hatte. Den Stift in der Hand starrte er auf ein leeres Blatt Papier. Der Tag neigte sich dem

Ende zu, und er saß hier schon seit einer guten Stunde und versuchte, eine eindrucksvolle Predigt für den Sonntagsgottesdienst zu verfassen. Um ihn herum lagen Papierknäuel, das Ergebnis verworfener Anfänge und als zu langweilig erachteter Ausführungen.

Obwohl er den Beruf seines Vaters ergriffen hatte, ertappte sich Adam manchmal dabei, die Ansichten seines alten Herrn über Gott und die Religion in Frage zu stellen. Er war nicht wirklich davon überzeugt, dass zornige Ermahnungen, Drohungen mit Feuer und Schwefel und donnernde Predigten der einzige Weg waren, um Menschen auf dem Pfad der Tugend zu halten. Aber so hatte man es ihm eingetrichtert. Reverend Ephraim Jacobsen hatte über die Seelen von Powell Springs geherrscht – seinen Sohn und seine Frau eingeschlossen –, und zwar mit eiserner Entschlossenheit, die Wurzeln des Übels auszureißen, wo immer sie sich auch zu verbergen versuchten.

»Der Feind ist gerissen und kann vielerlei Gestalt annehmen«, pflegte er zu sagen, »aber Gott lässt sich nicht überlisten – und er verlangt Gehorsam.« Adams Mutter hatte auf diese starren Ansichten mit zunehmender Distanz reagiert, zunächst emotional und zuletzt im wörtlichen Sinn. Vor fünf Jahren war sie nach Colorado gegangen, um ihre alte Mutter zu pflegen, und war nie zurückgekehrt, nicht einmal zum Begräbnis ihres Ehemanns im letzten Winter. Den Kontakt zu ihr hatten sie nur brieflich aufrechterhalten.

Adam hatte sich die Lehren seines Vaters über einen furchteinflößenden Gott zu eigen gemacht. Ephraim Jacobsen war überzeugt davon gewesen, der Himmel habe ihn persönlich zum Soldaten Gottes auserwählt. Den offiziellen Einberufungsbefehl, die Bibel, hatte Gott der Allmächtige selbst diktiert und von einem seiner Himmelsboten zustellen lassen. Auch den unerschütterlichen Patriotismus seines Vaters hatte Adam geerbt, sowie den unanfechtbaren Glauben, dass Präsident Wilsons Entscheidungen direkt von Gott kamen.

Nun, da sein Vater tot war und Adam seine Aufgaben übernommen hatte, fühlte er sich manchmal zwischen unterschiedlichen Auffassungen über das Hirtenamt hin- und hergerissen.

Doch jedes Mal, wenn er eine geringfügige Abweichung von den Lehren seines Vaters auch nur in Erwägung zog, ergriff ihn Panik gepaart mit Schuldgefühlen.

Das Thema, das er diese Woche für die Predigt ausgesucht hatte, war die Ehe. Keine zufällige Wahl. Adam ging auf die dreißig zu und war immer noch nicht verheiratet, woran ihn Nettie Stark, die stämmige, offenherzige Frau, die seit drei Jahren den Jacobsen-Haushalt führte, regelmäßig erinnerte. Seltsamerweise jedoch war ihm sein Junggesellendasein erst so richtig bewusst geworden, als er Jessica Layton durch das Hotelfenster erspäht hatte.

Als sie noch jünger waren, hatten sich ihre Wege selten gekreuzt. Sie entsprach genau der Sorte Frau, vor der sein Vater ihn immer gewarnt hatte. Und sie hatte sich mit Cole Braddock eingelassen, der aus einer Familie raubeiniger Rancher stammte, die Wildpferde zuritten und mit derselben Leichtigkeit auch mit den Elementen und Frauen umzugehen wussten. Über die Jahre hinweg hatte Adam Jessica jedoch immer im Auge behalten. Bei ihren seltenen Besuchen zu Hause hatte er sie ab und an zu Gesicht bekommen, sie ging ihm nicht mehr aus dem Kopf. Da die junge Liebe nun beendet war, würde Cole wahrscheinlich Amy Layton heiraten, und Adam wurde an eine Binsenweisheit aus dem Ersten Buch Mose erinnert.

*Es ist nicht gut, dass der Mensch allein sei.*

Um ehrlich zu sein, war Amy, und nicht ihre Schwester, eher die Sorte Frau, die er sich als seine Gefährtin vorgestellt hatte. Dennoch hatte er insgeheim immer Jessica angeschmachtet, auch wenn er seinem Vater von ihrem zügellosen Benehmen berichtet hatte. (Nie würde er vergessen, wie er sie und Braddock unten am Bach überrascht hatte. Die Szene, die sich ihm bot, hatte sich tief in sein Gedächtnis eingebrannt – fieberhaft streichelnde Hände, ihr Rock bis über die Knie hochgerutscht, sein Hemd aufgeknöpft, und Adams eigene Erregung und Angst, als er sich umdrehte und davonstürzte.)

In seinem Herzen hatte er über diese jugendliche Unbedachtheit hinweggesehen und ihr vergeben. Seiner Meinung nach hatte sie mit der Wahl ihres Berufs ihren Fehler wiedergutgemacht, und er hatte diese Wahl bewundert, auch wenn Ephraim es nicht tat. Doch genau wie Adam dazu berufen war, Seelen zu retten, war sie dazu berufen worden, Leben zu retten. Sie waren beide in die Fußstapfen ihrer Väter getreten. In dieser Hinsicht passten sie zusammen, zumal sie sich über die Konventionen hinweggesetzt hatte, um sich in den Dienst der Kranken zu stellen. Weibliche Ärzte waren eine Seltenheit, außer Jessica kannte er keine.

Das leere Blatt vor sich einen Augenblick vergessend, sah er sich im Zimmer um und dachte, dass ihm das Haus jeden Tag leerer vorkam. Vermutlich ein dummer Gedanke. Es hatte sich kaum etwas verändert. Bevor sein Vater starb, hatten sie sich hier jahrelang hinter der immer gleichen Routine verschanzt. Das Pfarrhaus stand gegenüber der Kirche, und dazwischen befand sich eine Art Parkanlage. Ein bescheidenes Heim, gemütlich, aber eher für eine kleine Familie als einen alleinstehenden Mann gedacht.

Und dann gab es da noch diese andere, beschämendere und dringliche Sache.

*Es ist besser zu heiraten, als sich in Begierde zu verzehren.*

Und ja, Adam verzehrte sich in Begierde. Er hatte sich nie vorgestellt oder gewünscht, als Mönch zu leben. Unter anderem aus diesem Grund hatte er Horace Cookson gedrängt, Jessica zum Bleiben zu bewegen. Er begehrte sie. Und wenn Gott und das Glück auf seiner Seite standen, würde sie ihm eine gute Ehefrau werden.

Leutnant Steven Collier trat aus dem Hauptquartier seines Zugs, das im Hof eines ausgebombten Bauernhofs aufgeschlagen worden war. »Heute Nacht geht's wieder an die Front, Jungs«, wandte er sich an den Rest des Zugs, nachdem er sich neben Riley in den Schützengraben hatte plumpsen lassen.

»Wie bitte?«, fragte Riley. »Wir waren Stunden unterwegs und sind gerade erst angekommen. Man hat uns doch erst letzte Nacht abgelöst.« Sie befanden sich in den Schützengräben der Reserve hinter der Kampflinie. Von irgendwo erklang »My Old Kentucky Home« auf einer Mundharmonika.

Whippy, gelassen wie eh und je, drehte sich auf dem Schoß eine Zigarette.

»Aber Sir, ich hatte gehofft, ein Bad nehmen zu können«, sagte Stoney.

»*Hier*?«, fragte Whip ohne aufzusehen. »Du träumst wohl, Junge. Die einzige Möglichkeit, hier ein Bad zu nehmen, ist, sich in den Regen zu stellen.« Er blickte zu dem schweren grauen Himmel hinauf. »Ich glaub, du könntest Glück haben.«

Allgemeines Murren und Fluchen hatte sich erhoben.

»Ja, ja, ich weiß«, sagte Collier. »Aber so lautet unsere Order nun mal. Abmarsch ist am späten Nachmittag.«

Während sich der Krieg hinzog und die Opfer in die Millionen gingen, mussten die Männer immer öfter an die Front.

»Dann schreibe ich den Brief an meine Leute lieber schnell.« Stig Ostergards blonder Kopf hatte die Größe eines Kürbisses, sodass es keine Kleinigkeit gewesen war, einen Helm für ihn zu finden. Er war ein netter junger Bursche aus Wisconsin, verlobt mit einer hübschen Schwedin, die kein Englisch sprach.

»Richtig. Wir wollen ja nicht ewig hier hinten rumhängen. Die Pflicht ruft. Der Fritz wartet schon auf uns.«

»He, unser Hund daheim heißt Fritz. Ich sehe ihn manchmal, wenn ich auf Patrouille bin«, warf Stoney ein. Alle starrten ihn an. Er war ein grüner Junge, ein Farmerssohn aus Ohio. Bis er nach Übersee eingezogen wurde, war er noch nie weiter als fünfzehn Meilen von seinem Zuhause entfernt gewesen. Riley begann sich Sorgen um ihn zu machen, er wirkte, als wären ein paar Schrauben bei ihm locker. Seit den letzten Monaten litten einige an einer Kriegsneurose. Die Opfer endeten entweder als plappernde Idioten oder stumme Zombies. Oder sie saßen einfach nur da, schaukelten vor und zurück und weinten. Keiner war fähig, Befehlen zu folgen oder irgendetwas anderes zu tun, als in den Gräben zu kauern oder auf alles zu schießen, was sich bewegte, Verbündete eingeschlossen. Ein paar hatten es sogar geschafft, sich den Gewehrlauf in den Mund zu stecken.

»Die Freiheit hat einen Feind namens Fritz, Jungchen«, erwiderte Collier feierlich und überging damit die seltsame Bemerkung. »Wenn wir diesen Krieg gewinnen, werden weder du noch deine Kinder oder Enkel je wieder in einem Krieg kämpfen müssen. Dieser eine Krieg wird das Ende aller Kriege sein. Er wird die Welt sicher machen und Demokratie bringen. Und alles hängt von uns ab. Die Welt verlässt sich auf uns.«

Das Murren erstarb.

»Sergeant?« Collier gab Riley einen Stoß.

Der nickte. »Also, ihr habt den Leutnant gehört. Esst und trinkt noch einmal ordentlich. Wir müssen in ein paar Stunden bereit zum Abmarsch sein.«

Whippy, der mit der Zigarette fertig war, sprang auf. »Erst die Briten, dann die Yankees, und jetzt das. Sieht so aus, als sei es das Schicksal der Fourniers, in jeder Generation eine Waffe zu tragen und die Ehre ihres Landes zu verteidigen.«

»Welches Land haben die Fourniers gegen die Yankees verteidigt?«, wollte Kansas Pete wissen.

»Na, die Konföderierten Staaten von Amerika natürlich. Weißt du nicht, Pete, der Bürgerkrieg? Lernt man das denn nicht mehr in der Schule?«

»Der was?«

»Der Krieg zwischen den Nordstaaten und den Südstaaten.«

»Meine Güte, Pete ist doch nie über die dritte Klasse rausgekommen«, bemerkte Stig.

»Oh doch! Nur zu deiner Information, du Klugscheißer, ich hab es sogar bis zur siebten geschafft.«

»Wie dem auch sei, Gentlemen, hier sind wir nun.« Die Zigarette hing lässig in Whippys Mundwinkel. »*C'est la vie.* Hoffe ich.«

Die Männer waren erschöpft. Keiner von ihnen bekam genug Schlaf, und es war kein Geheimnis, dass die Zahl der Gefallenen auf beiden Seiten enorm war. Riley begann das ganze patriotische Gerede in Frage zu stellen, mit dem man sie geködert hatte. Würde es wirklich die Welt verbessern, wenn Millionen von Menschen bei diesem schrecklichen Blutbad umkamen? Und dabei waren die Männer, die Arme, Beine oder beides verloren, noch nicht mitgerechnet. Stimmte es, dass kein Preis zu hoch, kein Opfer zu groß war? Würde es nach dem Ende dieses Krieges überhaupt noch Kinder oder Enkel geben?

Riley war inzwischen zum Sergeant befördert worden, doch die Komplexität der Weltordnung war zu hoch für ihn. Trotzdem gingen ihm die Zweifel an seiner Rolle in diesem Konflikt und die Frage, was genau sie durch ihr »Opfer« gewinnen würden, nicht aus dem Kopf, sie waren wie Hintergrundgemurmel, zu leise, um es zu verstehen. Seufzend schulterte er sein Gewehr und suchte sich einen Platz, wo er sich eine Weile hinsetzen konnte.

Die ungefähr zwei Stunden, die man ihnen gegeben hatte, nutzten die Männer, um sich zu rasieren, zu waschen und Briefe nach Hause zu schreiben. Riley verzog sich in einen Unterstand, in dem es so düster wie in einer Höhle war. Einige nackte Glühbirnen spendeten nur trübes Licht. Er hatte nicht die Zeit, an jedes Familienmitglied eine Nachricht zu schicken, also adressierte er seinen Brief an Susannah, um ihr so viel wie möglich von sich zu erzählen, ihr zu versichern, dass er wohlauf war, und sie zu bitten, ein paar Dinge zu schicken.

»Schreibst du nicht an deine Mutter, Whippy?«

Fournier stand vor einem kleinen Spiegel, der an einem Draht von einem Nagel in der Erdwand hing. Auf einem Feldstuhl neben ihm befand sich eine Schüssel Wasser, und er hatte sich bis aufs Unterhemd ausgezogen. »Doch, aber es ist unter meiner Würde, wie ein Straßenräuber auszusehen. Wenn ich hiermit fertig bin, schreibe ich ihr noch schnell.« Riley hörte das Kratzen des Rasiermessers und dann, wie scharf die Luft eingezogen wurde. »Mein Gott«, murmelte Fournier, »ich frage mich wirklich, wie man von einem Mann erwarten kann, sich in so einem Funzellicht zu rasieren.«

Er wischte sich den Rest Seifenschaum mit einem halbwegs sauberen Handtuch vom Kinn und schaute Riley an. Dort, wo er sich geschnitten hatte, prangte ein Blutfleck am Kinn.

»He, Soldat, wo ist deine Erkennungsmarke? Du weißt, dass wir sie niemals abnehmen dürfen.«

»Du willst doch nicht jetzt noch den Vorgesetzten rauskehren, oder, Braddock? Ich habe eine süße gallische Mademoiselle kennengelernt, die gern eine Erinnerung an unser romantisches nächtliches Stelldichein haben wollte.«

»Und du hast ihr deine Erkennungsmarke gegeben?«

Whip zeigte wieder sein lässiges, breites Grinsen. »Zusammen mit meinem besten Stück.«

Riley fing an zu lachen. Er konnte nicht anders. Dieser Exzentriker aus dem Süden war der einzige Lichtblick in diesem ganzen grässlichen Krieg. »Du bist unglaublich. Verschenkst billigen Schmuck und dein bestes Stück, und dabei schießt man uns beinahe den Hintern weg.«

»Genau. Das ist der perfekte Grund dafür.« Er fuhr mit dem Kamm durch sein braunes Haar.

Immer noch lachend schüttelte Riley den Kopf. »Hoffentlich hast du auch einen Pariser benutzt, damit sie nicht eine andere bleibende Erinnerung an dich behält.«

»Eigentlich finde ich ja, dass die Saat meiner Lenden für den Menschenschlag hier ein Gewinn wäre. Aber ein Gentleman ist immer vorbereitet.« Er zog ein kleines Päckchen aus seinem Tornister und wedelte damit herum. »Auch ich brauche keine bleibende Erinnerung. Was predigen unsere Militärkaplane immer? Eine Nacht im Himmel, drei Jahre in der Hölle. Schließlich will ich mir keine Geschlechtskrankheit einfangen, und die Behandlung klingt noch schlimmer als die Krankheit selbst.«

Riley rückte die Schreibunterlage auf seinem Knie zurecht. »Sieh zu, dass du eine neue Erkennungsmarke kriegst und dann auch behältst. Die Sanitäter wollen nämlich deinen Namen wissen, falls sie dich auflesen.«

Whippy machte eine graziöse Verbeugung. »Ich werde sehen, was sich machen lässt, Sir.«

Riley beendete seinen Brief an Susannah und gab ihn in die Post. Dann versuchte er, noch eine Mütze voll Schlaf zu bekommen. Nach gefühlten fünf Minuten rüttelte ihn jemand an der Schulter.

»Es wird Zeit, Braddock.« Leutnant Collier stand über ihm.

Die Marschverpflegung wurde verteilt, und als das letzte Oktoberlicht schwand, kletterten die Soldaten aus den Unterständen und begannen ihren Marsch zurück an die Front. Sie kamen an schlammverkrusteten Männern vorbei, die einen Schützengraben aushoben, an Soldaten, die ein zerstörtes Telefonkabel reparierten, und an einer stinkenden Leiche in deutscher Uniform, die mit dem Gesicht nach unten in einer Schlammpfütze lag. Über ihnen brummte ein deutsches Flugzeug. Bei der letzten Offensive waren die feindlichen Luftangriffe ausgesprochen brutal gewesen. Die Deutschen wollten die Kontrolle erringen und bewahren.

Während er so dahintrottete, drängte sich Riley die Frage auf, wie Frankreich wohl vor Beginn des Krieges ausgesehen hatte. Es musste ganz anders gewesen sein. Meilenweit war der Boden von Granattrichtern übersät, was ihn an ein Foto vom Mond erinnerte, das er einst in einer alten Zeitschrift gesehen hatte. Hier sah es genauso wüst aus. Die Bäume waren geborsten, ohne Blätter, tot. Nachts konnte man sie leicht für Menschen halten. Falls es hier jemals sanft gewellte Lavendelfelder, Tomaten oder Wein gegeben hatte, irgendeine richtige Vegetation, dann war davon nichts mehr zu sehen. In seinem Innern stieg das Bild seiner Heimat auf, wo Frieden herrschte und stattliche Pferde auf saftig grünen Wiesen weideten. Oh, Gott, wie er sich danach sehnte!

In der Ferne schleuderte eine Granate drei Männer aus einem Schützengraben.

Mit gesenktem Kopf stapfte er weiter. Im Augenblick würde er sich einzig darauf konzentrieren, dass er und seine Männer am Leben blieben, damit er in die Welt zurückkehren konnte, die er angeblich verbessern sollte.

# Kapitel 7

In der Wohnung über der Praxis packte Jessica ihre Koffer aus und hängte ihre frisch gebügelten Kleider in den Schrank. Und jetzt noch ein Bad nehmen, nichts könnte schöner sein. Ein eigenes Badezimmer – einfach himmlisch. In ihrer Pension hatte das Badezimmer auf dem Flur gelegen und durfte nur nach einem festen Stundenplan benutzt werden. Wenn Jessica ihren Termin versäumt hatte, was wegen der Arbeit oft der Fall gewesen war, hatte sie sich am Waschbecken in ihrem Zimmer mit dem Schwamm waschen müssen. Und die Verhältnisse im Zug, in dem sie die vergangene Woche verbracht hatte, waren noch spartanischer gewesen – dort musste sie sich auf Katzenwäsche beschränken. Sie setzte sich aufs Bett und sah sich um. Die Wohnung war schlicht, eine Steppdecke auf dem Bett, sauber, ruhig und gemütlich, wie ganz Powell Springs. Amy hatte ihre Sache gut gemacht.

Jessica fühlte sich müde von der Reise und dem langen Tag. Vor allem jedoch war sie erschöpft von ihren Erlebnissen in New York, das wusste sie. Sie dachte nicht gern daran, aber die Erinnerungen brachen über sie herein wie die windgepeitschten Wellen des Atlantiks im Winter. Sie kamen immer dann, wenn sie am wenigsten damit rechnete, oder wenn jemand sie nach dieser Zeit fragte, wie

Amy heute. Oft träumte sie davon, und dann waren die Geräusche und Bilder in ihren Träumen so plastisch, dass sie mit Herzrasen aufwachte und dachte, sie wäre wieder mittendrin in dem Geschehen, das sie im Osten hinter sich gelassen hatte. Nicht einmal die vier Wochen Erholung in Saratoga Springs hatten dagegen etwas ausrichten können. Vier Wochen reichten nicht. Es brauchte mehr als einen Monat, sagte sie sich. Zeit, zu genesen, Zeit, sich zu vergeben. Vielleicht würde sie nie vergessen, aber im Lauf der Wochen und Monate, wenn sie sich in ihrer neuen Stelle in Seattle eingewöhnt hatte, würden diese Bilder sicher verblassen. An diese Hoffnung klammerte sie sich wie an eine Rettungsleine. Aus dem Telegramm aus Seattle zu schließen, würden sie dort völlig neue Aufgaben erwarten.

Als sie die Arme hob, um die Haarnadeln aus ihrem Knoten zu ziehen, hörte sie ein Türklopfen. Es war so schwach, dass sie erst dachte, es klopfte an einem anderen Zimmer auf dem Flur, nur dass es hier in Powell Springs kein anderes Zimmer auf dem Flur gab, zumindest kein bewohntes.

Nein, da war es schon wieder, und es kam von unten.

Auf dem Weg zur Haustür sah sie durch die Spitzengardine schemenhaft die Silhouette eines Mannes. »Wer ist denn da, bitte?«

»Dr. Layton?« Die Frage klang eher wie ein Krächzen. Durch den Gardinenspalt erkannte sie Eddie Cookson, der schwankend wie ein Betrunkener auf der kleinen Veranda stand. Sofort sperrte sie auf und öffnete die Tür.

»Eddie! Was um alles in der Welt tust du hier?« Sie nahm seinen Arm, zog ihn ins Wartezimmer und schob ihn auf den nächsten Stuhl. Er trug immer noch seine Uniform, aber er sah sehr viel schlechter aus als heute Morgen. »Ich dachte, dein Vater wollte dich abholen!«

»Er muss noch arbeiten. Ich habe ihm gesagt ... er soll ruhig ... es sind ja nur ein paar Meilen. Ich dachte, ich könnte laufen.«

»Du bist doch von hier weggegangen. Wo bist du denn die ganze Zeit gewesen?«

»Herumgelaufen ... ich weiß gar nicht mehr, wo ich ...« Ein Hustenanfall schüttelte ihn, bevor er den Satz beenden konnte.

»Großer Gott«, murmelte Jess.

Sie eilte in den Flur, um aus ihrer Tasche im Arbeitszimmer Stethoskop und Thermometer zu holen. Nachdem sie ihm das Glasröhrchen in den Mund gesteckt hatte, ließ sie ihn die obersten Knöpfe seiner Wolljacke öffnen, damit sie sein Herz abhören konnte. Es hämmerte wie das eines abgerackerten Pferdes. Sie ging zurück ins Arbeitszimmer und nahm ihre weiße Schürze vom Haken, wo sie sie zuvor aufgehängt hatte. Dann suchte sie unter den Apothekerfläschchen und Glasphiolen in den Vitrinenschränken nach den Zutaten, die sie brauchte. Ihr wurde ganz eng im Hals, als sie auf manchen Etiketten die Schrift ihres Vaters in verblichener brauner Tinte erkannte. Andere Etiketten trugen Cyrus Vandermeers Beschriftung.

Atropinsulfat ... Morphinsulfat ... Chininsulfat ... Kampfer ... Gummitragant ... Ja, es war alles da, Gott sei Dank. In anderen Regalen fand sie eine Apothekerwaage, einen Mörser mit Stößel, ein Pillendrehgerät und ein Arzneibuch für die Dosierung und stellte alles auf einen Arbeitstisch. Sie hatte schon seit einer ganzen Weile keine Arzneien mehr gemischt, es aber glücklicherweise nicht verlernt.

Aus dem anderen Zimmer hörte sie Eddies trockenen Husten, Eile war geboten.

Nach wenigen Minuten hatte sie zwanzig Pillen hergestellt und schüttete sie auf ein Blatt Papier, das sie zu einer Tüte faltete. Auf eine Ecke schrieb sie hastig die Einnahmeanweisung.

*Nimm alle zwei Stunden eine Pille.*

Als sie ins Wartezimmer zurückkehrte, war ihr Patient noch tiefer in seinem Stuhl zusammengesunken, das Thermometer klapperte ihm zwischen den Zähnen. Mein Gott, sie konnte ja förmlich dabei zusehen, wie er immer mehr verfiel. Jessica hatte es bereits mit einer Reihe von Grippefällen zu tun gehabt – der heftige Ausbruch war oft ein charakteristisches Merkmal – aber sie konnte sich nicht erinnern, dass sich bei jemandem, der so kerngesund gewesen war wie Eddie, der Zustand so rapide verschlechtert hatte. Sie steckte ihm die Pillentüte in die Hand.

Das Thermometer, das sie ihm aus dem Mund zog, zeigte 39,4 Grad Celsius.

Sie dachte an das Telegramm aus dem Allgemeinen Krankenhaus in Seattle und hatte plötzlich einen kalten, schweren Klumpen im Magen. »In Camp Lewis gab es auch Kranke, nicht wahr?«

Er macht eine schwache Geste. »Es sind Soldaten mit dem Zug gekommen. Viele von ihnen hatten irgendeine Krankheit. Das Lager ist ziemlich überfüllt. Dort leben sehr viel mehr Männer, als wir eigentlich unterbringen können. Wir stapeln uns regelrecht. Aber der Sanitätsoffizier hat gemeint, es gebe keinen Anlass zur Sorge. Da habe ich mir keine Gedanken mehr darüber gemacht ...« Wieder wurde er von einem Hustenanfall unterbrochen.

Jessica teilte den Optimismus des Sanitätsoffiziers nicht. Als sie noch für den Gesundheitsdienst gearbeitet hatte, war sie über sämtliche grassierenden Epidemien auf dem Laufenden gewesen. Aber seit sie New York verlassen hatte, hatte sie sich bewusst von allen äußeren Einflüssen abgeschottet. In Saratoga Springs hatte sie weder Zeitung gelesen noch auch nur einen Blick auf die Schlagzeilen geworfen. An diesem grünen, friedlichen Ort hatte sie den Krieg und die Welt ausschließen wollen, um zu vergessen. Jetzt holte sie ihre selbstauferlegte Isolation wieder ein, und sie wusste, dass sie einen riesigen Fehler gemacht hatte.

Sie fühlte ihm die Stirn. Er glühte vor Fieber, und ihre Sorge wuchs. »Nimm die Pillen, die ich dir gemacht habe. Sie dürften gegen den Husten und die Schmerzen helfen. Ich habe auf die Tüte geschrieben, wie du sie einnehmen sollst.«

Er nickte dankbar, offenbar hatten ihn alle Kräfte verlassen.

»Wie kommst du nach Hause? Ist dein Vater noch im Büro?«

»Glaub nicht. Ich wollte zurücklaufen ...«, beteuerte er noch einmal.

Ihren Ärger über Horace Cooksons Gleichgültigkeit unterdrückend sagte sie: »Ich besorge dir jemanden, der dich nach Hause bringt. In deinem Zustand würdest du es ja nicht einmal über die Straße schaffen.« Sie wartete ab, ob ihre Worte bei ihm angekommen waren. »Du bleibst hier«, fügte sie eindringlich hinzu, dann zog sie die Tür auf.

Die Sonne stand rotgolden am westlichen Horizont, bald würde die Nacht anbrechen. Wie in den meisten Kleinstädten saßen die Menschen um diese Zeit zu Hause beim Abendessen, es war kaum noch Verkehr auf der Straße. Sogar Granny Mae hatte ihr Café für heute geschlossen.

Die ungepflasterte Straße war übersät mit den Überbleibseln des Tages – Krepppapier und Handzettel, hie und da eine Schleife oder ein paar amerikanische Fähnchen, die kleine Kinderhände verloren hatten. In der Hoffnung, irgendjemanden zu finden, der Eddie nach Hause bringen konnte, sah sie sich um. Aber der einzige Ort, wo noch etwas los war, war Tilly's Saloon am Ende der Hauptstraße. Davor standen ein Automobil und einige Pferde und Fuhrwerke.

Sie steuerte auf das Lokal zu, vorbei an den verdunkelten Fenstern der Eisenwarenhandlung und Bright's Lebensmittelgeschäft. Ihre weiße Schürze flatterte ihr um die Röcke. Energisch riss sie die Fliegengittertür auf und trat ein. Einige Gäste standen an der Bar, teilweise mit einem Fuß auf der Messingstange unten am Tresen. Hinter der Bar ein Sammelsurium aus aufgereihten Flaschen, Geweihen und ausgestopften Elchköpfen. Dazwischen Gemälde der in der Nähe liegenden Multnomah Falls und des Mount Hood, eine Fotografie von Teddy Roosevelt, Schilder mit der Aufschrift *Wir schreiben nicht an* und *Zutritt für Minderjährige verboten* sowie die obligatorischen Kriegsanleihen-Poster. Entlang einer Wand standen einige kleine Tische, an denen alte Männer wie Winks Lamont und Shaw Braddock saßen und an ihrem Whiskey nippten. Die ganze Szenerie war rauchgeschwängert und von Gemurmel untermalt.

Nicht gerade das Delmonico's, war ihr spontaner, spöttischer Gedanke. Das elegante New Yorker Restaurant konnte illustre Gäste wie Mark Twain, Charles Dickens sowie eine Reihe amerikanischer Präsidenten und Industriekapitäne vorweisen. Bei Tilly's standen auf Schritt und Tritt Spucknäpfe, und der Boden war mit Sägemehl und Erdnussschalen bedeckt.

Von seinem Posten hinter der Bar entdeckte ein verdatterter Virgil Tilly Jess als Erster. Er zog das Handtuch von seiner Schulter und wischte sich damit die Hände ab. Unter weniger ernsten Umständen hätte sie seine Miene gelinden Entsetzens amüsiert. »Ähm, Miss Layton, Ma'am ..."

Als er ihren Namen sagte, starrten alle in ihre Richtung und glotzten. Die Gespräche verstummten.

»Nichts für ungut, aber das hier ist wirklich kein Ort für eine Lady ...«

Ohne jedes Vorgeplänkel fiel Jess ihm ins Wort: »Ich brauche einen Mann mit einem Fuhrwerk oder Automobil, der Eddie Cookson nach Hause zur Farm bringen kann. Er ist in meiner Praxis und zu krank, um so weit zu laufen.«

»Was hat er denn?«, fragte Winks.

»Er hat Influenza.«

Mehrere Gäste gaben ihren Kommentar dazu ab.

»Die Grippe? Als er bei der Parade mitgefahren ist, war er doch noch ganz gesund.«

»Ja, genau, er hat gelächelt und überall Hände geschüttelt. Auf mich hat er keinen kranken Eindruck gemacht.«

Ein anderer meinte düster: »He, ich glaube, davon habe ich schon mal gehört. Meine Frau hat letzte Woche einen Brief von ihrer Mutter bekommen. Sie wohnt in Philadelphia, und dort werden die Leute angeblich von der Grippe niedergestreckt wie Weizenhalme im Hagelsturm. In einem Moment geht es ihnen noch gut, und im nächsten klappen sie zusammen. Auf der Straße stapeln sich die Särge, sie können sie gar nicht so schnell unter die Erde bringen. Sie hat geschrieben, die Leute sind ganz blau geworden, und zwar *bevor* sie gestorben sind.«

»Blau – Allmächtiger!«

»Jawohl, blau wie Tinte. Manche so dunkelblau wie der Mitternachtshimmel. Sie hat gesagt, beim Sterben keuchen und röcheln sie wie Ertrinkende. Andere fallen in der Straßenbahn oder auf dem Gehweg tot um, einfach so.« Er schnippte mit den Fingern und fügte in argwöhnischem Ton hinzu. »Es heißt, sie kommt aus Spanien.«

Sofort hatten alle etwas beizutragen. »Ich weiß, was das ist – die Pest! Ist drüben in Europa ausgebrochen.«

»Wird angeblich von Ratten übertragen.«

»Moment mal«, versuchte Jess sich einzuschalten. »Das ist Hunderte Jahre her. Hier handelt es sich um Influenza, nicht um die Pest …«

Die Leute redeten weiter, als hätte sie nichts gesagt.

»Ich hab sie gesehen«, verkündete ein Mann am Ende der Bar. »Ich hab Menschen gesehen, die ganz blau im Gesicht waren und Atemnot hatten.«

»Wo kommen Sie noch mal her, Mister?«, fragte ihn Shaw Braddock.

»Von überall und nirgends. Vor ein paar Jahren war ich eine Weile drüben in Troutdale und Parkridge, aber seitdem bin ich umhergezogen. Dann hatte ich Sehnsucht nach dieser Gegend und bin zurückgekommen.« Der Fremde hatte sich den Hut tief ins Gesicht geschoben, aber was Jess davon sah, kam ihr nur allzu bekannt vor. Sie wusste nicht, wer er war. Aber sie hatte damals im Osten eine Menge Männer wie ihn erlebt – schäbig, unrasiert und so zerlumpt wie ein Jutesack, der an einen Pfosten im Wind flattert. Seine wenigen Besitztümer waren in einen schmierigen Kissenbezug eingewickelt, der auf dem Boden zu seinen Füßen lag.

»Haben Sie Verwandte hier?«, erkundigte sich Winks.

»Schon möglich. Ist eine Weile her, dass ich zuletzt bei ihnen war, aber ich hoffe, dass ich sie finde.«

»Und Sie sagen, Sie haben diese Influenza gesehen?«, bohrte Virgil nach und schenkte ihm noch einen Whiskey ein.

Er nickte dankbar. »Jawohl. Ich hab hier draußen in einem Güterwagen zusammen mit einem Mann übernachtet, der sie hatte. Er hat so aus der Nase geblutet, dass er eine Ginflasche damit hätte füllen können.« Er kippte den Drink hinunter und wischte sich mit dem Handrücken den Mund ab.

»Gott bewahre!«

»Das klingt übel. Die Pest – na dann, gute Nacht! Damit möchte ich nichts zu schaffen haben.«

»Ich auch nicht. Die ist ansteckend.«

Aber die Zuhörer drängten sich dichter um den Mann, offenbar begierig auf noch grauenvollere Einzelheiten. Die Möglichkeit, dass auch er selbst infiziert sein könnte, kam ihnen gar nicht in den Sinn, oder sie waren um der Geschichte willen bereit, es zu riskieren.

Hier wurde mal wieder maßlos übertrieben und dramatisiert, fand Jess. Irgendeine Tante Soundso hatte jemanden erzählt, dass einer entfernten Verwandten der Blinddarm entfernt worden war, und nachdem die Geschichte zum dritten oder vierten Mal die Runde gemacht hatte, hatte der Blinddarm auf einmal Haare und Zähne und verwandelte sich in einen nicht entwickelten Zwilling, den die Betreffende dreißig Jahre lang mit sich herumgetragen hatte. Auf diese Weise wurden aus haltlosen Gerüchten Tatsachen. Jetzt hieß es also, die Grippekranken liefen blauschwarz an, bluteten aus der Nase und fielen tot um. Es gab durchaus Anlass zur Sorge, natürlich, aber das Telegramm aus Seattle hatte weit weniger spektakulär geklungen.

»Es ist *nicht* die Pest. Es ist nur die Grippe«, beharrte sie. In einem Punkt stimmte sie jedoch überein. »Ja, sie kann ansteckend sein. Trotzdem heißt das nicht, dass derjenige, der Eddie nach Hause bringt, unbedingt krank wird.«

Keiner meldete sich freiwillig.

»Mag ja sein, aber ich hatte sie letzten Winter und musste eine Woche lang das Bett hüten«, erklärte einer der Gäste. Sie kannte den Mann nicht, der ihr gesund und kräftig vorkam. Er musste vom Kriegsdienst befreit sein. »Ich kann es mir nicht leisten, sie mir noch einmal einzufangen.«

»Vielleicht sind Sie durch die Erkrankung letzten Winter immun«, wandte sie ein. Das wusste sie zwar nicht sicher, doch inzwischen war sie verzweifelt.

»Muss schon sagen, dein Vorschlag klingt ja wirklich verlockend, *Frau Doktor*«, bemerkte Shaw spitz. »Du kannst krank werden und sterben, vielleicht aber auch nicht.« Er knackte eine Erdnuss, warf sich den Inhalt in den Mund und ließ die Schalen auf den Boden fallen. »Wenn auch nur die Hälfte davon stimmt, was dieser Bursche hier erzählt hat – Wie heißen Sie eigentlich?«

»Bert Bauer«, antwortete der zerlumpte Kerl. Er bedeutete Tilly, noch einmal einzuschenken, und jammerte: »Hab höllische Zahnschmerzen.«

»Wenn auch nur die Hälfte von dem, was Bert hier sagt, stimmt, steht uns wohl ein Riesenhaufen Ärger bevor. Da müssen wir nicht auch noch im Galopp darauf zustürmen.«

Verblüfft und zornig über den augenscheinlichen Mangel an Mitgefühl trat Jess weiter in den Raum. Die Sägespäne und die Erdnussschalen knirschten unter ihren Schuhen. Da hatten sie mit ihrem patriotischen Getue so einen Wirbel um Eddie gemacht, als einer von ihnen in Uniform, und nun eierten sie herum, starrten in ihre Drinks und murmelten vor sich hin. Ihr Blick fiel auf das Kriegsanleihen-Poster an der Wand, und da kam ihr eine Idee.

»Dieser Soldat hier hat in Camp Lewis dafür trainiert, nach Europa zu gehen und für Amerika zu kämpfen, und jetzt, wo er euch braucht, zeigt ihr ihm die kalte Schulter?« Sie wusste, dass das angesichts ihrer eigenen Einstellung zum Krieg heuchlerisch war, aber sie wusste auch, wie diese Männer gestrickt waren. Schließlich war es nicht Eddies Schuld, dass man ihn eingezogen hatte. Weiterhin murmelten sie vor sich hin und wichen ihrem Blick aus, und noch immer bot niemand seine Hilfe an. »Was soll ich ihm sagen, wenn ich wieder in der Praxis bin? Dass seine Freunde und Nachbarn mit Fahnen wedeln, wenn er kommt, ihn aber in der Not seinem Schicksal überlassen? Ich verlange doch nur, dass ihn jemand nach Hause bringt. Wenn ich könnte, täte ich es selbst.«

Keiner sagte etwas darauf, und das Schweigen stachelte ihre Wut noch mehr an. *»Will denn keiner diesem Jungen helfen?«*

»Ich helfe ihm.«

Jess wirbelte herum. Durch die Fliegengittertür erkannte sie Cole Braddock. Er zog die Tür auf und trat in den Saloon. Der Raum schien von seiner Präsenz zu knistern, und ihr wehte ein Hauch von Leder und Heu in die Nase, der die typischen Kneipengerüche überdeckte.

»Ich bin eigentlich hier, um meinen alten Herrn abzuholen«, sagte er und deutete mit einer Kopfbewegung auf seinen Vater. »Aber ich denke, er kann warten, bis wir uns um Cookson gekümmert haben. Ich habe den Lastwagen draußen. Zuvor muss ich allerdings Amy nach Hause bringen.«

Jess blickte über seine Schulter und sah ihre Schwester auf dem Beifahrersitz des Ford sitzen, der am Straßenrand parkte. So sehr es ihr auch widerstrebte, konnte Jess sein Angebot nicht ablehnen. Er war der Einzige, der seine Hilfe angeboten hatte. »Danke, Cole.«

Doch er sah sie nicht an. Sein harter Blick war auf die Zecherrunde gerichtet. »Wir treffen uns in der Praxis«, sagte er schließlich, dann drehte er sich um und ging.

Bevor auch Jess sich zum Gehen wandte, warf sie den Männern ebenfalls einen finsteren Blick zu.

»Ich schäme mich für euch alle.«

Cole legte den ersten Gang ein und machte eine große Kehrtwende, um Amy zu Mrs. Donaldson zu bringen.

»War das *Jessica*, die eben aus dem Saloon gestürmt ist?«, erkundigte sich Amy entsetzt. »Was um alles in der Welt hatte sie denn dort verloren?«

Er lachte grimmig. »Sie hat die Kerle da drin ganz schön dumm dastehen lassen. Eigentlich wollte sie jemanden um Hilfe bitten wegen Eddie Cookson. Er ist krank und muss nach Hause gebracht werden. Aber keiner war bereit dazu.«

Amy klammerte sich mit einer Hand an den Sitz, als sie über ein Furche holperten, und hielt mit der anderen ihren Hut fest. »Krank? Was hat er denn?«

»Jess meint, es ist Influenza, und da wollte keiner der Männer helfen.«

»Gütiger Himmel, warum denn nicht?«

Cole hatte lang genug vor der Tür gestanden, um den Hauptteil der Auseinandersetzung mitzubekommen. »Sie haben Angst, sich anzustecken.«

»Das – das ist unpatriotisch.«

Er erzählte ihr, was er aufgeschnappt hatte.

»Die Pest! Das kann doch nicht sein, oder?«

»Ich weiß es nicht – deine Schwester meint nein. Natürlich wird die Geschichte bis morgen in der ganzen Stadt die Runde gemacht haben. Du weißt ja, was für Klatschmäuler diese Kerle sind. Schlimmer als alte Weiber.«

»Aber wie können sie sich denn weigern zu helfen? Eddie ist ein Infanterist bei der Armee der Vereinigten Staaten, ein Soldat.« Aus dem Augenwinkel sah er ihre empörte Miene. »Wir haben eine Parade für ihn veranstaltet«, fügte sie noch hinzu, als erklärte das alles.

»Mehr oder weniger dasselbe hat Jess auch zu ihnen gesagt, nur war sie etwas direkter. So ist sie eben – edelmütig, empört, geradeheraus.« Ja, das war seine Jess. Dann zügelte er sich. Sie war nicht mehr seine Jess. Dafür hatte sie gesorgt.

»Wie geht es jetzt weiter? Und was ist mit deinem Vater?«

»Pop kann sich im Saloon noch eine Weile die Beine in den Bauch stehen. Das macht ihm nichts aus. Ich fahre dich nach Hause, dann hole ich Eddie ab.«

»Siehst du Cole, du *bist* ein Held.« Sie drückte seinen Arm, sodass er das Lenkrad nach rechts zog. »Wenn du nach Frankreich gegangen wärst, wer würde dann hier diese gute Tat vollbringen?«

Ein schöner Held, dachte er säuerlich und richtete das Lenkrad wieder geradeaus, während sie die stille Russell Street entlangtuckerten, gesäumt von adretten Häusern und Gartenzäunen. Er fühlte sich nicht gerade heroisch.

Vor Mrs. Donaldsons schmuckem, zweistöckigen Haus hielt er an. Durch ein Fenster sah er, wie sie den Tisch im Esszimmer deckte. »Du kommst anscheinend gerade rechtzeitig zum Abendbrot.«

»Heute war ganz schön was los, ich werde nur eine Kleinigkeit essen und dann die Füße hochlegen.«

Er sprang aus dem Wagen und umrundete ihn, um ihr beim Aussteigen behilflich zu sein. Im kühlen, blassen Zwielicht gingen sie zu Mrs. Donaldsons Veranda. Er sah, wie sich die ältere Frau hinter der Haustür postierte. Sie würde mit dem Ohr an der Täfelung jedes Wort belauschen.

»Sie spioniert uns schon wieder nach«, sagte Cole leise.

»Pst! Ich glaube, sie ist einfach nur eine romantische Seele«, flüsterte Amy lächelnd. »Sie hat den Tod von Mr. Donaldson nie verwunden.«

Cole schnaubte verächtlich. »Donaldson ist vor zwanzig Jahren gestorben.« Seiner Ansicht nach war die alte Dame nur eine neugierige Schnüfflerin. Das sagte er aber nicht laut, weil er wusste, dass Amy sie sehr mochte. Er nahm Amys behandschuhte Hand in seine und gab ihr einen keuschen Kuss auf die Wange.

»Danke, dass du Jessica geholfen hast.«

Er wollte einwenden, er habe nicht Jessica geholfen, sondern Eddie. Aber das hätte nur die Stimmung verdorben. Und er war auch gar nicht sicher, ob es zutraf. Er zuckte mit den Schultern. »Was hätte ich denn sonst tun sollen? Ich möchte ja auch, dass mich jemand nach Hause bringt, wenn ich zu krank zum Laufen bin.«

»Und deshalb bist du mein Held.« Amy blickte scheu zu ihm auf.

Die Vorstellung, für jemand der Held zu sein, ließ ihn zusammenzucken.

Sie blickte ihn eindringlich an und wirkte dabei verunsichert. »Cole, ist alles – na ja, gibt es etwas, worüber du mit mir reden willst?«

»Ich? Nein, warum?«

»In letzter Zeit habe ich das Gefühl, dass dir etwas auf der Seele liegt. Etwas, worüber wir reden sollten.« Sie fixierte ihn, als wollte sie seine Gedanken lesen. Unter dem prüfenden Blick wurde ihm ganz eng in der Kehle, und er sah zur Seite.

Dann gab er ihr noch einen Kuss auf die Wange. »Du machst dir zu viele Sorgen.« Seufzend rieb er sich den Nacken und versuchte, das hohle Gefühl, das ihn tief im Innern ergriffen hatte, abzuschütteln. »Alles in bester Ordnung. Oder zumindest so sehr in Ordnung, wie es angesichts der Umstände sein kann. Du gehst jetzt besser rein. Und ich hole Eddie Cookson ab. Wir reden morgen weiter.«

»Wenn du meinst ...«

Er scheuchte sie mit einer Geste ins Haus.

Offenbar beruhigt, lächelte sie und stieß die Haustür auf, woraufhin Mrs. Donaldson laut aufkreischte. Cole erhaschte einen kurzen Blick darauf, wie sie sich die Nase hielt.

»Mrs. Donaldson«, rief Amy. «Oje, haben Sie sich wehgetan? Hier haben Sie mein Taschentuch. Dann hört es zu bluten auf.«

Er nahm zwei Stufen auf einmal und schaffte es mit übermenschlicher Anstrengung erst zu lachen, als er wieder im Wagen war.

Als Cole vor der Praxis hielt, wartete Jessica bereits auf dem Gehweg auf ihn. Ihm fiel auf, dass sie besorgt wirkte, und müde.

»Ist er fertig?«

Sie schüttelte den Kopf. »Ich weiß nicht, Cole. Vielleicht sollte ich Eddie lieber in einem der Krankenbetten hierbehalten. Es geht ihm wirklich miserabel. Er hat hohes Fieber und fantasiert schon.«

Cole schaltete den Motor aus und stieg aus dem Ford. »Kannst du was dagegen tun?«

»Nein. Gegen Grippe gibt es kein Mittel. Der Körper muss sich selbst heilen.« Sie ging nervös auf und ab, die Arme vor der Brust verschränkt. Obwohl sie mit ihm sprach, schien sie auch sich selbst das weitere Vorgehen zu erklären. »Ich kann dafür sorgen, dass er alle zwei Stunden seine Medikamente nimmt. Darüber hinaus kann ich nicht viel tun, außer ihn gut zu pflegen. Aber ich würde ihn gern im Auge behalten. Wenn es zur Krise kommt, müsste man ihn sonst wieder in die Stadt bringen. Das heißt, sofern man die

Krise überhaupt erkennen würde. Ich halte ihn momentan nicht für transportfähig.« Sie erzählte ihm, dass Eddie stundenlang herumgeirrt war und nicht nach Hause gefunden hatte.

In diesem Augenblick hörten sie aus dem Wartezimmer Gepolter. Sie stürzten hinein und fanden Eddie auf dem Boden liegend. Im Fallen hatte er seinen Stuhl und einen schmiedeeisernen Garderobenständer umgerissen, der eine Schramme in den Eichendielen hinterlassen hatte.

»Mein Gott«, entfuhr es Cole. Es war schier unglaublich, wie sehr Eddie sich verändert hatte. Das war nicht mehr der junge Soldat, der tagsüber noch vom Festwagen gelächelt und gewinkt hatte. Oder der Eddie, den Cole zuvor über die Straße geführt hatte. Dieser junge Mann sah aus, als wäre er im Krieg gewesen – und besiegt worden. Seine Augen waren entzündet, sein Gesicht hatte die Farbe von einem von Shaws alten roten Halstüchern, und er zitterte wie ein nasser Hund, den man draußen im Schnee gelassen hatte.

Jess fühlte seinen Puls. »Sein Herz rast.«

Eddie blickte mit trüben, unsteten Augen zu Jessica. »Mutter? Kannst du dafür sorgen, dass das Hämmern in meinem Kopf aufhört? Es ...« Sein Gestammel wurde durch einen neuerlichen Hustenanfall unterbrochen.

»Ich muss ihn nach oben bringen und ins Bett packen.«

Cole nickte. Die Situation war ernst. »Komm, Eddie. Wir bringen dich ins Bett.« Er hievte Eddie auf die Füße. Zu zweit zogen sie ihn praktisch die Treppe hinauf in das Krankenzimmer auf dem Flur gegenüber von Jess' Wohnung. Cole ließ Eddie auf eines der schmalen Eisenbetten sinken, während Jessica den Schrank in der Ecke inspizierte.

»Ich weiß nicht, ob es hier einen Bademantel oder Schlafanzug gibt.« Sie durchwühlte Bettlaken, Bezüge und andere Wäschestücke. »Aha! Hier haben wir ihn ja.« Unter Mühe schälten sie den Patienten aus seiner warmen Wolluniform und zogen ihm einen weißen Baumwollschlafanzug an. Die ganze Zeit hustete Eddie, murmelte unzusammenhängendes Zeug und klagte über die

Schmerzen, die seinen ganzen Körper erfasst hatten und ihm bis ins Mark gingen.

Cole hatte noch nie etwas Derartiges gesehen. Nach Jessicas Miene zu schließen, sie anscheinend auch nicht.

Als sie ihn im Bett hatten, zwängte Jess eine Pille in Eddies Mund. Haare hatten sich aus ihrem Knoten gelöst, und blonde Locken ringelten sich um ihr Gesicht. »Das Morphium dürfte gegen den Husten und die Schmerzen helfen.«

»Was kannst du sonst noch für ihn tun?«, fragte Cole und setzte sich auf das andere, leere Bett.

»Ich werde ihn untersuchen, um herauszufinden, welche Systeme involviert sind.« Sie sah zu ihm auf. »Ich meine, wie viel von seinem Körper betroffen ist. Haben die Cooksons einen Telefonapparat?«

»Ich weiß es nicht. Wir habe einen auf der Farm, weil wir an der Hauptstraße liegen, aber Birdeen arbeitet nur tagsüber, deshalb kann niemand den Anruf durchstellen. Angeblich soll eine Nachttelefonistin eingestellt werden, bis jetzt ist allerdings nichts passiert.«

Sie strich sich die vorwitzigen Strähnen aus dem Gesicht. »Na schön. Es wäre mir eine große Hilfe, wenn du seine Familie benachrichtigen könntest, dass er hier ist.« Ihre Worte wurden durch Eddies Husten unterbrochen. Als sie ihn betrachtete, nahm ihre Miene den Ausdruck blanken Entsetzens an.

»Was ist?«

»Oh Gott ...« Sie starrte auf das zitternde, murmelnde Bündel im Bett.

»*Was denn?* Was ist los?«

Sie erzählte ihm von ihrem Gespräch mit Leroy Fenton und dem Telegramm, das sie bekommen hatte. »Eigentlich wollte ich am Samstag den Zug nach Seattle nehmen. Ich dachte, Powell Springs würde bis zur Ankunft von Dr. Pearson durchhalten. Aber wenn diese Epidemie so ansteckend ist, wie es sich anhört – Cole, dieser Junge hat in den letzten zwei Tagen wahrscheinlich mit so gut wie jedem Einwohner dieser Stadt gesprochen. Wer weiß, wie viele Menschen dem Erreger ausgesetzt waren? Wem er die Hand geschüttelt hat, wen er angehaucht hat? Die Kinder und die älteren Leute hier werden es auch bekommen.«

»Also hatten all die Männer bei Tilly's, die nicht helfen wollten ...«

»Sie erkranken vielleicht sowieso, zusammen mit vielen anderen.«

»Und wir?«

Sie seufzte. »Ja, obwohl wir unser Möglichstes tun können, um es zu verhindern. Geh jetzt gleich nach unten ins Arbeitszimmer und wasch dir die Hände mit heißer Seifenlauge. Fass dir bis dahin nicht ins Gesicht. Ich muss mit dem Krankenhaus in Seattle Kontakt aufnehmen und mir Informationen beschaffen. Vielleicht auch mit dem Roten Kreuz.«

Als er aufstand, quietschten die Bettfedern. Er konnte ihre Entschlossenheit nur bewundern. Sie war genauso tatkräftig und resolut wie eh und je, womit sie bei manchen Männern aneckte, was ihn jedoch, der einen ebenso starken Willen besaß wie sie, stets angezogen hatte.

Sie folgte ihm die Treppe hinunter und wartete, bis er sich die Hände gewaschen hatte, dann tat sie es ihm nach.

»Brauchst du Hilfe für Cooksons Pflege? Soll ich Granny Mae holen?«

»Gott, nein«, murmelte Jess und trocknete sich die Hände mit einem sauberen Handtuch.

»Kommst du allein klar?«

Sie sah ihn fragend an. »Was glaubst du, was ich die ganze Zeit in New York gemacht habe, Cole?«

New York, New York, *New York*. Er runzelte die Stirn, weil er nicht mehr daran erinnert werden wollte, warum alles so schiefgelaufen war. Plötzlich wurde er sich bewusst, unter welcher Anspannung er lebte, hervorgerufen durch den Krieg, durch Pop, durch so viele andere Dinge. Was hatte Jess in New York gefunden, das sie davon abgehalten hatte, wie versprochen nach Hause zu kommen? Was war passiert, dass sie ihre Beziehung abgebrochen hatte? Diese Frage, die er in den hintersten Winkel seines Gedächtnisses verbannt hatte, beherrschte seit ihrer Rückkehr nach Powell Springs all seine Gedanken. »Das frage ich mich schon seit zwei Jahren. Was *hast* du dort gemacht?«

Cole trat näher zu Jess. Sein Gesicht, plötzlich gerötet und beinahe zornig, war ganz dicht vor ihrem. Einen Augenblick dachte sie, er würde sie entweder schütteln oder küssen. Aber offenbar wartete er nur auf eine Antwort. Die Spannung zwischen ihnen war wie elektrischer Strom, knisternd und gefährlich. Überrascht durch den plötzlichen Themenwechsel oder auch durch das Gefühl, dass in ihren Adern heißer Honig floss, wich sie zurück, zutiefst verärgert, dass er ausgerechnet jetzt damit anfing. Sie wandte sich ab und begann nervös und fahrig, den Tisch aufzuräumen, wo sie Eddies Tabletten hergestellt hatte.

»Ich habe oben einen sehr kranken Patienten, und du solltest seiner Familie Bescheid geben, wo er ist. Warum um alles in der Welt müssen wir ausgerechnet jetzt darüber reden?«

»Du fängst doch immer wieder damit an, Jess. Die ganze Zeit erzählst du mir, wie toll es in New York war. Du hast mir geschrieben, du könntest nicht weggehen, deine Arbeit sei zu wichtig. Ich möchte einfach nur wissen, was so verdammt besonders daran war, dass du hier alles aufgegeben hast.«

Sie wirbelte herum, um ihm ins Gesicht zu sehen. »Ich habe nie behauptet, dass es ›toll‹ war. Aber ja, die Arbeit war wichtig. Du kannst nicht wissen – ich kann dir nicht erklären, wie sehr – wie verzweifelt ...« Stotternd brach sie ab und nahm ihre Tätigkeit wieder auf. Ihr Herz schien so heftig und schnell zu pochen wie das von Eddie, als sie seine Brust abgehört hatte.

»Und warum bist du dann nicht dort geblieben, wenn es dir so viel bedeutet hat? Warum hast du wegen einer anderen Stelle gekündigt?«

»Was kümmert dich das eigentlich?« entgegnete sie. »Du wirst Amy heiraten und eine glückliche Familie haben. Was macht das jetzt noch für einen Unterschied?«

Kurz dachte sie, er würde mit der Faust auf den Tisch schlagen, aber stattdessen hob er die Hände und holte tief Luft. Sein

Gesicht nahm den unfreundlichen, versteinerten Ausdruck an, an den sie sich schon gewöhnt hatte. »Gar keinen. Ich gebe Horace Bescheid.« Daraufhin stiefelte er mit knallenden Absätzen davon. Gleich darauf hörte sie die Haustür zufallen.

Einen Augenblick später wurde der Lastwagen angelassen, und Cole war fort.

# Kapitel 8

Es wurde eine ziemlich lange Nacht für Jessica. Alle zwei Stunden verabreichte sie Eddie die Pillen. Manche konnte er sogar bei sich behalten. Aber falls sie überhaupt wirkten, dann nur minimal. Sie legte sich nicht ins Bett, sondern setzte sich in ihrer Wohnung auf einen Stuhl und ließ beide Türen offen, damit sie ihn hören konnte. Nicht dass das nötig gewesen wäre, sein Husten klang so durchdringend, dass man meinte, er könnte damit den Dachstuhl anheben. In jenen Zwischenpausen, wenn sie in ihrer kleinen Küche saß, Kaffee trank und sich eine Behandlungsmöglichkeit überlegte, entwarf sie in Gedanken Telegramme an Dr. Martin im Allgemeinen Krankenhaus in Seattle und an das Büro des Roten Kreuzes, das im Jahr zuvor in Portland eröffnet worden war. Zwar musste sie Dr. Martin in erster Linie erklären, warum sie nicht so bald wie erwartet nach Washington kommen konnte, doch sie wollte ihn auch um die neuesten Informationen über die Grippe bitten, die im Begriff war, ihre Heimatstadt heimzusuchen.

Dadurch waren ihre Gedanken wenigstens mit etwas anderem beschäftigt als mit der Frage, warum Cole immer noch eine solche Wirkung auf sie ausübte.

Sie trank ihren Kaffee bitter und schwarz. Zucker und Sahne waren Luxusgüter und heutzutage schwer zu bekommen; tatsächlich wurde es sogar als Ehrensache betrachtet, ohne diese Annehmlichkeiten auszukommen, und es galt als Schande, etwas zu verbrauchen, das für die Truppe gedacht war. Ihre Hände zitterten vor Müdigkeit und Koffein, während sie gegen die Welle der Selbstvorwürfe ankämpfte, die sie zu überwältigen drohte.

Wie hatte sie sich derart in ihrem Schneckenhaus verkriechen können, dass sie überhaupt nicht mehr mitbekam, was in der Welt um sie herum vor sich ging? Wie konnte es vollkommen an ihr vorbeigehen, dass diese Krankheit bereits unter der Zivilbevölkerung grassierte?

Sie kannte die Antwort, doch das war kein Trost, und es war eine Entschuldigung, die sie nicht gelten ließ.

Ja, die Erinnerungen an die hilflosen Menschen in den Mietskasernen quälten sie noch immer. Trotzdem, die Würfel waren schon vor Jahren gefallen. Mit ihrer Entscheidung, Ärztin zu werden, hatte sie stillschweigend akzeptiert, dass man das Schlechte ebenso hinnehmen musste wie das Gute. Mit menschlichem Leid umzugehen gehörte zu ihrem Beruf. Man konnte nicht jedes Leben retten. Und selbst wenn es gelang, war es für die Betroffenen nicht immer positiv.

Nur dass es eben so *viele* gegeben hatte, die nicht gerettet werden konnten ...

Aber ihre Selbstzerfleischung half ihr auch nicht weiter. Sie musste an dem Punkt weitermachen, wo sie aufgehört hatte, ihrer Berufung folgen und so viel wie möglich über diese Epidemie in Erfahrung bringen.

Erst spät zeichneten sich die bleichen Streifen der Morgendämmerung am schweren, bleigrauen Himmel ab, der Regen ankündigte. Gegen sieben hörte Jess ein scharfes Klopfen an der Haustür. Sie fragte sich, wer das sein könnte, und rannte nach unten, um sie zu öffnen. Durch die Türscheibe erkannte sie Helen Cookson, Eddies Mutter.

Helens fein geschnittenes Gesicht wirkte mitgenommen und verhärmt. Ihr hochgestecktes Haar war von Silberfäden durchzogen, und Jessica hatte den Eindruck, als hätte sie nicht mehr geschlafen als sie selbst.

»Ich bin so schnell gekommen, wie ich konnte«, sagte Helen mit zitternder Stimme. Hinter ihr wickelte Horace die Zügel um die Bremse ihres Fuhrwerks. »Wie geht es meinem Jungen?«

Jess trat zur Seite und ließ sie ein. »Sein Fieber ist höher, als mir lieb ist, und in manchen Augenblicken ist er ... verwirrt.«

»Verwirrt?«

»Im Delirium«, räumte Jess ein. »Ich gebe ihm Medizin, bin jedoch nicht sicher, wie viel das hilft. Was er vor allem braucht, sind gute Pflege und Ruhe.«

»Cole meint, es ist die Influenza.« Wie Helen es sagte, klang es sehr ernst.

*Die Influenza.*

»Ja.« Wenigstens hatte sie nicht *Pest* gesagt.

Horace, in Latzhose und blaugestreiftem Arbeitshemd, trat ein. Die Arbeitskleidung schien besser zu ihm zu passen als das weiße Hemd und die schiefe Krawatte, die seine Bürgermeisterpflichten erforderten. »Musste erst die Kühe melken. Die Kühe können nicht warten.«

Helen bedachte ihren Mann mit einem kühlen Blick, die Lippen zusammengekniffen. »Kann ich zu ihm?«

»Ja, natürlich. Eddie ist oben.«

Als sie außer Hörweite war, wandte sich Horace in vertraulichem Ton an Jess. »Helen ist richtig hysterisch geworden. Natürlich bin ich Ihnen sehr dankbar, dass Sie sich um unseren Jungen gekümmert haben. Auch wenn es nur die Influenza ist, wusste ich, dass er bei Ihnen in guten Händen ist.«

»Tut mir leid, dass ich gestern Nacht Cole Braddock zu Ihnen schicken musste, aber ich dachte, Sie sollten über die Situation Bescheid wissen.«

»Trotzdem, es ist ja nur die Grippe«, beharrte er. »Das ist doch nicht so schlimm, oder? Nicht bei einem jungen Mann wie Ed. Jeder hat mal die Grippe. Mich hat's letztes Frühjahr erwischt. Und jetzt, wo ich darüber nachdenke, Cole auch. Ich weiß es noch, weil Susannah ihn praktisch ans Bett binden musste, damit er nicht zur Arbeit ging. Sie hat gemeint, je früher er wieder auf den Beinen sei, desto besser für sie alle. Die meisten sind wieder gesund geworden.« Stirnrunzelnd fügte er hinzu: »Bis auf Doktor Vandermeer und Eph Jacobsen, aber sie waren ja auch schon älter.«

»Nur dass wir es hier vielleicht nicht bloß mit einer normalen Grippe zu tun haben.«

»Pah, ich habe gehört, dass an der Ostküste irgend so eine Spanische Grippe ausgebrochen ist, aber da drüben sind alle in den verrauchten Fabriken mit den ganzen Maschinen zusammengepfercht. Das wissen Sie ja besser als wir.« Er machte mit seiner großen Bauernhand eine vage Geste. »Hier ist der liebe Gott zu Hause – saubere Luft, einfache Lebensart, alles offen und weit.«

Von oben drang Eddies jämmerlicher, gurgelnder Husten zu ihnen, ein nervenzermürbendes, hoffnungsloses Geräusch. Er hatte die ganze Nacht durchgehustet und kaum ein Auge zugemacht. Als Horace zum Treppenabsatz blickte, nahmen seine Augen einen besorgten Ausdruck an. »Ed ist stark, er ist im Nu wieder gesund.« Doch er klang nicht mehr ganz so überzeugt.

Jess straffte die Schultern, ebenso sehr, um die Müdigkeit und Anspannung darin zu lösen, wie um ihm Mut zu machen. »Das hoffe ich wirklich, Mr. Cookson. Ich tue alles, was ich kann.«

»Helen hat auf der Ladefläche ein Bett für ihn aufgeschlagen, damit wir ihn nach Hause holen können.«

»Im Augenblick sollte er lieber nicht transportiert werden«, entgegnete sie in dem ruhigen Ton, den sie für schlechte Nachrichten reserviert hatte. »Ich wollte, dass Cole ihn gestern Nacht nach Hause bringt. Aber dann ist er hier im Wartezimmer zusammengebrochen – nun, ich denke, es wäre das Beste für ihn, eine Weile hierzubleiben, wenigstens bis das Fieber sinkt. Inzwischen können Sie Camp Lewis informieren, wo er ist.« Sie erwähnte bewusst nicht, dass Eddie ihrer Meinung nach den Höhepunkt des Fiebers noch gar nicht erreicht hatte. Doch wenigstens hatte Horace jetzt erkannt, wie ernst es um seinen Sohn stand.

Die Augen immer noch zur Treppe gerichtet, sagte er: »Ich ... oh ... natürlich ... Ich glaube, ich gehe mal rauf und besuche ihn kurz.« Er schlurfte zur Treppe.

Jess nickte und setzte sich auf einen in der Nähe stehenden Stuhl. Die Müdigkeit lastete schwer auf ihren Schultern. Sie wusste, dass Horace eine herbe Überraschung bevorstand.

Eddie, der gestern noch so quicklebendig und gesund gewirkt hatte, war inzwischen um Nase, Ohren und Lippen herum schwarzblau verfärbt. Und es bestand durchaus die Möglichkeit, dass er heute Morgen seinen eigenen Vater nicht wiedererkennen würde.

»Nächstes Jahr könnte ich dann Kapuzinerkresse und Kletterrosen pflanzen, damit sie sich um das Geländer der Veranda ranken.« Amy lief auf der Wiese vor Coles noch nicht ganz fertigem Haus auf und ab und erläuterte ihm, wie sie den Garten anlegen wollte. Zuvor hatte sie ihn bereits im Haus herumgeführt und ihm das Ergebnis ihrer Verschönerungsarbeiten präsentiert, zu denen sie sich großzügig erboten hatte, obwohl sie ja noch gar nicht offiziell verlobt waren. Sie hatte die kahlen Wände und blanken Böden in ein echtes Zuhause verwandelt. Fast zwei Jahre lang hatte das Haus halbfertig dagestanden und darauf gewartet, dass die Frau, für die es ursprünglich gedacht war, letzte Hand anlegte. »Ich bekomme alle Ableger, die ich brauche, von den Frauen aus meinen Komitees. Wird das nicht hübsch aussehen?«

»Mhm.«

Während Roscoe im Gestrüpp herumtollte, zeigte Amy hierhin und dorthin, und in ihren lavendelfarbenen Röcken, die durch das gelbe Gras streiften, verfingen sich Samen. Ihr honigfarbenes Haar war zu einem lockeren Knoten gebunden und glänzte wie das Fell eines Vollblüters. Hie und da wehte ein Windstoß ein paar Strähnen auf, die sich aus dem Knoten gelöst hatten. Die Sonne, die sich den ganzen Tag hinter einem grauen Wolkenschleier versteckt hatte, war für die letzte Stunde Tageslicht hervorgekommen und warf einen funkelnd goldenen Schein auf das nach Westen liegende, salbeigrün und cremefarben gestrichene Haus und über Amy. Amy war eine bildhübsche junge Frau mit einem ebenso reinen Herzen.

Nicht zum ersten Mal fragte sich Cole, warum sie ihm eigentlich nie aufgefallen war, als Jessica noch in Powell Springs gelebt hatte. Amy war einfach immer da gewesen, ein scheues Mädchen, das am Rockzipfel seiner Mutter hing. Als Lenore Layton dann gestorben war, hatte sie sich an die Haushälterin der Laytons geklammert. Er erinnerte sich an kaum etwas von ihr, nur dass sie mit ihren Puppen gespielt hatte, sich nicht gern schmutzig machte und immer knallrot geworden war, wenn er sie ansah. Jess hingegen hatte gern unter Steinen herumgestochert, um herauszufinden, was unter ihnen lebte, oder Käfer gesammelt und Wasser aus dem Teich nach Hause gebracht, um es unter dem Mikroskop ihres Vaters zu untersuchen. Trotz ihrer Klugheit und ihres Wissens war Jessica nie ein langweiliger Blaustrumpf gewesen. Sie hatte Amy beschützt, aber erst seit Jess fortgegangen war, schien Amy richtig aufzublühen.

Als ihre Schwester weggezogen und ihr Vater gestorben war, hatte sie sich mit Susannah angefreundet, und es war nicht ungewöhnlich, dass Cole nach einem langen Arbeitstag nach Hause kam und Amy Layton als Gast am Abendbrottisch der Braddocks vorfand. Sie hatte ihn mit Fragen über Pferde und die Farmarbeit gelöchert und an seinen Lippen gehangen. Er musste zugeben, dass ihm ihre Aufmerksamkeit geschmeichelt hatte.

Alle liebten Amy.

Wie sollte es bei ihm anders sein?

Vor Begeisterung übers ganze Gesicht strahlend, trat sie wieder an seine Seite. »Cole, das ist so ein wundervolles Haus. Es ist eine Schande, es leerstehen zu lassen, jetzt wo es fast fertig ist.«

Er hatte sich ein herrliches Fleckchen für das zweigeschossige Haus ausgesucht. Mit der Rückseite schmiegte es sich an einen baumbestandenen Hügel, der es vor den heftigen Winterstürmen schützte, und im Sommer hatte es trotzdem Sonne im Garten. Auf der breiten, umlaufenden Veranda konnte man an lauen Sommerabenden bequem sitzen und den Sonnenuntergang betrachten. Daran, dass er sich einmal vorgestellt hatte, zusammen mit Jessica auf der Veranda zu sitzen, wollte er gar nicht denken.

Er legte den Arm um Amys schmale Schultern und lächelte zu ihr hinunter. »Das hast du alles großartig hinbekommen. Ich bin ja im Grunde meines Herzens nur ein alter Cowboy. Mir würde vermutlich ein Feldbett neben dem Küchenherd genügen.«

»Um Gottes willen, so weit soll es niemals kommen!«, meinte sie lachend. »Du brauchst eine anständige warme Mahlzeit und *jemanden*«, fügte sie schelmisch hinzu, »der dir die Hemden flickt und das Haus sauberer hält als unsere Haushälterin damals. Du weißt ja, die arme Jessica hatte kein Talent für solche Dinge. Oh, habe ich es dir eigentlich schon erzählt? Mrs. Donaldson macht gerade einen Quilt für mich, als Geschenk für meine Aussteuertruhe.«

»Da wir gerade von Geschenken sprechen«, sagte er, »ich habe heute in der Stadt etwas für dich entdeckt.« Er griff in seine Hemdtasche und zog eine kleine Schachtel hervor.

»Was ist das?«, fragte sie. Sie freute sich wie ein kleines Kind.

»Mach's auf und finde es heraus.«

Als sie die Schachtel öffnete, kamen zwei kleine Kamee-Ohrringe zum Vorschein. Er hatte sie auf dem Weg von Jessica zum Postamt, wo er die Post für die Ranch abholen wollte, im Schaufenster des Juweliers gesehen.

»Die sind wunderschön«, sagte sie mit merkwürdig tonloser Stimme, als sie die geschnitzten Gemmen auf dem schwarzen Samtfutter der Schachtel anstarrte. »Aber ... warum?«

Jetzt wurde ihm bewusst, dass sie beim Anblick der kleinen Schachtel einen Ring erwartet hatte.

Er zuckte die Schultern, auf einmal nervös. »Einfach so. Ich habe sie gesehen und dachte, dass sie dir gefallen würden.«

Sie lächelte ihn an. »Oh, und ob sie mir gefallen. Ich bin so ein Glückspilz. Was kann sich eine Frau mehr wünschen?«

Er zog sie an sich und atmete ihren Vanilleduft ein. Sie war so zart gebaut, in seinen Armen fühlte sie sich fast wie ein Kind an. Vielleicht, wenn sie schon verheiratet wären, vielleicht würde dann nicht diese drückende, unsagbare Leere wie ein Felsbrocken in seiner Brust sitzen. Wieder. Immer noch.

Sie zog sich zurück und sah ihm in die Augen. »Das Leben scheint aus den Fugen geraten zu sein, seit unser Land im Krieg ist. Ich weiß, du hast viel um die Ohren, weil Riley fort ist. Aber *nichts* und niemand steht uns jetzt im Weg.«

Es war so offensichtlich, was sie meinte, dass er fast erwartete, *sie* würde ihm einen Antrag machen. Warum konnte er nicht einfach das tun, was von ihm erwartet wurde?

Er schluckte und versuchte den Knoten in seiner Brust loszuwerden. »Klingt gut.« Dann küsste er sie, zärtlich und liebevoll berührte er ihre Lippen. Abgesehen von Händchenhalten war es die erste und einzige Intimität zwischen ihnen. Alles darüber hinaus wäre ihm irgendwie vorgekommen, als würde er Amy *entehren*. Ihre reine, tugendhafte Aura hielt ihn davon ab, weiterzugehen. Er konnte es sich nicht einmal vorstellen. »Ich glaube, wir sollten jetzt los. Susannah wartet mit dem Essen auf uns. Außerdem bist du wahrscheinlich ziemlich erledigt, nachdem du den ganzen Tag Bandagen aufgewickelt und eine Parade organisiert hast.«

Er nahm ihren Arm und führte sie zum Ranchhaus, eine Viertelmeile westlich über die flache grüne Weide, die von einem Balkenzaun eingefasst war. Geschmeidige, gesunde Pferde beugten die Köpfe, um zu grasen. Der Hund trottete vor ihnen her. Es war eine friedliche Szenerie – das bleiche, gedämpfte Zwielicht, das leise Wiehern der Pferde, das Haus in der Ferne.

Amy hatte recht – nichts stand jetzt zwischen ihnen.

Nichts. Nicht einmal die heimliche Hand auf seinem Herzen.

# Kapitel 9

Als alle um den Tisch versammelt saßen, war Cole bereits am Verhungern. Susannah hatte eine ansehnliche Personenzahl zu verköstigen – Cole, seinen Vater, ihren Vormann Tanner Grenfell, Tanners Neffen Wade und Joshua und heute auch noch Amy. Vor dem Krieg, als die Belegschaft größer war, hatten sie eine eigene Köchin für die Farmarbeiter beschäftigt. Jetzt gab es mehr Arbeit denn je und weniger Leute, um sie zu erledigen.

Irgendwie bekam Susannah es hin. Sie hatte dieselbe eiserne Robustheit wie Jessica. Niemand fragte, wie sie das alles schaffte. Sie tat einfach, was nötig war. Aber sogar Cole musste zugeben, dass man ihr die Anstrengung allmählich ansah. Manchmal erschien sie morgens am Frühstückstisch mit dunklen Schatten unter den Augen, oder sie hatte ihre langen schwarzen Locken nur hastig mit einem Lederband zurückgebunden. Cole hörte sie oft noch längst, nachdem alle anderen im Bett waren, im Flur auf- und ablaufen oder in der Küche herumhantieren. Vermutlich hatte sie keine einzige Nacht mehr durchgeschlafen, seit Riley fort war. Einmal hatte er durch ihre offene Schlafzimmertür gesehen, dass sie das silbergerahmte Hochzeitsfoto vom Toilettentisch auf das Nachtkästchen gestellt hatte, als wäre Riley ihr so näher.

Sie genossen gerade ihr köstliches Brathähnchen, als Pop über den Tisch hinweg trompetete: »Nun, Mrs. Braddock, was hat unser Kriegsheld in seinem Brief zu berichten?« Unter der Post, die Cole mitgebracht hatte, war auch ein Brief von Riley an Susannah gewesen.

Susannah überflog Rileys hastiges Gekritzel auf wasserfleckigem Papier. »Er schreibt, es regnet seit Tagen ununterbrochen ... seine Kleider werden gar nicht mehr trocken, und im Schützengraben stehen sie knöcheltief im Wasser und – in Schlimmerem ... sie schlafen auch im Nassen. Gütiger Gott, er schreibt ständig, dass sie Affenfleisch essen. Das kann doch nicht sein.«

»Wenn ein Mann richtig Hunger hat, fragt er nicht lang, wo das Fleisch herkommt. Ich weiß noch, ich hab mal eine Klapperschlange gegessen, weil wir beim Viehtrieb nichts anderes hatten. Hab sie selbst geschossen und ...«

Cole unterbrach ihn. »Ich habe von diesem Fleisch gehört. Es ist kein Affenfleisch, die Soldaten nennen es nur so. Es ist irgendein scheußlich schmeckendes französisches Zeug, das sie aus Madagaskar einführen.«

»Er ist zum Sergeant befördert worden.«

»Hah!«, kommentierte Pop und schlug auf den Tisch. »Ich wusste, dass er seinen Mann steht!«

Beim nächsten Absatz zogen sich Susannahs Brauen ein wenig zusammen. Dann berichtete sie mit leicht zitternder Stimme weiter. »Er ... er möchte, dass ich ihm saubere Socken und Seife schicke. Die Deutschen greifen mit Giftgas an, und viele Männer sind erblindet oder gestorben. *Oh* ... er schreibt, der Mann neben ihm ist von einer Granate getroffen worden und ...« Sie brach ab, faltete den Brief wieder zusammen und steckte ihn in ihre Schürzentasche.

Cole sah, dass sie um Fassung rang, in ihren braunen Augen glänzten Tränen. Offenbar hatte Riley noch mehr geschrieben, was sie entweder nicht erzählen konnte oder wollte.

»Zur Hölle mit diesem weinerlichen Mädchenkram. Was ist mit den Schlachten? Was ist mit *ihm*? Zeigt er es den Deutschen?

Wenn ich da drüben wäre, würde ich ihnen schon die Flötentöne beibringen, bei Gott«, verkündete der alte Mann.

»Pop, lass sie in Ruhe«, warnte Cole. Die Taktlosigkeit seines Vaters ärgerte ihn.

»Die Jungs bei Tilly's erwarten ausführliche Berichte.«

Susannah reichte Amy, die noch unglücklicher wirkte als ihre künftige Schwägerin, den Kartoffelbrei. Amy konnte Unfrieden nicht ertragen.

Die Spannung im Raum ignorierend, plapperte Pop ungeniert weiter. »Im Nassen schlafen, meine Güte, das ist doch gar nichts. Ich habe schon Vieh getrieben bei sturzbachartigen Regengüssen und bei Schneestürmen in Montana, die so schlimm waren, dass die Kühe steif gefrorene Beine hatten. Du lieber Himmel, einmal war das Schneetreiben so dicht, dass die dummen Viecher fast von einem Felsen gestürzt wären. Und ich habe bei Wetter im Freien geschlafen, das weder für mich noch für die Herde gesund war, nur mit einer Decke und einer Flasche Whiskey, um mich warmzuhalten. Das Cowboyleben ist nichts für Waschlappen.« Er nahm einen großen Bissen von einer Keule und redete mit vollem Mund weiter. »Aber ich habe nicht gejammert, ich habe einfach weiter ...«

Susannah legte ihre Gabel auf den Teller und funkelte ihn an. »Ich nehme nicht an, dass du dir beim Viehtreiben Sorgen machen musstest, dass du durch eine Haubitze ins Jenseits befördert oder von einem Bajonett durchbohrt wirst, oder?«

Pop hielt mitten im Kauen inne. »Na ja, es hätte mir jederzeit ein Wolf oder ein wütender Puma über den Weg laufen können ...«

Susannah faltete die Hände auf dem Tisch, so fest, dass die Knöchel weiß hervortraten und die Fingerspitzen sich rot verfärbten. »Und *wenn* einer gekommen wäre, hätte der dich dann mit Giftgas angegriffen?«

»Mit Gas?«

»Hast du deine Familie vermisst, als du da draußen warst und nicht wusstest, ob du sie jemals wiedersehen würdest?«

»Nein, das ist Jahre her. Damals hatte ich noch keine Familie, aber ...«

»Dann kann man es meiner Meinung nach nicht vergleichen, Shaw. Tut mir leid, dass ich nichts Besseres für dich habe, was du diesen Schwachköpfen bei Tilly's erzählen kannst. Vielleicht interessieren sie sich für deine Geschichten vom Viehtrieb. Entschuldigt mich.« Sie schob ihren Stuhl zurück und verließ den Raum. Tanner sah ihr nach, dann bedachte er den alten Mann mit einem bösen Blick. Sie hörten, wie sie die Treppe hinauf und durch den oberen Flur lief. Einen Moment später schlug über ihnen eine Tür zu.

»Was zum Teufel war das denn gerade?«, schimpfte Pop völlig verdutzt.

»Bist du jetzt glücklich?«, fuhr Cole ihn an. Susannah hatte Pop lang verhätschelt – in Coles Augen sogar regelrecht verzogen –, aber offensichtlich war jetzt auch bei ihr die Grenze erreicht. Auf der Ranch gab eine Menge Arbeit, und er wusste, dass sie sich Sorgen wegen Riley machte, obwohl sie immer so tapfer tat, und Shaw Braddock war ein unsensibler alter Kauz, wie es keinen zweiten gab.

Amy saß da, die Hände auf dem Schoß, und starrte auf ihren Teller. Ihre Wangen waren rot vor Verlegenheit. Tanner versuchte sich den Anschein zu geben, ganz mit dem Essen beschäftigt zu sein, dabei schob er es nur auf dem Teller hin und her. Wade und Josh glotzten die Erwachsenen mit großen Augen an, bis Tanner sie mit dem Ellbogen anstieß und zu ihren Tellern nickte.

»Was habe *ich* denn verbrochen?«, fragte Pop. »Ich wollte doch nur wissen, wie es mit den Kämpfen steht und was Riley in Frankreich so treibt. Ich hätte nicht gedacht, dass sie gleich in die Luft geht.« Er tunkte ein Stück Brot in die Soße, aber auch er war bis zu den Ohren rot angelaufen und wagte keinem in die Augen zu sehen. »Pah, das ist das Schlimme an den Frauen – sie regen sich immer auf.«

»Ja, es macht ihnen Sorgen, wenn ihr Ehemann in einem fremden Land im Krieg ist«, entgegnete Cole scharf. »Deshalb hätte ich mich zum Kriegsdienst melden sollen und nicht Riley. Er hat alles zu verlieren. Ich gar nichts.«

Amy neben ihm keuchte entsetzt auf, sprang vom Tisch auf und flüchtete in die Küche. Durch die Tür hörte man ihr gedämpftes Schluchzen.

»Mist!«, murmelte Cole und warf seine Serviette auf den Tisch. Er zeigte mit dem Finger auf den alten Mann. »Wenn du nicht mein Vater wärst, würdest du heute im Stall schlafen!« Damit stand er auf und verließ ebenfalls den Raum, sodass nur noch Pop, Tanner und die Jungen übrig blieben.

Es kostete ihn einige Mühe, aber schließlich konnte Cole Amy beruhigen und ihr klarmachen, was er gemeint hatte. Seine Bemerkung bezog sich natürlich auf die Zeit, *bevor* er angefangen hatte, mit ihr auszugehen.

Sie fuhren in Coles Lastwagen, schweigend. Nur das Quietschen der Federn und das Knarren der Scharniere unterbrachen die Stille, als sie über die holperige Straße in die Stadt fuhren. Es war leichter, als nachts ein Fuhrwerk zu lenken. Die Scheinwerfer des Lastwagens beleuchteten die vor ihnen liegende Straße.

Schließlich sagte Cole: »Pop ist ein bornierter alter Schw... Hundesohn. Manchmal denke ich, Mutter ist nur gestorben, um von ihm wegzukommen.«

Amy zog die Jacke fester um sich. Die Abende waren jetzt kühl, seit der Sommer sich verabschiedet hatte. »Vielleicht ist er auch so, *weil* sie gestorben ist. Sie ist schon lang tot, nicht wahr?«

»Ja, ich war damals acht. Dein Vater hat gesagt, etwas stimmte mit ihrem Herzen nicht, vielleicht schon von Geburt an. Eines Tages hörte es einfach auf zu schlagen, als sie im Garten stand und die Wäsche aufhängte.«

»Oh, dann war sie noch jung.«

»Ja, jünger als ich jetzt. Sie war siebenundzwanzig.«

»Und Mr. Braddock hat nie wieder geheiratet. Er trauert ihr wahrscheinlich nach, und das hat ihn bitter und unsensibel für die

Gefühle anderer gemacht. Vielleicht beneidet er uns und Riley und Susannah, weil wir uns so nah sind.«

Cole hielt nichts von ihrer Theorie, aber Amy rechtfertigte stets die Handlungen anderer und suchte immer das Gute im Menschen. Und wenn sie es nicht fand, dann bastelte sie es sich zusammen. »Schon möglich. Wie dem auch sei, der Streit beim Essen tut mir jedenfalls leid.«

Sie berührte kurz seinen Ellbogen. »Mir auch. Es war dumm von mir, gleich – wie hat dein Vater es formuliert – in die Luft zu gehen. Ich konnte es Susannah so gut nachfühlen, und als ich mir dann vorstellte, dass du in Gefahr wärst und nichts zu verlieren hättest, da ...« Sie wandte sich ab und blickte auf das Feld, das in der purpurfarbenen Dämmerung vorbeiflog. »Ich weiß, das ist jetzt nicht gerade patriotisch von mir, aber ich bin froh, dass du dich nicht freiwillig gemeldet hast. Ich bin froh, dass du in Powell Springs geblieben bist, wo du sicher bist.«

Cole entgegnete nichts darauf. Wieder kam ihm dieses Wort in den Sinn und ging ihm den ganzen Weg zur Stadt nicht mehr aus dem Kopf.

*Drückeberger.*

Horace Cooksons Voraussage, dass Jessica kaum Patienten haben würde, erwies sich als ziemlich jämmerlich.

Schnell sprach sich herum, dass und wo sie praktizierte, und jene, die Granny Mae nicht trauten oder mit ihrer ärztlichen Kunst nicht zufrieden waren, standen am Sonntagmorgen nach der Kirche bei ihr vor der Tür.

Sie bekam es mit allen möglichen Leiden zu tun, hauptsächlich Bagatellen. Das war auch gut so, denn sie hatte noch keine Zeit gehabt, sich richtig in der Praxis umzusehen, und benutzte im Grunde nur ihre Arzttasche für die Arbeit. Außerdem hatte Horace Cookson so verzweifelt nach einem Arzt für Powell Springs gesucht, dass er zu ihrem Glück das Stellenangebot mit einem Telefonanschluss im Arbeitszimmer, einer anständigen Ausstattung und einigen Materialien und Medikamenten versüßt hatte. Manches stammte noch von ihrem Vater, wie ihr auffiel. Neben der Beobachtung von Eddie Cookson, dessen Mutter bestens in der Lage schien, ihm die nötige Pflege zukommen zu lassen, verband Jessica einen verstauchten Knöchel, schnitt eine Eiterbeule auf und stellte eine Schwangerschaft fest, alles bis um zwei Uhr mittags.

Es war fast zehn Uhr abends, als sie im Nachthemd im Zimmer stand und die milde, saubere Luft einatmete. Abgesehen von Eddies heiseren Hustenanfällen war die Nacht ruhig und duftete frisch, ein leichtes Lüftchen bauschte die Spitzengardinen und brachte von draußen den Geruch vom letzten Heu, das auf den Wiesen vor der Stadt gemäht worden war. In Powell Springs war es viel ruhiger als in New York. Es gab keine Straßengeräusche, keinen Lärm von scheppernden Feuerwehrautos und Lastwagen, die zu jeder Tages- und Nachtzeit vorbeifuhren.

Nachdem sie ihrem Haar die obligatorischen hundert Bürstenstriche gegönnt hatte, lockten sie die sanft gebauschten Gardinen zum Sessel am Fenster. Sie schaltete die Deckenleuchte aus, sodass nur noch der Mond Schatten auf den Boden warf. Während sie ihr Haar flocht, blickte sie auf die ruhige Hauptstraße. Die Schaufensterscheiben waren dunkel, und wenn sie angestrengt genug lauschte, trug der Wind, wenn er sich drehte, von Zeit zu Zeit das sanfte Plätschern des Powell Creek zu ihr hin. Sie stellte die Ellbogen auf die Fensterbank, legte das Kinn in die Hände und holte tief Luft, um die Frische zu riechen.

Es war Nacht in einer Kleinstadt. Ihrer Stadt.

Die idyllische Stimmung rührte ihr Herz an, es war noch friedlicher, als sie es sich in Augenblicken des Heimwehs vorgestellt hatte. Die Wohnung war wirklich hübsch, dachte sie, als sie den Blick über die schwach beleuchteten Umrisse wandern ließ. Auf alle Fälle hübscher, als sie erwartet hatte. Dr. Pearson würde sich hier sehr wohlfühlen. So wie sie in der kurzen Zeit ihres Aufenthalts.

Sie hatte einen langen, anstrengenden Tag hinter sich, und die Müdigkeit steckte ihr in den Gliedern. Aber es war wenigstens nicht das völlig ausgepumpte Gefühl wie früher. In New York hatte es Nächte gegeben, da hatte sie sich kaum die Treppe zu ihrer Wohnung im dritten Stock hinaufschleppen können.

Trotz ihrer Erschöpfung hatte sie stundenlang wachgelegen, wenn ihr der Kummer in der Welt nicht mehr aus dem Kopf gehen wollte, und sich geschworen, am nächsten Tag noch härter zu arbeiten, um ihn zu lindern. Aber was sie auch tat, der Kummer in der Welt wurde nicht weniger.

Gähnend durchquerte sie den Raum und kletterte in ihr bequemes, einladendes Bett. Der Schlaf kam und schloss sie in seine weichen Arme.

Hier in Powell Springs war sie die Einzige, deren Herz Kummer litt.

# Kapitel 10

Wie Cole prophezeit hatte, dauerte es nicht lang, und die Neuigkeit von Eddie Cooksons Grippeerkrankung hatte in Powell Springs die Runde gemacht. Bis Dienstagnachmittag hatten viele Menschen Blumen und Genesungskarten für ihn auf Jessicas vorderer Veranda und im Wartezimmer hinterlassen.

Dann begannen weitere Patienten einzutrudeln, die über plötzliche Halsschmerzen, Fieber, Husten und Kopfschmerzen klagten. Keiner von ihnen war so krank, das Jessica ihn aufnehmen musste, aber sie befürchtete, dass dies nur noch eine Frage der Zeit sein würde. Fast immer lautete ihre Anweisung strenge Bettruhe. Sie bestellte zusätzliche Grippetabletten beim Apotheker und empfahl, bei Atembeschwerden die Brust mit Vicks VapoRub einzureiben.

Auf Jessicas Telegramme nach Seattle und Portland trafen hilfreiche, aber auch zugleich besorgniserregende Antworten ein.

Das Rote Kreuz riet jedem Einwohner dringend zum Tragen eines Mundschutzes, um die Ansteckungsgefahr durch Husten oder Niesen zu verringern. Die Masken würden aus feinmaschiger Gaze von Freiwilligen angefertigt und könnten für zehn Cent das Stück erworben werden. Jessica bat Bürgermeister Cookson, die notwendigen Mittel dafür bereitzustellen, und gab eine Bestellung auf. Sie teilte ihm auch mit, was sie noch erfahren hatte: Orte, an denen sich größere Menschenmengen versammelten, wie Kirchen, Theater oder Schulen, sollten geschlossen, politische Versammlungen und Paraden abgesagt werden. Er war sofort einverstanden (sicher auch wegen des alarmierenden Zustands seines Sohnes) und leitete dem *Powell Springs Star*, der zweimal wöchentlich erscheinenden Lokalzeitung, eine offizielle Bekanntmachung zu. Der Herausgeber hielt diese für so wichtig, dass er ein Extrablatt drucken ließ, was in der zwanzigjährigen Geschichte der Zeitung bisher erst zweimal vorgekommen war.

Das Rote Kreuz fragte an, ob Jessica die Hilfe einer Krankenschwester benötige, aber sie lehnte ab. Noch kam sie allein zurecht. Dr. Martin vom Allgemeinen Krankenhaus in Seattle empfahl dieselben Vorsichtsmaßnahmen wie das Rote Kreuz und erwähnte, dass an der Entwicklung eines wirksamen Impfstoffs gearbeitet werde.

Helen Cookson nahm sich ein Zimmer im Hotel und blieb in der Stadt, um bei der Pflege ihres Sohnes zu helfen, wofür Jessica sehr dankbar war. Dies gab ihr die Gelegenheit, etwas Schlaf nachzuholen, sich zu waschen und umzuziehen. Die kleine Krankenstation roch inzwischen nach Krankheit, Kampfer und Vicks VapoRub.

Durch Helens Unterstützung konnte sich Jessica eine kurze Verschnaufpause gönnen und mit Amy auf einen Imbiss in Brill's Konditorei treffen. Dort gab es nur eine ziemlich übersichtliche Speisekarte, die hauptsächlich aus ungesunden Limonaden und süßem Gebäck bestand, aber da sie beide gehört hatten, Granny Mae sei immer noch wegen der Sache mit Eddie verstimmt, mieden sie ihr Café lieber.

Wie üblich wirkte Amy wie aus dem Ei gepellt, die Schuhe farblich auf Handschuhe und Tasche abgestimmt. Ihr honigblondes Haar war in Locken gelegt und unter einem modischen Hut hochgesteckt. Jessica hatte sich zumindest das Gesicht gewaschen, das Haar gekämmt und die Zähne geputzt. Angesichts der letzten vierundzwanzig Stunden war sie damit vollauf zufrieden.

Bei Eiersalat-Sandwiches und Eistee deutete Amy ungehalten mit dem Zeigefinger auf Bürgermeister Cooksons Bekanntmachung in der Zeitung. »Das kann doch nicht sein Ernst sein! Wenn das Kriegsanleihen-Komitee nicht tagen kann, wie sollen wir dann Geld sammeln?« In einem für sie äußerst ungewöhnlichen Temperamentsausbruch schlug sie mit der Faust so fest auf die Marmortischplatte, dass Geschirr und Besteck klirrten. »Es ist einfach nicht fair! Niemand außer dem armen Eddie Cookson ist wirklich krank, und er steht ja praktisch bei dir unter Quarantäne. Wie könnte sich denn da noch jemand mit Grippe anstecken?«

Das Mädchen an der Theke starrte zu ihnen herüber.

»Pst!«, sagte Jess leise, einigermaßen erstaunt über diesen Wutanfall. »Es gibt bereits vermehrt Krankheitsfälle.« Sie erzählte Amy einen Teil dessen, was sie erfahren hatte. »Ich habe den Bürgermeister gebeten, größere öffentliche Veranstaltungen wie Gottesdienste zu verbieten und die Schulen zu schließen. Als Nächstes sind vermutlich Orte wie dieser hier oder Maes Café dran.«

»*Du* warst das! Jess, wie konntest du nur? Du weißt doch, was es mir bedeutet.«

»Um Himmels willen, Amy, ich kann verstehen, dass du enttäuscht bist, aber ...«

Das Gesicht ihrer Schwester nahm einen gequälten Ausdruck an. »Nein, kannst du nicht. Ich warte schon die ganze Zeit darauf, dass Cole mich ins Hotel zum Abendessen ausführt und mir einen Antrag macht ...« Tränen quollen ihr aus den Augen, und sie tupfte sie hastig weg. »Heiraten war schon immer mein Traum, und jedes Mal, wenn ich denke, jetzt hält er um meine Hand an, kommt irgendetwas dazwischen. Seine Arbeit, die Ranch, und jetzt das. Du kannst weder nachfühlen noch wissen, wie enttäuschend das ist!«

Jess musterte sie einige Sekunden lang scharf. »Oh doch, ich weiß sehr wohl, wie sich das anfühlt. Vielleicht erinnerst du dich daran, wen *ich* heiraten wollte, bevor du ...« Sie brach ab. Womöglich würde sie sonst etwas sagen, was sie hinterher bereute.

Amy starrte sie einen Augenblick lang schuldbewusst an und senkte dann mit flammend geröteten Wangen den Blick auf ihren Teller. »Ja, natürlich«, murmelte sie.

Eine Weile aßen sie schweigend weiter, während sich Jessica bemühte, den Zorn, der in ihr aufgeflackert war, zu ersticken. Seit sie nach Powell Springs zurückgekehrt war, versuchte sie sich von ihrer besten Seite zu zeigen und ihren Groll unter Verschluss zu halten. Schließlich war Amy ihre Schwester, alles, was ihr noch an Familie geblieben war. Blut war dicker als Wasser, und die Sache mit Cole und ihr war eben einfach schiefgegangen. Sie hatte sich an jede Entschuldigung, jede noch so abgedroschene Binsenwahrheit geklammert, um die Tage zu überstehen.

Aber die ungeschminkte Wahrheit lautete, dass Amy, ob Schwester oder nicht, vorhatte, den Mann zu heiraten, den Jess sich selbst einmal zum Ehemann erkoren hatte. Den Mann, der ihr geschrieben hatte, er würde nicht mehr länger auf sie warten. Und es mochte vielleicht nur Einbildung sein, aber Amy wirkte nahezu unerträglich selbstzufrieden und schien über die Wendung der Ereignisse zu triumphieren.

Entschlossen verbannte sie ihre Bitterkeit in einen dunklen Winkel ihres Herzens und brach das Schweigen. »Ich bin sicher, das Verbot öffentlicher Veranstaltungen wird nicht lang dauern. Nur bis wir wissen, ob es in Powell Springs zur Epidemie kommt. Die Lage im Land ist nämlich ziemlich ernst.«

Amy, die sich wieder gefasst hatte, entgegnete steif: »Dann werde ich nicht nur darum beten, dass es Eddie bald besser geht, sondern auch, dass er der einzige schwere Grippefall bleibt.«

Spät am nächsten Nachmittag hatte Jessica gerade eine weitere Bestellung für Grippetabletten an den Apotheker geschickt, als sie hörte, wie die Eingangstür geöffnet wurde. Voller Sorge, was wohl als Nächstes kommen mochte, eilte sie in das Wartezimmer, wo sie zu ihrer Überraschung Adam Jacobsen mit einem Strauß rosafarbener und gelber Chrysanthemen vorfand.

»Adam! Du kommst sicher, um Eddie zu besuchen.« Das nahm sie zumindest an, da er wie immer seinen Anzug trug und nicht krank wirkte.

Er lächelte sie an. »Ja, aber nicht nur.«

»Und du hast ihm Blumen mitgebracht. Wie aufmerksam von dir.«

Er trat näher und reichte ihr die Chrysanthemen. Trotz der Gerüche nach Medizin und Krankheit kam ihr ein schwacher Hauch Haarwasser in die Nase. Er sah ihr tief in die Augen. »Der Strauß ist für dich, Jessica.«

Obwohl die Blüten keinen Duft verströmten, brachte das feuchte Grün einen frischen Geruch herein. Jessica war sprachlos. »Für mich – ich ...«, stammelte sie.

Verlegen sah er zu Boden. »Sie wachsen in meinem Garten, und irgendwie haben sie mich an dich erinnert. Golden und ein zartes Rosa.«

Wie aufs Stichwort spürte Jessica, dass ihr die Hitze in die Wangen schoss. Seit Jahren war sie nicht mehr rot geworden. Die Situation war ihr unangenehm, aber in gewisser Weise war diese Geste auch Balsam für ihre Seele. Sie konnte sich schon gar nicht mehr daran erinnern, wann ihr jemand das letzte Mal Blumen geschenkt hatte, und nun bekam sie ausgerechnet welche von Adam. Sie wusste kaum, wie sie darauf reagieren sollte. »Das ist sehr nett von dir. Danke, Adam.«

»Ich wollte mich noch einmal bei dir dafür bedanken, dass du dich entschieden hast, eine Weile zu bleiben und dich um die Menschen hier zu kümmern.« Er trat von einem Fuß auf den anderen. »Und natürlich wollte ich Eddie besuchen.«

»Das solltest du vielleicht lieber nicht. Du könntest dich anstecken.«

»Dich hat es schließlich auch nicht davon abgehalten, ihn zu pflegen.«

»Aber ich bin seine Ärztin.«

»Und zwar eine besonders selbstlose.«

Sie lachte, da sie es für einen Scherz hielt. Solch ein Attribut würde eher zu Amy passen. Amy, die große Wohltäterin. »Aber nein, wirklich nicht ...«, begann sie. Doch dann sah sie an seinem Gesicht, dass er es ernst meinte.

Er ging über ihren Einwand hinweg. »Genau wie deine Berufung verlangt es auch die meine, mit schwierigen Situationen fertig zu werden. Ich bin sicher, Eddie könnte ein wenig geistlichen Beistand gebrauchen. Wie ich höre, geht es ihm ziemlich schlecht.«

Ihr Lächeln erlosch. »Das stimmt. Aber vielleicht merkt er nicht einmal, dass du da bist. Er fantasiert die meiste Zeit.«

»Das spielt keine Rolle. Gott ist bei ihm. Eddie ist nicht allein in seiner Not. Daran möchte ich ihn einfach erinnern.«

Darauf wusste Jess nichts mehr zu erwidern. Wenn Adam so fest entschlossen war, ihren Patienten zu besuchen, würde sie ihn nicht daran hindern. Sie deutete zur Treppe. »Er ist oben. Seine Mutter sitzt bei ihm.«

Er nickte und eilte die Stufen hinauf.

Jess suchte eine Vase für die Chrysanthemen. Womöglich würde sie ihre vorgefasste Meinung über Adam Jacobsen revidieren müssen.

Mitternacht. Eine Zeit der Einsamkeit, die nach Jessicas Erfahrung die Entscheidung brachte, ob jemand leben oder sterben würde. In diesen Stunden lag der Rest der Welt in tiefem Schlummer oder weinte im Dunkeln vor Einsamkeit, Verzweiflung oder Schmerz.

Helen Cookson war vor einer Stunde ins Hotel zurückgekehrt. Als Jess nun Eddie untersuchte, wuchs ihre Besorgnis. Luft, die eigentlich seine Lunge füllen sollte, schien in das Gewebe seines versagenden Körpers zu entweichen und blähte ihn auf wie einen Ballon. Jede seiner Bewegungen erzeugte ein knisterndes Geräusch wie zerknülltes Zellophan. Was um alles in der Welt ist das für eine Grippe?, fragte sie sich verzweifelt. Sein Atem ging immer mühsamer, und die Zyanose – die bläuliche Färbung seiner Haut – war dunkler und ausgeprägter geworden. Im gedämpften Licht der Nachttischlampe sah er noch geisterhafter aus.

Aber da war noch etwas anderes. Etwas Neues. Der Geruch. Dies war nicht die Ausdünstung eines ungewaschenen Körpers. So etwas kannte sie zur Genüge. Und es war nicht nur der Geruch eines Kranken. Dies war der Gestank von Fäulnis.

Jessica sank das Herz.

Sie zog ihm die Decke über der Brust zurecht, und da öffnete er die fieberglänzenden Augen.

»Ich werde sterben«, flüsterte er mit kratzender Stimme. Zum ersten Mal, seit er vor achtundvierzig Stunden in der Praxis zusammengebrochen war, wirkte er beinahe klar. Jess ergriff seine heiße Hand auf der Bettdecke. »Glaubst du das wirklich?«

Sein Nicken war kaum wahrnehmbar. Jess wusste, dass er recht hatte. Schon einige Male zuvor hatte sie Schwerkranke erlebt, die spürten, wie das Leben aus ihnen wich und dass ihre Zeit gekommen war.

»Ich hole deine Mutter ...«

»Nein«, ächzte er, um jeden Atemzug und jedes Wort ringend, und packte ihre Hand fester. »Bleiben Sie ... bei mir. Ich ... möchte nicht ... mit ihm allein sein.«

»Mit ihm?«

»Er will mich ... holen. Schauen Sie doch!«

Jess spürte, wie sich ihr die Haare im Nacken aufstellten, während sie sich im Zimmer umsah. »Nein.«

Schwerfällig hob er den Arm ein paar Zentimeter. »Dort ... am Fußende ... sitzt er ... und wartet darauf ..., dass ich sterbe.«

Wieder schaute sie in die angegebene Richtung, obwohl ihr klar war, dass es nichts zu entdecken gab. Sie sollte schleunigst seine Mutter holen – das Hotel war nur ein paar Querstraßen entfernt. Aber sie wollte Eddie nicht verlassen. Sie würde es sich nie vergeben, wenn er allein sterben müsste.

Ihr fiel der Fernsprechapparat im Erdgeschoss ein. Auch das Hotel besaß einen. Ohne Vermittlung jedoch war es ein Gerät ohne Nutzen, wie eine stehen gebliebene Uhr, für die der Schlüssel zum Aufziehen fehlte.

Sanft befreite sie ihre Hand und trat ans Fenster, in der Hoffnung, dort unten irgendjemanden zu entdecken, der ihr helfen könnte. Sie musste an den Abend vor zwei Tagen denken, als sie jemanden gesucht hatte, der Eddie heimbrachte. Selbst um halb sieben war keine Menschenseele mehr unterwegs gewesen, und jetzt, um Mitternacht, war sogar Tilly's kurz vor dem Schließen.

Plötzlich fühlte sie sich hilflos und völlig allein. Sie schob das Fenster auf, streckte den Kopf hinaus und spähte hinunter auf die dunkle Straße. Menschenleer. Nur ein scharfer nächtlicher Wind, der nach Regen roch. Die ersten Tropfen schlugen ihr bereits ins Gesicht. Die frische Luft war eine Erleichterung, löste aber ihr Problem nicht. Doch dann, gerade, als sie das Fenster wieder zuschieben wollte, bemerkte sie eine Bewegung auf dem Gehweg unter ihr. Angestrengt starrte sie in die Dunkelheit und wartete darauf, dass die Gestalt in das Rechteck aus Licht trat, das aus ihrem Fenster fiel.

Cole Braddock. Sie hätte sich zwar gewünscht, es möge jemand anderes sein, aber sie war dankbar, überhaupt jemanden zu sehen. Und sie wusste, er würde ihr helfen.

»Cole!«

Er sah auf, die Augen von der Krempe seines Stetson beschattet. »Jessica? Was ist los?«

»Bitte, könntest du zum Hotel gehen und Mrs. Cookson holen? Es handelt sich um einen Notfall! Ich kann Eddie nicht allein lassen.«

Mit einem kurzen Nicken eilte er davon. Sie sah seiner schlanken, langbeinigen Gestalt nach, die mit der Dunkelheit verschmolz. Flüchtig fragte sie sich, warum er zu dieser Zeit in der Stadt unterwegs war. Dann trat sie wieder ans Bett und nahm Eddies Hand.

»Deine Mutter wird in einer Minute da sein.« Aber er war in das Schattenreich zwischen Leben und Tod zurückgesunken, und sie bezweifelte, dass er noch einmal daraus auftauchen würde.

# Kapitel 11

Die Zeit wurde relativ, während Jess neben dem Bett ihres Patienten saß und auf seine Mutter wartete. Die Wartezeit selbst verging im Schneckentempo, und Jess fürchtete schon, dass die Frau keine Gelegenheit mehr haben würde, sich von ihrem Sohn zu verabschieden. Für Eddie jedoch, dessen Stunden gezählt waren, verflog die Zeit rasend schnell. Jessica beobachtete, wie sich seine Brust bei jedem rasselnden Atemzug mühsam hob und senkte. Die Atmung war unregelmäßig geworden und stockte manchmal für mehrere quälende Sekunden, bevor sie mit einem Keuchen wieder einsetzte. Draußen begann es laut klatschend zu regnen.

»Halt durch, Eddie«, beschwor sie ihn und drückte ihm die Hand, »bitte halt durch. Du kannst noch nicht gehen. Du musst auf deine Mutter warten. Sie wird bestimmt jeden Augenblick hier sein.« Sie wusste nicht, ob er sie überhaupt hörte.

Endlich vernahm Jess ein wildes Klopfen an der Haustür und dann das Rasseln eines Schlüssels im Schloss. Sie rannte zum Treppenabsatz, beugte sich über das Geländer und sah, dass Cole Helen mit seinem eigenen Schlüssel eingelassen hatte.

Die arme Frau war bis auf die Haut durchnässt. Offensichtlich hatte sie sich in aller Eile angezogen, denn sie trug nur ein dünnes Kleid und Hausschuhe und keinen Mantel darüber. Das Haar klebte ihr am Kopf, und ihr geflochtener Zopf hing ihr nass und schwer auf dem Rücken.

»Ist er …?« Helens Stimme brach.

»Es ist noch nicht zu spät. Kommen Sie schnell.«

Hastig sprang Helen die Treppe hinauf. Die Trauer hatte sich bereits tief in ihre Gesichtszüge eingegraben. Jess tätschelte ihr die Schulter und ging dann in die Praxis hinunter, um Mutter und Sohn nicht zu stören.

Cole stand groß und lässig in der Tür des Wartezimmers. Auch er war völlig durchnässt, und das dünne braune Hemd klebte ihm am Körper. Obwohl er immer noch seinen Hut trug, lockte sich durch die Feuchtigkeit sein blondes Haar an den Spitzen.

»Liegt er im Sterben?«, fragte Cole leise.

Jess nickte.

Dass jemand in der Blüte seines Lebens so schnell dahingerafft wurde, entsetzte Cole. »Er ist doch erst seit zwei Tagen krank!«

»Das ist es ja«, flüsterte Jess. »Es ist beängstigend. Mir war wichtig, dass seine Mutter Gelegenheit hat, ihn noch einmal zu sehen, aber er wollte nicht, dass ich ihn allein lasse.« Sie spielte mit einigen Haarsträhnen, die ihr Gesicht umrahmten. »E-er hat gesagt, am Fußende seines Bettes würde jemand sitzen, der nur darauf wartet, dass er stirbt.«

Cole starrte sie an. »Hast du irgendwen …?«

Sie schüttelte den Kopf und zuckte die Schultern. »Also konnte ich sie nicht selbst holen gehen.« Sie reckte das Kinn. »Ich bin dir sehr dankbar für deine Hilfe. Aber was hattest du um diese Zeit eigentlich da draußen zu suchen?«

Auch er hatte die Stimme gesenkt. »Ich musste drüben noch ein paar Dinge erledigen.«

»Um Mitternacht.«

»Na ja, *du* bist ja auch wach.« Obwohl sie immer noch schön war, sah sie dennoch aus, als habe sie seit Tagen kein Auge zugemacht. Ihre weiße Schürze hatte Flecken, und unter ihren Augen lagen dunkle Schatten.

»Ich muss arbeiten.«

»Genau wie ich.« Cole hatte ihr nur die halbe Wahrheit erzählt, und ihm war klar, dass sie ihn durchschaute. Natürlich fand die Arbeit dieser Tage kein Ende, aber er war in die Stadt gekommen, weil er es nicht mehr ausgehalten hatte, Löcher in die Zimmerdecke über seinem Bett zu starren. Wie Susannah hatte er seit Wochen keine Nacht mehr durchgeschlafen. Seine Schwägerin hatte einen guten Grund dafür, über seinen war er sich nicht recht im Klaren. Statt sich also unruhig hin- und herzuwälzen, bis das Bettzeug in einem Klumpen am Fußende seines Bettes lag, hatte er sich heute Nacht angezogen und war zur Schmiede gefahren.

Forschend betrachtete Jessica sein Gesicht auf der Suche nach dem wahren Motiv. Als sie noch ein Paar gewesen waren, hatte Jess immer gemerkt, wenn er etwas vor ihr verbarg. Er wusste nicht, ob das weibliche Intuition war oder ärztliches Einfühlungsvermögen. Vielleicht kannte sie ihn auch einfach so gut. Er wich ihrem fragenden Blick aus und ließ sich auf einen Stuhl nieder.

Auch Jess setzte sich. So verharrten sie in stillschweigendem Einvernehmen, um Totenwache zu halten.

»Sind noch mehr Leute krank geworden?«, fragte er.

»Ein paar, aber es hat niemanden so schwer erwischt wie Eddie. Noch nicht.«

»Du glaubst also, es wird schlimmer werden?«

Sie nickte. »Darum habe ich die Empfehlung des Roten Kreuzes bezüglich öffentlicher Versammlungen weitergegeben. Amy war ziemlich verärgert darüber.« Sie seufzte. »Und sie hat sich auch über mich geärgert.«

Er nahm seinen nassen Hut ab und drehte ihn zwischen den Händen. »Ich weiß. Sie war sogar bei Cookson und hat ihn darum gebeten hat, für das Kriegsanleihen-Komitee und das Hotelrestaurant eine Ausnahme zu machen.«

»Das hat sie getan?«

»Gestern Nachmittag kam sie in der Schmiede vorbei, um mir davon zu erzählen.«

»Wie hat er reagiert?«

»Er hat sich geweigert. Wahrscheinlich hast du ihn davon überzeugt, wie wichtig es ist.«

»Sie hat erwähnt, sie würde darauf warten, dass du, na ja ...« Ihr Tonfall deutete eine Frage an, zu deren Beantwortung er nicht bereit war.

Sichtlich unbehaglich veränderte er seine Sitzposition und legte den Fuß auf dem Knie ab. »Ja, ich weiß. Aber durch den Krieg ist so viel zu tun ...«

»Das hat sie auch gesagt. Ich bin etwas überrascht.«

»Weswegen?«

»Von einem Mann, der so wild aufs Heiraten zu sein scheint, hätte ich erwartet, das wäre längst geschehen.« Ihre grünen Augen funkelten.

Er hatte nicht vergessen, wie direkt Jess sein konnte, nur traf es ihn unvorbereitet. Da er sich ärgerte, dass sie ihn in Verlegenheit gebracht hatte, ging er seinerseits zum Angriff über.

Er stellte die Beine wieder nebeneinander und lehnte sich mit den Ellbogen auf den Knien nach vorn. »Ach ja? Vor gar nicht allzu langer Zeit warst du auch ganz wild aufs Heiraten. Warum fällt es dir so schwer zu erklären, weshalb du nicht zurückgekommen bist?«

Wie eine Schildkröte, die sich in ihren Panzer verkriecht, zog sie das Kinn ein und nestelte an ihrem Kragen. »Ich sehe keinen Sinn darin, ausgerechnet jetzt mit dir darüber zu diskutieren.«

»Ich denke aber, zumindest das bist du mir schuldig, meinst du nicht auch?«

Sie setzte sich aufrechter hin. »Ich schulde dir gar nichts. Schließlich hast du auch nie um meine Hand angehalten. Und du bist derjenige, wegen dem alles ... anders ist.«

In seinem Innern brannte eine Frage wie glühende Kohle, eine Frage, die er sich in seinem verletzten Stolz nie zu stellen erlaubt hatte. Amy hatte da etwas angedeutet, aber nie ausgesprochen. Doch nun, da der Tod angeklopft hatte und den Jungen im Krankenzimmer und vielleicht noch weitere Seelen holen wollte, schluckte er seine männliche Eitelkeit hinunter. »Gab es einen anderen?« Obwohl sie sich schon leise unterhielten, war diese Frage nur noch ein Flüstern.

Sie starrte ihn mit offenem Mund an. »Wie bitte?«

»Amy hat erwähnt, du hättest einen Arztsohn kennengelernt. Jemand namens Stafford oder Stanton ...«

»Dr. Stavers? Ja, ich habe die Bekanntschaft von ihm und seiner Familie gemacht. Sie waren so freundlich und haben mich einmal zum Abendessen eingeladen. Ein paarmal bin ich auch mit ihnen ins Theater gegangen.«

»Und der Sohn?«

»Andrew?«

Er lehnte sich zurück und musterte sie prüfend. »Und? Was hat er dir bedeutet? Ist er der Grund, warum du nicht zurückgekommen bist?«

Sie ließ die Stirn in die Handfläche sinken. Aus der Tasche ihrer schmutzigen Schürze zog sie ein Taschentuch, mit dem sie sich die Augen wischte. Er wusste nicht, ob sie lachte oder weinte.

»Mein Gott, es hat *nie* einen anderen Mann gegeben«, sagte sie schließlich. »Ich habe so viel Armut gesehen. So viel Verwahrlosung. Und Elend und Ausgrenzung. Ich habe Frauen aus Einwandererfamilien behandelt, die vom Hunger und von zu vielen Geburten hintereinander völlig ausgezehrt waren. Es gab Kinder, die sind an so banalen Krankheiten wie einer Erkältung gestorben, weil ihrem Körper die Kraft fehlte, gegen die Infektion zu kämpfen.« Die Worte sprudelten nur so aus ihr heraus. Ihre Miene war zornig und hilflos. »Ich habe Babys mit Rattenbissen gesehen, Babys, die zu schwach zum Trinken waren. Ich habe Frauen gesehen, die von ihren betrunkenen Ehemännern oder von Freiern, die sie in irgendwelchen dunklen Gassen trafen, grün und blau geschlagen worden waren. Ich habe Sterbende besucht, die man in schmutzigen, stickigen Räumen irgendwo in der Ecke sich selbst überlassen hatte, zu zwölft in einem Raum, der kaum groß genug für vier gewesen wäre. Viele Zimmer hatten keine Fenster und wurden im Fall eines Feuers zu Mausefallen, nur weil irgendein geldgieriger Vermieter sie von anderen Räumen abgetrennt hatte, um noch mehr Profit zu machen. Es waren düstere, stinkende Löcher voller menschlichem Elend.«

Er hörte zu, ohne eine Miene zu verziehen, biss jedoch so fest die Zähne zusammen, dass er einen Muskel zucken fühlte.

»Wenn man es nicht mit eigenen Augen gesehen hat, es nicht selbst erlebt hat, kann man es nicht verstehen.« Das Taschentuch in ihrem Schoß hatte sie zu einem festen Knoten zusammengeballt. »Selbst den Hunden auf deiner Ranch geht es besser als diesen Menschen. Darum bin ich geblieben. Wie hätte ich sie einfach ihrem Schicksal überlassen können?«

»Aber irgendwann bist du gegangen«, brachte er endlich heraus. Seine Stimme klang gepresst. »Warum?«

Jess wandte den Kopf zu dem Strauß Chrysanthemen, der auf dem kleinen Tisch zwischen ihnen stand. Sie gab keine Antwort. In der Stille, die sich ausbreitete, hörten sie nur das sanfte Prasseln der Regentropfen, in das sich plötzlich ein gedämpftes Schluchzen mischte, das von oben kam.

»Oh ... mein Gott ...«

Cole sah auf und horchte. »Es ist vorbei.«

Jessica nickte und stand auf. »Ich behalte ihn bis morgen hier. Bis dahin hat Fred Hustad wieder geöffnet, und die Cooksons können Vorbereitungen für das Begräbnis treffen. Er führt doch immer noch sein Bestattungsunternehmen vom Hinterzimmer seines Möbelgeschäfts aus?«

»Ja. Kann ich irgendetwas für dich tun?« Wenn möglich, wollte er ihr gern helfen, wollte er wenigstens *etwas* tun.

Für Jessica klang es wie eine Fangfrage. Sie hätte ihn um ein Dutzend Dinge bitten können, aber das stand ihr nicht mehr zu. *Ja, oh ja, bitte halt mich, tröste mich, lass mich diese Albträume vergessen, hilf mir, mich wieder lebendig zu fühlen, bring mich zum Lachen, wie früher.*

Sie merkte, dass sie sich unwillkürlich zu ihm hinneigte, um den Abstand zwischen ihnen zu verringern, und den Blick zu seinem Mund wandern ließ. Auch er beugte sich wie von unsichtbarer Hand gelenkt näher zu ihr. Sein Gesicht füllte ihr Blickfeld ganz aus, die gerade Nase, die Lippen, nicht zu schmal und nicht zu voll, das kantige Kinn und seine Augen mit den langen Wimpern, um die sie ihn immer beneidet hatte. Er roch nach Leder …

Wieder zerriss ein Schluchzen die Stille, und der Bann war gebrochen, der gefährliche Moment vorbei. Jess zog sich zurück.

»Nein«, log sie, »ich brauche nichts«.

Als Adam Jacobsen Eddie am nächsten Tag zur letzten Ruhe bettete, bestand die Trauergemeinde nur aus seinen Eltern. Jessica wollte eigentlich teilnehmen, aber sie musste sich um andere Grippepatienten kümmern, und alle, die noch gesund waren, verließen ihre Häuser nur, wenn es sich nicht vermeiden ließ. Kaum hatte Jessica das Krankenbett frisch bezogen, als auch schon ein neuer Patient es benötigte, ein sechsjähriger Junge. Seine Mutter belegte das zweite Bett.

Mit Amys Hilfe spannte sie ein Laken zwischen den Betten auf, in der Hoffnung, den Austausch von Krankheitserregern zu unterbinden. Anna Warnecke weinte jedoch so jämmerlich, weil sie ihren Sohn Philip nicht sehen konnte, dass sie es wieder abnahmen. Wahrscheinlich würde es sowieso keinen Unterschied mehr machen.

In dieser Nacht wachte sie bei den beiden und hielt ab und an ein kurzes Nickerchen. Obwohl Philip sehr krank war, schien es ihm besser zu gehen als seiner Mutter, deren Kräfte sichtlich nachließen. Das verwirrte Jessica. Normalerweise raffte Grippe die sehr Jungen oder die Alten dahin, nicht Menschen in der Blüte ihres Lebens.

Anna war noch nicht einmal dreißig.

Eddie war erst achtzehn gewesen.

Tags darauf saßen Amy und Jess um die Mittagszeit an dem kleinen Küchentisch in der Arztwohnung, um kurz einen Kaffee zu trinken und ein Sandwich zu essen.

»Hier«, sagte Jess und schob Amy einen mit Sahne gefüllten Krug hin.

»Wo hast du die bloß herbekommen?«, fragte Amy beim Anblick der Sahne entzückt und goss einen kräftigen Schuss von diesem verbotenen Luxus in ihre Tasse, genug, um dem Kaffee einen hellen Braunton zu verleihen.

»Von Horace Cookson. Er hat mir versprochen, jeden Tag Sahne und ein bisschen Butter von seiner Milchfarm zu bringen. Als Dank dafür, dass ich mich um Eddie gekümmert habe. Aber nach dem, was passiert ist, bin ich mir nicht mehr so sicher, ob ich es auch verdient habe.«

»Nimm's trotzdem an«, meinte Amy, die mit einem Ausdruck vollkommener Glückseligkeit an ihrem Kaffee nippte. »Du hast getan, was du konntest, und es ist ja nicht viel mehr als eine Geste. Wahrscheinlich geht es ihm dadurch besser.«

Unten öffnete sich die Tür und ließ die Türglocke ertönen. Doch dieses Signal wäre gar nicht nötig gewesen. Der Husten des Besuchers war laut genug, um ihn anzukündigen. Jess wollte aufstehen, aber Amy legte ihr die Hand auf den Arm und ging selbst zum Treppenabsatz.

Jessica hörte sie rufen: »Oh, Mr. Driscoll, Dr. Layton wird sich gleich um Sie kümmern. Bitte nehmen Sie doch einstweilen Platz.«

Bevor Amy zu ihrem Stuhl zurückkehren konnte, schrillte die Türglocke erneut. »Dr. Layton ist gleich bei Ihnen, Mrs. Lester.« Zurück am Tisch sagte sie leise: »Du musst in Ruhe essen, Jessica. Du siehst erschöpft aus.«

Und Jessica *war* auch erschöpft. Ihre Praxis hatte sich in ein rund um die Uhr geöffnetes Hospital verwandelt. Einige Leute hatten angerufen und um einen Hausbesuch gebeten, aber das war praktisch nicht durchführbar. Schließlich hatte sie kein Transportmittel, und wenn jemand sie abholte, fand sie bei ihrer Rückkehr stets neue Patienten vor, die bereits auf sie warteten. So ging es Tag und Nacht. Und wenn Jessica sich für ein paar Stunden hinlegen konnte, war ihr Schlaf unruhig, durchsetzt von Albträumen von bedürftigen, graugesichtigen Patienten oder Träumen von Cole.

Sie gab einen Schuss Sahne in die eigene Tasse. »Amy, du bist weiß Gott eine große Hilfe, aber so kann es nicht weitergehen. Wir beide allein schaffen es einfach nicht, so viele Patienten zu versorgen, und wir brauchen mehr Platz. Es gibt Menschen, um die sich zu Hause niemand kümmert, und die können wir nicht sich selbst überlassen. Jemand muss ihnen etwas zu essen machen, sie waschen und pflegen. Ich muss mir was einfallen lassen. Gibt es irgendetwas Neues von Dr. Pearson?«

Amy schluckte ihr Essen hinunter und schüttelte den Kopf. »Soweit ich weiß, hat niemand was von ihm gehört.«

»Vor ein paar Tagen hat mir das Rote Kreuz angeboten, eine Krankenschwester zu schicken, und ich habe abgelehnt. Jetzt ist es zu spät, und ich könnte mir die Haare raufen über meine Dummheit. Ich habe mit ihrem Büro in Portland telefoniert, aber sie haben selbst mit einer Epidemie zu kämpfen und können keinen der Helfer entbehren. Würdest du bei den Frauen, die du kennst, nachfragen, ob sie vielleicht hier aushelfen könnten?«

»Natürlich, obwohl ich glaube, dass die meisten von ihnen selbst kranke Familienmitglieder zu pflegen haben. Ich schlage es ja nicht gern vor, aber ...« Amy brach ab.

»Was?«

»Granny Mae musste ihr Café auf Geheiß des Bürgermeisters schließen. Ich könnte mir vorstellen, dass sie abkömmlich wäre.« Genüsslich verzehrte Amy den letzten Bissen ihres Sandwiches.

Jess stützte die Stirn in die Handfläche. »Ich weiß. Ich habe auch schon an sie gedacht. In meiner Lage kann ich nicht wählerisch sein, aber ich weiß nicht, ob sie mit mir zusammenarbeiten würde.«

»Oh doch, das glaube ich schon.«

Jess sah auf. »Du meinst, die Genugtuung, dass ich vor ihr zu Kreuze krieche, würde sie sich nicht entgehen lassen?«

Ein Hauch von Missmut flog über Amys Gesicht. »Tja, vermutlich.«

»Das kümmert mich nicht. Darf mich nicht kümmern. Das ist wirklich mein geringstes Problem.«

Ihre Schwester träufelte noch ein paar Tropfen Sahne in ihren Kaffee. »Wie dem auch sei, ich weiß, dass sie bereits einige Leute behandelt, die auch sonst immer zu ihr gehen, wenn sie krank sind. Da könntet ihr euch doch zusammentun.«

Das Husten im Erdgeschoss veranlasste Jess, ihren lauwarmen Kaffee mit einem großen, wenig damenhaften Schluck hinunterzukippen. Die Arbeit wartete. »Ich gehe in der nächsten freien Minute zu ihr.« Sie stand auf und spülte ihre Tasse ab. »Ich hoffe bloß, der alte Dragoner wird nicht gar zu hämisch grinsen.«

Am späten Nachmittag war Adam Jacobsen auf dem Weg zu Jessicas Praxis. Seine Hände umklammerten eine Pralinenschachtel und einen weiteren Strauß Chrysanthemen, die letzten aus seinem Garten. Nettie Stark hatte sie für den Esstisch gepflückt, und Adam hatte sie einfach aus der Vase stibitzt.

Kurz fragte er sich, ob Pralinen nicht vielleicht zu gewagt waren. Er wollte nichts überstürzen. Schließlich war es erst ein paar Tage her, dass er Jessica Blumen geschenkt hatte. Ein zweiter Strauß mochte vielleicht noch angehen, aber ob es nicht doch zu früh für Süßigkeiten war? Er hatte nicht viel Übung darin, Frauen zu umwerben. Er wusste, dass Jessica nur für einen kurzen Aufenthalt in Powell Springs war. Ihm blieb nicht viel Zeit, sie für sich zu gewinnen und sie davon zu überzeugen zu bleiben – als seine Frau. Letztendlich war er zu Bright's Lebensmittelgeschäft gegangen, das geöffnet bleiben durfte, und hatte eine teure Pralinenmischung gekauft. Roland Bright hatte beim Anblick der Blumen versucht, Adam auszuhorchen, für wen denn die Geschenke seien, aber Adam war den neugierigen Fragen geschickt ausgewichen.

Auf dem Weg grübelte er darüber nach, wie er Jessica am besten umgarnen sollte, und malte sich eine gemeinsame Zukunft aus. Powell Springs war eine Stadt mit hübschen, ordentlichen Häuschen und großen Gärten voller Bäume, die im Sommer ausreichend Schatten boten. Ein guter Ort, um eine Familie zu gründen. Als seine Ehefrau würde Jessica natürlich ihren Beruf aufgeben müssen. Eine Frau konnte sich nicht um Ehemann und Kinder kümmern und gleichzeitig solch einen verantwortungsvollen Beruf ausüben. Aber bis dahin wäre sowieso Dr. Pearson hier.

Einige Kinder, froh über die unverhofften Ferien im neuen Schuljahr, spielten in den Vorgärten oder auf den feuchten Straßen. Sie winkten ihm zu, als er vorbeiging, und er winkte zurück. Graue Wolken jagten über den Himmel, und ein scharfer Wind ließ das Laub der Eichen, Ahornbäume und Robinien rascheln, das sich bereits zu verfärben begann und hie und da abfiel. So war es in dieser Jahreszeit, es gehörte zum Kreislauf des Lebens.

Doch dieses Jahr erschienen ihm diese Veränderungen wie unheilvolle Vorboten. Er verspürte ein Grauen.

Obwohl es noch Nachmittag war, lagen einige Häuser still da, die Fensterläden fest geschlossen. Niemand brauchte Adam zu sagen, dass hinter diesen Türen die Krankheit Einzug gehalten hatte. Sein Vater hätte wahrscheinlich gesagt, dass diese Epidemie Gottes Strafe für eine sündhafte Welt sei. Vermutlich stimmte das auch, nur manchmal, wenn er länger darüber nachdachte, gerieten seine Überzeugungen ins Wanken. Sein Vater hatte unerschütterlich an die Unfehlbarkeit von Gottes Plan geglaubt. Aber welche Sünde sollte Eddie Cookson begangen haben, um eine Strafe wie diesen qualvollen und viel zu frühen Tod verdient zu haben? Wie wurden die Schuldigen ausgewählt? Wurden sie überhaupt ausgewählt? Er trat nach einem Stein, der auf der Straße lag. Vielleicht verfingen sich die Seelen in Gottes Netz ungeachtet ihrer Schuld oder Unschuld, wie ahnungslose Insekten, die von einem unachtsamen und rücksichtslosen Stiefel zermalmt wurden.

Dieser Gedanke war nicht nur deprimierend, er war geradezu beängstigend frevlerisch, daher schüttelte er ihn rasch ab. Trotz gelegentlicher Zweifel glaubte er fest daran, dass es einen Himmel gab und der Lohn der Gerechten das Paradies war. Genauso inbrünstig glaubte er, dass die Sünder zu ewiger Verdammnis verurteilt waren und es auch verdient hatten.

Als er die Praxis erreichte, standen einige Fuhrwerke und Automobile davor. In einem Fenster überprüfte er kurz sein Spiegelbild, um sicherzugehen, dass seine Krawatte richtig saß, und öffnete dann die Tür. Auf das, was er bei seinem Eintreten vorfand, war er in keiner Weise vorbereitet.

Das kleine Wartezimmer war voller kranker Menschen. Er zählte an die fünfzehn. Jeder Stuhl – mehr, als sonst hier standen – war besetzt, und einige Patienten lagen sogar unter dünnen Decken auf dem Fußboden. Manche hingen regelrecht auf ihrem Stuhl, zu schwach, um sich aufrecht zu halten. Alle zitterten und husteten heftig.

Wie betäubt ließ Adam den Blumenstrauß sinken.

»Mr. Jacobsen«, sprach ihn ein Mann aus einer Ecke des Zimmers an. Adam erkannte Wilson Dreyer, der seine Frau Lily neben sich stützte. Sie war die Bibliothekarin von Powell Springs, aber Adam erkannte sie kaum wieder. Sie sah so schrecklich aus wie sie sich wahrscheinlich fühlte. »Sie sind doch nicht auch krank?«

»Ähm, nein, Mr. Dreyer, ich wollte nur …« Ja, was? Wie konnte er sein Kommen mit all den Insignien eines Mannes auf Freiersfüßen unter solchen Umständen erklären?

Einige andere, die ihn bemerkt hatten, blickten mit fieberglänzenden Augen auf.

»Wenn Sie zur Frau Doktor wollen, stellen Sie sich gefälligst hinten an. Ich warte schon seit einer Stunde«, blaffte ein Mann, den Adam nicht kannte. »Und ich komme auch noch vor denen dran«, sagte er und deutete dabei auf ein Paar am Boden. Der Mann sah aus wie ein Landstreicher, zerlumpt, unrasiert, mit unsteten, geröteten Augen. Eine seiner Backen war stark geschwollen. Adam würde ihn im Hinterkopf behalten – in Kriegszeiten konnte man bei Fremden nicht vorsichtig genug sein. Spione waren überall, wie die American Protective League ihren Mitgliedern immer wieder predigte.

»Wo haben Sie Ihre Manieren? Der Mann ist unser Pfarrer«, zischte Wilson Dreyer. »Sie dagegen kenne ich nicht.«

»Und wenn er der König von England wär, wär's mir auch egal. Er soll warten wie jeder andere. Ich hab einen faulen Zahn, der dringend gezogen werden muss, aber der Zahnarzt ist nicht da und der Barbier traut sich nicht ran.«

Trotz des Lärms hörte Adam das Stakkato von Absätzen auf den Holzdielen. Jessica trat aus dem Arbeitszimmer. Sie wirkte erschöpft, aber beherrscht. Ihre hochgekrempelten Ärmel enthüllten schlanke, weiße Arme, und sie trug eine Schürze mit Latz wie ein Lebensmittelhändler oder Limonadenverkäufer. Um ihren Hals hing ein Stethoskop. Selbst in dem ganzen Chaos wirkte sie noch immer bezaubernd.

»Ach, Adam, du bist es«, sagte sie. »Ich dachte doch, ich hätte die Glocke gehört.« Sie blickte sich rasch im Wartezimmer um. »Es sind aber noch viele Patienten vor dir dran.«

»Nein, nein, ich bin nicht krank, ich, nun ...« Er deutete diskret auf Blumen und Pralinen. »Mir war nicht klar, dass du so viel zu tun hast.«

Beim Anblick seiner Geschenke überzog eine leichte Röte ihre Wangen. »Das ist sehr nett von dir, aber ...« Sie brach ab und betrachtete ihn. »Komm mit nach hinten.«

»He – was ist mit meinem Zahn? Ich war vor ihm da!«, beklagte sich der verlotterte Mann, den Kopf Richtung Adam ruckend.

»Ich weiß, und ich kümmere mich um jeden Einzelnen von Ihnen, sobald ich kann.« Sie wandte sich um und deutete mit einer Kopfbewegung auf ihr Untersuchungszimmer.

»Es tut mir leid«, begann Adam, sobald sie außer Hörweite waren. »Das ist wohl nicht der passende Augenblick.« Er hielt ihr Blumen und Pralinen hin. Sie nahm beides entgegen und legte es auf dem Arbeitstisch ab.

»Glaub bitte nicht, dass ich mich über diese Geste nicht freue, Adam«, sagte sie lächelnd. »Es ist nur so, dass es bisher ein sehr, na ja, ... anstrengender Tag war. Ich musste Amy nach Hause schicken. Sie ist mir eine wunderbare Hilfe, aber hier geht es zu wie in einem Tollhaus, und sie ist diesen Trubel nicht gewohnt.«

Er fasste neuen Mut. Anscheinend war er ihr nicht zu nahegetreten. Aus dem oberen Stock drang das dünne Gewimmer eines Kindes. Er blickte auf.

»Ich habe zwei Patienten oben im Krankenzimmer einquartiert, aber ich brauche mehr Platz. Die Praxis reicht nicht aus, um all die Menschen zu versorgen, die meine Dienste benötigen werden. Und ich kann keine Hausbesuche machen.«

»Du bräuchtest ein Krankenhaus.«

Sie nickte. »Ja, das wäre das Beste, nur gibt es in Powell Springs keines. Außerdem brauche ich mehr Personal, aber daran arbeite ich bereits. Du bist doch im Stadtrat. Kennst du irgendwo in der Nähe ein größeres Gebäude, das wir nutzen könnten – wie beispielsweise die Versammlungshalle der Farmervereinigung oder einen anderen Treffpunkt?«

Er dachte einen Moment nach. »Wie wäre es mit der Schulturnhalle? Die Schulen sind doch sowieso geschlossen.«

»Das wäre perfekt!« Sie blickte ihn so dankbar an, dass er gleich um etliche Zentimeter wuchs. »Ich möchte Bürgermeister Cookson nicht damit behelligen – kann der Stadtrat das auch ohne ihn arrangieren? Würdest du das in die Wege leiten?«

»Mach dir keine Sorgen. Ich kümmere mich darum.« Durch Jessicas Aufmerksamkeit von neuem Mut erfüllt, war Adam davon überzeugt, dass er alles bewerkstelligen könnte.

»Soso. Jetzt soll ich Ihnen also plötzlich helfen, *Doktor* Layton?«

Wieso schafften es manche Menschen nur, ihren Titel wie ein Schimpfwort klingen zu lassen?, fragte sich Jessica. Sie war durch den Regen gelaufen und etwas beklommen die Stufen zu Mae Rumsteadts Wohnung emporgestiegen. Ihr Unbehagen war durchaus begründet gewesen. Mit zusammengebissenen Zähnen stand sie im Wohnzimmer und fühlte sich alles andere als willkommen. Mae wohnte über ihrem Café, und die Zimmer waren vollgestopft mit Zeitungsstapeln und einem Sammelsurium von Möbelstücken. In der winzigen Küche war ein Stück Wäscheleine gespannt, an dem Kräuter und andere Pflanzen zum Trocknen hingen. Es duftete stark nach Rosmarin und Salbei.

»Ich bin für *jede* Hilfe dankbar, die ich bekommen kann«, betonte Jessica. »Immer mehr Menschen werden krank, und ich bin auf der Suche nach freiwilligen Helfern. Ich brauche Frauen, die Erfahrung mit der Krankenpflege haben.« Jess dachte praktisch, aber sie hatte auch ihren Stolz – Granny Mae sollte nicht glauben, sie sei die Einzige, die helfen konnte.

Mit ihren hoch angesetzten Nasenlöchern wirkte Mae immer ein wenig höhnisch, aber im Moment hatte Jessica das Gefühl, bis hinauf in Maes Stirnhöhle sehen zu können. Mae presste den Kiefer zusammen, und angesichts ihrer selbstgefälligen Miene bedauerte Jessica, dass sie überhaupt hergekommen war.

»Also, ich weiß nicht«, sagte Mae gedehnt, die Situation sichtlich genießend. »Bei mir sind bereits einige der Kranken in Behandlung. Wissen Sie, die Leute gehen nämlich nicht nur zu Ihnen.« Sie verschränkte die knochigen Arme vor ihrer flachen Brust.

Ihr reserviertes Getue ignorierend fuhr Jess fort: »Adam, das heißt Mr. Jacobsen, trifft Vorkehrungen, damit ich die Schulturnhalle als provisorisches Krankenhaus nutzen kann. Wir brauchen den Platz, und es wird einfacher sein, die Kranken an einem zentralen Ort zu versorgen. Uns fehlen nur noch ein paar Leute, die uns bei dem ganzen Unternehmen helfen.«

Mae glättete die Ärmel ihres ausgebleichten Hauskleids und strich sich über die Schürze. »Das klingt, als hätte es Hand und Fuß. Damit will ich jedoch nicht sagen, dass ich mitmache. Ich bin nämlich mit vielem von diesem Firlefanz, den ihr studierten Doktoren veranstaltet, immer noch nicht einverstanden. Bloß weil ihr von manchen Sachen nichts an der Universität gehört oder in einem medizinischen Fachbuch gelesen habt, heißt das noch lang nicht, dass sie nicht helfen. Ich habe in meinem Leben schon genügend Krankheiten und Behandlungsmethoden gesehen, und auch *ich* besitze Bücher. Sie sind von meiner Urgroßmutter an meine Großmutter und dann an mich weitergegeben worden. Viele der Heilmittel stammen noch von den Indianern. Sie wissen viel über das Heilen und natürliche Heilmethoden. Schon in der Bibel steht: ›Der Herr lässt die Arznei aus der Erde wachsen, und ein Vernünftiger verachtet sie nicht.‹ Kidneybohnen zum Beispiel tragen ihren Namen nicht ohne Grund – sie helfen bei Nierenproblemen! Durchfall stoppt man, indem man nichts anderes trinkt als kaltes Wasser. Und bei Scherpilzflechte helfen Urin-Umschläge. Ich habe es Ihrem Vater und danach Cyrus Vandermeer immer wieder gepredigt, aber glauben Sie, die hätten auf mich gehört? Oh nein, sie haben einfach …«

Und so weiter und so fort. Jessica massierte sich die Stirn mit den Fingerspitzen. Sie war todmüde, Mae hatte ihr nicht einmal einen Stuhl angeboten, und die alte Frau ließ dieselbe ermüdende Tirade vom Stapel, die Jess schon so oft gehört hatte. Sie ließ den Arm fallen, der lahm geworden war, und fasste Mae so scharf ins Auge, als würde sie sie am Kragen packen.

»Granny Mae Rumsteadt, im Namen der Menschlichkeit! Ich brauche Hilfe, nicht jemanden, mit dem ich mich über die richtigen Methoden streiten muss! Um hierherzukommen, habe ich fünf Patienten im Wartezimmer sitzen lassen, Patienten, die ich noch nicht einmal untersucht habe.« Einer von ihnen war Bert Bauer, der heruntergekommene Fremde, der bei Tilly's von dem Mann mit dem Nasenbluten erzählt hatte. Damals hatte sie es für eine dreiste Lüge gehalten, die ihm kostenlose Drinks verschaffen sollte. Inzwischen wusste sie es besser. »Die Menschen hier werden krank, und viele von ihnen, sehr viele, werden vielleicht sterben. Bevor ich hierherkam, habe ich noch nach Anna Warnecke gesehen – sie liegt jetzt an Eddies Stelle im Krankenzimmer über der Praxis. Und sie ist blau wie ein nagelneues Paar Levi-Strauss-Jeans und blutet aus der Nase …«

»Haben Sie ihr einen Penny in den Mund gelegt? Jeder weiß doch, dass ein Penny im Mund Nasenbluten stoppt.«

»Ach, wirklich? Und was ist mit dem Blut, das aus ihren Augen läuft? Steht in einem der verdammten Bücher Ihrer Urgroßmutter auch dafür ein Heilmittel drin?«

Mae unterbrach ihren Wortschwall und starrte sie sprachlos an. Anscheinend hatte Jessica sie endlich beeindruckt. »Sie b-blutet aus den *Augen*?«

Verzweifelt und am Ende ihrer Geduld fragte Jessica schließlich voll rechtschaffenem Zorn: »Wenn Sie mir schon nicht bei der Krankenpflege helfen wollen, würden Sie dann wenigstens für die Patienten kochen? Sie brauchen Suppe und leichte Kost. Und auch *ich* muss etwas essen.«

Das zerfurchte Gesicht der alten Frau entspannte sich ein wenig. »Sie sehen selbst ein bisschen kränklich aus.« Der harte Zug um ihren Mund verschwand. »In Ordnung, ich komme. Und ich werde auch kochen. Unten hab ich gerade eine Brühe aus Rinderknochen auf dem Herd.«

Jess schloss für einen Moment die Augen und atmete tief ein. »Danke«, flüsterte sie heiser.

# Kapitel 12

»Lasst uns jetzt das Material abladen«, ordnete Adam Jacobsen, der einen Mundschutz trug, geschäftig an. »Vorsichtig mit den medizinischen Instrumenten.«

Was für ein Angeber, stöhnte Cole innerlich. Oh Mann.

Unter einem düsteren, wolkenverhangenen Himmel half Cole ein weiteres Mal dabei, einiges von Jessicas Inventar zu transportieren, diesmal zur Schule, drei Straßen von der Praxis entfernt. Jacobsen hatte die Leitung dieser Aktion an sich gerissen, und Cole schäumte vor Wut über die Arroganz dieses Mannes. Wichtigtuerisch stand er am Eingang zur Schule, unter dem Arm das obligatorische Klemmbrett, auf dem er gelegentlich etwas notierte. Mehrere Fuhrwerke sowie ein oder zwei Automobile standen beladen mit Ausrüstung vor der Schule.

Es störte Cole nicht, mit anzupacken. Im Gegenteil, er bewunderte, wie rasch Jessica es geschafft hatte, die Stadtbewohner zu mobilisieren und zum Spenden von Bettzeug, Feldbetten und anderen notwendigen Dingen zu bewegen. Und es gab jede Menge Freiwillige, die bei dem ganzen Auftrieb mithalfen. Sogar Susannah und die alte Mae Rumsteadt waren mit von der Partie, nur Amy lag mit Kopfschmerzen zu Hause.

Nein, was Cole störte, war Jacobsen selbst. Wenn ein Mann mit einem Blumenstrauß und einer Schachtel Pralinen durch die Straßen von Powell Springs lief, konnte er auch gleich eine rote Fahne schwenken oder ein Gewehr abfeuern. Die Leute sahen schließlich aus dem Fenster. Es wurde geredet.

Und nun redete man darüber, dass sich Adam Jacobsen trotz der schweren Zeiten entschlossen hatte, Jessica den Hof zu machen. Mehr als genug Leute, darunter auch Pop, hatten es Cole unter die Nase gerieben. Er wusste, dass es ihm nichts ausmachen sollte. Es ging ihn nichts an. Aber die Vorstellung nagte an ihm. Jacobsen war ihm schon immer ein Dorn im Auge gewesen. Obwohl die Epidemie die Stadt in ihren Grundfesten erschütterte, oder vielleicht gerade deswegen, war Powell Springs' neueste Romanze *das* Gesprächsthema. Manch einer hatte die Augenbrauen hochgezogen, aber im Großen und Ganzen schienen die Menschen diese Verbindung gutzuheißen.

»Cole, *bitte* – trag den Mundschutz, den ich dir gegeben habe«, rief Jessica aus der Tür und war auch schon wieder verschwunden.

»Genau, Braddock, setz die Maske auf«, echote Jacobsen. Cole warf ihm einen giftigen Blick zu. Der andere schaute als Erster weg und tat so, als würde er seine Papiere ordnen, was Cole mit diebischer Freude erfüllte. Er wusste, dass er kindisch reagierte. Dennoch wünschte er sich, er hätte einmal fünf Minuten allein mit diesem frömmlerischen, aufgeblasenen Tugendbold.

Die Schutzmasken waren tags zuvor eingetroffen und wurden nun in ganz Powell Springs verteilt. Fast jeder trug hier irgendetwas über Mund und Nase – den Mundschutz oder ein Taschentuch –, aber Cole glaubte nicht, dass es tatsächlich etwas brachte. Um des lieben Friedens willen angelte er das Stück Gaze aus der Hemdtasche und streifte es über. Dann ging er zur Ladefläche seines Wagens, lud sich eine Kiste mit Laken auf die Schulter und stieg die Vordertreppe hinauf.

Zum wiederholten Mal durchquerte er den Gang, der zur Turnhalle führte. Die Halle, die seit Juni kaum benutzt worden war, roch nach frischem Bohnerwachs. Nun ging es hier zu wie in einem Bienenstock. Unter Jessicas Aufsicht stellten Helfer die Betten auf, bezogen das Bettzeug und packten weiteres Material aus.

»Wo sollen diese Laken hin?«, fragte er Jessica. Sie stand auf dem glänzend polierten Holzboden neben einem eigens für sie herbeigeschafften Lehrerpult. Die Sportgeräte, die sonst den Raum füllten, waren an eine Wand geschoben worden.

»Bring sie den Damen dort hinten«, erwiderte sie und deutete auf einige Frauen am anderen Ende der Turnhalle. »Sie organisieren das Beziehen der Betten.« Über den Rand ihres Mundschutzes hinweg sah sie ihn an. »Ich bin wirklich sehr froh, dass du da bist, Cole. Du bist bei dem ganzen Unternehmen eine große Stütze.«

Er verlagerte das Gewicht der Kiste und zog Jessica in eine ruhige Ecke. »Wie ich höre, ist auch Jacobsen eine große Stütze gewesen. Jeder scheint zu wissen, wie sehr er dir behilflich war.«

Ihr Blick wich dem seinen aus – es war seltsam, mit ihr zu reden und dabei nur die Augen zu sehen. »Ja, Adam hat sich darum gekümmert, dass ich dieses Gebäude nutzen kann. Es ist von Vorteil, dass er im Stadtrat sitzt.«

»Ich spreche hier nicht vom Stadtrat, und das weißt du ganz genau.« Er senkte die Stimme zu einem zornigen Flüstern. »Was willst du von ihm? Früher in der Schule mochten wir ihn nicht. Niemand mochte ihn, und auch jetzt steht er nicht unbedingt ganz oben auf der Beliebtheitsskala. Aber du lässt dir von ihm Blumen und Pralinen schenken?« Als er sie am Ellbogen packte, konnte er die Wärme ihrer Haut durch den Stoff spüren.

»Ich habe ihn schließlich nicht darum gebeten. Oder dazu ermutigt. Es war einfach eine nette Geste, ohne Hintergedanken.« Sie befreite sich aus seinem Griff.

»Schwachsinn, Jess. Bei ihm gibt es immer Hintergedanken. Er ist und bleibt ein neugieriges Klatschmaul, und jetzt schnüffelt er sogar für die Regierung.«

Sie zog den Mundschutz herunter und entblößte ihre vollen, korallenfarbenen Lippen. Ihre Augen wurden schmal. »Also ehrlich, Cole! Willst du damit andeuten, dass er mich mit Schokolade verführt hat, um mir irgendwelche Informationen zu entlocken? Damit ich meine Patienten denunziere?«

Er spürte, wie sein Gesicht heiß wurde. »Nein, zum Teufel, ich wollte nicht ...«

Sie zog ärgerlich die Augenbrauen zusammen. »Merkst du denn nicht, wie lächerlich und beleidigend das klingt? Dass seine Aufmerksamkeiten nur vorgeschoben sind? Und dass ich so leicht auf solche Manöver hereinfalle?«

»Das habe ich nicht gemeint!« Plötzlich wurde es unter dem Stück Gaze über seinem Gesicht viel zu warm und stickig. Er riss es fort. Ohne dieses Hindernis konnte er den würzigen Duft ihres Haares und ihrer Haut riechen, trotz des scharfen Geruchs nach Desinfektionsmittel. So vertraut. Oft hatte er davon geträumt – auch vor Kurzem.

»Ach nein? Was hast du dann gemeint?«

Frustration und rasende Eifersucht brannten wie Säure in seinen Eingeweiden. »Die Leute sagen, er macht dir den Hof.« Die Worte schmeckten bitter in seinem Mund.

In gespieltem Entsetzen legte sie die Hand an die Kehle und schaute ihn mit weit aufgerissenen Augen an. »Ach du liebes bisschen! Eine anständige junge Frau wird von einem Pfarrer umworben! Wo kommen wir da nur hin?«

»Ist es wahr?«

»Was geht dich das an?«, erwiderte sie patzig und ließ den Arm sinken.

Er runzelte die Stirn. »Ich verstehe nur nicht, warum du überhaupt etwas mit diesem Mistkerl zu tun haben willst.«

Ihre Lippen wurden zu einem schmalen Strich. »Mein Privatleben geht dich gar nichts an«, antwortete sie. »Nicht mehr, und du weißt genau, warum. Grundgütiger, du klingst ja mit jedem Tag mehr wie dein Vater.«

Verblüfft über diesen Vergleich mit Pop wollte er schon wütend auffahren, als Susannah auftauchte und ihr Gespräch unterbrach. Sie tauschte einen Blick mit Jessica. Susannahs lange, dunkle Locken waren zu einem dicken Pferdeschwanz gebunden, und sie trug ihren Reitrock und Stiefel, woran Cole erkannte, dass sie in den Morgenstunden bereits mit den Pferden gearbeitet hatte.

»Cole, hast du die Laken mitgebracht? Sie kommen dahin.« Susannah deutete auf ein Sammelsurium aus Geschirrschränken, die sie für den Wäschevorrat nutzten. Jeder trug ein Schildchen mit der Aufschrift »Mit den besten Empfehlungen von Hustad's Möbelgeschäft«.

Leise fluchend wandte er sich jäh um und ging davon. Er fragte sich, warum das Leben so verdammt kompliziert geworden war.

Am Nachmittag begannen sich die Feldbetten in der Turnhalle zu füllen. Die freiwilligen Helfer hängten Betttücher auf, um getrennte Abteilungen für Männer und Frauen zu schaffen, und beide Seiten waren bereits mit Patienten belegt. Granny Mae brachte wie versprochen einen großen Kessel mit Rinderbrühe aus dem Café, der für die Hungrigen auf dem mit Holz befeuerten Herd in einem benachbarten Klassenzimmer bereitstand.

Die meisten waren jedoch zu krank, um etwas zu essen. Diejenigen unter Powell Springs' Bürgern, denen es am schlechtesten ging, trafen nach und nach auf den Ladeflächen von Fuhrwerken oder mit Automobilen in ihrer provisorischen Krankenstation ein. Ein Paar war sogar zu Fuß gekommen und schleppte sich auf unsicheren Beinen herein. Und sie alle zeigten eine erstaunliche Vielzahl von Symptomen. Manche davon waren typisch für Grippe. Andere, wie beispielsweise Blutungen aus Nase, Mund und Augen, Petechien – flohstichartige Blutungen unter der Haut –, gerissene Trommelfelle und natürlich die grässlichen Anzeichen der Zyanose – Verfärbungen, die von bläulichem Grau bis hin zu Indigo reichten –, waren besonders entsetzlich und schockierend. Die Geräusche der Kranken, das Husten, Stöhnen und Würgen, und ihr unzusammenhängendes Gemurmel hallten von der Decke und den Wänden des großen offenen Raumes wider. Jede neue

Nachricht, derer Jessica habhaft werden konnte, bestätigte, dass es sich um Influenza handelte, die zu einer weltweiten Epidemie geworden war. Sie war sich jedoch sicher, dass einige Symptome denen von Typhus oder Cholera glichen. Noch nie hatte sie etwas Derartiges erlebt.

Und was den Rest der Welt anging – nun, für Jessica war die Welt auf einen einzigen Ort zusammengeschrumpft, Powell Springs.

Bei Einbruch der Nacht setzte sie sich einen Augenblick an ihr Pult in der Ecke und massierte sich die Schläfen, während sie das Elend um sich herum auf sich wirken ließ.

Granny Mae, die pflichtbewusst ihren Mundschutz trug, saß auf einem Hocker neben dem zitternden, sechsjährigen Philip Warnecke und kühlte ihm die Stirn mit einem Schwamm.

»Mama«, wimmerte der Junge leise. Sein dunkles Haar war feucht und die Augen glänzten vom Fieber. »Will meine Mama.«

»Still jetzt, junger Mann. Deine Mama ruht sich aus, und das solltest du auch tun«, beruhigte ihn Granny.

Was Mae dem Jungen erzählte, war nicht einmal komplett gelogen. Anna Warnecke »ruhte« in ein Laken gewickelt und mit einem Namensschild versehen zusammen mit zwei anderen Opfern im Umkleideraum und wartete darauf, dass sie von Fred Hustads Bestattungsunternehmen abgeholt würde. Sie war kurz nach ihrer Verlegung in die Turnhalle gestorben. Nun war Philip Waise. Sein Vater war letzten Juni in Frankreich gefallen.

Gerührt von dem traurigen Schicksal des Kindes hatte sich Granny seiner angenommen. Um den Hals trug sie einen Beutel mit Teufelsdreck, einem besonders übelriechenden, geheimnisvollen Kraut, das laut Volksglauben vor Krankheiten schützen sollte. Jessica wollte lieber nicht so genau wissen, was das für ein Zeug war, und war dankbar für ihren Mundschutz, der die üblen Gerüche fernhielt. Wäre sie nicht so verzweifelt auf Granny Maes Hilfe angewiesen gewesen, hätte sie verlangt, dass diese das abscheuliche Ding abnahm und hinter dem Schulgebäude vergrub. Aber sie war sich darüber im Klaren, dass sie nur einen Streit vom Zaun brechen und die alte Frau womöglich vertreiben würde, und das konnte sich Jess nicht leisten.

Vorläufig herrschte zu ihrer Erleichterung ein brüchiger Waffenstillstand zwischen ihr und dem alten Dragoner. Sie hatte auch keine Zeit, darüber nachzudenken, wie lang er anhalten würde. Der Rest ihrer mit Mundschutz bewehrten Freiwilligen, ein wenig ängstlich, aber fügsam, folgte ihren Anordnungen, ohne viele Fragen zu stellen. Jedem Patienten hatte man die Brust dick mit Vicks VapoRub eingerieben, die Stelle mit einem Stück Flanell bedeckt – laut Granny würden die Dämpfe dann besser in die Lunge eindringen – und ihm die vom Apotheker hergestellten Morphiumpillen verabreicht.

Doch was konnte Jess mit solch kümmerlichen Mitteln bei diesen Menschen schon ausrichten? Sie fühlte sich, als würde sie einen Heuschreckenschwarm mit der Fliegenklatsche bekämpfen. Weder ihre Ausbildung noch ihre bisherige Berufserfahrung hatten sie auf das hier vorbereitet. Welcher moderne Arzt hatte es schon in letzter Zeit mit solch einer Epidemie zu tun gehabt?

In Anbetracht der Dinge, die sie erfahren und hier mit eigenen Augen gesehen hatte, musste sie eingestehen, dass diese Grippe mehr als eine Epidemie war.

Sie war wahrhaftig so schlimm wie die Pest.

Es war schon beinahe acht Uhr, als Jess zurück in ihre Praxis ging. Obwohl es in Powell Springs nachts immer sehr ruhig war, wirkte die Stadt jetzt beinahe verlassen, als ob alle Hals über Kopf vor einem unsichtbaren Feind geflohen wären. Sie hielt den Kragen ihres Mantels eng zusammen und versuchte ihre müden Schritte zu beschleunigen, während ein eisiger Wind durch die Bäume fegte und Laub vom Boden aufwirbelte. Das Licht der wenigen Straßenlampen reichte nicht aus, um die Atmosphäre der Düsternis und Leere, die über der Stadt hing, zu vertreiben.

Endlich kamen Coles Schmiede und die Praxis daneben in Sicht. Obwohl sie kaum noch konnte, trieb sie sich zur Eile an, wie ein erschöpftes Pferd, dem kurz vor dem Ziel noch einmal die Sporen gegeben werden. Außer Atem und mit pochendem Herzen erreichte sie die Tür und wühlte in ihrer Manteltasche nach dem Schlüssel. Kaum hatte sie hinter sich abgesperrt und war die ersten Stufen der Treppe hinaufgegangen, da hörte sie jemanden anklopfen.

»Bitte nicht«, murmelte sie. Kurz war sie in Versuchung, sich niederzukauern und dann auf Zehenspitzen ins obere Stockwerk zu schleichen, wo man sie nicht sehen konnte.

Das Klopfen blieb beharrlich.

Mit einem müden Seufzer drehte sie sich um und stieg die Stufen wieder hinab. Durch das Türglas konnte sie nur die Silhouette eines mittelgroßen Mannes erkennen. »Wer ist da?«, fragte sie.

»Jessica, ich bin's, Adam. Ich habe dir etwas zu essen mitgebracht.«

Sie drehte das Licht an und öffnete die Tür. Draußen stand Adam mit einem Weidenkorb in der Hand. Über seine Schulter hinweg konnte sie sehen, dass er Pferd und Wagen ein Stück die Straße hinunter an einem am Bordstein angebrachten Ring festgebunden hatte.

»Wie aufmerksam von dir!« Ein Bruchstück aus ihrer Unterhaltung mit Cole kam ihr in den Sinn, aber sie schob den Gedanken beiseite. Sie war hungrig und müde, und Adam hatte ihr etwas zu essen gebracht. Cole nicht. »Bitte – komm doch rein. Ich bin selbst gerade erst gekommen, und mir graute davor, jetzt noch etwas kochen zu müssen. Selbst wenn ich mir alle Mühe gebe, bin ich nicht besonders gut darin.«

Er trat ein und schloss die Tür. Mit sich brachte er den Duft von frisch gekochtem Essen, und Jessica lief das Wasser im Mund zusammen. »Ich habe zuerst in der Schule vorbeigeschaut, aber du warst schon weg.« Er hob den Deckel auf der einen Seite des Korbs an und spähte hinein. »Mrs. Stark hat etwas zusammengepackt. Rinderbraten, glaube ich. Und wie ich sie kenne, noch einiges andere. Ich hoffe, es ist noch warm.«

»Es macht mir nichts aus, wenn es kalt ist, es riecht jedenfalls köstlich. Ich habe seit heute Morgen nichts mehr gegessen. Vielen Dank, und gib das bitte auch an sie weiter. Es war ein langer, harter Tag. Aber für dich vielleicht auch?« Sie zog den Mantel aus, und er beeilte sich, den Korb abzustellen und ihr behilflich zu sein, wobei er ihren Rücken streifte. Er hängte ihren Mantel an den Garderobenständer.

»Ich habe einige Familien besucht. Sie haben Angst, und sie trauern.«

Das konnte sie gut verstehen. Auch sie hatte Angst, aber sie wagte es nicht, es den Menschen gegenüber zu zeigen, die sich auf sie verließen.

»Ich habe sie getröstet, so gut ich konnte«, sagte er. »Ich habe mich bemüht, ihnen verständlich zu machen, dass es einen Grund gibt, warum Gott uns die Liebsten nimmt, und dass wir nicht damit hadern dürfen.«

Oh ja, was für ein Trost, dachte Jess säuerlich. Bestimmt fühlte sich dann der kleinen Philip Warnecke in seinem Waisendasein gleich besser. Adam hatte ihr Abendessen gebracht, also behielt sie ihre Gedanken lieber für sich. Doch sie hatte sich immer über die Art von Religion geärgert, die Adams Vater gelehrt hatte, in der es keinen Raum für Fragen oder Ausnahmen oder andere Auslegungen gab. Obwohl Adams Überzeugungen nicht ganz so starr wie die seines Vaters wirkten, erkannte sie entschieden ähnliches Gedankengut.

Sie hob den Deckel des Korbs an und holte eine Schüssel mit in Scheiben geschnittenem Rinderbraten hervor, die mit einer Serviette abgedeckt war. »Möchtest du mit mir essen?«

»Nein, nein, das ist für dich.«

Sie langte noch einmal hinein und förderte Teller, Besteck und Servietten zutage. »Hm. Sieht so aus, als sei Mrs. Stark da anderer Ansicht gewesen. Hier ist Geschirr für zwei und eine Menge Essen. Sogar ein Pfirsichdessert und ein Kännchen Sahne.«

Adam schaute dümmlich. »Wahrscheinlich ist ihr eingefallen, dass ich noch kein Abendessen hatte.«

Sie sah ihn mit hochgezogenen Augenbrauen an. »Dann solltest du vielleicht zugreifen.«

Es war ein so durchsichtiges Manöver, dass ihr einfach keine andere Antwort einfiel.

Er lächelte und rückte seine Krawatte zurecht. »Also gut.«

Da es ihr undenkbar schien, Adam nach oben an ihren Küchentisch einzuladen, trugen sie ein Tischchen und zwei Stühle aus dem Wartezimmer in ihr Arbeitszimmer und richteten sich eine kleine Essecke ein.

»Wir haben dir nicht viel übrig gelassen, oder?«, meinte Adam.

Das Zimmer sah unordentlich aus, da ein Teil ihrer Instrumente und einer ihrer Vitrinenschränke zur Schule gebracht worden waren.

»Ich werde wahrscheinlich sowieso die meiste Zeit im Krankenhaus verbringen.«

Jess musste sich beherrschen, um nicht über das Essen herzufallen und gleich von einer Scheibe Fleisch abzubeißen. Stattdessen schnitt sie die zarten Fleischstücke ordentlich mit Messer und Gabel, bevor sie genüsslich kaute, aß einen Berg von Mrs. Starks wundervollem Kartoffelpüree und zum Schluss ein Buttermilchbrötchen. Endlich, als der Hunger einigermaßen gestillt war, entspannte sie sich. Sie begannen miteinander zu plaudern, und bald drehte sich die Unterhaltung um das alles beherrschende Thema.

»Sind noch mehr Leute ins Krankenhaus eingeliefert worden, nachdem ich weg war?«, fragte Adam, eine Serviette in den Kragen gesteckt.

»Ja, mehrere, die es ganz schön erwischt hat. Ich fühle mich fast schuldig, weil ich gegangen bin.«

»Wer war es?«

Sie legte die Gabel nieder, und wieder kam ihr Coles wütende Anklage in den Sinn und ließ sie unwillkürlich auf der Hut sein. »Adam, du weißt, dass ich dir das nicht sagen kann. Es würde die ärztliche Schweigepflicht verletzen.«

Er aß den Rest seines Brötchens, von dem geschmolzene Butter tropfte. Jess fiel auf, dass er sich nicht an die Rationierungen hielt, die man dem Rest der Bevölkerung zumutete. Sahne, Butter, Rindfleisch – viele Menschen mussten ohne diese Dinge auskommen. »Ich wusste nicht, dass das ein Geheimnis ist. Einige der Patienten habe ich ja selbst gesehen, bevor ich gegangen bin.«

Genau genommen stimmte das. Er hatte einige ihrer Patienten zu Gesicht bekommen und kannte durch seine Eigenschaft als Seelsorger viele von denen, die der Krankheit erlegen waren. Sie nickte. »Ich weiß. Aber der Grundsatz der Schweigepflicht gehört zu meiner Ausbildung, und ich kann ihn auch jetzt nicht aufgeben. Genau wie du mir auch nicht erzählen würdest, wenn jemand zu dir käme und dir beichtete, dass er, sagen wir mal, Ehebruch begangen hat.«

»Nein.« Er sah weg und rutschte auf seinem Stuhl herum. »Nein, natürlich nicht. Auch wenn ich finde, dass dieser Vergleich hinkt.«

»Wahrscheinlich. Aber es geht immer noch um eine vertrauliche Information.«

»Erzähl mir von deiner Arbeit«, schlug er vor, um das Thema zu wechseln. »Ich weiß, dass du vorhast, nach Seattle zu gehen. Nach der Zeit in New York muss dir Powell Springs ja eher brav und rückständig vorkommen.« Während Jess das Pfirsichdessert auftrug, schenkte er Kaffee aus der Thermoskanne ein, die Mrs. Stark mit in den Korb gepackt hatte.

Sie breitete eine Serviette über ihren Schoß. »Viele scheinen zu glauben, dass ich so empfinde, aber das stimmt nicht. Es ist nicht rückständig.« Einen Augenblick trübten sich ihre Gedanken, und sie dachte daran, wie schön es hier war. »In New York war es einsam. Das Leben dort ist viel hektischer, und ich habe den langsameren Lebensrhythmus vermisst, den Anblick der Felder und Weiden im Lauf der Jahreszeiten, den Frieden. Um die Wahrheit zu sagen, unter anderen Umständen wäre ich sogar lieber hier als irgendwo sonst.« Dieser Satz war ihr entschlüpft, bevor sie ihn zurückhalten konnte. Sich selbst gegenüber hatte sie das noch nie eingestanden, und doch wusste sie, dass es der Wahrheit entsprach. Vor allem die langen, stillen Nächte hatten ihr diese Erkenntnis gebracht, sogar jene Nächte, in denen sie die ganze Zeit bei Patienten gewacht hatte.

Eifrig beugte sich Adam vor und rückte ihr so nah, dass Jess sich unwillkürlich in ihrem Stuhl zurücklehnte. »Wirklich? Und was könnte dich hier halten?«

Sie würde nicht ausgerechnet ihm ihre tiefsten Geheimnisse anvertrauen. Er schien zwar ganz nett, aber ... »Nichts. Ich habe schließlich eine Stelle. Sobald die Grippeepidemie unter Kontrolle ist oder Dr. Pearson auftaucht, muss ich fort. In Seattle braucht und erwartet man mich.«

Er fasste nach ihrer Hand auf der Stuhllehne. Seine Hand war leicht feucht. »Auch hier wirst du gebraucht.«

»Adam, das habe ich bereits mit mehreren Leuten besprochen. Auch Horace Cookson weiß Bescheid. Ich bin sicher, Dr. Pearson wird seine Sache gut machen. Und Granny Mae ist ja auch noch da. Sie hatte immer schon ihre Anhänger, und es steht ihnen frei, jederzeit zu ihr zu gehen.«

Sein Griff wurde fester. »Ich spreche nicht von deinem Beruf.« Er holte tief Luft und blies ihr seinen schalen, nach Rinderbraten und Kaffee riechenden Atem ins Gesicht. »Ich rede von einem anderen Leben, mit Ehemann und Kindern. Ein Leben, wie es für eine Frau bestimmt ist.«

Jessicas Augen wurden groß. »Adam, was ...?«

In diesem Moment schwang mit einem Klingeln die Haustür auf und schloss sich wieder. Das Geräusch von Stiefelabsätzen auf dem Dielenboden ließ erahnen, dass es sich bei dem Neuankömmling um einen Mann handelte.

»Jessica?«

Oh nein ...

Cole rauschte ins Hinterzimmer und brachte einen Schwall frischer Nachtluft mit. Sein Erscheinen veränderte die Atmosphäre im Raum. Jess fuhr zusammen, und Adam drückte ihre Hand noch stärker.

Cole trug eine kleine Holzkiste. »Jessica? Ich habe Licht bei dir gesehen ...« Sein Blick fiel auf Adam und die traute Szene, und seine Miene wurde finster. »Entschuldigung. Ich wusste nicht, dass du Besuch hast.«

»Adam war so nett, mir etwas zum Abendessen zu bringen.« Als sie merkte, dass Adam immer noch ihre Hand umklammert hielt, befreite sie sich mit einiger Anstrengung aus seinem Griff. Ihr Rücken fühlte sich so steif an wie ein Vatermörderkragen.

Cole starrte Adam an. In dem gedämpften Lampenlicht ließen sich seine Augen nicht erkennen. »Ah ja. Deine guten Taten scheinen ja kein Ende zu nehmen, Adam. Susannah hatte dieselbe Idee. Na ja, fast. Sie schickt nur diesen Brotpudding da drin, von Händchenhalten hat sie nichts erwähnt.«

»Platzt du immer ohne anzuklopfen rein?«, wollte Adam wissen.

»Mir war nicht klar, dass ich bei irgendwas störe. Dann ist das anscheinend dein Einspänner, der ein Stück die Straße runter steht? Du hattest wohl Angst, dass jemand ihn erkennt?«

Verärgert zerknüllte Jess ihre Serviette, aber Adam stand bereits auf. »Was willst du damit andeuten, Braddock?«

Auf Coles Gesicht erschien ein sardonisches Grinsen. »Nichts, gar nichts. Ich bin nur hergekommen, um auf Susannahs Geheiß Schweinekoteletts und den Brotpudding abzuliefern, und das ist alles. Wie steht's mit dir?«

»Du hattest schon immer eine schmutzige Fantasie«, zischte Adam, die Wangen hochrot vor Zorn. »Schon als wir Kinder waren, und daran hat sich nichts geändert ...«

Auch wenn Cole ihn provoziert hatte, war Jessica doch überrascht, wie schnell Adam in die Luft ging. »Das reicht, ihr beiden! Ich habe keine Lust auf euren Streit, der Tag war hart genug!«

Adam setzte sich, um Fassung bemüht. »Bitte entschuldige, Jessica.«

Cole sah sie ruhig an. In seinen Augen stand dieselbe Frage, die er ihr schon heute Nachmittag gestellt hatte: *Was willst du von ihm?* Aber er stellte nur die Kiste auf den Arbeitstisch und bemerkte: »Susannah hat sich Sorgen um dich gemacht.«

»Das ist lieb von ihr. Bitte sag ihr vielen Dank.«

Er tippte mit dem Finger an die Krempe seines Stetson und wandte sich zum Gehen. »Bis demnächst.« Adam warf er noch einen langen Blick zu, sagte aber nichts mehr. Sie hörten, wie sich seine Schritte durchs Wartezimmer entfernten, dann das Öffnen und Schließen der Tür.

»Ich frage mich manchmal, wie deine Schwester sich mit einem Mann einlassen kann, der so derb und lüstern ist.« Ihre Blicke trafen sich, und ihm schien erst jetzt wieder einzufallen, dass ja auch Jessica sich mit Cole *eingelassen* hatte. Die Erinnerung an die peinliche Begegnung an einem Sommertag am Fluss stand ihnen beiden noch deutlich vor Augen. Dieser wunderbare Sommertag, voll süßer Verzweiflung ...

Verlegenes Schweigen breitete sich aus. Schließlich begann Jessica das Geschirr zusammenzustellen. Die einigermaßen harmonische Atmosphäre zwischen ihnen hatte sich verflüchtigt, und Jess wünschte sich nichts sehnlicher, als Adam los zu sein und nach oben gehen zu können. »Ich sollte die Sachen rasch abspülen, bevor du sie Mrs. Stark zurückbringst.«

»Nein, nein«, wehrte Adam ab, nahm ihr die Teller ab und verstaute sie wieder im Korb. »Das sollst du nicht. Ich wollte dir etwas Gutes tun, da musst du nicht auch noch selbst mit Hand anlegen.«

»Danke. Ich habe nämlich noch die Krankenakten zu erledigen.«

»Dann lasse ich dich mal lieber in Ruhe.« Er nahm den Korb, und sie begleitete ihn zur Tür. An der Schwelle drehte er sich noch einmal zu ihr um und ließ den Korb nervös von einer Hand in die andere gleiten. »Jessica, was ich vorhin gesagt habe ... ob du vielleicht in Powell Springs bleiben könntest...«

»Ach, Adam, ich glaube nicht ...«

Bevor sie den Satz vollenden konnte, hatte er sie mit seiner freien Hand an sich gezogen und ihr einen leidenschaftlichen, nach Rindfleisch und Kaffee schmeckenden Kuss auf die Lippen gedrückt. Seine Zunge suchte die ihre, aber Jessica gab ein ersticktes Geräusch von sich und schaffte es, sich ihm zu entziehen.

»*Adam*!«

»Es tut mir leid, aber ich – du …« Er sprach hastig weiter, als habe er Angst, den Mut zu verlieren oder von ihr unterbrochen zu werden, bevor er seinem Herzen Luft gemacht hatte. In dem schwachen Licht war seine Mimik so lebhaft, wie sie es noch nie an ihm gesehen hatte. »Du weißt ja gar nicht, wie lang ich schon an dich denke, von dir träume. Jedes Mal, wenn du nach Hause gekommen bist, dachte ich, hoffte ich …, aber immer wieder war da Braddock. Jetzt …« Er stellte den Korb so heftig ab, dass das Geschirr klirrte. »Jessica, ich bin kein reicher Mann, für einen Pfarrer ziemt sich das nicht. Aber ich wäre dir ein treuer Ehemann und würde dich und unsere Kinder gut versorgen. Du wärst immer noch in der Lage, Gott und den Menschen zu dienen, auf ganz neue Weise. Als meine Frau.« Nach diesem Geständnis war er außer Atem.

Fassungslos starrte Jess ihn an. Wegen der Blumen und Pralinen hatte sie schon vermutet, dass er ihr den Hof machte, aber mit so einem überstürzten Heiratsantrag hätte sie nie und nimmer gerechnet. Bei all dem, was gerade geschah, hatte sie sich auch keine Gedanken darüber gemacht. Wie sollte sie ablehnen, ohne ihn zu verletzen? Aber Adam Jacobsen heiraten? »Das ist kein günstiger Zeitpunkt«, setzte sie an.

Er nickte. »Ich weiß, es kommt sehr plötzlich für dich, und unter den gegebenen Umständen scheint es nicht besonders passend.«

Das war untertrieben.

»Aber Jessica, liebste Jessica.« Er streichelte ihr mit den Fingern übers Haar. »Diese Seuche lässt alles nur noch dringender erscheinen. Was, wenn … wenn es das Ende ist?«

Sie schauderte. »Das Ende? Wovon?«

»Was, wenn es das Ende der Welt ist, wie wir sie kennen? Krieg und Pestilenz, zwei Anzeichen der Apokalypse, suchen uns bereits heim.«

*Das Ende. Nein, nein, das würde bedeuten, dass es keine Hoffnung gäbe. Dass alles, was ich hier tue, alles, was ich je getan habe, vergebens war. Dass ich nichts verändern kann, gar nichts.* Sie fühlte den Puls in ihren Schläfen hämmern, und Bilder von kranken, zerlumpten menschlichen Vogelscheuchen in winzigen, stickigen Räumen – dieselben Gespenster, die sie in ihren Träumen heimsuchten – tauchten vor ihrem inneren Auge auf. Sie hörte kaum, was Adam sagte.

»... Hungersnot, und wünsche mir, dass du dann bei mir bist. Auch wenn das Ende noch nicht gekommen sein sollte, möchte ich nicht, dass du Powell Springs verlässt. Mit dir will ich den Rest meines Lebens verbringen. Du musst mir nicht sofort antworten. Aber bitte versprich mir, dass du zumindest darüber nachdenkst.«

Sprachlos und benommen von den grausamen Bildern in ihrem Kopf, konnte Jess ihn nur mit offenem Mund anstarren. Er grinste und beugte sich vor, um sie erneut zu küssen, aber sie wich zurück.

»Also dann. Ich lasse dich jetzt allein. Morgen komme ich im Krankenhaus vorbei, um dich zu besuchen und den Kranken Trost zu spenden.«

Jess sah ihm voller Entsetzen nach. Und zwar nicht wegen seines Antrags oder des Schreckensszenarios, das er ihr eben ausgemalt hatte. Eine fürchterliche Angst legte sich wie eine Klammer um ihr Herz, dass diese Pestilenz, wie er es genannt hatte, mehr Menschenleben fordern würde, als man sich vorstellen konnte.

Und dass sie darüber den Verstand verlor.

# Kapitel 13

»Noch einen Whiskey, Cole?«, fragte Virgil Tilly und hielt eine viereckige Flasche mit der bernsteinfarbenen Flüssigkeit hoch.

»Einen kleinen.« Cole stand am Ende des Tresens, im Windschatten von Winks Lamont. Neben Winks kauerte Bert Bauer an der Theke und nippte an seinem Bier. Shaw Braddock saß am Tisch neben dem Ofen, legte eine Patience und starrte finster auf die Karten. Als er sich unbeobachtet glaubte, lugte er unter die sieben umgedrehten Stapel, um sich die darunter verborgenen Karten anzusehen.

Winks umfasste sein Glas mit beiden Händen. »Du musst Cookson ja ganz schön beschwatzt haben, dass er deinen Laden nicht dichtgemacht hat, Virgil. Drüben in Bridal Veil haben sie die ganze Stadt trockengelegt.« Er schauderte, als bekäme er beim bloßen Gedanken daran Gänsehaut. »So gut wie alles andere ist geschlossen, bis auf Bright's Lebensmittelgeschäft und die Apotheke.«

Virgil spielte an einem Ständer billiger Zigarren herum, der auf dem Tresen neben dem Zapfhahn stand, das allgegenwärtige Handtuch über der Schulter. »Der arme alte Horace ist nicht mehr er selbst, seit sein Junge gestorben ist. Er hat nichts davon erwähnt, dass ich schließen soll, und ich habe nicht vor, es zur Sprache zu bringen. Am besten lässt man ihn wohl einfach in Ruhe, denke ich. Er hat mich nur gebeten, keine Speisen zu servieren.« Dann zählte er noch mehrere weitere Personen auf, die in den letzten Tagen gestorben waren.

So ernst die Situation auch war, all das war für Cole nur Nebensache. Er starrte in sein Glas und musste die ganze Zeit an Adam Jacobsen und dessen trautes kleines Picknick mit Jess denken. Als er die beiden ertappt hatte, waren sie erstarrt wie zwei Waschbären im Scheinwerferkegel seines Lastwagens. Und Herrgott, Jacobsen hatte dermaßen empfindlich und abwehrend reagiert, als hätte man ihn mit der Frau eines anderen erwischt.

Cole war daraufhin sofort zu Amy gerannt, in der Hoffnung, bei ihr seinen Zorn zu kühlen. Aber sie hatte wieder diese Kopfschmerzen gehabt, die sie schon seit zwei Tagen quälten, und das war ein weiterer Punkt, der ihm zu denken gab. Sie hatte in letzter Zeit zu hart gearbeitet und war nun vollkommen erschöpft. Erschöpfte Menschen steckten sich mit der Influenza an. Mrs. Donaldson hatte ihr das Versprechen abgenommen, am nächsten Morgen Jessica zu konsultieren, und sie dazu gebracht, sich mit einem kalten Tuch auf der Stirn hinzulegen. Die Frau umsorgte und bemutterte sie, er wusste, dass sie dort in guten Händen war.

Aber noch schlimmer war, dass er sich jetzt in Amys Gegenwart unbehaglicher denn je fühlte, und er spürte, dass sie es wusste. Sie hatte ihn so durchdringend angesehen, als könnte sie mit ihrer weiblichen Intuition – diese mysteriöse Gabe, aus der kein Mann schlau wurde – seine Gedanken lesen.

Er sollte sich nicht unbehaglich fühlen. Alle liebten Amy. Alle außer ...

»Cole, warum setzt du denn so eine Trauermiene auf?«, tönte Pop.

Genau das war die Frage. Wenn er doch nur das Gefühl abschütteln könnte, einen schrecklichen Fehler gemacht zu haben, einen furchtbaren Fehler, der sein Leben veränderte. Wie kam es bloß, dass der alte Mann so gut in ihm lesen konnte, wo er doch ansonsten so wenig über ihn zu wissen schien? Cole flüchtete sich in eine Ausrede, die sogar er selbst glaubte. »Menschen, die wir kennen, sterben, Pop. Menschen, die wir seit Jahren kennen, und jeder könnte der Nächste sein. Ich würde sagen, das ist schon ziemlich bedrückend.«

Ausnahmsweise einmal verkniff Pop sich eine taktlose Bemerkung. Er nickte ernst und machte sich wieder daran, bei seiner Patience zu schummeln.

»Sie sollten zu Ihrer Frau gehen. Dann werden Sie sich besser fühlen.« Dieser Ratschlag kam von Bauer, unaufgefordert und aus heiterem Himmel. Der Mann hatte kaum den Mund aufgemacht, seitdem er in der Stadt aufgetaucht war, war immer für sich geblieben. Aber irgendetwas an ihm konnte Cole nicht leiden. »Noch zwei Bier, Tilly«, bestellte Bauer.

Virgil deutete auf das Schild, dass er nicht anschreiben ließ. »Kannst du dein nächstes denn bezahlen?«

Bauer klatschte einen Dollar auf die Theke.

Tilly beäugte ihn und Winks argwöhnisch. »Wo habt ihr beiden bloß euer Geld her? Soweit ich gehört habe, hat keiner hier mehr Arbeit zu vergeben.«

»Na, dann hast du wohl nicht alles gehört. Winks und ich, wir haben Arbeit.«

»Ach ja? Welche denn?«

»Wir heben im Friedhof hinter der Schule Gräber aus. Fünfundsiebzig Cent pro Stück.« Er trug eine selbstgefällige Miene zur Schau.

Alle Anwesenden starrten ihn an, als erwarteten sie, er habe nur einen schlechten Scherz gemacht. Sogar die ausgestopften Elche schienen die Szene mit ihren Glasaugen zu verfolgen.

Bauer zog die Augenbrauen so weit nach oben, dass die Krempe seines ramponierten Hutes in die Höhe ging. »Was ist? Fred Hustad hat mich angestellt, um Winks zu helfen. Eure verstorbenen Freunde müssen unter die Erde, und der Bestatter ist überlastet. Ist verdammt harte Arbeit, das kann ich euch sagen. Manche der Leichen riechen schlimmer als Winks, und zwar durch den Sarg hindurch. Wenigstens hat der Friedhof eine günstige Lage.

Wir müssen die Kandidaten einfach nur aus dem Krankenhaus raustragen. Hustad hat keine Zeit, alle einzubalsamieren. Er bekommt jeden Tag fünf oder sechs.«

»Jesus Christus«, murmelte Cole angewidert. Ihm missfiel der Gedanke, dass jemand, den er kannte, von Bauer beerdigt wurde. Wenigstens war Winks vernünftig genug, sich ausschließlich auf sein Bier zu konzentrieren, und trug nichts zur Unterhaltung bei.

»Ihr seid ja richtig reiche Pinkel, was?«, bemerkte Virgil mit einer Spur Häme und zapfte zwei Bier. »Zündet euch die Zigarre mit Zehn-Dollar-Scheinen an, schlürft Champagner aus den Satinpumps einer Dame?«

Der Witz war Bauer offenbar zu hoch. »Apropos Dame«, fuhr er jovial fort, »gibt es hier eine, die weiß, wie man einem Mann die Zeit versüßen kann?«

Virgil stellte die schäumenden Biere auf die Theke. »Ja, es gibt eine, oben an der Butler Road. Aber jetzt im Dunkeln findest du das nicht. Geh lieber morgen, wenn es hell ist.«

»Welche Richtung auf der Butler Road?«

Cole kannte Em, und seiner Meinung nach verdiente sie es nicht, sich mit einem Widerling wie Bauer abgeben zu müssen, mit seinen gemeinen, rotgeränderten Augen und dem spitzen Rattengesicht. Aber das behielt er für sich. Während Virgil Bauer den Weg zu Emmalines Hütte beschrieb, trank Cole aus und drehte sich zu seinem Vater. In seiner Stimmung würde es nicht sehr viel mehr von Bauers Geschwätz brauchen, damit Cole ihm eins auf die Nase gab. »Komm, Pop. Fahren wir nach Hause. Es war ein langer Tag.«

Der alte Mann murrte. »Verdammt, ausgerechnet *jetzt*? Ich bin gerade am Gewinnen!«

»Keine Angst, wenn du weiter so schummelst, kannst du auch zu Hause gewinnen.«

»Schummeln!« Pop polterte zwar noch ein bisschen, bewegte dann jedoch widerspruchslos seine steifen Gelenke und stand auf.

Früh am nächsten Morgen, als ein kalter Ostwind Regentropfen gegen die Mauern peitschte, stand Jessica im Hinterzimmer der Praxis und räumte einige Medizinfläschchen in ihre Arzttasche. Vorn läutete es, und sie hörte Amys Stimme.

»Jessica?«

Gott sei Dank, dachte Jessica, ihrer Schwester ging es wieder besser. Sie brauchte ihre Hilfe, und Frederick Pearson war nach wie vor nur ein Name und glänzte durch Abwesenheit. »Hier hinten, Amy. Ich will gleich ins Krankenhaus aufbrechen. Auf dem Herd steht noch heißer Kaffee.« Aber als Amy in die Tür trat, genügte Jessica ein Blick, um zu wissen, dass es ihr nicht besser ging. Ganz und gar nicht.

»Du kannst nicht arbeiten. Du siehst schrecklich aus.« Amy, die sonst immer solchen Wert auf ihr Äußeres legte, hatte ihr Haar, das jetzt feucht vom Regen war, mit einem verknitterten Band zu einem unordentlichen Pferdeschwanz zurückgebunden. Über das Kleid, das sie sonst nur für schwere Arbeiten wie Wäschewaschen und Putzen anzog, hatte sie ein altes Schultertuch gewickelt, und beide Strümpfe hatten Laufmaschen. Dunkle Schatten ließen ihre Augen eingefallen und hart wirken. Überhaupt nicht zu ihrer Aufmachung passten die teuer aussehenden Kamee-Ohrringe.

Amy sank auf einen Stuhl mit gerader Rückenlehne und starrte leer und abwesend auf ihre Schuhe. »Ich bin nicht zum Arbeiten hier.«

Jessica runzelte die Stirn. Das Aussehen ihrer Schwester war richtig besorgniserregend. Sie trat zu ihr und fühlte ihr am Handgelenk den Puls. »Wie geht es dir?«

»Ich habe Kopfschmerzen, aber vor allem bin ich furchtbar müde. Letzte Nacht habe ich kaum geschlafen.«

Jess nahm ein Fieberthermometer aus ihrer Tasche und steckte es Amy in den Mund. »Das wundert mich nicht. Du hast dich wahrscheinlich völlig überanstrengt«, befand sie. »Die ganze Arbeit mit deinen Komitees, und dann hilfst du noch mir. Das ist einfach zu viel für dich, glaub mir.«

Amy nahm das Thermometer aus dem Mund. »Nein, das würde ich alles schaffen. Es sind die Sorgen, die mir zusetzen, und ich bin gekommen, um etwas zu klären.«

Verblüfft fragte Jess: »Etwas klären – was macht dir denn Sorgen?«

Ihre Schwester warf ihr einen schiefen Blick zu. »Cole. Und du.«

Jess bekam ein eisiges Gefühl im Bauch. »Warum?«

»Er war gestern Abend bei mir. Es stört ihn, dass Adam Jacobsen dir den Hof macht.«

»Ach, das«, meinte Jessica, insgeheim erleichtert. »Du weißt doch, die beiden konnten sich noch nie leiden.«

»Nein, Jessica. Es war mehr als das.«

Mit vor der Brust verschränkten Armen musterte sie ihre Schwester. »Was denn?«

»Ich weiß, dass er eifersüchtig auf Adam ist.«

Das eisige Gefühl war wieder da. »Eifersüchtig! Oh nein, Amy, das kann ich mir nicht vorstellen. Wir ... er ...« Sie ärgerte sich über Cole, dass er sie in diese Situation gebracht hatte. »Cole hat die Entscheidung getroffen, unsere *Abmachung* zu brechen. Nicht ich.«

»Das weiß ich, aber ich glaube, dass er seine Entscheidung bereut. Und von dir *weiß* ich es – mir ist nämlich nicht entgangen, wie du ihn ansiehst. Ich hatte gehofft, das zwischen euch wäre vorbei.« Ihre Augen, die vor Fieber und Wut glänzten, verengten sich zu hasserfüllten Schlitzen.

Verwundert über die Anschuldigungen und Amys Zorn presste Jess die Lippen fest aufeinander. »Es ist vorbei. Er hat mit mir Schluss gemacht und sich um dich bemüht. Deine Fantasie geht mit dir durch, weil du krank bist. Bitte steck das Thermometer wieder in den Mund.«

»Du hast immer alles bekommen, was du wolltest, stimmt doch, oder?«, machte Amy weiter, Jessicas Anweisung ignorierend.

Je mehr sie sich aufregte, desto höher wurde ihre Stimme. »Du hast Daddys ganze Zeit und Aufmerksamkeit bekommen. Ich dagegen war die langweilige Tochter, das Hausmütterchen. Ich sehe euch beide noch vor mir, wie ihr in der Praxis stundenlang durch das Mikroskop auf irgendeinen ekligen Schleim auf einer Glasplatte starrt. Für ihn war ich nur jemand, der mit ihm unter einem Dach gewohnt hat. Nach Mutters Tod hätte ich genauso gut irgendein Möbelstück sein können. Auf *dich* war er stolz, mit *dir* hat er angegeben, bis er gestorben ist. Aber als du weggegangen bist, hatte Cole es irgendwann satt, auf dich zu warten, und endlich hat er mich wahrgenommen. Er erkannte, wie viel mehr ich ihm als Ehefrau zu bieten haben würde. Das dachte ich zumindest.« Beißender Hass ergoss sich aus Amy wie Eiter aus einem geöffneten Abszess. »Ich hätte wissen sollen, dass du versuchen würdest, ihn mir wegzunehmen, und dabei liebe ich ihn schon, seit ich zwölf bin!«

Jessica schlug das Herz so heftig in der Brust, dass ihr die Luft wegblieb und übel wurde. Ihr Mund war ausgetrocknet vor Entsetzen. Diese Frau war nicht ihre Schwester. Sie hatte Amy nie etwas Böses über irgendetwas oder irgendjemanden sagen hören. »Vielleicht sollte Cole gar nicht heiraten«, gab sie kühl zurück, um Haltung bemüht. »Hast du daran schon mal gedacht?«

»Nein! Das stimmt nicht. Er soll mich heiraten. Er hat mir diese Ohrringe geschenkt! Jetzt wünschte ich, du wärst nie zurückgekommen.«

»Das kann ich mir vorstellen. Du hattest bestimmt keine schlaflosen Nächte wegen *meiner* Gefühle, als du dich an Cole rangemacht hast.« Das war Jessica nur herausgerutscht, andererseits hatte sie aber auch nicht vor, sich von Amy als Sündenbock missbrauchen zu lassen.

Amy stand auf und schleuderte das Thermometer auf den Boden. Glasscherben und schimmernde Quecksilberperlen kullerten und sprangen ihr um die Füße. »Du hast ihn nicht verdient. Du bist weggegangen und hast ihn verlassen. Ich habe ihm die Chance gegeben zu begreifen, wie eine richtige Ehefrau sein sollte, eine anhängliche, fügsame, liebende Frau.«

»Eine richtige Ehefrau«, wiederholte Jess mit einer gehörigen Portion Schärfe.

»Ich gehe nach Hause.« Ein plötzlicher Hustenanfall beendete ihre Tirade. Als sie wieder zu Atem kam, fügte sie noch hinzu: »Mrs. Donaldson mag keine Blutsverwandte sein, aber mir ist es lieber, sie kümmert sich um mich als meine eigene Schwester.«

Jessica wollte sie am Arm zurückhalten. »Amy, warte. Ich möchte dich wenigstens noch ...«

Amy schüttelte ihre Hand ab. »Nein, danke. Ich komme schon allein zurecht.« Sie richtete sich ihr Schultertuch wie eine Königin die Robe, bloß dass die Zipfel schlapp und ungleich herunterhingen. Dann stiefelte sie hinaus ins Wartezimmer.

Jess folgte ihr. »Amy, sei nicht albern. Du könntest krank sein, und ich möchte nicht, dass du in diesem Regen allein nach Hause läufst.«

Eine Fremde mit glasigen Augen und wilden Haaren wirbelte herum und sah ihr ins Gesicht. »Ich höre nicht mehr auf dich, Jessica. Ich bin für mich selbst verantwortlich.«

Verstört und verletzt zugleich sah Jessica zu, wie ihre Schwester die Tür öffnete und die Straße hinunter auf Mrs. Donaldsons Haus zuging.

Als es klopfte, warf Emmaline einen kurzen Blick in den trüben Spiegel, bevor sie zur Tür ging. Dabei legten *die* auf ihre äußere Erscheinung ohnehin keinen Wert. Sie knallten das Geld auf die Kommode oder den Küchentisch und nahmen von ihr als Mensch kaum Notiz. Ehrlich gesagt, nahm sie auch von ihnen kaum Notiz, außer sie waren zu ekelhaft, um sie auszublenden. Oder sie waren es wert, dass man sich an sie erinnerte, wie Frank Meadows oder Cole Braddock, der seit jenem kurzen Intermezzo zwischen den beiden Schwestern nicht mehr bei ihr gewesen war. Aber in einem kleinen Winkel ihres Herzens, jenem Teil, der unberührt geblieben war von allem, was ihr zugestoßen war, bewahrte sie noch immer ihren Stolz. Sie zupfte die Schärpe, die ihren abgetragenen Morgenrock zusammenhielt, zurecht und senkte die Augenlider zu einem eingeübten lasziven Blick.

Als sie am Türknauf drehte und öffnete, riss sie die Augen jedoch weit auf. Das Gesicht des Mannes, der vor ihr stand, würde sie nie vergessen. Und sie hatte nie erwartet oder gewünscht, es jemals wiederzusehen.

»Hallo, kleine Lady. Ich habe gehört, Sie versüßen einem Gentleman hier die Zeit.« Lambert Bauer grinste sie dümmlich und anzüglich an, was wohl unwiderstehlich männlich wirken sollte.

»Einem Gentleman! Als so jemand willst du dich doch wohl nicht bezeichnen, Lambert.«

Er glotzte sie an, und vor Überraschung fiel ihm die Kinnlade herunter. Er sah ziemlich mitgenommen aus, mit seinen schmuddeligen Kleidern und dem Dreitagebart auf seinem schmalen, spitzen Gesicht. Die Zeit hatte es nicht gut mit ihm gemeint.

Nachdem er eine Weile gegafft hatte, fand er die Sprache wieder. »Emmaline? Du liebe Güte, Tilly hat nicht erwähnt, dass er mich zu einem Schäferstündchen mit meiner eigenen Frau schickt! Was fällt dir denn ein, eine verheiratete Frau und verdingt sich als Hure? Ich habe überall nach dir gesucht.«

»Warum denn?«

Die Frage schien ihn zu verwundern. »Warum! Weil du meine Frau bist. Das reicht doch als Grund.« Er hätte ebenso gut sagen können, seine Säge oder sein Taschenmesser, eben sein Eigentum. Mit seiner schmutzigen Hand packte er sie am Unterarm.

»Du willst also sagen, du hast mal wieder eine Pechsträhne und bist pleite.«

»Nein, das will ich nicht sagen.« Er triefte vor Sarkasmus, als er sie mit winselnder Stimme nachäffte, aber sie durchschaute ihn immer noch ganz gut. »Außerdem, du brauchst gar nicht so zu tun!« Er deutete auf sie und ihre kleine Hütte. »Ein schönes Flittchen ist aus dir geworden.«

»Eine verlassene Frau muss von irgendwas leben. Niemand hat mir eine Goldmine oder ein großes Erbe hinterlassen.«

Er wirkte nicht im Mindesten beschämt und schien keine Mitschuld an ihren derzeitigen Umständen zu erkennen. »Ich werde jedenfalls nichts für meine Rechte als Ehemann bezahlen.« Er versuchte sich ins Haus zu drängen. »Ich hole mir, wofür ich gekommen bin, also rein da und ...«

Augenblicklich erholte sie sich von ihrer Lähmung und schüttelte seinen Arm ab. Erinnerungen kamen hoch, wie er sie geschlagen und betrogen, bedroht und eingeschüchtert, mit ihr gestritten und sie kleingemacht hatte. In einer Woge der Wut und Angst und erstaunt über sich selbst packte sie die geladene Flinte, die sie neben der Tür stehen hatte. Sie war eine gute Schützin, denn in dieser abgelegenen Gegend würde ihr niemand zu Hilfe kommen, wenn ein Kunde bösartig wurde oder ein Kojote in ihr kleines Hühnerhaus eindrang.

Sie richtete den Doppellauf auf ihn. »Verschwinde von meiner Tür und lass mich in Frieden, Lambert. Ich bin nicht mehr deine Frau. Du hast mich jahrelang herumgeschubst und dann in Parkridge sitzen lassen. Damit war unsere Ehe beendet. Ich bin schon lang fertig mit dir.«

»Ach ja?« Er straffte die Schultern, ganz rechtschaffene Entrüstung. Viel zu sehr für einen Mann, auf den mit einer Waffe gezielt wurde. »Tja, ich habe Neuigkeiten für dich, Mädel. Du kannst nicht einfach entscheiden ...«

Jetzt legte sie an und nahm sein Wieselgesicht ins Visier. »Verschwinde, du Mistkerl, und komm nie wieder hierher.«

Verdattert zog er sich schließlich die zwei wackeligen Stufen, die zu ihrer Tür führten, zurück in den Vorgarten. Sein abscheuliches Gesicht war rot vor Wut, aber er wandte nicht den Blick von den zwei Läufen der Flinte ab. »Ich kenne meine Rechte. Du bist immer noch meine Frau, denn ich habe keine Scheidungspapiere bekommen. Wetten, das Ding ist nicht mal geladen.«

Mit ruhiger Hand – ganz im Gegensatz zu ihrem Innenleben - zielte Emmaline auf einen Zapfen, der vom Ast einer Kiefer über seinem Kopf hing, und drückte ab. Der Knall scheuchte Dutzende Vögel auf, und schwefliger blauer Rauch erfüllte die Luft. Ein Regen pulverisierter Samen ergoss sich über ihn, woraufhin er wie vom Blitz getroffen aufsprang.

»*Gottverdammt!*« Er hüpfte, als wäre er in ein Hornissennest getreten. »Bist du verrückt?«

»Soll ich dir als Nächstes deinen Hut wegpusten?«

»Du bist in den letzten Jahren ganz schön frech geworden. Aber es ist noch nicht vorbei, Emmaline!« Er klopfte sich mit dem Zeigefinger auf die Brust. »Ich komme zurück, und dann bringe ich den Sheriff mit.«

»Whitney Gannon? Er hat mich erst letzten Monat besucht. Bestell ihm schöne Grüße von mir.« Sie schoss vom selben Baum einen Ast weg, der ihn um Haaresbreite verfehlte, als er auf den Boden krachte. Lambert fluchte wie ein Kesselflicker, und sie beobachtete mit großer Genugtuung, wie er auf seinen dürren Beinen über den Zufahrtsweg trabte.

»Es ist noch nicht vorbei!«, schrie er abermals vom Rand des Grundstücks zurück. Diese letzte Drohung stieß er auf sicherem Terrain aus, hinter den mit Unkraut überwucherten Brombeeren, ehe er sich trollte.

Em schlug die Tür zu, verriegelte sie und sank auf den nächstbesten Küchenstuhl. Ihr Herz pochte so schnell und heftig, dass sie meinte, der Brustkorb würde ihr zerspringen. Ihre Hände wurden kalt und flatterten. Ein Beben fuhr durch ihre Glieder, als sie schlotternd auf dem harten Stuhl saß. Eine leichte Welle der Übelkeit erfasste sie. Oh Gott ... du lieber Gott ...

Sie griff nach ihrem Päckchen Lucky Strikes auf dem Tisch – eines der wenigen Luxusgüter, die sie sich gönnte – und zündete sich mit zitternder Hand eine Zigarette an. Dann inhalierte sie tief, um ihre aufgewühlten Nerven zu beruhigen.

Lambert Bauer.

Wie – warum – kreuzte er nach all der Zeit plötzlich hier auf? *Warum* war es nicht vorbei? Was hatte er jetzt mit ihr vor? Und Virgil Tilly sei verflucht dafür, dass er ihn hierhergeschickt hatte.

Andererseits hatte er ja nichts von ihrer Verbindung zu Lambert gewusst.

Was bedeutete das für die Kinder? Lambert hatte sie mit keiner Silbe erwähnt. Wusste er etwas von den Jungen? Sie fuhr sich mit bebenden Fingern durchs Haar. Nein, das konnte nicht sein. Niemand wusste etwas von ihnen. Nur sie und eine einzige andere Person kannten ihren Aufenthaltsort. Lambert war sowieso nie ein richtiger Vater für sie gewesen. Was war das für ein Mensch, der seine Frau mit zwei kleinen Jungen sitzen ließ und sich immer noch Vater nannte?

Sie wegzugeben war die schwerste Entscheidung ihres Lebens gewesen, aber sie hatte es aus Liebe getan. Der Großteil ihrer Einnahmen floss auf ein Bankkonto in Twelve Mile, um ihren Unterhalt zu bezahlen. Manchmal gestattete sie es sich, von einem Tag in der Zukunft zu träumen, wenn sie drei wieder vereint wären. Aber Em war eine durch und durch pragmatische Person. Ein Wiedersehen war ziemlich unwahrscheinlich, und so zu tun, als könnte es geschehen, machte ihr nur das Herz schwer.

Sie starrte auf das durchhängende Eisenbett auf der anderen Seite des Zimmers. Sie hatte dieses Bett viele Male gemacht.

Und sie hatte gelernt, darin zu liegen.

In den nächsten Tagen probierte Jessica an ihren Patienten alle erdenklichen Heilmittel aus. In ihrer Verzweiflung verabreichte sie allerlei Pflaster, Elixiere, Stärkungsmittel, Extrakte und Tinkturen. Außerdem gab sie Aspirin, entgegen Granny Maes Einwand, es sei giftig. Obwohl alle Patienten dieselbe gewissenhafte Behandlung und intensive Pflege erfuhren, überlebten nur manche, und viele starben. Trotz ihrer ganzen Ausbildung und Erfahrung hatte Jessica keine Ahnung, warum. Sie hatte nie etwas Derartiges erlebt, aber jedes einzelne Leben lag ihr am Herzen, ob gerettet oder verloren.

Diejenigen, die sich ans Leben klammerten, feuerte sie im Stillen an, denn sie betrachtete jeden von ihnen als Sieg über den Tod. Diejenigen, die es nicht schafften, vermittelten ihr das bedrückende Gefühl der Niederlage. Oft trug der Tod den Sieg davon.

Adam verbrachte viel Zeit im Krankenhaus, besuchte jedes Bett, bot den Geplagten Trost und Gebete. Sie hörte ihn den Psalm 23 so oft rezitieren, dass sich die Worte in ihr müdes Gehirn eingegraben zu haben schienen. Ziemlich häufig stellte sie beim Aufblicken fest, dass er sie hoffnungsvoll betrachtete, als erwartete er, sie würde seinen Antrag hier und jetzt annehmen. Und in diesem ganzen traurigen Durcheinander kam er jeden Tag mit einem kleinen Geschenk für sie an, einem Taschentuch, einem Gedichtband, einem Spitzendeckchen, das seiner Mutter gehört hatte. Keines war zu persönlich, trotzdem fand sie seine Aufmerksamkeiten angesichts der Umstände lästig und unangemessen.

Zu alldem hinzu kam noch die Erinnerung an das schreckliche Gespräch mit Amy. Jess versuchte sich damit zu trösten, dass ihre Schwester ihre Worte in Hast und Erregung ausgestoßen hatte. Aber nicht einmal das half.

Eines Spätnachmittags hatte sie das Gefühl, ein paar Minuten Abstand zu brauchen von den Reihen mit Feldbetten, auf denen sich Kranke herumwälzten und fantasierten. In den vergangenen drei Nächten hatte sie ungefähr fünf Stunden geschlafen, und das nicht einmal am Stück. »Ich bin draußen, Mae«, sagte sie leise.

Die alte Frau nickte, während sie Helen Cooksons Stirn mit einem feuchten Tuch abtupfte. Horace hatte seine Frau mit dem Fuhrwerk gebracht, nachdem sie zu Hause zusammengebrochen war. Mae hatte ihre Pflege übernehmen wollen. Jess hatte nichts dagegen. Sie musste sich um genügend eigene Patienten kümmern. Jedenfalls hatte sich Maes Feindseligkeit ein wenig gelegt, als sie mit eigenen Augen die verheerenden Auswirkungen der Influenza auf den menschlichen Körper gesehen hatte – die gerissenen Trommelfelle, die gebrochenen Rippen, das Bluten, die indigoblaue Verfärbung.

Immer noch in ihrer fleckigen Schürze trat Jess durch die Hintertür der Schule und massierte sich die verhärteten Nackenmuskeln. Sie zog ihren Mundschutz herunter und inhalierte tief die saubere, frische Luft, um den Krankengeruch aus Nase und Lungen zu bekommen. Im Lauf des Tages hatte es aufgehört zu regnen, und jetzt war der Himmel von einem klaren, gläsernen Blau, wie es nur der Herbst hervorbringt. Im Gras zu ihrer Linken standen Kessel, in denen Wäsche ausgekocht wurde, schmutzige Laken und Schlafanzüge. Zu ihrer Rechten wurde in einer verzinkten Wanne der Inhalt der Nachttöpfe verbrannt, der mithilfe von Kerosin in Brand gesetzt wurde.

Doch die Welt ging ihren gewohnten Gang, die Sonne zog ihre Bahn am Himmel, und die Erde richtete sich auf die Ruhe des Winters ein, vollkommen unberührt vom Treiben der Menschen, die darauf lebten und starben.

Dem Mond war es egal, dass sich Männer in den Schützengräben Frankreichs bekriegten.

Die Sterne, die in wenigen Stunden am Himmel erscheinen würden, interessierten sich nicht für die Menschen, deren Leben unten am Boden wie Kerzenflammen ausgelöscht wurden von einem Organismus, der unter keinem Mikroskop sichtbar war.

Als sie dort stand, wünschte sie, sie wäre vorn hinausgegangen. Von dieser Stelle aus fiel der Blick nämlich zum alten Friedhof, der schon vor dem Bau der Schule hier gewesen war. Friedhof und Schule trennten nur ein Baseballfeld und der niedrige schmiedeeiserne Zaun, der jenen Ort umschloss, wo so viele jetzt zur letzten Ruhe gebettet wurden. Alle Familienmitglieder, die sie verloren hatte, ruhten dort unter dem Rasen – ihre Großeltern, ihre Mutter, ihr Vater, der ihr Fels in der Brandung und ihre Inspiration gewesen war. Ihr war überhaupt nicht bewusst gewesen, wie sehr Amy sie dafür gehasst hatte …

Wie von unsichtbarer Hand gezogen trat Jess von der hinteren Veranda hinunter aufs Gras und lief zum Friedhof. In einem entfernten, weniger dicht belegten Areal erkannte sie Winks Lamont und diesen schrecklichen Bauer, die neben einer hohen Weide Erdhügel aufschaufelten. Während sie in den Gräbern standen, die sie aushoben, waren nur ihre Oberkörper zu sehen. Neben ihnen warteten bereits drei Särge auf sie.

Aufgrund der Umstände waren die sonst üblichen Begräbnisse mit Trauergästen und einer feierlichen Zeremonie zu einer Fließbandangelegenheit geworden. Jene Familien, denen daran lag, dass am Grab ihrer Lieben ein paar Worte gesprochen wurden, konnten oft nicht daran teilnehmen, weil sie selbst krank waren. Damit sich die Särge nicht stapelten wie in anderen Städten, mussten die Toten so schnell wie möglich unter die Erde gebracht werden. Also begrub man sie, notierte, wo sie lagen, und verschob die offizielle Totenfeier auf irgendwann später.

Jess wandte den Blick ab und begab sich zu einem Granitstein, der neuer als die meisten hier war. Erst zwei Jahre alt.

*Dr. Benjamin Andrew Layton*
*Geboren am 3. Juli 1860*
*Gestorben am 15. Januar 1916*

Neben seinem lag das Grab ihrer Mutter. Zwar vermisste Jessica ihre Mutter mit ihrem trockenen Humor und ihrem liebevollen Pragmatismus, doch der Tod ihres Vaters hatte sie weitaus mehr getroffen. Ein lebhafter Wind wehte Laub über die Gräber, und sie wünschte mehr denn je, mit ihm sprechen zu können. Was würde er angesichts dieser Katastrophe tun? Gab es irgendeine Behandlung, ein Heilmittel, das sie bisher übersehen hatte? Mit der Verantwortung, die auf ihr lastete, und niemandem, an den sie sich Rat suchend wenden konnte, fühlte sie sich so allein wie noch nie in ihrem Leben.

Die Beine vor Müdigkeit zitternd, sank sie neben dem Grab ihres Vaters auf die Knie. »Daddy«, murmelte sie und fasste nach dem Grabstein wie nach einer rettenden Schulter. »Daddy, ich weiß nicht, was ich tun soll. Ich weiß nicht, wie ich diesen Menschen helfen soll. Sie gehen elend zugrunde, einerlei, was ich tue.« Einige Augenblicke redete sie so mit ihm, berichtete, was sie gegen die Epidemie versuchte. Dann erzählte sie ihm leise, mit stockenden Worten, was sie im Herzen bewegte. Sie legte die Stirn auf die

Hand, die auf dem Stein ruhte, und während sie flüsternd, fast wie im Gebet redete, liefen ihr die Tränen übers Gesicht.

»Ich hasse Cole dafür, dass er mich verlassen hat. Aber Gott stehe mir bei, ich empfinde immer noch etwas für ihn.« Aha. In diesem Punkt hatte Amy also recht gehabt. Jess hatte es zugegeben, wenn auch nur vor einem stummen Grab. Doch ebenso wenig, wie dieses ihr Geheimnis verriet, gab es ihr den Rat, den sie so verzweifelt suchte.

»Jessica!«

Hastig trocknete sie sich mit dem Ärmel die Tränen und blickte auf. Ausgerechnet Cole kam mit schnellen, langen Schritten auf sie zu. Sie runzelte die Stirn. Merkte er denn nicht, dass er sie in einem privaten Augenblick störte? So viele Fehler er auch hatte, so unsensibel war er sonst nicht. Als er näherkam, sah sie allerdings, dass sein Gesicht aschfahl war.

Er blieb auf der anderen Seite des Grabsteins stehen. »Es geht um Amy. Ich habe sie mit dem Lastwagen hergebracht. Sie hat es auch, Jess, sie hat die Influenza.«

# Kapitel 14

Cole lief am vorderen Ende der Turnhalle auf und ab, während Jessica und ein paar andere besorgte, geschäftige Krankenschwestern Amy in ein kürzlich freigewordenes Bett packten. Obwohl die Wände und die hohe Decke von dem heiseren, pfeifenden Husten der Kranken widerhallten, die hinter dem mit einem Vorhang abgetrennten Bereich schmachteten, klang Amys Husten in Coles Ohren besonders laut und schlimm.

Er war seit dem Morgen, als er Jessica dabei geholfen hatte, sich hier einzurichten, nicht mehr in der Turnhalle gewesen. Jetzt voll belegt mit Kranken und Sterbenden erschien ihm der Raum wie ein Albtraum. Mein Gott, allein der Geruch nach Krankheit, Desinfektionsmittel, Kampfer und Eukalyptus konnte einen wieder hinaustreiben. Das Halstuch, das er sich vor Mund und Nase gebunden hatte, diente mehr dazu, die Gerüche abzuschwächen, als ihn vor Ansteckung zu schützen. Und unter all dem Gehuste erlauschte er auch dieses schreckliche Geräusch, das er an dem Morgen gehört hatte, als Eddie Cookson starb, ein eigentümliches Knistern. Manche Patienten machten es, wenn sie sich bewegten. Bevor sie selbst krank geworden war, hatte Amy ihm erklärt, dass es von Gasblasen unter der Haut der Patienten verursacht wurde.

»›… erquicket meine Seele …‹«

Adam Jacobsens Stimme drang zu ihm wie ein entferntes Geräusch, das der Wind zu ihm trug.

»›… im finstern Tal …‹«

Bei diesen Worten zuckte Cole zusammen.

»›… Du hast mich hinunter in die Grube gelegt … Dein Grimm drückt mich nieder …‹«

Verflucht, warum forderte Jacobsen den Tod nicht gleich auf, vorbeizukommen und sich sein nächstes Opfer zu holen?, fragte sich Cole, angewidert durch die Wahl der Psalmen. Er rieb sich die angespannten Nackenmuskeln. Wenn man nicht bereits tot war, dann konnten einen Jacobsens Gebete dazu bringen, freiwillig den Löffel abzugeben.

Das Gefühl der Hilflosigkeit quälte Cole. Es war nicht seine Art, einfach nur zuzuschauen, wenn es Probleme gab. Er hatte immer die Initiative ergriffen, entschlossen, *irgendetwas* zu tun, selbst wenn es sich dann als falsch herausstellen sollte. Während er von seinem entfernten Platz aus darauf wartete, dass Jessica aus Amys Abteil auftauchte, wurde seine Entschlossenheit, einen kühlen Kopf zu bewahren, von Schuld und Reue untergraben.

Amy würde wieder gesund werden. Sie musste. Und falls nicht …

Nein, sie würde wieder gesund werden. Und … was dann?

Jessica starrte auf Amys nahezu leblose Gestalt, die so mitgenommen und entstellt wirkte wie eine Blume, die unter ein Wagenrad geraten war. In diesem schrecklichen Moment, in dem die Zeit stillzustehen schien, war all ihre Ausbildung, ihr Fachwissen vergessen, und sie war so schockiert und entsetzt wie jeder andere, dessen Angehöriger an der Schwelle des Todes steht.

Und schlimmer noch, all ihre Ausbildung kam ihr nutzlos vor, denn sie wusste nicht, wie sie ihre Schwester retten konnte. Das artige kleine Mädchen von früher, das sich vom Wesen her so von ihr unterschied, lag jetzt vor ihr, niedergestreckt von einer Krankheit, über die Jess keine Macht besaß. Sie ballte die Hände zu einer einzigen Faust und legte sie an den Mund. »Oh mein Gott ... warum? Warum Amy?«

»Du wirst alles in deiner Macht Stehende für sie tun, Jess. So wie du es für all die anderen hier getan hast.«

Die Augen heiß und die Kehle schmerzend von all den ungeweinten Tränen, wurde Jessica erst bewusst, dass Cole auf der anderen Seite des Feldbetts stand, als er zu sprechen begann. Er hatte das Tuch von seinem Gesicht gezogen, und seine Stimme war tief und rau vor Rührung.

Als sie zu ihm aufblickte, glaubte sie im Spiegel seiner Augen ihre eigenen Gefühle von Schuld und Verzweiflung zu erkennen. Ihr erster Instinkt war, angesichts der unsäglichen Katastrophe den Arm nach ihm auszustrecken. »Ich hätte sie zwingen sollen, hierherzukommen, sobald ich den Verdacht hatte, dass sie krank ist. Aber ich habe meinen Stolz und meine verletzten Gefühle über mein besseres Urteil gestellt. Wir haben gestritten, über ...« Da hielt sie inne, als ihr wieder einfiel, mit wem sie gerade sprach, und ihre Wut verlagerte sich.

»Über was?«

»Über dich«, platzte sie heraus.

»Mich!«

»Sie hat gesagt, deine Gefühle für sie hätten sich geändert, und es sei meine Schuld. Meine! Dabei wissen wir beide, dass es daran liegt, dass du *niemandem* dein Herz schenken kannst!« Sie wollte an irgendjemandem auslassen, wie ungerecht das alles war – die allzu menschlichen Fehler und falschen Entscheidungen, die Schicksalswendungen und der ungünstige Zeitpunkt, durch die sie drei, hoffnungslos miteinander verstrickt, in diese Situation geraten waren. Es war ja so viel leichter, jemand anderen dafür verantwortlich zu machen, als das Undenkbare zu akzeptieren.

Es funktionierte. Nun wich jede verbliebene Farbe aus Coles Gesicht, was die rotblonden Bartstoppeln noch stärker hervortreten ließ. Er sah aus, als hätte sie ihm über das Bett hinweg eine Ohrfeige gegeben. Aber Jessica fühlte sich nach ihrem Ausbruch auch nicht besser. Er hatte ihr eher noch das letzte bisschen Kraft geraubt. Als er den Mund aufmachte, um zu einer Antwort anzusetzen, war ihr Zorn schon verpufft, und sie sank neben Amy auf die Knie und nahm ihre heiße Hand. Ein verunglückter Schluchzer wollte sich ihrer Kehle entringen, doch er blieb ihr im Hals stecken.

»*Dr. Layton.*« Adam Jacobsen tauchte hinter der Abtrennung auf. »Alle können zuhören«, raunte er ihr missbilligend zu, »und du möchtest doch sicher keine Szene machen.« Cole starrte er finster an, was diesen allerdings vollkommen ungerührt ließ.

Adam packte sie an der Schulter und zog sie auf die Füße. »Du kannst jetzt nichts mehr für Amy tun. Geh lieber nach Hause.«

Er versuchte sie vom Bett wegzuzerren, aber Jess, nur einen einzigen Gedanken im Sinn, rührte sich nicht vom Fleck. »Hast du den Verstand verloren? Ich kann sie und all die anderen doch nicht alleinlassen!« Alles, der Raum, die Szene, sogar die Farbe der Dinge wirkte irreal, wie im Traum.

»Du kannst jetzt für keinen von ihnen noch etwas tun. Ich begleite dich in die Praxis. Du brauchst Ruhe.«

Jess wollte sich ihm entwinden, aber sein Griff verstärkte sich. Seine Berührung hatte nichts Tröstliches, sie war ihr unangenehm, genauso wie sein Hilfsangebot. »Adam, lass mich los. Ich möchte mich nicht ausruhen.«

»Du kannst nicht klar denken.«

Erneut versuchte sie ihn abzuschütteln. »Adam ...«

Da umrundete Cole das Bett und befreite Jess von ihm. »Wer macht hier eine Szene, Jacobsen? Die Lady hat nein gesagt. Geh deine Schäfchen im finstern Tal hüten oder was immer du sonst tust und misch dich nicht ein. Das hier ist eine Familienangelegenheit.«

Adam lief vor Ärger rot an, wodurch seine Adlernase mehr denn je seinen Mund zu berühren schien. »*Du* gehörst nicht zur Familie.«

»Wie du es auch drehst und wendest, jedenfalls mehr als du. Also verschwinde!« Cole wurde nicht laut, doch seine Autorität ließ keinen Widerspruch zu. Selbst in ihrem verängstigten, wütenden Zustand empfand Jessica Coles Eingreifen als Erleichterung.

An Adams zusammengebissenem Kiefer zuckte ein Muskel. Seine Lippen waren nur noch ein weißer Strich, als er sich umdrehte und davonstiefelte.

Sobald er außer Hörweite war, sagte Cole: »Jess, du solltest wirklich nach Hause gehen, und sei es nur ein Weilchen. Die Frauen kümmern sich um Amy. Du hast selbst gesagt, dass die Kranken vor allem gute Pflege brauchen.«

Sie betrachtete ihre Schwester, die im Delirium wimmerte. Die Entscheidung fiel ihr schwer, doch sie war wirklich müde. »Ja, wahrscheinlich. Aber nur eine oder zwei Stunden.« Kurz lehnte sie sich an ihn, dankbar für seine Stärke. Dann sah sie Fred Hustad und Bert Bauer durch die Hintertür hereinkommen, um die Toten aus dem Umkleideraum zu holen, der als Leichenhalle diente. Jessica wusste, dass dort fünf in Laken gehüllte Leichen auf sie warteten.

Bei ihrem Anblick straffte sie die Schultern und flüsterte: »Cole, bitte, falls ... was auch passiert, du darfst nicht zulassen, dass dieser schreckliche Bauer sie mitnimmt. Ich habe gesehen, wie er mit ihnen umgeht ... bitte lass ihn nicht ... und Winks ist auch nicht ...« Sie schüttelte den Kopf, unfähig, den Satz zu beenden. Sie hatte Gerüchte gehört, dass Bert Bauer in Saloons in Twelve Mile und Fairdale Drinks mit Schmuckstücken bezahlte, die er angeblich »gefunden« hatte. Wo er den Schmuck herhatte, war nicht schwer zu erraten, auch wenn noch niemand ein Familienerbstück eingefordert hatte, das eigentlich mit seinem Besitzer begraben oder zurückgegeben hätte werden sollen.

Cole und sie sahen den beiden hinterher, als sie eine Leiche nach draußen trugen. »Dazu wird es nicht kommen. Sie wird wieder gesund«, versicherte er ihr.

Jessica streckte die Hand aus und drückte sein Handgelenk fester, als er ihr zugetraut hätte. »*Nein.* Du musst es versprechen. Ich will, dass du es mir ganz fest versprichst.«

Er sah ihr direkt in die Augen. »Ich ... keine Angst. Ich kümmere mich darum.« Seine Stimme verriet dieselbe nervliche Anspannung, die auch sie empfand. Erleichtert sank sie erneut an seine Schulter, nur einen kurzen Moment. In ihrer Benommenheit und Verwirrung glaubte sie seine Lippen auf ihrer Stirn zu spüren. Was für ein Albtraum die Welt geworden war – sie musste dafür sorgen, dass Cole ihre Schwester beerdigte, weil die einzigen anderen Menschen, die dafür zur Verfügung standen, ein gieriger Grabschänder und ein einfältiger Alkoholiker waren.

Er leitete sie um die Trennwände und Krankenbetten herum. »Mae, Jess geht ein bisschen nach Hause.« Die alte Frau schob einen Teewagen mit Suppenschalen und einem großen Kessel Brühe für diejenigen, die kräftig genug zum Essen waren.

Jessica spürte, wie die anderen freiwilligen Helferinnen sie kurz ansahen und dann den Blick abwandten, als wüssten sie nicht, was sie sagen sollten. Oder vielleicht hatten sie Angst, ihr Unglück würde sich auf sie übertragen und ein Angehöriger von ihnen erkranken.

»Ich passe auf Amy auf«, sagte Mae, »keine Sorge. Wir halten die Stellung, bis Sie wieder zurück sind.« Sie reichte Jessica ein kleines, in eine Serviette gewickeltes Paket. »Ich habe Ihnen ein Hühnchen-Sandwich gemacht. Vielleicht sind Sie nicht hungrig, aber ich möchte, dass Sie es essen. Sie müssen bei Kräften bleiben.«

Jess war froh, dass der vorläufige Waffenstillstand zwischen ihr und Granny Mae die letzten Tage und Nächte angehalten hatte. Inzwischen waren Maes unbeugsamer Pragmatismus und ihre unerschütterliche Ruhe im Angesicht des Elends eine echte Stütze für Jess. Als weder bei Bright's noch in der Apotheke Vicks VapoRub aufzutreiben war, das aufgrund der Epidemie im ganzen Land knapp war, hatte Mae aus ihrem eigenen Vorrat an ätherischen Ölen und Vaseline einen anständigen Ersatz zusammengemischt.

Jessica glaubte, dass Mae ihrem Engagement und ihrer harten Arbeit inzwischen widerwillig Respekt zollte. Mae hatte sogar eingeräumt, dass Jessicas medizinische Kenntnisse nicht allesamt Unsinn waren. Manchmal fiel Jessica auf, dass die alte Frau sie beobachtete. Dabei war ihr bewusst, dass Mae nur auf eine Gelegenheit wartete, sie zu kritisieren oder bei einem vermeintlichen Fehler zu ertappen. Aber zumindest wenn Mae sie etwas fragte, ließ sie sich bereitwillig belehren.

Jetzt blickte Mae mit feuchten Augen zu Amy. »Gehen Sie nur und ruhen sich eine Weile aus. Wir holen Sie, wenn wir Sie brauchen.«

»Ich fahre dich«, bot Cole an.

Das Hühnchen-Sandwich in der Hand, zögerte Jess. Schließlich seufzte sie. »Na gut.«

Sie blieb am Pult stehen, um ihre Schürze auszuziehen und ihre Ledertasche zu holen, die sie ungern zurücklassen wollte. Beim Hinausgehen spürte sie Adams kalten Blick auf sich und Cole.

Dann machte er auf seinem Klemmbrett eine Notiz.

---

»Erzähl mir von meinen Jungs. Sind sie gesund und munter? Geht es ihnen gut?«

Emmaline saß Tanner Grenfell an ihrem wackeligen Küchentisch gegenüber. Er besuchte sie alle paar Monate in der Butler Road, um ihr von Wade und Joshua zu berichten. Sie war sich nicht sicher, ob es ein Segen oder ein Fluch war, denn wenn sie ihm zuhörte, wurde ihre Sehnsucht nur noch größer. Trotzdem brachte sie es nicht übers Herz, Tanner zu bitten, nicht mehr zu kommen.

Das grüne Holz im Ofen sorgte für ein qualmendes Feuer. Der Geruch drang in jede Ritze, aber wenigstens linderte es die Kälte. Obwohl sie hier oben relativ isoliert war, wusste sie von der Epidemie. Sie ließ keinen Kunden über ihre Schwelle, der hustete oder irgendwie krank aussah. Aber sie konnte es sich auch nicht leisten, ganz mit dem Arbeiten aufzuhören. Die Geschäfte gingen ohnehin schlecht, was man schon daran erkannte, dass sie heute ein verschossenes gemustertes Hauskleid anstatt ihres verschossenen Morgenmantels trug.

»Die fühlen sich pudelwohl, Em, sie schießen in die Höhe wie Unkraut. Die Schule ist geschlossen, deshalb können sie sich dort nicht anstecken.«

»Sind sie gut in der Schule?«

»Ja. Ich weiß, dass dir ihr Bücherwissen wichtig ist. Ich kann ihnen selbst nicht viel helfen, aber Miss Susannah sorgt dafür, dass sie fleißig lernen. Seit sie im Krankenhaus hilft, lässt sie mich und die Kinder allerdings nicht mehr in ihre Küche. Wir behelfen uns damit, dass ich im Blockhaus der Farmarbeiter koche.« Er grinste. »Obwohl ich am Herd nicht viel tauge, denke ich. Josh sagt, er kann keinen Schinkenspeck mit Kartoffeln mehr sehen, aber wir verhungern zumindest nicht. Sie will einfach kein Risiko eingehen.«

»Und sie hat immer noch keine Ahnung von ... mir?«

»Meines Wissens nicht. Die Jungs ganz bestimmt nicht.«

»Fragen sie manchmal nach mir?«

Er wandte den Blick ab, offensichtlich verlegen. »Nicht mehr so viel.«

Sie stützte ihr Kinn auf die Hand und spielte mit dem Päckchen Lucky Strikes auf dem Tisch. »Nach drei Jahren denken sie wohl, dass ich sie abgeschrieben habe, genauso wie ihr nichtsnutziger Vater.«

»Nein, so ist es nicht. Ich habe ihnen gesagt, dass ich ihr Onkel bin und du dich in einem Tuberkulosesanatorium in Colorado erholst, wie du es mir aufgetragen hast.« Er zuckte die Schultern. »Das lässt eine Hintertür offen, falls du sie irgendwann einmal wieder zu dir nehmen möchtest.«

Emmaline setzte sich gerade. »Du weißt verdammt gut, dass ich sie gern zu mir nehmen würde! Ich kann bloß nicht – Tanner, das weiß keiner besser als du. Du hast mich doch damals in Parkridge auf der Straße aufgelesen, als ich mitten in der Nacht einen Arzt gesucht habe, weil Lambert mir das Jochbein gebrochen hatte. So sehr ich ihn auch hasste, als er weg war, wusste ich nicht, was ich tun sollte.«

Er hob beschwichtigend die Hand. »Schon gut, schon gut, reg dich nicht auf. Entschuldige meine Formulierung. Ich weiß doch, dass du sie lieb hast.« Er beugte sich vor, legte die Ellbogen auf die Knie und sah ihr ins Gesicht. »Aber es hätte auch andere Wege gegeben. Ich hätte dich zu mir genommen und für dich und die Jungen gesorgt.«

Ja, sie hätte sein Angebot annehmen können. Er war jung – ungefähr zehn Jahre jünger als sie – und hatte ein gütiges, bescheidenes und zurückhaltendes Wesen. Ein guter Mann. Er sah auch nicht schlecht aus. Sein sandfarbenes Haar und die rauchgrauen Augen erinnerten sie an ein geduldiges Zugpferd. Aber das hatte für sie nicht gezählt. Nichts hätte an ihrer Entscheidung etwas geändert.

»Ach Tanner, das haben wir doch bereits besprochen. Du hast mehr als genug getan, indem du dich der Kinder angenommen hast. Ich weiß nicht, was ohne deine Hilfe aus Joshua und Wade geworden wäre. Aber Lambert hat dir mit seinem Vieh-Schwindel ein schönes Sümmchen Geld aus der Tasche gezogen. Da fand ich es nicht fair, dir auch noch seine Frau aufzubürden.« Abwesend studierte sie einen der nackten Deckenbalken. »Wie dem auch sei, nach ihm wollte ich niemandem mehr Rechenschaft ablegen müssen.«

Er straffte seinen langen Körper und schlang einen Arm um die Rückenlehne seines Stuhls. »Ich muss dir nicht sagen, dass ich mir wünschte, ich wäre diesem Schuft niemals begegnet. Er hat mich um meine gesamten Ersparnisse gebracht, und ich war so jung und dumm, mir alles abschwatzen zu lassen. Aber immerhin hatte es auch etwas Gutes – ich war da, als ich gebraucht wurde.«

Sie senkte den Blick und sah in seine sanften Augen. »Er ist in Powell Springs, wusstest du das?«

»Ja, ich habe davon gehört. Wenn Josh und Wade nicht wären, würde ich ihn mir vorknöpfen und ihm die Seele aus dem Leib prügeln für alles, was er uns angetan hat. Er ist überhaupt nicht so ein harter Bursche, wie er den Leuten gern weismacht.«

Als sie die Bitterkeit in seiner Stimme hörte, zog sich in ihr alles zusammen, und sie bekam ein kaltes Gefühl im Bauch. »Aber du tust es nicht, oder? Dann würde er sie garantiert finden. Im Augenblick weiß er, glaube ich, nicht, wo sie sind.«

»Keine Bange. Ich habe gesagt, wenn die Jungen *nicht* wären. Jemand muss sie ordentlich erziehen, und dafür ist er nicht der Richtige.«

Ihr Rücken entspannte sich, und sie atmete hörbar aus. »Mir wäre es am liebsten, er würde einfach wieder verschwinden. Es ist nicht so sehr wegen mir, sondern wegen der Kinder …«

»Ich kann mir nicht vorstellen, dass er so bald weiterzieht. Er hebt jetzt für den Bestatter Gräber aus und prahlt herum, wie viel Geld er damit verdient.«

Em schauderte. »Mein Gott, das sieht ihm ähnlich, dieser miesen Kröte. Hier ist er auch aufgetaucht, aber …«

Tanner erstarrte. »*Hier*? Er hat dich aufgespürt?«

»Ja, aber dann hat er Bekanntschaft mit meiner Flinte gemacht und die Flucht ergriffen. Du hast recht – wenn es hart auf hart kommt, ist er nur ein elender Feigling. Ich habe einen Ast über seinem Kopf abgeschossen, da hat er die Beine in die Hand genommen.«

Er begann zu lachen. »Das hätte ich zu gern gesehen.«

Sie schilderte ihm den Rest von Lamberts Besuch einschließlich der Drohungen, die er aus sicherer Entfernung hinter der Brombeerhecke ausgestoßen hatte. Tanner amüsierte sich köstlich. »Könnte schon sein, dass er wiederkommt, andererseits hatte Lambert noch nie etwas mit dem Gesetz am Hut, zumindest nicht freiwillig. Und ich habe ihm erzählt, dass Whit Gannon ein Bekannter von mir ist.« Sie verschwieg ihm, dass sie noch stundenlang, nachdem Lambert fort gewesen war, im Dunkeln gezittert und um Fassung und Mut gerungen hatte.

»Nimm dich trotzdem in Acht vor ihm. Er ist unberechenbar.« Tanners Miene wurde etwas ernster. »Du hast ganz schön Mumm, Emmaline.«

Sie winkte ab. »Ach was, ich tue einfach das Nötige, um über die Runden zu kommen. Aber das ist sicher nicht das Leben, das ich mir vor zwanzig Jahren erträumt habe.« Wieder blickte sie auf die Tischplatte, weil sie das Mitleid in Tanners Gesicht nicht ertragen konnte. Wenn sie es an sich heranließ, würde es den dünnen Schutzwall, den sie um ihre Seele errichtet hatte, niederreißen.

Schweigen senkte sich über sie und über die Hütte. Draußen stieß ein Buschhäher, wahrscheinlich der letzte in diesem Jahr, im schwindenden Abendlicht ein schrilles Kreischen aus.

Em räusperte sich. »Hör mal, Tanner, ich kann dir gar nicht sagen, wie dankbar ich dir dafür bin, was du die ganze Zeit für meine Jungen getan hast. Ich ... na ja, ich erwarte so spät am Nachmittag keine Kunden mehr, also wenn du möchtest ...« Sie brach ab und nickte mit dem Kopf zum Bett, das mit billigem Rosenwasser parfümiert war. Es war das erste Mal, dass sie ihm dieses Angebot machte.

Als hätte er einen elektrischen Schlag bekommen, fuhr er aus dem Stuhl hoch. Sein Gesicht überzog sich mit Farbe. »Ach du lieber Gott, nein, Ma'am! Ich meine, nicht dass ich es nicht zu schätzen wüsste – Em, das könnte ich nicht mit dir machen ...« Er stotterte und stammelte, bis sie ihm die Hand auf den Arm legte.

»Schon gut. Ich möchte dir nur danken.« Sie seufzte leicht auf. »Mehr habe ich nicht anzubieten.«

Kurz legte er seine Hand auf ihre, dann zog er sie weg. »So viel habe ich nicht verdient.«

Sie musterte ihn einen Augenblick. »Du hast noch viel mehr verdient.«

Jessica und Cole schwiegen während der kurzen Fahrt zur Praxis. Die Stille wurde nur durch den tuckernden Motor des Fords und das vorwurfsvolle Quietschen der Scharniere durchbrochen. Der einzelne Scheibenwischer glitt von Zeit zu Zeit über die Windschutzscheibe, wenn Regenspritzer die Scheibe sprenkelten. Am westlichen Horizont trotzte das leuchtende Band des letzten Sonnenlichts dem bleiernen, grauen Himmel, bevor es ganz dunkel wurde.

Cole plagten Schuldgefühle, und irgendwie empfand er auch Scham. Abgesehen von seinem gescheiterten Versuch, Soldat zu werden, war Cole dieses Gefühl bisher fremd gewesen. Shaw Braddock duldete bei seinen Söhnen kein Benehmen, das ihm oder dem Namen der Familie Schande machte, von den üblichen Lausbubenstreichen einmal abgesehen.

In seinem Fall würde der alte Mann allerdings vielleicht gar nicht von Schande sprechen. Cole schon: Er hatte Amy angelogen, ihr eine schwerwiegende Lüge erzählt. Es war keine Absicht gewesen, trotzdem hatte er es getan, und nun wusste er nicht, wie er es wiedergutmachen sollte.

Damit nicht genug, hatte er bei Amy den Eindruck erweckt, dass er ihr einen Antrag machen und sie heiraten würde. Aber er hatte den richtigen Moment noch nicht gefunden.

Nun hatten Gott oder das Schicksal sich bei ihm revanchiert, indem sie Amy mit der Influenza bestraft hatten. Dabei konnte sie, die süße, unschuldige Amy, doch gar nichts dafür, dass er so ein wankelmütiges Herz hatte.

Jessica saß zusammengesunken auf dem Beifahrersitz, als sie vor der Praxis hielten. Er zog die Handbremse an und fragte: »Hast du außer dem Sandwich von Granny Mae etwas zu essen im Haus?«

»Nein«, antwortete sie mit Blick auf das kleine Paket in ihrer Hand. »Vielleicht. Ehrlich gesagt, weiß ich es nicht.«

Er betrachtete sie im Licht der einsetzenden Dämmerung. »Hast du Kaffee?«

»Ja, und Horace bringt mir immer frische Sahne.«

»Dann komm.« Er sprang aus dem Lastwagen. »Ich verstehe vielleicht nicht viel vom Kochen, aber jeder Zureiter, der sein Geld wert ist, kann Kaffee machen.«

Sie seufzte. »Cole, was hat das für einen Sinn? Wir haben uns nichts mehr zu sagen.«

Er musterte ihr müdes Gesicht. Da war er anderer Meinung, aber jetzt war nicht der richtige Zeitpunkt, das zu erörtern. Es gab eine ganze Menge Dinge, über die sie reden mussten. »Weißt du,

Jess, im Augenblick kann ich nicht viel tun, um zu helfen, und ich bin nicht gut darin, mich nutzlos zu fühlen. Du tätest mir also einen Gefallen, wenn ich mich um dich kümmern dürfte.«

Kurz schloss sie die Augen. Sie zögerte. »Na schön.« Sie stieg aus dem Lastwagen, ehe er ihr dabei behilflich sein konnte, und ging zur Tür ihrer Praxis. In ihren Manteltaschen suchte sie nach dem Schlüssel, aber Cole hatte seinen schon parat.

»Ich habe ihn.« Er drehte am Knauf und öffnete die Tür für sie. Als sie im Haus waren, schloss er wieder ab.

»Kaffee und Sahne sind oben.« Jess schaltete die Deckenleuchte ein. Die Glühbirne warf harte Schatten auf ihr Gesicht, wodurch sie noch müder wirkte. Sie stieg die Treppe zu ihrer Wohnung hinauf und achtete nicht darauf, ob Cole ihr folgte. Es war offensichtlich, dass sie davon ausging. Obwohl in ihren Röcken noch der Krankenhausgeruch hing, kam ihm auch der schwache Duft in die Nase, den er immer mit ihr verbunden hatte – nach dunklem Holz und herben Gewürzen.

Ganz und gar nicht nach Vanille.

In der kleinen Küche ihrer Wohnung übernahm er das Kommando. »Setz dich«, sagte er und deutete auf einen Stuhl am Tisch. Er schürte das Feuer im Ofen, und bald zog sich die herbstliche Kühle in die Zimmerecken zurück. »Wo ist der Kaffee?«

Sie ließ sich auf den Stuhl plumpsen und deutete vage in Richtung der Küchenzeile. »In der Anrichte, oberstes Fach rechts.«

Cole fand ihn, mahlte die Bohnen, und als der Kaffee durchlief, war der Raum bald von seinem köstlichen Duft erfüllt. Ohne ihre Hilfe stöberte er außerdem Tassen, Sahne und Löffel auf. Dann machte er sich auf die Suche nach etwas Essbarem – Granny Mae hatte recht, sie sollten sich stärken. Außer einem Laib Brot und einem Stück Butter auf einer Untertasse förderte er nichts Brauchbares zutage. Jessica hatte wirklich kaum Nahrungsmittel im Haus.

Schließlich hatte Amy ihn ja immer wieder daran erinnert, wie unbegabt Jess in der Küche war.

Das hatte ihn nie gestört.

Die Brotscheiben, die er vom Laib heruntersäbelte, ähnelten eher Fetzen, aber er war froh über die Ablenkung. Während er herumhantierte, spürte er Jessicas Blick auf seinem Rücken.

»Iss dein Sandwich«, sagte er über die Schulter. »Der Kaffee ist gleich so weit.«

Zufrieden, dass sie an dem Hühnchen-Sandwich knabberte, balancierte er die Tassen, die Kaffeekanne und die anderen Sachen zum Tisch. Auch er war kein großes Küchentalent.

»Entschuldige, wie das Brot aussieht«, murmelte er, als er den Teller abstellte.

Beim Anblick der groben Scheiben, die er abgeschnitten hatte, lächelte sie. »Ich hätte es wahrscheinlich auch nicht besser hinbekommen.« Maes Sandwich schmeckte gut, trotzdem aß sie es mechanisch, nur weil sie wusste, dass sie etwas zu sich nehmen musste.

Er schenkte den Kaffee ein. Dann setzte er sich auf den Stuhl gegenüber und gab einen Schuss Sahne in seine Tasse. »Wann kannst du sagen, ob ... wann wissen wir ...?«

»Wann wissen wir, ob Amy durchkommt?« Jessicas Deutung seines Gestammels klang sogar in ihren eigenen Ohren schonungslos und distanziert.

Er seufzte. »Ja.«

»Wenn ich das wüsste. Manche Leute, die wir für todgeweiht halten, schaffen es aus purer Willenskraft oder aus Glück, anders kann ich es nicht nennen. Andere, von denen ich glaube, dass sie auf dem Weg der Besserung sind, sterben. Manche Menschen, die dem Erreger ständig ausgesetzt sind, scheinen immun dagegen zu sein, und dann wieder gibt es Krankheitsfälle auf abgeschiedenen Farmen, die keinen Kontakt zu anderen hatten.« Sie legte das Sandwich ab und rieb sich die Schläfen. »Du fühlst dich nutzlos? Willkommen im Boot – das beschreibt nicht mal ansatzweise, wie ich mich fühle.«

Cole stieß unter dem Tisch mit seinem Stiefel ihren Fuß an. »Ich habe noch nie einen nutzlosen Menschen gesehen, der so hart arbeitet wie du.«

»Es ist nicht schwer, beschäftigt zu wirken, wenn man herumrennt wie ein kopfloses Huhn.«

»Dann hast du eigentlich gar nicht so viel zu tun?«

»Doch, natürlich. Aber ich habe auch Angst.«

»Du? Jess, ich glaube, du hast in deinem ganzen Leben noch nie vor etwas Angst gehabt.« Das war nicht als Kompliment gemeint, sondern nur als Feststellung einer Tatsache.

»Warum um alles in der Welt sagst du das?«

»Du hast Sachen geschafft, bei denen gar mancher Mann kapituliert hätte. Aber du nicht.«

»Offensichtlich hast du bei einigen Dingen, die ich dir erzählt habe, nicht zugehört.«

Er starrte in seine Tasse. »Glaub mir, ich habe alles gehört.«

Plötzlich knisterte es laut, weil im Holzofen eine Harztasche explodierte. In dem stillen Raum klang es wie ein Pistolenschuss. Jessica zuckte zusammen.

Cole lachte, was sie noch stärker zusammenfahren ließ. »Hey, weißt du noch, wie wir uns damals an Halloween zum Haus der Leonards geschlichen haben? Damals hattest du keine Angst.«

Da musste sie grinsen, und die düstere Wolke, die über ihr hing, lichtete sich auf einmal. »Daran habe ich seit Jahren nicht mehr gedacht! Du hattest noch die Böller vom Unabhängigkeitstag übrig. Das war schrecklich aufregend!«

Auch er grinste, und dabei bildeten sich jene Grübchen, die sie immer schon so unglaublich faszinierend und attraktiv gefunden hatte. »Amy hat uns belauscht, wie wir alles ausgeheckt haben, deshalb mussten wir sie mitnehmen, weil sie uns sonst bei eurem Dad verpetzt hätte. Sie sollte Schmiere stehen, aber sie war so nervös und aufgeregt, dass ich dachte, wir fliegen auf, bevor wir überhaupt angefangen haben.«

Jess rührte in ihrem Kaffee. »Ja, sie hatte nie ein Herz für Abenteuer, und damals war sie, glaube ich, erst zehn oder elf. Als du über das Spalier auf das Hausdach geklettert bist, habe sogar ich geschwitzt. Ich konnte die gesamte Familie Leonard durch das Fenster sehen, sie hielten so eine Art Gebetsandacht im Wohnzimmer. Dann hast du die Böller durch den Kamin geworfen ...«

Inzwischen lachten beide, jenes hysterisch-fröhliche Lachen der Verzweiflung, das die Menschen manchmal in ihren dunkelsten Momenten überkommt. Jessica liefen die Tränen über die Wangen.

»*Bumm, bumm, peng-peng-peng*« machte Cole es nach.

»Ach, wenn du sie gesehen hättest. Du hast da oben auf dem Dach nichts mitgekriegt. Sie sind in alle Richtungen gesprungen, haben Stühle umgeworfen, die Gebetbücher flogen herum. Der alte Leonard hat nach seiner Flinte gegriffen und doch tatsächlich auf den Kamin gezielt! Die arme Dolly ist mit den Kindern unter den Tisch gehechtet.«

Sie lachten, bis sie nach Luft japsten, dann atmeten sie durch und fingen wieder zu brüllen an. Cole schlug mehrmals auf den Tisch und prustete, bis er nicht mehr konnte. Sie hielt sich bereits die Seite vor Lachen. Hätte sie jemand gesehen, hätte er gedacht, dass sie den Verstand verloren hatten.

Das Gesicht hochrot vor Anstrengung sagte Cole: »Wahrscheinlich hat er erwartet, dass der Teufel aus den Flammen in ihr Wohnzimmer springt, bewaffnet mit einem Dreizack. Aber dann blieb ich beim Herunterklettern in diesem morschen Rosenspalier hängen, und das ganze Ding krachte herunter. Da kam er auch schon angelaufen. Er hat fast die Tür aus den Angeln gerissen.«

»Ich dachte, mir bleibt das Herz stehen«, meinte Jess mit gespieltem Ernst. »Wenigstens war es eine mondlose Nacht, sonst hätte er dich entdeckt, wie du dort im Blumenbeet gelegen hast. Und Amy kauerte in der Ligusterhecke, rang die Hände und weinte.« Wieder brach sie in schrilles Gekicher aus.

»Mein Gott, der hätte auf alles geschossen, was sich bewegte. Ich konnte nichts anderes tun, als dort zu bleiben und keinen Mucks zu machen, bis er in die andere Richtung ums Haus herum ging.«

»Dann sind wir *losgerannt*. Ich wusste gar nicht, dass ich so schnell laufen kann. Ich musste Amy am Arm packen und mitzerren, sonst hätte sie sich wahrscheinlich die ganze Nacht im Gebüsch versteckt.«

»Ich war ganz verkratzt von den Rosen. Sie hatten Dornen wie Pfeilspitzen.« Er blickte auf seine nackten Arme, die durch die hochgerollten Ärmel des Karohemds entblößt waren. Die Narben waren nicht mehr zu sehen, nur die Muskeln und Sehnen eines Mannes, der seit Jahren hart gearbeitet hatte.

»Du hattest Glück, dass du dir nicht den Hals gebrochen hast.«

»Wir hatten alle Glück, dass wir nicht erwischt wurden. Ich war mir sicher, Amy würde alles ausplaudern.«

»Das habe ich, ehrlich gesagt, auch gedacht. Sie ist so eine schlechte Lügnerin. Aber uns ist nie jemand auf die Schliche gekommen.«

»Ich hatte eine Mordsangst davor.«

Sie zog eine Augenbraue hoch. »Du hast doch gesagt, du hättest in jener Nacht keine Angst gehabt.«

Er tat ihre Bemerkung ab. »Ja, ja, natürlich, das solltest du doch nicht wissen. Ich musste schließlich mein sechzehnjähriges Ego verteidigen. Aber der alte Leonard hätte mich garantiert seinen Hunden zum Fraß vorgeworfen. Mit ihm ist nicht zu spaßen.«

Schließlich verebbte ihr Lachen, wie ein Schaukelstuhl, der ganz allmählich ausschwingt. Die eintretende Stille war mit Händen zu greifen.

»Wir hatten ziemlichen Spaß damals, nicht wahr?«, sagte Cole mit einer bittersüßen Note in der Stimme.

Es war mehr als das gewesen. Sie hatten seit ihren Kindertagen eine gemeinsame Geschichte. »Und ob. Bevor alles ... so kompliziert wurde.« Jess biss auf die Kruste ihres Sandwichs, aber die war inzwischen so ausgetrocknet, dass sie sie weglegte.

»Jess, ich wünschte, du wärst nach dem Tod deines Vaters hiergeblieben und nicht zurück nach New York gegangen.«

»Manchmal wünschte ich mir das auch. Ich habe in New York eine Menge gelernt, aber ich bin mir nicht sicher, ob das gut für mich war. Es hat mich meinen Seelenfrieden gekostet. Ich habe immer noch Albträume von den Dingen, die ich dort gesehen habe.«

Er sah ihr in die Augen und hielt ihren Blick fest, sodass sie wie gelähmt im Stuhl saß. »Nein, ich wünschte, du wärst heimgekommen – zu mir.«

Jessica spürte Beklemmung in der Brust, als würde ihr eine Faust das Herz abdrücken. Ihre Kehle wurde trocken und sie hatte das Gefühl, eine Klette verschluckt zu haben. »Warum fängst du ausgerechnet jetzt damit an?«

Zu ihrer unaussprechlichen Überraschung glitt er von seinem Stuhl und sank neben ihr auf die Knie. Ohne die Augen von ihr abzuwenden, streckte er eine seiner abgearbeiteten Hände zu ihr aus und strich ihr lose Haarsträhnen aus dem Gesicht. Dabei streiften seine Finger über ihre Wange, und sie bekam am ganzen Körper eine Gänsehaut, ein wohliger Schauder überlief sie. Dann wanderte seine Hand in ihren Nacken und zog ihr Gesicht zu seinem hinab. Sie spürte seinen warmen Atem, roch seinen Duft und hatte keine Kraft, ihn davon abzuhalten.

Sie wollte ihn nicht davon abhalten.

Seine Lippen berührten ihre, zögernd, tastend. In diesem Augenblick zählten all die Jahre nicht mehr, waren alle Verletzungen, jeder Verrat vergessen. Das war Cole Braddock, der Mann, den sie immer geliebt hatte. Sie konnte sich noch gut an seine Küsse erinnern, und doch fühlte dieser sich ganz neu an.

Schwer atmend zog sie sich zurück. »Das können wir nicht tun«, protestierte sie.

»Ich weiß«, sagte er, und dann küsste er sie noch einmal.

# Kapitel 15

Adam Jacobsen saß an seinem Schreibtisch, ein leeres Blatt Papier vor sich. Derzeit gab es keine Sonntagspredigten zu verfassen. Heute Abend würde ihn ein Schriftstück anderer Art beschäftigen.

Draußen war die Oktobernacht hereingebrochen, und der Himmel war so klar, dass die Dunkelheit schwarz wie Samt wirkte. Seine Schreibtischlampe war die einzige Lichtquelle im Haus – er hatte sich unmittelbar nach seiner Rückkehr an diese Aufgabe gemacht. Nettie Stark war schon vor Stunden nach Hause gegangen.

Er nahm seinen Federhalter, tunkte ihn in das Tintenfass seines Vaters und adressierte mit entschlossenem Strich einen Brief an den Leutnant seines Zugs bei der American Protective League. Er schätzte die APL besonders für ihre durchdachte Organisation mit Kompanien und Zügen und einer militärischen Befehlsstruktur. Manchmal beneidete er die größeren Städte um ihre großen Finanz- und Industrieunternehmen. Oft gehörten die meisten Arbeiter dort der American Protective League an und erstatteten ihrem Führungsoffizier in der Firma Bericht. In einem kleinen Ort wie Powell Springs war Adam der einzige Agent der Stadt. Sein Führungsoffizier, ein Banker in East Portland, war auch für Agenten in anderen Städten zuständig.

Adam trompetete seine Mitgliedschaft nicht in die Welt hinaus – ein Agent hatte darüber Diskretion zu wahren und auch sein Abzeichen zu verbergen. Aber die meisten Leute hier wussten es, und er war sicher, dass ihm diese Tatsache einen Status verschaffte, wie er ihn als einfacher Geistlicher nicht erreicht hätte. Ein Pfarrer in der Organisation war vielleicht etwas ungewöhnlich, aber er war vermutlich nicht der Einzige.

Jetzt lehnte er sich im Stuhl zurück, um sich den Inhalt des wöchentlichen Berichts zu überlegen. In der Regel identifizierte er jene Leute, die er für unpatriotisch hielt – Drückeberger, Faulenzer und solche, die keine Kriegsanleihen kauften oder sich nicht an die empfohlenen Rationierungen hielten. Er notierte mitgehörte Gespräche, die auf Aufwiegelei oder Kriegsgegnerschaft hinwiesen. Jeder, an dessen Patriotismus es auch nur den leisesten Zweifel gab, wurde einer Überprüfung unterzogen. Mae Rumsteadt hatte er bereits mehrmals in seinen Berichten angezeigt, weil sie weder Kriegsanleihen kaufte noch die Nahrungsmittelrationierung befolgte. Fremde und Ausländer standen auf der Liste der zu beobachtenden Personen ebenfalls ganz oben, wenngleich es hier keine Ausländer gab.

Diese Woche hatte er ein ganzes Bündel Notizen zu bearbeiten, aber vor allem ein Name spukte ihm die ganze Zeit im Kopf herum.

Cole Braddock.

Gegen Braddock hatte er im Grunde nichts Konkretes vorzubringen. Dass er vom Kriegsdienst verschont blieb, passte Adam nicht in den Kram, wurde von staatlicher Seite jedoch gebilligt. Aber irgendetwas musste es doch geben. Mit seiner ganzen Haltung hatte Braddock ihm gegenüber immer wieder Feindseligkeit und Verachtung gezeigt. Adam mochte ihn nicht, das stimmte, seine Abneigung war jedoch nicht von Stolz, Neid oder persönlicher Feindschaft getrieben. Nein, wirklich nicht. Cole Braddock hatte etwas Unpatriotisches an sich, und Adam würde herausfinden, was es war.

Adam arbeitete stets für das Wohl des Landes. Und auch wenn er nicht dem Expeditionskorps angehörte, war er dennoch ein Soldat in der Armee Gottes.

Er beugte sich vor, tauchte erneut die Feder ein, und begann zu schreiben.

Jessica schob Cole von sich weg. »Hör auf«, verlangte sie, ihr Gesicht kribbelte von seinen Bartstoppeln. »Wir werden das nicht tun!«

Er setzte sich auf die Fersen und sah sie an, die Augen erfüllt von einem Gefühl, das sie nicht bezeichnen konnte – stärker als Begehren, glühender als Lust. Sein Atem kam in kurzen, stoßartigen Zügen, und ihr wummerte das Herz wie Donner in der Brust. Mit zitternder Hand strich sie sich das Haar aus dem Gesicht.

»Amy, meine Schwester, *deine Zukünftige*, liegt in der Schulturnhalle auf einem Feldbett, ihr Leben hängt am seidenen Faden, und du … ich …«, stammelte Jessica und verstummte. Schließlich sagte sie: »Wie kannst du es wagen?«

Mit finsterer Miene stand er auf. Der kleine Raum war ganz von seiner Präsenz erfüllt, und Zorn pulsierte zwischen ihnen. »Warum bist du nicht nach Hause gekommen? Ich habe dich schon so oft gefragt, aber du hast mir nie eine richtige Antwort darauf gegeben. Du hast versprochen, du kommst zurück und heiratest mich. Stattdessen hast du mich über ein Jahr lang zappeln lassen, und dann kam aus heiterem Himmel dieses gottverdammte Telegramm von dir, in dem du mir mitgeteilt hast, ich soll nicht mehr warten. *Warum?* Und komm mir nicht mit diesem Quatsch von den Armen und Kranken. Warst du so damit beschäftigt, das Leid der Welt zu lindern, dass du gar nicht gemerkt hast, wie du andere verletzt?«

Jessica starrte ihn an. »Aus heiterem Himmel? *Aus heiterem Himmel?*« Vom Stuhl aufspringend marschierte sie in ihr Schlafzimmer und wühlte in einem Koffer herum. Sie warf Kleider und andere unausgepackte Dinge hierhin und dorthin, bis sie fand, wonach sie suchte. Es war ein mit einer Schleife zusammengebundenes Bündel Briefe, mit dem Telegramm, das ihrem Telegramm an ihn vorangegangen war, ganz oben.

Sie zog es aus dem Stapel und stürmte zurück in die Küche. Inzwischen hatte er angefangen, wie eine Wildkatze im Käfig in dem kleinen Raum auf und ab zu tigern, er konnte seine unbändige Wut kaum beherrschen. Sie hielt ihm den Umschlag unter die Nase. »Hier! Kommt dir das bekannt vor?«

Er riss es ihr aus der Hand. »Was ist das?«

»Das Telegramm, das *du* mir geschickt hast. Sein Inhalt hat mich nicht gerade verlockt, nach Hause zu kommen. Du kannst dir nicht vorstellen, wie verraten ich mich fühlte, nach allem, was wir uns bedeutet hatten. Dann, ein paar Wochen später, bekam ich diesen fröhlichen Brief von Amy, in dem sie mir erzählte, dass du ihr den Hof machst!« Tränen liefen ihr übers Gesicht, und sie wischte sie ärgerlich mit dem Handrücken ab. »Gott, Cole, ich weiß nicht, wie du dich erdreisten kannst, dich nach diesem Telegramm wie der verletzte, sitzengelassene Verehrer aufzuführen.«

Er nahm die Nachricht aus dem Umschlag und las sie. Dann sah er sie an. Seine verdutzte Miene war fast überzeugend. »Das sehe ich zum ersten Mal.«

»Was ... was ...?« Wieder stolperte sie vor Frustration und Ungläubigkeit über die eigene Zunge. Sie zog ein Taschentuch aus der Rocktasche und putzte sich energisch die Nase. »Verkauf mich nicht für dumm. Du hast es geschrieben. Dein Name steht darunter. Es wurde hier im Telegrafenamt aufgegeben. Also wirklich, du willst doch nicht etwa behaupten, du hättest plötzlich Gedächtnisverlust, nur um ...«

Er wedelte mit dem braungelben Blatt vor ihr herum. »Ich sage dir doch, ich habe das nicht geschickt. Ich habe es nicht geschrieben.«

Sie stopfte das Taschentuch in die Tasche, schnappte sich das Blatt Papier und las laut vor. »›Jessica, wollte dich zur Frau, weigere mich aber, auch nur einen Tag länger zu warten. Tut mir leid.‹ Wenn du es nicht geschickt hast, wer dann?«

Cole hatte das Gefühl, wie die kleine Alice aus dem Buch, das Susannah Tanner Grenfells Neffen vorgelesen hatte, sein Leben durch einen Spiegel zu sehen. Nichts ergab einen Sinn, alles schien auf dem Kopf zu stehen. Er wusste, dass er das Telegramm nicht geschickt hatte, aber hier stand es, schwarz auf vergilbtem Papier.

»Du hast also dieses Telegramm bekommen«, sagte er und nahm es ihr wieder ab. »Und daraufhin hast du mir telegrafiert, ich soll nicht auf dich warten.«

»Was hätte ich denn sonst tun sollen?« Ihre Stimme klang rau, und unvermittelt setzte sie sich.

Er erinnerte sich noch an jenen Tag im Mai. Sehr lebhaft sogar. Er war bei Tilly's gewesen und hatte sich derart betrunken, dass Tilly ihn mit einer Decke und einem Eimer auf die hintere Veranda des Saloons verfrachtet hatte. Zumindest war er dort am nächsten Tag aufgewacht, mit einem Kater, der einen Büffel umgebracht hätte. Während der Nacht hatte es geregnet, die Decke war feucht und schwer, und er hatte sich hundeelend gefühlt. Der Kater wäre schon schlimm genug gewesen, aber ihm war, als hätte er einen Tritt auf die Brust bekommen. Einen Tritt ins Herz.

»Da hat uns jemand einen üblen Streich gespielt, Jess.«

Sie verdrehte die Augen. »Das ist lächerlich. Wer sollte so etwas tun?«

»Ich weiß nicht, wer es getan hat und warum, aber es ist geschehen.« Er sah den Schmerz und die Gewissheit, betrogen worden zu sein, in ihren Augen. Und er sah, dass sie kein Wort von dem glaubte, was er sagte. »Ich hätte mich nie um Amy bemühen sollen – ich hätte mich nie um Amy *bemüht*, wenn du mir nicht dieses Telegramm geschickt hättest.«

»Dann ist es also meine Schuld?« Sie nahm die trockenen Brotkrusten und warf sie in einem kindischen Anfall nach ihm. Er ignorierte es.

»Nein, das habe ich nicht gesagt. Aber ich werde der Sache auf den Grund gehen.« Er faltete das Telegramm und steckte es in seine Hemdtasche. »Das muss ich eine Weile behalten.«

Aufgebracht streckte sie die Hand aus. »Nein, es gehört mir. Gib es zurück.«

»Und was zusammengehört, soll man nicht trennen, oder?«

»Was soll das nun wieder heißen?« Sie griff nach ihm, aber er wich zurück und legte schützend die Hand auf die Hemdtasche.

»Dieses Telegramm und deine Wut auf mich. Die sind für dich untrennbar, du willst keins davon aufgeben.«

Bestürzt, weil er den Nagel auf den Kopf getroffen hatte, ließ sie den Arm sinken. »Warum willst du es haben? Was hast du damit vor?«

»Das weiß ich noch nicht.« Er trat ans Fenster und sah die Straße hinunter zum Telegrafenamt. Ein paar mögliche Schuldige gingen ihm durch den Kopf. Pop – er hatte sich noch nie mit der Idee anfreunden können, dass er Jess heiratete. Jacobsen – möglicherweise, aber das ergab eigentlich keinen Sinn. Bis vor Kurzem schien er sich nicht für Jess zu interessieren. »Ich gebe dir Bescheid, wenn ich etwas herausfinde.«

»Das ist alles so unwahrscheinlich, Cole.«

»Ich bin nicht perfekt und habe in meinem Leben Dinge getan, die ich nur allzu gern rückgängig machen würde«, sagte er leise. »Aber ich habe dich nie angelogen. Früher nicht und heute nicht.«

»Vielleicht nicht.« Plötzlich lag nichts Heftiges mehr in ihrer Stimme, und ihre Worte klangen hohl, müde. Er drehte sich zu ihr. Sie wirkte auch so: leer, erschöpft. »Aber das ist alles längst vorbei und Teil unserer Vergangenheit. Ich kann heute Nacht nicht mehr darüber nachdenken. Schließlich wollte ich mich eigentlich nur kurz ausruhen, bevor ich wieder zurück muss.«

»Leg dich ein bisschen aufs Ohr. Ich warte hier am Tisch, bis du ausgeschlafen hast, dann fahre ich dich zurück.«

Sie schüttelte den Kopf. »Das ist wahrscheinlich keine gute ...«

Wieder sank er vor ihr auf die Knie, nahm ihre Hand und drückte ihr einen Kuss auf die Handfläche. »Bitte. Lass mich das für dich tun.«

Einen Augenblick schloss sie die Augen und seufzte. Dann betrachtete sie ihn mit jenem prüfenden Blick, bei dem er sich immer gefühlt hatte, als könnte sie bis in sein Herz schauen. »Na schön. Gib mir eine Stunde.«

»Mach lieber zwei daraus.« Er drückte ihr die Hand, weil er das Gefühl mochte, sie in seiner zu spüren.

Sie bedachte ihn mit einem kleinen, müden Lächeln. »In Ordnung. Zwei Stunden.«

Mit der freien Hand zog er seine Taschenuhr heraus. »Du kannst dich auf mich verlassen.«

Etwas mehr als zwei Stunden später ließ Cole Jessica am Krankenhaus aussteigen. Von der Tür aus sah sie zu, wie der Ford in der Dunkelheit verschwand. In ihrer Wohnung war sie in einen traumlosen Schlaf gefallen, bis sie seine Hand an ihrer Schulter gespürt und er sie wachgerüttelt hatte.

Auf dem Weg hierher hatten sie nicht viel miteinander gesprochen und waren über die ganze vertrackte Situation von vorher hinweggegangen – die Küsse, ihre unterdrückten Gefühle, das Telegramm. Was, wenn es stimmte? Was, wenn tatsächlich jemand anderer das Telegramm geschickt hatte? Und wer um alles in der Welt sollte auf so ein teuflisches, hinterhältiges Manöver kommen? Jessica schwirrte der Kopf, als sie über die Auswirkungen nachdachte.

Sie zwang sich, ihre Gedanken auf die derzeit akuten Probleme zu lenken, drehte sich um und ging hinein. Wieder schlugen ihr die Gerüche entgegen, die sie bis in ihre Träume verfolgten und sich in ihren Kleidern und Haaren festsetzten. Die Lage war im Großen und Ganzen unverändert. Nachdem sie in ihrer Tasche nach dem Stethoskop gekramt hatte, ging sie an den Reihen der Krankenbetten vorbei direkt zu Amy. Mrs. Donaldson saß bei ihr.

»Ach du meine Güte, Jessica, ich bin so froh, dass Sie hier sind. Das arme Ding, das arme kleine Ding.« Laura Donaldson schüttelte den Kopf, weinte und zerdrückte ihr Taschentuch, als wäre Amy bereits tot.

Alarmiert nahm Jessica das Handgelenk ihrer Schwester und blickte in ihr vom Fieber gerötetes Gesicht. Ihr Zustand hatte sich nicht gebessert, aber wenigstens auch nicht verschlechtert. Manche Menschen verfielen so schnell, dass Jessica ihnen förmlich beim Sterben zuschauen konnte. »Mrs. Donaldson, wären Sie so freundlich, ein kaltes Tuch für ihre Stirn zu holen? Ich möchte sie kurz untersuchen.«

»Ja, ja, natürlich!« Die Frau, die immer noch bläuliche Flecken unter den Augen von ihrem kürzlich erlittenen Nasenbeinbruch hatte, sprang von dem Hocker neben Amys Bett auf.

Jessica nahm darauf Platz, legte das Stethoskop auf Jessicas Brust und lauschte dem nassen, rasselnden Klang ihrer verschleimten Lunge. Es klang wie das Geräusch, wenn man einen Milchshake mit dem Strohhalm einsaugt. Schwer seufzend legte sie ihre Hand auf die von Amy. Das Haar ihrer Schwester war ein Gewirr honigfarbener Strähnen auf dem Kissen, und die blauen Schatten ließen ihre geschlossenen Augen eingesunken wirken. Aber sie trug immer noch die Ohrringe, die Cole ihr geschenkt hatte.

»Oh, Amy«, sagte Jess, mehr zu sich selbst.

Amys Lider flatterten, und sie öffnete die Augen. »Jessie.«

Mit diesem Kosenamen hatte ihre Mutter sie als kleines Mädchen immer angesprochen. Seit Jahren hatte sie niemand mehr so genannt. Jess wurde ganz eng in der Kehle und sie musste die Tränen zurückhalten, die ihr unter den Lidern brannten.

Sie drückte Amys Hand. »Ja, ich bin hier, Amy. Ich bin hier bei dir.«

Gequält durch den Husten und den Infekt war Amys Stimme kaum mehr als ein Krächzen. »Jessie ... ich fühle mich so schlecht ...«

»Ich weiß, Liebes. Wir tun alles, was wir können, damit es dir wieder besser geht.«

»Nein ... ich meine, ich habe etwas getan ... etwas ganz Schlimmes ... Versprich ... versprich mir, dass du es niemandem sagst. Wenn ich sterbe ... sollst du wissen ...«

Eine kalte, dunkle Ahnung erfasste Jessica und ließ sie erschauern. »W-was hast du getan?«

»Du sagst es aber ...«

»Nein. Versprochen. Drei Finger darauf.« Jess legte drei Finger auf ihre Brust.

»Diese Porzellanschüssel ... die aus England mit den Hüttensängern ... Mutters Lieblingsschüssel ...«

Jessica wartete, verwundert. »Schüssel?«

»Ich habe ihr gesagt ... dass die Katze sie zerbrochen hat. Aber ich war es ... bitte ... erzähl es ihr nicht. Sie wäre so ...« Ein Hustenanfall unterbrach ihre Beichte.

Jessica konnte ein Zittern in der Stimme nicht unterdrücken. »Das macht doch nichts. Nicht mehr.« Sie wusste, dass es keinen Sinn hatte, mit einem fiebernden Patienten zu diskutieren. Sie konnte von Glück reden, dass Amy sie überhaupt erkannte.

Mrs. Donaldson kam mit einem feuchten Tuch zurück. »Wie geht es ihr?«, flüsterte sie. Sie legte das Tuch auf Amys Stirn.

»Sie ist noch bei uns. Mehr kann ich im Augenblick nicht sagen. Sie denkt, dass sie noch klein ist.«

»Ich weiß.« Die Mundwinkel der Frau zogen sich nach unten und ihre Brauen nach oben, als sie wieder in Tränen ausbrach. »Sie hat mir erzählt, wie sehr sie Cole mag, aber er beachtet sie nicht, weil er zu sehr mit seinen ›Jungensachen‹ beschäftigt ist. Sie muss ihn schon damals geliebt haben. Es ist so romantisch, so tragisch.«

Jess rutschte auf dem Stuhl herum, denn plötzlich musste sie schuldbewusst an Coles Kuss denken. Aber mochte es auch noch so kindisch und kleinlich sein, ihr lag eine bissige Antwort auf der Zunge, die sie gerade noch zurückhalten konnte.

*Ich habe ihn zuerst geliebt.*

*Ich liebe ihn immer noch.*

»Verdammt, grabt schneller, Männer«, brüllte Leutnant Collier.

Granaten explodierten im kalten Morgengrauen um Riley und seine Kameraden herum, als ein Trommelfeuer der Deutschen auf sie herniederging. Sie gruben sich ein, hier in diesem Apfelgarten im Niemandsland des Argonnerwaldes gefangen. Er und einige andere, darunter Stoney, Kansas Pete und Bob Tompkins stießen ihre Schaufeln in den Boden. Gott sei Dank hatte er zuvor die obersten Knöpfe seiner Jacke geöffnet – bei der Arbeit kam man ins Schwitzen, und die enge Uniform machte es noch schlimmer. Die Erde flog von ihren Schaufeln und regnete auf sie herab, wenn die Granaten nervenzermürbend und ohrenbetäubend nah einschlugen. Schon oft hatte Riley gesehen, welchen Schaden ein solches Artilleriefeuer einem menschlichen Körper zufügen konnte, wenn sämtliche Körperteile in verschiedene Richtungen flogen. Bei einem derart vernichtenden Angriff waren ihre Stahlhelme nicht mehr wert als aus Zeitungspapier gefaltete Hüte. Er wagte seine Aufmerksamkeit nicht von seiner Arbeit abzuwenden, nur einmal blickte er hoch. Hinter einer schweren Rauchwolke, aufstiebender Erde und dem Schweiß, der seine Sicht verzerrte, sah er Männer wie Gerste im Hagelsturm umfallen, nur Meter von ihm entfernt. Durch einen Schleier aus Dreck und Ruß tauchte Whippy auf. Irgendwie schien er immer zu ahnen, woher die Kugeln kamen, und konnte ihnen ausweichen. Wie er so quer über das Niemandsland auf ihren Unterstand zurannte, erinnerte er Riley an einen Footballspieler, der im Zickzack zur Torlinie läuft. Links neben Whippy bekam ein französischer Soldat eine Kugel in den Hals und fiel um.

»Whippy«, schrie Riley, »Mach schnell!«

Ein weiterer Soldat warf die Arme nach oben, wie um sich zu ergeben, und kippte, in den Rücken getroffen, vornüber.

*Grabt schneller ... grabt schneller ... oder es ist aus mit euch.*

Riley beugte den Kopf und zog die Schultern ein. Er hatte in seiner Jugend eine Menge Ställe ausgemistet und andere Löcher gegraben, seit er hier war, aber noch nie in diesem Tempo. Das Herz hämmerte ihm vor Anstrengung in der Brust, aber schließlich hatten sie einen annehmbaren Unterstand und warfen sich hinein. Angst durchflutete seine Adern.

»Gas! Gas!«

Oh mein Gott, schon wieder Gas. Er fummelte die Gasmaske aus ihrem Behälter, den er um den Hals hängen hatte. Gerade rechtzeitig stülpte er sie über, als er auch schon die unheilvolle, trübe Wolke sah, die auf sie zuwaberte, begleitet von einer Reihe Explosionen. Über den Rand ihres Schützengrabens sah er einen Mann keine zehn Meter entfernt, den das Gas, das Augen und Lungen verbrannte, bereits erwischt hatte. Der Soldat keuchte und zuckte wie ein aufgespießter Fisch. Er machte das wohlbekannte gurgelnde Geräusch, das einen Augenblick lang lauter war als alle Maschinengewehre und Bomben. Als er den Kopf zu ihm drehte, begegneten sich ihre Augen – die des anderen Soldaten auslaufend und blutig, Rileys Augen behindert, aber geschützt durch das Visier seiner Gasmaske.

»Whip!«, brüllte Riley entsetzt, die Stimme durch die Gasmaske gedämpft. Zitternd starrte er Whip an, der auf dem aufgewühlten Boden zuckte. Sie hatten Fournier mit Gas getötet. Diese Hurensöhne hatten den liebenswürdigen, leichtlebigen, kultivierten Fournier umgebracht. Jemand zog Riley wieder in den Graben, aus der Feuerlinie.

»Gottverdammt, Braddock, willst du, dass sie dir den Hintern wegschießen?«

Unbewusst drückte Riley die Hand auf die Jackentasche, die Susannahs Foto enthielt, dann schnappte er sich mit der anderen Hand sein Gewehr und sprang wieder auf. Gepackt von einer irrwitzigen Wut, wie er sie noch nie zuvor empfunden hatte, war Riley entschlossen, die Bastarde zu töten, die Remy Whipperton Fournier III buchstäblich das Leben ausgesaugt hatten.

Er sprang aus dem Graben, den er unter solcher Mühe ausgehoben hatte, in die Gaswolke hinein, stieß einen unverständlichen Fluch aus und feuerte beim Gehen sein Maschinengewehr ab. Erst einmal wollte er Fournier holen. Riley konnte ihn nicht da draußen lassen, damit er als Zielscheibe für die verdammten Boches diente. Whip würde bei seinen eigenen Leuten sterben, außerhalb der Schussweite, nicht durchsiebt von Kugeln. Er rannte zu Fournier und griff nach seinem Arm. Blind und im Todeskampf hustete Whip Blut und warf eine Hand hoch. Seine Faust schloss sich um Rileys Marke aus Aluminium, die von einer Kette baumelte, und klammerte sich daran wie an eine Rettungsleine.

»Keine Angst, Fournier, ich lass dich nicht hier draußen!«

Er begann ihn in den Schützengraben zu ziehen. Ein plötzlicher Schlag traf Riley am Bein, es fühlte sich an, als läge ein Zentnersack Mehl darauf. Es brachte ihn zu Fall, und er fand sich neben Whip sitzend wieder, verblüfft und verwirrt.

Er roch weder das Giftgas noch die Aktivkohle seiner Gasmaske, sondern nur Kirschbaumrinde und Mandel.

Er sah nicht die tote, zerstörte Landschaft eines zerbombten Schlachtfelds, sondern die weiten, grünen Wiesen von Powell Springs.

Das letzte Geräusch, das Riley im Chaos der schreienden Männer und explodierenden Granaten wahrnahm, war die in nächster Nähe explodierende Kugel, die seinen dünnen Helm durchdrang.

# Kapitel 16

»Immer noch keine Nachricht aus Frankreich?«, fragte Pop, der am Kopfende des Braddock'schen Frühstückstisches thronte. Wenn Susannah mit der großen Triangel zum Essen rief, war die Früharbeit größtenteils erledigt.

An diesem Morgen aßen nur Cole, Pop und Susannah selbst von den Eiern, Pfannkuchen und Bratkartoffeln, die sie zubereitet hatte. Tanner und die Jungen waren zu ihrem eigenen Schutz immer noch ins Blockhaus der Farmarbeiter verbannt. Cole hielt Susannahs Vorsichtsmaßnahmen insgeheim für wenig sinnvoll, schließlich arbeiteten sie alle jeden Tag zusammen. Getrennte Essplätze würden nichts bewirken. Seiner Erfahrung nach konnte man sich jederzeit und überall an der Grippe anstecken.

»Keine Nachricht aus Frankreich«, entgegnete Cole und mied Susannahs hohläugigen Blick, als sie ihm die Platte mit den Spiegeleiern reichte. Durch eine Wolkenlücke fiel grelles Sonnenlicht herein und malte einen Streifen wie eine klaffende Wunde auf den Frühstückstisch. »Ich habe gestern auf dem Heimweg bei Bright's die Post geholt, aber es war nur das Übliche – Futtermittelkataloge und einige Viehzüchterjournale.«

Seit nahezu drei Wochen hatten sie keine Briefe mehr von Riley erhalten, was ihm gar nicht ähnlich sah. Er hatte es immer geschafft, mindestens einmal pro Woche zu schreiben, je nach dem Stand der Gefechte. Allerdings erfuhren sie nie seinen genauen Aufenthaltsort. Er durfte ihnen lediglich mitteilen, dass er sich »irgendwo in Frankreich« befand. Manchmal kam nur eine Feldpostkarte, eine vorgedruckte Karte mit allgemeinen Aussagen wie *Es geht mir gut* oder *Ich bin im Lazarett*. Sie wurden während der Schlachten benutzt, um zu vermeiden, dass die Soldaten Einzelheiten über ihren Standort preisgaben. Riley hatte immer das Nichtzutreffende gestrichen und unterschrieben. Aber nicht einmal so etwas war in letzter Zeit eingetroffen.

»Ach, dein Bruder hat wahrscheinlich genug damit zu tun, es den Deutschen so richtig zu geben. Du hast ja gehört, dass die alliierten Truppen die Hindenburglinie durchbrochen haben. Bei Gott, ich wünschte, ich wäre dabei.« Pop hatte ein Bollwerk aus Pfannkuchen und Eiern errichtet, das er nun mit einem Schwall Sirup flutete.

»Ich bin sicher, er schreibt, sobald er Gelegenheit dazu bekommt«, erwiderte Susannah bemüht zuversichtlich. »Wie geht's der armen Amy? Sie hat furchtbar ausgesehen, als ich das letzte Mal bei ihr war.« Obwohl Susannah reichlich Arbeit hatte, fand sie immer noch Zeit, ab und zu im Krankenhaus auszuhelfen.

Cole bohrte seine Gabel in ein Spiegelei und beobachtete, wie das Eigelb auslief. Susannah war eine wunderbare Köchin, doch seit er von diesem vermaledeiten Telegramm erfahren hatte, war ihm der Appetit vergangen. »Sie kämpft. Aber wenn ich sie besuche, nimmt sie mich gar nicht wahr.«

»Und Jessica und dir?«

Sein Kopf fuhr hoch. Warum nannte sie Jessica und ihn in einem Atemzug?, fragte er sich. »Sie – na ja, sie ist erschöpft. Sie macht sich Sorgen um ihre Schwester. Was glaubst du, wie es ihr geht?« Was konnte er ihr schon über Jess erzählen? Dass sie schön war und verführerisch und anmutig und was ihm sonst noch an unzureichenden Beschreibungen einfiel, wenn er an sie dachte, wohl kaum. »Und was mich betrifft, ich bin in einer ähnlichen Verfassung wie du«, schloss er heftig.

Sie biss sich auf die Lippe und senkte den Blick auf ihren Teller. Er fühlte sich mies, weil er sie so angefahren hatte, aber er brachte auch keine Entschuldigung über die Lippen. Letzte Nacht hatte er kaum geschlafen, sich hin- und hergewälzt und Löcher in die Zimmerdecke gestarrt. Als er endlich in einen unruhigen Schlummer gefallen war, hatte er die Bettdecke so fest um sich herumgewickelt, als wäre er eine der Leichen, die auf Fred Hustads Dienste warteten. Schweißgebadet und fröstelnd war er aufgewacht, und sein Herz hatte gewummert wie die Basstrommel der Schulkapelle.

Ein kurzes, verlegenes Schweigen entstand, unterbrochen von Pop, der über irgendetwas schwadronierte, dem Cole keine Beachtung schenkte.

Ihm ging das Telegramm nicht aus dem Kopf. Er musste unbedingt herausfinden, wer es aufgegeben hatte, musste wissen, wer einen Keil zwischen ihn und Jess hatte treiben wollen.

Als Susannah anfing, den Tisch abzuräumen, hievte sich Pop mit einem dramatischen Stöhnen halb aus seinem Stuhl. »Himmel, meine Knie sind steifer als ein neues Paar Jeans.«

»Warte mal kurz, Pop«, sagte Cole und horchte auf die Schritte seiner Schwägerin, bis sie sich in Richtung Küche entfernt hatten. »Ich möchte etwas mit dir besprechen.«

Der alte Mann ließ sich in den Stuhl zurückfallen. »Was denn? Macht dir die Stute mit der Druse immer noch Sorgen?«

»Nein, ihr geht's besser.«

»Das hoffe ich. Schließlich ist sie eine unserer besten Zuchtstuten. Die Entzündung im Kiefer ist lebensgefährlich.«

Daran brauchte Cole nicht erinnert zu werden. Eine Weile hatten die Symptome des Pferdes so sehr den Grippesymptomen geähnelt, deren Zeuge er gewesen war, dass er sich schon gefragt hatte, ob sie wohl alle an derselben Krankheit sterben würden. »Sie bekommt immer noch Schonkost und warme Umschläge. Tanner pflegt sie.«

»Was ist dann?«

Es war schwieriger, als Cole gedacht hatte. »Pop, ich weiß, dass du dich nie mit der Idee anfreunden konntest, dass ich Jessica heirate.«

Sein Vater fixierte ihn und wiederholte sein schon so oft zitiertes Urteil. »Hübsches Ding, aber klüger, als gut für sie ist.«

Cole linste zur Küche und senkte die Stimme. »Hättest du – hast du jemals daran gedacht, dem Ganzen einen Riegel vorzuschieben?«

»Einen Riegel vorzuschieben? Junge, wovon redest du eigentlich?«

Cole wollte nicht direkt fragen. Wenn er dem alten Herrn von dem Telegramm erzählte, das Jess ihm gezeigt hatte, würde er garantiert bei Tilly's alles ausplaudern, und dann hätte Cole seinen größten Trumpf, die Geheimhaltung, verspielt. »Hättest du versucht, mir auszureden, sie zu heiraten?«

»Himmelherrgott noch mal, das hab ich doch! Ich hab dir gesagt, was ich davon halte. Hört mir hier denn gar niemand zu? Wenn man so alt ist wie ich, könnte man in seinem eigenen Haus wahrlich ein wenig mehr Respekt erwarten, und ...«

So kam Cole nicht weiter. »Hast du irgendwas anderes gemacht, beispielsweise ein Telegramm geschickt?«, fragte Cole aufgebracht.

Pop sah jetzt ebenfalls aufgebracht und gleichzeitig vollkommen verwirrt aus. Er musterte Cole mit zusammengekniffenen Augen und polterte dann los: »Warum zum Teufel sollte ich das tun? Wir leben schließlich unter einem Dach! Glaubst du, ich mit meinen ächzenden Gelenken würde den ganzen Weg in die Stadt reiten und ein verdammtes Telegramm aufgeben, wenn ich's dir auch einfach ins Gesicht sagen kann?« Er stemmte sich wieder aus dem Stuhl hoch. Offensichtlich war die Unterhaltung für ihn beendet. »Wenn ich es nicht besser wüsste, würde ich sagen, du bist nicht mehr ganz richtig im Kopf.« Vor sich hin schimpfend humpelte er Richtung Wohnzimmer zu seinem Schaukelstuhl, vorbei an Susannah, die zurückkam, um das übrige Geschirr zu holen.

Cole strich Pop von der Liste der Verdächtigen. Der alte Herr mochte reizbar und starrsinnig sein, aber solche Täuschungsmanöver passten nicht zu ihm. Nichts an ihm war auch nur im Geringsten subtil.

»Isst du das noch?«, fragte Susannah.

Er betrachtete sein halb aufgegessenes Frühstück. »Vielleicht hole ich mir mittags was.«

Sie nickte. Als sie zu ihm hinüberfasste, um seinen Teller einzusammeln, zupfte Cole sie sanft am Ärmel. »Ich wollte dich vorhin nicht so anschnauzen. Wir machen uns alle Sorgen wegen Riley.«

Sie setzte sich abrupt hin, als hätten die Beine plötzlich unter ihr nachgegeben. Sogar ihre langen, dunklen Naturlocken wirkten schlaff. »Wie viel sollen wir denn noch ertragen?« Sie sah ihm ins Gesicht, ernst und prüfend, als wüsste er eine Antwort. »Erst der Krieg, dann die Influenza. Und nun weiß ich nicht, wo mein Mann steckt, und Amy ist krank.« Ihre Augen füllten sich mit Tränen, und sie rieb mit der Fingerspitze über eine Kerbe in der Tischplatte, als könnte sie sie auf diese Weise ausradieren.

Cole war so sehr mit seinen eigenen Sorgen und Nöten beschäftigt gewesen, dass ihm gar nicht in den Sinn gekommen war, Amys Krankheit könnte Susannah derart zusetzen. »Bei Jess ist sie in besten Händen.«

»Ach, Cole, dort auf diesem Feldbett wirkt sie so zerbrechlich und hilflos. Sie ist meine beste Freundin. Ihre Gesellschaft tut mir gut, vor allem jetzt, wo Riley fort ist. Seit dem Tod ihres Vaters haben wir ständig zusammengesteckt.«

Das stimmte. Die beiden Frauen hatten ungefähr zu der Zeit Freundschaft geschlossen, als die Familie erfahren hatte, dass Jessica ihren Aufenthalt in New York verlängern würde. Obwohl er Amy seit der Kindheit kannte, hatte er sie erst dann richtig wahrgenommen.

War Susannah zu der Überzeugung gelangt, Amy würde eine bessere Ehefrau für ihn abgeben? War es ihr so wichtig gewesen, dass sie ein gefälschtes Telegramm geschickt hatte? Mein Gott, er musste der Sache auf den Grund gehen, und zwar schnell, sonst verdächtigte er hier noch jeden.

»Ich weiß nicht, was ich machen soll, falls sie nicht wieder gesund wird. Und ich weiß nicht, was ich machen soll, falls Riley – ich weiß einfach nicht …« Ihre Stimme brach.

Er tätschelte ihr die Schulter, blieb jedoch stumm.

Cole wurde selbst mit jedem Tag ratloser.

Im Krankenhaus saß Jessica an ihrem Pult und versuchte, der Berge von Krankenakten Herr zu werden, die sich angesammelt hatten. Mangels Zeit und Unterstützung war ihr Verwaltungssystem nicht allzu ausgefeilt. Sie hatte drei Papierstapel für drei Typen von Patienten vor sich: akut krank, auf dem Weg der Besserung und verstorben. Der Stapel der genesenden Patienten enthielt nur wenige Blätter. Drei faustgroße Steine dienten als klobige Briefbeschwerer.

Bis jetzt hatte Powell Springs dreihundert Grippeopfer zu beklagen. In manchen Städten starben so viele Menschen an einem Tag. Doch momentan, im Krieg, lebten in dieser Gegend nur etwa viertausend Menschen, und es gab keinerlei Anzeichen dafür, dass die Epidemie ihren Höhepunkt bereits erreicht hatte.

Ihre Hand zitterte ein wenig, als sie den Vermerk *verstorben* auf Helen Cooksons Krankenblatt notierte. Würde sie den Tag noch erleben, an dem sie einfach nur ein Neugeborenes in die Arme einer glücklichen Mutter legte oder gar ein Mittel gegen solch eine Epidemie fand? In ihre Albträume von den New Yorker Elendsquartieren mischten sich nun Gesichter, die aufgrund von Sauerstoffmangel und Husten fast schwarz waren.

Immer dieser Husten.

Sie hatte wieder fünf Stunden Schlaf ergattert, indem sie sich kurzerhand in das leere Feldbett neben Amy gelegt hatte. Sogar im Dämmerzustand hatte Jess auf das Geräusch ihres Hustens gehorcht. Während der Federhalter über das Papier kratzte, fragte sie sich zum wiederholten Mal, ob Frederick Pearson jemals hier auftauchen würde.

Anfang der Woche war ein Telegramm von ihm eingetroffen, gefolgt von einem Brief, in dem er erklärte, dass er in Omaha aufgehalten worden sei. Man hatte ihn buchstäblich aus dem Zug abkommandiert, um beim Kampf gegen die Epidemie dort zu helfen. Ein Mitarbeiter der Gesundheitsbehörde war während eines Halts eingestiegen und hatte gefragt, ob sich unter den Passagieren Ärzte befänden. Der Mann, neben dem Pearson seit Chicago gesessen hatte, hatte ihn verraten. Er wusste nicht, wann er in Powell Springs eintreffen würde. Damit war er in einer ähnlichen Lage wie Jessica. Mindestens einmal wöchentlich erhielt sie ein Telegramm aus Seattle mit der Frage nach ihrem Ankunftsdatum. Aber sie konnte ihnen keinen festen Termin nennen.

Doch selbst wenn Pearson in diesem Augenblick zur Tür hereinspaziert wäre, hätte sie nicht gehen können. Ein Arzt allein war mit der angemessenen Versorgung dieser vielen Patienten überfordert. Im Augenblick begnügte sie sich mit einem Minimum an Schlaf und verließ sich ansonsten auf ihre Helfer. Die Patienten mussten gefüttert, gewaschen, umgezogen und medizinisch versorgt werden, und allein die viele Wäsche stellte ein gewaltiges Problem dar.

Dazu kam noch die ständige Angst, selbst krank zu werden, was sie jedoch weitgehend verdrängte. Wenn das passierte – nun, es durfte einfach nicht sein.

Gerade als sie die Temperatur eines Patienten in seine Krankenakte eintrug, fiel ein Schatten auf den Schreibtisch. Sie erwartete, Nettie Stark, Granny Mae, Iris Delaney oder eine ihrer anderen freiwilligen Krankenschwestern vor sich zu sehen, musste aber zu ihrer Bestürzung feststellen, dass es Adam Jacobsen war. Seit dem vorigen Abend, als Cole sie nach Hause begleitet hatte, war sie ihm nicht mehr über den Weg gelaufen.

Und über Nacht hatte sich alles verändert.

Er trug einen dunklen, frisch gebügelten Anzug. Jedes Haar lag akkurat an seinem Platz, als wagte keines, sich seinem Kamm zu widersetzen, und er sah ernster aus als sonst. »Adam – hattest du heute wieder eine Beerdigung?«

»Nein, erst am späten Nachmittag.« Über den Rand des Mundschutzes hinweg warf er ihr einen bedeutungsvollen Blick zu. »Wie geht es Amy?« Er hob den Kopf und sah zu Amys Abteil hinüber, das überquoll vor Blumen und Genesungskarten von besorgten Freunden und Bekannten, die sie noch selbst abgeben konnten. Kein anderer Patient hatte so viele Aufmerksamkeiten bekommen wie sie.

»Nicht wirklich besser, aber auch nicht schlechter.« Jess legte den Federhalter beiseite und verknotete die Hände ineinander. »Ich habe die Hoffnung, dass sie sich wieder erholt. Es geht ihr besser, als ich befürchtet hatte.«

»Das ist eine gute Nachricht. Und was ist mit dir?«

»Ich denke, mir geht es so gut wie es unter diesen Umständen möglich ist.«

»Tja, also, genau darüber würde ich gern mit dir sprechen. Hast du einen Augenblick Zeit?«

Bei diesen Worten wurde Jess unbehaglich zumute. »Natürlich, Adam. Setz dich doch.« Sie deutete mit einer Kopfbewegung auf den Stuhl neben ihrem Pult.

Er sah sich in der großen Halle um, wo hektische Betriebsamkeit herrschte. »Wenn du nichts dagegen hast, würde ich lieber rausgehen.«

»Hm, das ist keine gute ... wie du siehst, ertrinke ich in Arbeit und ...« Sie machte eine weit ausladende Geste zu den Betten ringsum.

»Bitte. Ich werde nicht viel von deiner Zeit in Anspruch nehmen, und ich denke, es ist wichtig.« Sein Ton war ernst und gleichzeitig flehend.

Jess wollte eigentlich nicht nachgeben, aber ihr fiel keine weitere vernünftige und höfliche Entschuldigung ein. Die, die sie bereits vorgeschoben hatte, hatten nicht funktioniert. »Also gut.«

Sie schob ihren Stuhl zurück und stand auf. Während sie dem Flur zustrebten, glaubte sie seine heiße Hand an ihrer Taille zu spüren, obwohl er sie nicht wirklich berührte.

Er hielt ihr die Tür auf und nahm den Mundschutz ab. Sie standen an der Treppe, die Oktoberluft roch nach totem Laub und Holzfeuer. Sie zog ebenfalls den Mundschutz ab und wartete darauf, dass er etwas sagte.

Adam ergriff ihre Hand, und sie kämpfte den Drang nieder, sie ihm wieder zu entreißen. »Ich möchte mich bei dir für gestern Abend entschuldigen.«

Eine Krähe ließ sich wie ein pechschwarzer Unglücksbote mit lautem Krächzen auf einem Baum in der Nähe nieder. Jessica kam in den Sinn, wie ähnlich sich der Vogel und Adam waren – dunkel und bedrohlich.

Sie runzelte leicht die Stirn. »Weswegen?«

»Ich hätte nicht zulassen dürfen, dass Cole Braddock dich nach Hause begleitet. Es war unschicklich, wo Amy doch krank ist und wegen der Verlobungen und allem.«

Jessica betrachtete ihn mit schmalen Augen, und alles, was sie schon immer an ihm verabscheut hatte, schoss ihr wieder in den Kopf. »Es war nichts Unschickliches dabei. Ich war müde und besorgt, er hat es mir angeboten, und ich habe angenommen. Und von welchen *Verlobungen* redest du da überhaupt?«

»Ihre natürlich. Und ich habe dich gebeten, meine Frau zu werden. Da kannst du nicht einfach ohne Begleitung in Braddocks Wagen herumfahren, wie sieht das denn aus. Eigentlich hätte ich dich heimbringen sollen.«

Nun entzog sie ihm ihre Hand. Sein unverfrorenes besitzergreifendes Getue gepaart mit engstirnigem, provinziellem Denken verblüfften sie. »Ich habe deinen Antrag nicht angenommen, Adam.«

»Aber wir sind so gut wie verlobt.«

Sie trat zwei Schritte zurück. »Nein, das sind wir nicht! So sehr ich mich über deine Geschenke gefreut habe, aber ein Armvoll Blumen und eine Pralinenschachtel machen noch keine Verlobung. Zumindest nicht hierzulande.«

Sein Hals färbte sich leuchtend rot wie ein Hahnenkamm. »Aha. Du willst natürlich einen Ring.«

Verärgert, dass er ihre Antwort so falsch interpretierte, zischte sie: »Ich will keinen Ring. Ich will überhaupt nichts von dir.«

Er zuckte zusammen, als hätte sie ihm ein Schimpfwort ins Gesicht geschleudert. »Ich kann dir das Leben leichter machen, Jessica.« Er richtete sich zu seiner vollen Größe auf. »Und«, fügte er hinzu, »anderen schwerer. Ich habe einflussreiche Verbindungen.«

Sie zog die Augenbrauen in die Höhe und hatte Mühe, nicht loszulachen. »Wirst du Gott bitten, Kröten auf mich herabregnen zu lassen oder mich mit einem Blitz niederzustrecken, wenn ich nicht einwillige? Also wirklich, Adam …«

»Das meine ich nicht.«

»Was meinst du dann?«

»In letzter Zeit hat Cole Braddock, sagen wir mal, eher negative Aufmerksamkeit auf sich gezogen. Aufmerksamkeit, für die sich die Obrigkeit interessieren dürfte.«

Plötzlich spürte Jessica einen Bleiklumpen in ihrem Magen. Würde Adam wirklich so tief sinken, Cole dem Zorn der American Protective League preiszugeben? Und weswegen? Ihre Stimme wurde eisig. »Soll das eine Drohung sein, *Reverend* Jacobsen? Denn falls ja, verbitte ich mir das. Würdest du Susannah, Cole und Shaw wegen etwas, das nur uns beide betrifft, büßen lassen? Und was ist mit Amy? Hast du sie dabei ganz vergessen?«

Einen Moment war ihm der Wind aus den Segeln genommen, als er das Dilemma erkannte, in das er sich hineinmanövriert hatte. »Nein … nein, natürlich nicht.«

Angst und Wut brachten ihr Blut in Wallung. »Die Arbeit wartet. Dein ›Augenblick‹ ist vorbei, Adam.« Sie wandte sich um und riss die Tür auf.

»Warte, Jessica.« Er packte sie am Arm.

Sie blickte vielsagend auf seine Hand und wollte nur noch weg von ihm.

Er ließ sie los.

»Es tut mir leid. Bitte sei nicht böse. Lass uns … lass uns nicht so auseinandergehen.«

Ihre Hand lag auf dem Türgriff. »Wie – so? Wir haben uns nichts mehr zu sagen.«

Auf seiner Stirn glänzte ein dünner Schweißfilm. »Jessica, bitte. Ich habe dir einen ehrenwerten und aufrichtigen Heiratsantrag gemacht. Der Zeitpunkt ist nicht der beste, aber könntest du mir denn nicht wenigstens eine Antwort geben?«

Sie schloss die Tür wieder und verschränkte die Arme vor der Brust. »Adam, warum willst du mich heiraten? Ich gehöre nicht zu der Sorte Frauen, die du dir als Ehefrau erwählen solltest. Kannst du dir wirklich vorstellen, dass ich einen Kuchenverkauf oder einen Wohltätigkeitsbasar organisiere? Ich kann kaum Wasser kochen. Und letzten Endes, auch wenn wir uns seit der Kindheit kennen, wissen wir in Wirklichkeit überhaupt nichts voneinander.« Sie unterließ den Zusatz, dass sie das, was sie von ihm kannte, nicht mochte.

Adam blickte auf die verärgerte, gehetzt wirkende Frau, an der er seine Zukunftspläne festgemacht hatte. Warum wollte er sie heiraten? Aus zwei Gründen, erkannte er, die jedoch weder moralisch noch besonders romantisch waren. Aber er wagte nicht, sie zu offenbaren. Denn dann würde Jessica endgültig nichts mehr mit ihm zu tun haben wollen. Also entschied er sich für einen dritten Grund, einen, den alle Frauen hören wollten. Und im weitesten Sinne war es ja keine Lüge.

Er schluckte und holte tief Luft. »Ich möchte dich zur Frau, weil ich dich liebe.«

Cole stolperte aus dem Telegrafenamt, in der Faust das inzwischen zerknitterte Telegramm, das Jessica ihm überlassen hatte. In seiner Hosentasche steckte eine zusammengefaltete Notiz von Leroy Fenton, in der er bezeugte, dass das, was er Cole soeben erzählt hatte, der Wahrheit entsprach. Leroy rief ihm etwas nach, aber er verstand es nicht genau. Wahrscheinlich fragte er, ob es Cole gut ging.

Nein, es ging ihm ganz und gar nicht gut.

Die tief stehende, gleißende Abendsonne blendete ihn, und sein Gesichtsfeld schien auf Tunnelbreite zusammengeschrumpft zu sein. Er lief Richtung Schmiede, mitten auf der Straße. Ihm war übel, er fühlte sich benommen und trat achtlos in die Pfützen, die der letzte Regen hinterlassen hatte. Als er schließlich das breite, verwitterte Tor erreichte, waren seine Jeans bis zu den Knien durchnässt, und sein Magen rebellierte. Mit einer Hand hielt er sich am Torpfosten fest, während er sein Mittagessen in den Matsch erbrach.

Zitternd und mit kaltem Schweiß bedeckt, ließ er sich drin auf den nächstbesten Hocker fallen, so betäubt und nach Atem ringend, als hätte ihn gerade ein bockendes Pferd abgeworfen. Mit dem Rücken an einen Stützbalken gelehnt, die Beine weit von sich gestreckt, führte er sich noch einmal die Wahrheit vor Augen, die er gerade von Leroy Fenton erfahren hatte und die er tief im Innern bereits geahnt hatte, auch ohne Beweis.

Jetzt im Rückblick erkannte er mit erschreckender Klarheit, dass das gefälschte Telegramm nur der letzte Schritt in dem systematischen Bemühen gewesen war, einen Keil zwischen ihn und Jessica zu treiben. Es hatte funktioniert. Ohne ihr Wissen waren sie bei diesem Komplott wie Schachfiguren hin- und hergeschoben worden.

Eins stand fest, Jessica musste es erfahren, und es war wirklich keine Aufgabe, um die er sich riss. Aber es musste sein. Doch nicht jetzt. Und auch nicht heute.

Nicht heute.

Er atmete tief durch und wartete, bis das gummiartige Gefühl in seinen Beinen nachließ. Dann stand er auf und ging zu seinem Lastwagen.

# Kapitel 17

Jessica beugte sich über Amys Feldbett und legte ihr das Stethoskop auf die Brust. Ihre Lunge rasselte, aber wie durch ein Wunder war das hohe Fieber gesunken und stieg auch nicht mehr. Sie hatte zwar immer noch Temperatur, nach über einer Woche Krankheit hatte sich der Wert jedoch bei knapp 38 Grad eingependelt. Das sah Jess als erstes Hoffnungszeichen. Amys Genesung würde sich vermutlich länger hinziehen – in manchen Berichten hatte Jess gelesen, dass diejenigen, die durchkamen, oft erst nach einem Monat wieder halbwegs bei Kräften waren. Bei manchen dauerte es noch länger. Von anderen hieß es, sie seien nach wie vor angegriffen und schwach.

Immerhin war Amy von der gefürchteten Zyanose verschont geblieben. Im Gegensatz zu anderen hatte sie keine blauen Verfärbungen der Haut. Ihre Krankheit schien einen ungewöhnlich leichten Verlauf zu nehmen. Wenn Gebete und gute Wünsche wirklich halfen, hatte es sich bei ihrer Schwester vielleicht ausgezahlt. Jessica hatte sogar anordnen müssen, den Großteil der Blumen und Geschenke aus ihrem Abteil zu entfernen. Sie nahmen so viel Platz weg, dass die Krankenschwestern sich kaum noch bewegen konnten.

Amy öffnete blinzelnd die Augen und drehte den Kopf auf dem Kissen, um sie ansehen zu können. Ihr Haar war ein zerzaustes Knäuel, obwohl sich die Krankenschwestern alle Mühe gaben, es jeden Tag zu bürsten. »Jessica«, sagte sie mit leiser, schwacher Stimme.

»Amy! Wie fühlst du dich, Liebes?«, fragte Jess lächelnd.

»Oh ... meine Arme und Beine sind so schwer. Und mir tun die Augen weh.« Mühsam hob sie einen Arm und klopfte sich auf die Brust. »Ich habe das Gefühl, ich kann nicht richtig durchatmen.«

»Nein, das dauert vermutlich noch.« Jessica erlaubte sich vorsichtigen Optimismus. Das waren die ersten klaren, bewussten Worte, die Amy geäußert hatte, seit Cole sie hergebracht hatte. »Aber es geht dir schon viel besser.«

Mit einer kaum merklichen Kopfbewegung sah Amy sich in ihrem kleinen Kabuff um. »Wirklich? Wie lang bin ich schon hier?«

Jessica war so dankbar für die deutlichen Genesungsfortschritte ihrer Schwester, dass die harschen Worte bei ihrer letzten Begegnung bloß noch eine ferne und unwichtige Erinnerung waren. »Acht Tage. Du warst sehr krank.«

»Und Cole?«

Etwas unbehaglich setzte sich Jess auf den Hocker neben dem Bett. Sie hatte nicht vergessen, wie sich seine Lippen auf ihren Lippen und seine Bartstoppeln auf ihrer Wange angefühlt hatten. Ebenso wenig wie seine erstaunliche Mitteilung, dass er mit dem Telegramm nichts zu tun hatte. Gezwungen lächelnd meinte sie: »Er war fast jeden Tag hier.«

»Tatsächlich?« Ratlose Verwirrung überzog Amys Gesicht. »Er ... ich kann mich nicht erinnern.«

In Wahrheit hatte sich Jessicas Aussage nur auf die ersten drei Krankentage bezogen. Jessica hatte ihn seit der bewussten Nacht nicht mehr gesehen. Er habe Amy noch ein paarmal besucht, hatte man ihr erzählt, aber nur wenn sie, Jessica, nicht da war, und nur ganz kurz. Zwar hörte sie ihn hin und wieder, wenn er in der Schmiede arbeitete, bekam ihn jedoch nicht mehr zu Gesicht.

»Jetzt geht es dir ja besser und du wirst dich an seinen nächsten Besuch erinnern.«

»Wann ... wann kommt er denn wieder?«

»Bestimmt bald.« Sie wollte das Thema wechseln und tätschelte Amys Hand.

In diesem Augenblick kam Granny Mae mit ihrem Teewagen vorbei, auf dem ein Suppenkessel und Schalen standen. »Na schau mal einer an, wer aufgewacht ist!«, sagte sie lächelnd und entblößte dabei ihre gelben Pferdezähne. »Hast du Appetit auf ein bisschen Brühe, Amy?«

»Brühe«, echote Amy.

Auf Jess' Nicken hin gab Mae eine Kelle davon in eine schwere weiße Keramikschale aus ihrem Café und reichte sie Jessica zusammen mit einem Löffel. Jess flößte ihrer Schwester die Suppe ein und tupfte ihr mit einem Tuch Mund und Kinn ab. Es kam ihr vor, als würde sie ein Vögelchen füttern.

Nach einigen Löffeln setzte sie die Schale auf der hochkant gestellten Obstkiste ab, die als Nachtkästchen neben dem Feldbett stand. »Ich denke, das reicht vorerst. Du musst dich noch schonen. Reden kann für einen Rekonvaleszenten ziemlich ermüdend sein.«

»Müde. Ja, das bin ich.« Amy sprach langsam und schläfrig, und die Augenlider fielen ihr wieder zu.

Nachdem Jessica noch einige weitere Patienten besucht hatte, warf sie einen Blick aus dem Fenster. Es begann zu dämmern, und hier schien alles unter Kontrolle zu sein. Sie konnte sich ein paar Stunden davonstehlen, ein Bad nehmen und ein bisschen schlafen.

Als sie ihre Papierstapel ordnete, war sie froh, dass Adam heute Abend nicht hier war, um sie nach Hause zu bringen. Seit seiner unbeholfenen Liebeserklärung hatte er das keinen Abend versäumt. Er wusste, dass er sie verärgert hatte, und sein Liebesgeständnis hatte die Sache nicht besser gemacht. In ihren Ohren klang es nicht aufrichtig, obwohl sie sich auch nicht vorstellen konnte, weshalb er bei diesem Thema lügen sollte. Manche Männer taten es, um eine Frau auszunutzen und sie ins Bett zu locken. Das schien bei Adam nicht der Fall zu sein. Tagsüber, wenn er Krankenbesuche machte, gab er sich ganz als Pfarrer und Seelsorger, auch ihr gegenüber. Er hatte seinen Antrag mit keiner Silbe mehr erwähnt, versuchte aber offensichtlich, sie mit Aufmerksamkeit und Zuvorkommenheit für sich zu gewinnen.

Nur dass ihr seine Beharrlichkeit auf die Nerven ging.

Doch ihr fiel beim besten Willen nicht ein, wie sie ihn loswerden konnte, ohne ausfallend zu werden. Sie war inzwischen so weit, dass sie ihm am liebsten ganz offen eine Abfuhr erteilt hätte. Es wäre ihr sogar ein Vergnügen gewesen; sie war müde, überarbeitet und von Sorgen zermartert. Aber diesem Drang wurde stets durch seine Drohung, Cole bei der American Protective League anzuschwärzen, ein Riegel vorgeschoben. So hatte sie ihm also erklärt, seine Begleitung sei unnötig. Aber er hatte darauf beharrt, in diesen unsicheren Zeiten solle eine Frau nachts nicht allein unterwegs sein.

Im Flur nahm sie ihren grauen Wollmantel vom Garderobenständer neben dem Eingang und schlüpfte hinein. Adam war im Lauf des Tages hier gewesen und dann gegangen, um eine Beerdigung zu halten. Vielleicht konnte sie sich schnell aus dem Staub machen, bevor er zurückkam.

Die schwarze Tasche in der Hand, schlich sie zur Tür, spähte durch die Scheibe in die Dämmerung und versuchte zu erkennen, ob Adam in der Nähe war. Da flog unvermutet die Tür auf und Adam stand vor ihr.

Mit einem bestürzten Aufschrei machte sie einen Satz rückwärts. »Adam! Du hast mir einen Riesenschrecken eingejagt, hier einfach so reinzuplatzen!«

»Oh, entschuldige. Ich wollte nicht, dass du denkst, ich hätte dich vergessen.«

Gott bewahre, das würde sie nie denken, ärgerte sie sich stumm. Sie überlegte, in anzulügen und zu sagen, dass sie nur kurz Luft schnappen wollte, aber sie hatte ja ihre Tasche dabei. Egal, es hätte sowieso nichts genützt. Er war wie eine lästige Stechmücke, die sie nicht loswurde. Sie wünschte mit jedem Quäntchen ihrer verbliebenen Energie, sie hätte seine ach so harmlosen Geschenke und

Aufmerksamkeiten abgewiesen. Kühl entgegnete sie: »Da hatte ich gar keine Angst.« Ihre mangelnde Begeisterung schreckte ihn kein bisschen ab.

Er grinste breit, und dabei schien seine Adlernase auf seinem Mund zu deuten. »Das ist gut. Ich freue mich immer auf unsere kleinen Spaziergänge, weil ich mich gern mit jemandem unterhalte, der weiß, worum es bei diesem Kampf geht.«

»Was für einen Kampf meinst du?«, fragte sie, als er sie die Treppe hinunterbegleitete.

»Die Grippe natürlich.« Sie kamen an Häusern mit dunklen Fenstern vorbei, wo die Menschen um diese Zeit sonst gemütlich am Abendbrottisch saßen, in ihrer hell erleuchteten Küche, deren warmer Schein auf das ganze Haus abstrahlte. Heute Abend sah man nur in vereinzelten Fenstern ein trübes Licht wie in einem Krankenzimmer. Andere Häuser waren komplett dunkel.

»Was glaubst du denn, worum es geht?«, fragte sie, neugierig auf seine Antwort.

»Darüber habe ich viel nachgedacht, seit die Epidemie ausgebrochen ist. Zugegeben, zuerst hatte ich Angst, wie ich dir damals ja erzählt habe. Aber jetzt glaube ich, dass es Gottes Werk ist. Gewiss hat er auch einige Gerechte zu sich gerufen. Aber hauptsächlich sortiert er die Sündigen aus. So steht es schon in der Offenbarung.«

Jessica blieb jäh stehen, sie war entsetzt. »Und du denkst, dass ich deine Meinung teile?«

Auch er blieb stehen, einige Schritte vor ihr, und drehte sich um. Die Straßenlaterne warf dunkle Schatten auf sein Gesicht. »Tust du das etwa nicht? Du siehst die Hand Gottes jeden Tag, wie er diejenigen verstößt, die ihm missfallen. Nimm zum Beispiel Nate Pellings. Bis zum Augenblick seines Todes habe ich ihn beschworen zu bekennen, dass er ein elender Sünder sei, weil er spielte und trank. Ich sagte ihm, wenn er nicht bereue, müsse er für seine Sünden und Missetaten teuer bezahlen. Er weigerte sich. Gestern habe ich ihn beerdigt.« Er wirkte beinahe zufrieden.

Er war wahnsinnig, dachte Jessica, entsetzt über die Vorstellung, dass er ihre Patienten im Todeskampf unter Druck setzte.

Wahnsinnig und anmaßend in seiner Grausamkeit. Weil sie seine Gesellschaft keine Sekunde länger ertragen konnte, fuhr sie ihn an: »Ich bin *überhaupt* nicht deiner Meinung!«

Sie hastete an ihm vorbei und steuerte auf die schützenden Wände ihrer Wohnung zu.

»Jessica!«, rief er und lief ihr nach.

Sie rannte fast, um ihn auf Abstand zu halten, so sehr lag ihr daran, von ihm wegkommen. Aber er war größer und machte viel längere Schritte. Bald hatte er sie eingeholt.

Vor der Schmiede packte er sie am Arm. »Was um Himmels willen hast du denn?«

Wieder blieb sie stehen, behindert durch seine Hand. »Adam, lass mich los.«

»Was macht dich so wütend?«, wollte er stirnrunzelnd wissen. »Du hast mich doch selbst um meine Meinung gebeten. Kannst du denn wirklich sicher sagen, dass diese Epidemie nicht Gottes Werk ist?«

So sehr sie auch zog und zerrte, sie bekam ihr Handgelenk nicht frei. »Unglücklicherweise kann ich dich nicht davon abhalten, ins Krankenhaus zu kommen. Aber wenn ich krank wäre und Angst vor dem Sterben hätte, wärst du der letzte Mensch, den ich an meinem Bett sehen wollte!« Ihr Atem kam in schnellen Stößen und ihr Herz raste. Doch der Zorn löste ihr schließlich die Zunge. »Du bist wie der Sensenmann, der sich die Seelen holt. Fehlt nur noch die schwarze Kapuze und die Sense. Du bist kein Vertreter Gottes oder des Himmels, an dir ist keinerlei Nächstenliebe oder Güte! Nein, du bist immer noch das hinterhältige kleine Würstchen von früher, das alle verpetzt hat. Nur dass es jetzt unschuldige Leute trifft – diejenigen, die du nicht magst oder die dir dein aufgeblasenes Getue nicht abkaufen. Ich begreife einfach nicht, wie du so grausam sein kannst!«

Er starrte sie im Halbdunkel an, den Mund leicht geöffnet, die Miene verblüfft und erfüllt von selbstgerechtem Zorn. »Ich würde dir raten, darüber nachzudenken, was du sagst. Und zu wem du es sagst.«

»Und das von einem Mann, der behauptet, er würde mich lieben – noch mehr Drohungen. Was willst du mir antun, Adam?«, reizte sie ihn. »Was wirst du …?«

»Jess, ist etwas nicht in Ordnung?«

Wie aus dem Boden gewachsen stand Cole vor ihnen. Jessica war noch nie so froh gewesen, ihn zu sehen. Seine imposante Erscheinung, groß, schweißbedeckt und trotz des Wetters mit feuchtem Haar, mit seiner Lederschürze und dem Schmiedehammer. Jetzt merkte sie, dass sie vor der Schmiede standen, wo er vermutlich gearbeitet hatte. »Cole …«

»Das hier geht dich nichts an, Braddock«, zischte Adam ihn an.

Cole schüttelte zweifelnd den Kopf. »Hm, es klingt mir aber ganz danach. Du bist verdammt grob zu einer Frau, die eine alte Freundin von mir ist. Bereits zum zweiten Mal muss ich dich davon abhalten, ihr wehzutun. Benimmt sich ein Pfarrer vielleicht so?« Er schlug Adams Arm von Jessicas Handgelenk, als wäre er nur ein Floh. Dann fügte er drohend hinzu: »Und ich habe meinerseits auch die Nase voll von dir.«

»Jessica, lass dich nicht …«, fing Adam an.

Cole wandte sich an sie. »Bist du hier fertig?«

Sie rieb sich das Handgelenk und funkelte den Mann, der sich für ihren Verlobten und für die oberste geistliche Instanz hielt, finster an. »Ja, und ob.«

Cole nickte und versetzte Adam einen Stoß vor die Brust. »Zieh Leine, bevor ich es mir anders überlege und dir die Manieren beibringe, die du nie gelernt hast.«

Adams fleckiges Gesicht zuckte vor trotzigem Zorn, seine Lippen waren fest aufeinandergepresst. »Das wirst du noch bereuen, Braddock«. An Jessica gewandt fügte er hinzu: »Und du auch.« Damit drehte er sich um und stiefelte schnell Richtung Pfarrhaus davon.

Cole sah ihm nach, bis er einige Querstraßen entfernt war, dann sagte er: »Verdammt, ich kann diesen Widerling nicht ausstehen.« Er musterte sie. »Bist du in Ordnung?«

Ihre Schultern senkten sich, aber sie bebte immer noch vor Wut und Angst. »Ja. Danke für deine Hilfe. Tut mir leid, dass du mich ständig retten musst.«

»Tja, ich sage es ja nur ungern, aber ich habe dich gewarnt.«

»Dann lass es«, erwiderte sie bestimmt. »Ich versuche seit Tagen, ihn mir vom Leib zu halten, aber er will es einfach nicht kapieren.« Sie starrte Adam nach. Er war bloß noch ein Fleck in der Dämmerung. »Jetzt hat er es wohl begriffen. Trotzdem mache ich mir Sorgen, was ich uns da vielleicht eingebrockt habe.«

Cole nickte. »Ich habe ihn schon immer für einen scheinheiligen Spitzel gehalten. Und dazu kommt noch eine gehörige Portion Niedertracht. Ich weiß, dass er mich schon länger auf dem Kieker hat.«

Eine kühle Abendbrise erhob sich und blähte ihren Mantel. Sie fröstelte. »Du stehst nicht als Einziger auf seiner Liste.«

»Wie geht es Amy?« fragte er abrupt.

»Gott sei Dank besser.«

»Gut.« Er deutete über seine Schulter. »Hör zu, ich muss noch ein paar Dinge erledigen, das dauert ungefähr eine Stunde. Aber danach würde ich gern zu dir kommen und mit dir reden.«

Sie erinnerte sich an das letzte Mal, als er zum »Reden« gekommen war, und daran, was passiert war. »Ach Cole, ich weiß nicht. Vielleicht ist das keine gute Idee.«

Er sah ihr ins Gesicht. »Hör zu, Jess, es ist wichtig. Ich habe mich von dir ferngehalten, seit Amy krank ist, weil ich dachte, du hast genug um die Ohren. Aber ich habe etwas erfahren, das du wissen musst.«

Sie schluckte. »Es geht doch nicht um das Telegramm, oder?«

»Doch.«

»Ist das wirklich noch wichtig, nach all der Zeit?«

»Mehr als du denkst.«

Sie seufzte. »In Ordnung.« Dann wandte sie sich ihrer Tür zu.

Eine ungute Vorahnung beschlich Jessica, als sie die Wohnung aufräumte, in der Küche Geschirr spülte und sich ein Bad einließ.

Cole würde bald hier sein, deshalb konnte sie sich nicht so ausgiebig wie geplant in der Seifenlauge aalen, aber wenigstens würde sie sauber sein. Und angesichts der arbeitsreichen Tage war das immerhin besser als nichts. Es musste einfach reichen. Während die Wanne volllief, wickelte sie die letzte Crème Simon-Badetablette aus und genoss ihren lieblichen Duft. Die in Frankreich hergestellte Badeseife bekam man in New York in jedem Kaufhaus oder jeder Apotheke. Mr. Bright in Powell Springs würde sie vermutlich bestellen müssen, und jetzt im Krieg ließ sich schwer vorhersagen, wann die Lieferung eintreffen würde. Danach, wenn dieser elende Konflikt endlich vorbei war, wäre es vielleicht einfacher.

*Danach …*

Sie zwang sich, nicht weiter in diese Richtung zu denken. Schließlich würde sie nicht bleiben. Ihr Aufenthalt, all das hier war nur vorübergehend. Sie beugte sich über die Wanne, drehte den Wasserhahn zu, streifte ihren Bademantel ab und glitt in das heiße Wasser. In Powell Springs war für sie kein Platz mehr, ermahnte sie sich. Trotz der chaotischen Zustände wegen der Epidemie war sie erstaunt darüber, wie oft sie sich bei der Vorstellung ertappte, für immer hierzubleiben.

Dampf und Hitze hatten ihre Schultern entspannt, doch ihre Gedanken kreisten weiter. Wenn hier kein Platz für sie war, warum fühlte sie sich dann so, als gehörte sie hierher? Fragen quälten sie. Sie tauchte die Haare unter, um sie nass zu machen, und schäumte sie mit Seifenlauge ein. Dann schrubbte sie sie so kräftig, als könnte sie dadurch die Fragen in ihrem Kopf vertreiben, aber vergeblich. Was Cole ihr zu erzählen hatte, würde vermutlich ihr wackeliges emotionales Gleichgewicht erschüttern. Vielleicht hatte er einen Hinweis darauf, wer das Telegramm aufgegeben hatte, was sie womöglich dazu zwang, ihren lang gehegten Groll aufzugeben, der bereits zu einer Art Schutzschild gegen Cole und die Welt im Allgemeinen geworden war. Das hatte Cole ihr ja auch vorgeworfen. Aber so albern es klang, was würde ihr ohne diesen Groll noch bleiben? Ihre letzte unsichere Verteidigung würde brechen.

Schließlich stieg sie aus der Wanne und trocknete sich ab. Cole würde bald da sein, und sie wollte nicht, dass er sie im Morgenmantel antraf. Nachdem sie sich das zerzauste Haar frisiert hatte, flocht sie es mit ungeschickten, nervösen Fingern zu einem Zopf und zog Rock und Bluse in schlichtem Grau an. Als sie ihn an der Haustür klopfen hörte, stand sie immer noch vor dem Kommodenspiegel und fingerte an dem Häkchen und der Öse am Halsausschnitt herum.

Nachdem sie sich vergewissert hatte, dass die Türen zu ihrem Schlaf- und Badezimmer geschlossen waren, eilte sie nach unten. Durch die Scheibe sah sie seine Silhouette, und ihr wurde bewusst, dass sie seine breiten Schultern und den Cowboyhut überall wiedererkannt hätte, so vertraut war ihr dieser Mann.

Sie öffnete die Tür und versuchte die freudige Erregung zu unterdrücken, die sie bei seinem Anblick erfasste. Er wirkte müde, als hätte er ebenso wenig geschlafen wie sie. Trotzdem war er für sie immer noch der attraktivste Mann der Welt. Auch er hatte sich frisch gemacht, sich das Haar mit Wasser zurückgekämmt, das Hemd gewechselt und eine saubere Jeans angezogen. In der Hand trug er ein in eine Serviette gewickeltes Päckchen.

»Komm rein. Ich habe nichts zu essen im Haus, aber ich kann Kaffee aufsetzen.«

»Jacobsen ist doch nicht zurückgekommen, oder?«

Sie schüttelte den Kopf.

»Gut.« Er reichte ihr das Päckchen. »Ich habe im Saloon vorbeigeschaut und Tilly gebeten, uns einen kleinen Imbiss zu machen. Ich dachte, du hast sicher noch nicht gegessen.«

»Ist der Verkauf von Speisen nicht in der ganzen Stadt verboten?«

»Doch, aber das hier stammt aus seinen Privatvorräten. Rinderbraten und Kartoffeln.«

»Oh, und ich habe noch Butter. Danke, Cole, das ist wirklich nett. Du hast recht, ich habe seit heute Morgen nichts mehr gegessen.« Als sie das eingewickelte Bündel entgegennahm, spürte sie, dass noch etwas Schweres darin war. Prüfend wog sie es in der Hand, dann fragte sie: »Was ist da sonst noch drin?«

»Eine Flasche Whiskey.«

Sie errötete. »Oh, na ja, ich sollte lieber nichts trinken, und schon gar nichts Hochprozentiges.«

Er legte Jacke und Hut ab und hängte sie an den Garderobenständer an der Tür. »Vielleicht änderst du deine Meinung, wenn du gehört hast, was ich dir zu erzählen habe.«

Wieder erfasste sie ein Gefühl der Vorahnung, das sich wie ein Mühlstein auf ihre Schultern legte. »W-was denn?«

»Später, wir sollten erst etwas essen.«

»Na gut. Komm mit.«

Sie führte ihn nach oben in den Wohn- und Essraum und deutete auf den Tisch. »Bitte … nimm Platz.« Während er das Essen auswickelte, holte sie Teller und Besteck aus der Anrichte, und Horace Cooksons Butter. »Tut mir leid, aber ich habe nicht die passenden Gläser.« Sie machte eine Kopfbewegung zur Whiskeyflasche.

»Macht nichts, wir veranstalten hier ja kein vornehmes Dinner.«

Sie stellte zwei einfache Gläser auf den Tisch und füllte ihres mit Leitungswasser.

»Setz dich doch«, sagte er und stieß den zweiten Stuhl mit dem Fuß an.

Jessica kam seiner Aufforderung nach. Beim Essen machten sie nur oberflächliche Konversation. Sie erkundigte sich nach der Farm und seiner Familie. Er fragte, ob ihrer Einschätzung nach der Höhepunkt der Grippeepidemie jetzt überschritten sei.

»Ich bin mir noch nicht sicher«, entgegnete sie und spießte das letzte Stück Kartoffel auf die Gabel. »Es *könnte* sein, dass sie abflaut. Diese Woche hatte ich im Krankenhaus weniger neue Fälle, aber ob das bereits eine Tendenz anzeigt, lässt sich schwer sagen. Nächste Woche bin ich klüger. Bei solchen Dingen weiß man nie.« Sie begann, ihm den möglichen Verlauf einer Epidemie zu beschreiben, und gab ihm Informationen weiter, die sie aus dem Osten erhalten hatte. Als er sie mit seinen durchdringenden blauen Augen ansah, merkte sie, dass sie plapperte, weil sie das unvermeidliche Gespräch über den Grund seines Besuchs hinauszögern wollte.

Er schob den Teller beiseite, entkorkte die Whiskeyflasche und goss sich fünf Zentimeter der bernsteinfarbenen Flüssigkeit ein. Mit einem Zug kippte er die Hälfte hinunter, zog die Luft zwischen den Zähnen ein und stellte das Glas ab. Dann griff er in seine Hemdtasche, holte das ihr wohlbekannte Telegramm heraus, faltete es auseinander und legte es auf den Tisch. Es lag wie ein drei Tage alter Fisch zwischen ihnen, ehe er es mit dem Zeigefinger festnagelte.

»Ich habe dir dieses Telegramm nicht geschickt.«

Sie warf einen Blick darauf und glättete dann nervös die Serviette auf ihrem Schoß. »Das hast du mir bereits gesagt.«

Sein Blick war stetig und fest – sie konnte ihn spüren, auch wenn sie ihn nicht ansah. »Ich war bei Leroy Fenton, um herauszufinden, wer es war.«

Sie lachte gezwungen auf. »Ach, Leroy kann sich nach all der Zeit bestimmt nicht mehr daran erinnern. Er ist nicht mehr der Jüngste.«

»Er konnte sich sogar noch sehr gut erinnern. Ganz im Gegenteil, er hat *mich* gefragt, ob mich mein Gedächtnis im Stich lässt.« Dann schilderte er ihre Begegnung. »Daraufhin hat er mir erzählt, wer ihm das Telegramm verschlossen in einem Umschlag gebracht und die Gebühren bezahlt hat.«

Jessica beugte sich vor. »Und?«

Er nahm das Glas und trank den restlichen Whiskey. »Es war Amy.«

Sie sprang so heftig auf, dass der Stuhl nach hinten kippte. »Amy! Cole, das soll ich dir glauben? Wie kannst du es wagen, hierherzukommen und mir so eine gemeine Lüge über meine eigene Schwester aufzutischen?«

Er wurde nicht laut. Er setzte sich nur im Stuhl zurück und sah sie an. »Ich dachte mir schon, dass du das sagen würdest, aber es ist keine Lüge. Glaub mir, ich dachte mir auch, Leroy hat nicht mehr alle Tassen im Schrank, als ich das hörte. Dann beschrieb er den Tag jedoch mit so vielen Einzelheiten, dass es stimmen musste. Und es ergab auch einen Sinn. Ich habe Tag und Nacht darüber nachgedacht.«

»Das ergibt überhaupt keinen Sinn!« Er saß so kühl und ungerührt da, als würden sie über das Wetter plaudern. Bei ihr hingegen kam der Atem stoßweise, und sie hörte das Blut in den Ohren rauschen. »Wie kannst du da sitzen, in aller Ruhe an deinem Whiskey nippen und mir dieses – dieses grauenvolle *Märchen* erzählen, als würdest du im Saloon den Haferpreis diskutieren?«

Er runzelte die Stirn. »Es ist kein Märchen, und ich bin nicht ruhig. Es nagt an meinen Eingeweiden. Als ich es erfahren habe, musste ich kotzen, und nachts mache ich kaum ein Auge zu.« Erneut griff er in seine Tasche und förderte ein weiteres Stück Papier zutage, eines, auf dem Jessica den Briefkopf der Western Union erkannte. »Lies das.« Er schob es über den Tisch, und sie riss es an sich.

*Ich, Leroy Fenton, schwöre, dass ich an Miss Jessica Layton eine Nachricht telegrafiert habe, unterzeichnet von Mr. Cole Braddock und in einem verschlossenen Umschlag bei mir abgegeben von Miss Laytons Schwester Amy, und zwar am 20. Mai 1917.*

Unter dem schwer leserlichen Gekritzel standen Leroys Unterschrift und das Datum der vergangenen Woche.

»Was ist das? Hast du ihm etwa unsere Privatangelegenheiten auf die Nase gebunden?«

Er warf ihr einen missmutigen Blick zu. »Nein, aber ich dachte, du würdest mir nicht glauben. Deshalb habe ich ihn um eine schriftliche Bestätigung gebeten, das war alles. Erst hat er sich geweigert, weil ich ihm keinen Grund dafür nennen konnte, nur dass es wichtig sei. Als Gegenleistung musste ich ihm schwören, dass es nichts mit ihm, seiner Arbeit, Western Union und der American Protective League zu tun hatte. Gott sei Dank hat er mir geglaubt.«

Er stand auf und ging um den Tisch herum, um den Stuhl aufzustellen. Sie starrte ihn an, durch und durch bebend vor Zorn und Kränkung. Er rührte sich nicht, sondern starrte nur zurück und hielt abwartend ihren Stuhl, während er sie stumm aufforderte, sich wieder zu setzen. Schließlich ließ sie sich mit einem schweren

Plumpsen darauf sinken, und er kehrte zu seinem Stuhl zurück. Er nahm die Whiskeyflasche und deutete damit auf ihr Glas. Auf ihr Nicken hin goss er einen kräftigen Schuss zu ihrem Wasser.

Er fuhr sich mit der Hand durch sein trocknendes Haar und schenkte sich ebenfalls noch einmal ein. »Ich wollte dich nicht damit konfrontieren, solang Amy an der Schwelle des Todes stand, das wäre schäbig gewesen. Jetzt, da es ihr besser geht, musste ich es dir sagen ... alles. Gleich vorweg: Ich werde sie nicht heiraten, aber das dürfte dich nicht überraschen.

Dann sollst du wissen, dass ich dir die Wahrheit so erzählen werde, wie ich sie kenne. Ich will dich nicht gegen deine Schwester aufhetzen, werde jedoch auch nichts beschönigen oder für etwas die Verantwortung übernehmen, für das ich nichts kann. Was Amy getan hat, hat dein und mein Leben verändert. Was du mit dieser Information anfängst, ist deine Sache.«

Jess saß steif wie ein Besenstiel da, die Lippen fest aufeinandergepresst.

»Wie gesagt, ich hatte schon ein wenig Zeit, um darüber nachzudenken, und ich glaube, das meiste konnte ich mir zusammenreimen. Als dein Vater starb, fühlte sich Amy irgendwie verloren. Sie stand ihm zwar nicht besonders nah, aber du warst fort und sie musste aus dem Haus ausziehen, in dem sie aufgewachsen war.«

»Ich musste es verkaufen, um die Grundsteuer und die Schulden meines Vaters zu bezahlen!« Sie war es leid, sich ständig für ihre Entscheidungen rechtfertigen zu müssen.

»Ja, ja, ich weiß.«

Sie sank gegen die Lehne und nahm einen Schluck von dem verdünnten Whiskey. Auf einmal war sie missgestimmt und fühlte sich ausgenutzt.

»Jedenfalls hat sie sich mit Susannah angefreundet. Und auch wenn ich glaube, dass Amy sie wirklich mag, war ihre Hauptabsicht wohl, sich möglichst oft auf der Farm aufzuhalten, damit ich Notiz von ihr nehme.«

Jess öffnete den Mund, um zu widersprechen, ließ es dann jedoch sein. Womöglich hatte er ja recht. Aus dem Mund manch eines anderen Mannes hätte seine Bemerkung unerträglich eitel geklungen. Aber obwohl sich überall die Frauen nach Cole umdrehten, war er sich seines guten Aussehens und seiner Wirkung offenbar gar nicht bewusst.

Er fuhr fort. »Ständig schien sie Susannah in der Küche zu helfen und zum Abendessen zu bleiben. Riley oder ich fuhren sie dann zurück in die Stadt. Manchmal blieb sie über Nacht. Sie machte ein Mordsgetue um Pop, und er genoss ihre Aufmerksamkeit. Immer wieder ließ sie durchblicken, du wärst zwar gut in Naturwissenschaften, hättest jedoch nie kochen, nähen und den Haushalt führen gelernt.« Er machte ein schiefes Gesicht. »Auch das hat Pop geschluckt.«

Jess kreuzte die Arme vor der Brust. »Das kann ich mir vorstellen.«

»Dann kam dein Brief, in dem du mir erklärt hast, du würdest noch eine Weile in New York bleiben.« Er nippte an seinem Whiskey. »Ich habe mich nicht gerade darüber gefreut, aber das weißt du ja bereits. Du hast deine Rückkehr immer wieder aufgeschoben, und im Rückblick ist mir klar, dass Amy zu diesem Zeitpunkt angefangen hat, mir richtig Dampf zu machen.«

Bei dieser Bemerkung regte sich Jessicas Fantasie. Sie erinnerte sich daran, was sie und Cole einst miteinander geteilt hatten. »Dampf – wie? Ich kann mir nicht vorstellen, dass Amy ... nein, beim besten Willen nicht.«

Lächelnd hob er die Augenbrauen. »Aber, aber Jess, woran du gleich denkst. Das habe ich nicht gemeint. Amy und ich sind nie übers Küssen hinausgegangen.«

Ihr Gesicht wurde heiß vor Verlegenheit angesichts ihrer falschen Vermutung und der ungewollten Bilder, die ihr durch den Kopf geschossen waren. »Deine Wortwahl war ein bisschen zweideutig.« Sie trank noch einmal von ihrem verdünnten Whiskey, und die Spannung begann aus ihren Gliedern zu weichen.

»Ich meine damit, dass sie ihre ... Kampagne, um mein Interesse auf sich ziehen, so könnte man es wohl nennen, intensiviert hat.« Er zuckte die Achseln. »Sie hat angefangen, mich so zu betütern wie Pop. Es sei eine Schande, dass dir deine Arbeit wichtiger sei als unsere geplante Verlobung, meinte sie, und dass du mich wie einen Fisch an der Angel zappeln lassen würdest …«

»Das hat sie tatsächlich gesagt?«, wollte Jess wissen, unfähig, ihre Verachtung zu verbergen.

»Ja.«

»Ich nehme an, du warst ihrer Meinung.«

»Wie gesagt, ich war über die Situation nicht glücklich – überhaupt nicht. Und du hast mir keinen guten Grund genannt, warum du nicht heimgekommen bist. Wenigstens keinen, den ich akzeptieren konnte.«

Sie begann, nervös mit dem Fuß auf den Boden zu klopfen. »Lassen wir das. Außerdem waren wir gar nicht ›verlobt‹. Wir hatten bestenfalls eine Abmachung.«

Er hob leicht die Hand, um ihr rechtzugeben.

»Dann kam dein Telegramm. Ich dachte an alles, was passiert war und was Amy mir erzählt hatte. Du bist nicht nach Hause gekommen, und du hast dich mit diesem Mann getroffen, Andrew Stafford.«

»Stavers, und ich habe mich nicht mit ihm …«

»Wie immer er heißt. Ja, ich habe angefangen, mich wie ein Fisch an der Angel zu fühlen.«

Sie runzelte die Stirn, aber nicht mehr ganz so finster. Allmählich nahm das, was er sagte, in ihrem Kopf Gestalt an und ließ ihr Herz zu Eis erstarren.

»Riley verließ uns und ging zur Armee, und Susannah war ziemlich niedergeschlagen. Ich auch, angesichts der Umstände. Amy wurde unser Sonnenschein. Sie hat uns aufgemuntert.« Er hob hilflos die Schultern. »Ich fing an, ihr den Hof zu machen. Und ehe ich michs versah, dachte sie, dass ich sie heirate.«

»Du hast ja nicht gerade viel Zeit verloren, was?«, bemerkte Jessica spitz. »Hast du nie daran gedacht, mir wegen des Telegramms zu schreiben?« In ihrem Ton lag immer noch eine gewisse Schärfe, doch er schaute sie ruhig und unverwandt an.

»Ein Dutzend Mal, aber ich brachte es nicht über mich. Und was ist mit dir? Hast du daran gedacht, mir wegen des Telegramms zu schreiben, das *du* bekommen hast?«

Sie hob eine Augenbraue und lächelte ihn spröde an. »Ja, nur dass ich mir nicht viel davon versprach. Ich war so verletzt und wütend, dass ich dich bloß noch anschreien wollte. Vielleicht bin ich immer noch wütend.«

Er leerte sein Glas. »Dennoch sind wir jetzt hier, Jess. Am Ende eines langen Weges, den wir nie beschreiten wollten, durch die Schuld von jemandem, der seinen Kopf durchsetzen wollte. Und ich glaube, es war ihr egal, wen sie damit verletzen würde.«

Jess trank noch einen Schluck. Tränen brannten ihr in den Augen, und sie wühlte in ihren Taschen nach einem Taschentuch, fand jedoch keines. Sie glaubte Cole, aber das war alles so schwer zu akzeptieren. Es war schier unvorstellbar, dass ihre eigene Schwester einen derartigen Verrat begangen hatte. »Ich habe das Gefühl – als würden wir über eine Fremde reden. Das ist nicht meine Schwester, wie ich sie kenne. Das kann nicht sein. Amy würde so etwas nie tun.«

»Das dachte ich auch. Wir haben uns geirrt.«

»Liebst du sie?« Ihre Worte waren nur ein Flüstern.

Er schloss kurz die Augen, wie um zu überlegen, ob er lieber lügen oder die Wahrheit sagen sollte. »Ich habe versucht mir einzureden, dass ich sie liebe.«

Sie wischte sich mit dem Daumen die Augenwinkel. »Es hatte jedenfalls ganz den Anschein. Diese neuen Kamee-Ohrringe, die sie mir gezeigt hat, die sie immer noch trägt – wer einem so etwas schenkt, ist mehr als ein Freund.«

Er rutschte auf seinem Stuhl herum. »Ich habe sie ihr an dem Tag gekauft, an dem ich deine Sachen vom Hotel in die Praxis gebracht habe. Ich … nun …«

»Nun?«

»Ich hatte Schuldgefühle, weil ich vom ersten Augenblick an, als ich dich bei Granny Mae wiedersah, wusste, dass ich mir etwas vormachte. Als sie dann krank wurde und vor mir auf diesem Feldbett lag – damals kannte ich die Geschichte mit dem Telegramm noch nicht –, fühlte ich mich wie der größte Schuft der Welt. Schließlich lieben alle Amy. Warum ich nicht?«

»Warum du nicht?«

»Weil ich nie über dich hinweggekommen bin. Und wenn es etwas geholfen hätte, hätte ich dem Teufel Eintritt dafür bezahlt, mich noch einmal in die Hölle zu lassen, durch die ich gegangen bin, nur um dich zurückzubekommen.«

Erneut überkam sie ein Anflug von Ärger. »Tatsächlich? Du hast dich ja nicht besonders ins Zeug gelegt dafür. Sobald es dir zu anstrengend wurde, bist du zu meiner Schwester übergelaufen. Das ist nun mal eine Tatsache«, sagte sie und nahm einen großen Schluck aus dem Glas, das sie umklammerte.

»Komm schon, Jessica, wie sehr hast *du* dich denn ins Zeug gelegt?« Seine Augen wirkten wie blaue Eissplitter. »Ich leugne ja nicht, dass ich es oft bereut habe. Wenn du mir sagst, dass du es nicht auch bereust, bist du nicht mehr die Frau, die ich kenne.«

Sie spürte, wie ihre Wangen heiß wurden. »Natürlich bereue ich es. Aber wir sind nicht mehr dieselben. Zumindest ich nicht, und das werde ich auch nie mehr werden.«

»Wegen mir.«

»Na ja, nicht nur wegen dir.« Die wimmernden Kinder, ihre ausgezehrten Mütter und betrunkenen Väter, die entkräfteten, verlassenen alten Leute – ihre Geister hatten sie stets verfolgt.

Schweigen breitete sich zwischen ihnen aus.

»Vielleicht sind wir nicht mehr dieselben«, sagte er schließlich, jetzt versöhnlicher. »Vielleicht haben wir uns zum Besseren verändert.«

Sie hob den Kopf. »Zum Besseren verändert? Inwiefern?«

Er stand von seinem Stuhl auf und kauerte sich vor ihr auf den Boden. »Wir sind inzwischen ein bisschen klüger. Vielleicht schätzen wir einander mehr.« Er war so nah und roch so vertraut. Sie sah die feinen Linien um seine Augenwinkel, die sie noch nicht kannte, sein kräftiges Kinn und seine breite Stirn. Nichts und niemand hatte je so von ihrem Herzen Besitz ergriffen wie er. Unfähig, sich zu beherrschen, beugte sie sich zu ihm und strich mit dem Handrücken über sein Haar.

Er nahm ihre Hand und küsste sie, dann verweilte er mit den Lippen über ihrem Handgelenk.

Die gegenseitige Anziehungskraft, verlockend und auch irgendwie verboten, spann einen Zauber um sie. »Nein, Cole.« Sie versuchte ihm ihre Finger zu entwinden. »Wir werden das nicht noch einmal tun. Du magst dich, was Amy betrifft, entschieden haben, aber sie und alle anderen denken immer noch, dass ihr ein Paar seid. Du musst warten, bis es ihr besser geht, und ihr dann sagen, dass es zwischen euch aus ist. Sonst bist du nichts weiter als ein *Schürzenjäger.*«

Er hob den Blick von ihrer Hand, die Sekunden verstrichen. Dann ließ er die Stirn auf die Knie sinken. »Nein, das bin ich nicht, Jess. Ich bin hereingelegt worden, und du auch. Aber ich habe lang genug auf dich gewartet – Jahre –, und ich möchte nicht länger warten.«

Wieder brannten ihr Tränen in den Augen, und sie strich ihm übers Haar. Amy, ihre eigene Schwester, hatte sie beide getäuscht und belogen, und die Wahrheit lag jetzt offen vor ihnen. »Aber dann verhalten wir uns auch nicht besser als Amy ...«

Jäh hob er den Kopf, und hinter seinem eisigen Blick sah sie die Flamme der Wut flackern. Seine Stimme war leise und rau. »Schwachsinn. Wenn du die Edelmütige spielen willst, holst du dir nur eine blutige Nase.«

Er löste das Band ihres Zopfes, der ihr über die Schulter hing. Dann zog er sie aus dem Stuhl in seine Arme. Während sie auf den Flickenteppich purzelten, wickelten sich ihre Röcke um ihre Beine und verfingen sich unter seinem Körper, sodass sie gefangen war. Seine Küsse prasselten sanft auf ihr Gesicht wie die Regentropfen eines Sommergewitters, feucht und warm und ebenso willkommen.

Sie schlang die Arme um ihn, unfähig, auch nur einen Augenblick länger zu widerstehen.

Noch immer empfand sie Wut, eine unbändige Wut darüber, was ihre Schwester getan hatte, und eine etwas gemäßigtere Wut auf Cole, weil er scheinbar so mühelos über ihre verunglückte Liebesbeziehung hinweggekommen war. Aber viel stärker war ihr Verlangen, ihr Begehren nach ihm, und die Liebe zu ihm, die sie in einen entfernten Winkel ihres zu Eis erstarrten Herzens verbannt hatte. Als seine Lippen ihren Mund berührten, schmolzen ihre unverrückbaren Einwände und hohen Ideale dahin und setzten diese Liebe frei.

Sie stürzten sich mit einem rastlosen Hunger aufeinander, wie sie ihn seit über zwei Jahren nicht mehr erlebt hatte. Unter dem Stoff seines Hemdes fühlte sie seine Knochen und Muskeln, gestählt durch ein Leben harter körperlicher Arbeit. Hitze strahlte von ihm aus.

Sein kinnlanges Haar fiel ihm ins Gesicht, als er zu ihr hinabblickte. »Jessica«, murmelte er, »Jess, du warst es immer für mich.« Er presste seine Lippen auf ihren Mund zu einem Kuss, der sie von innen heraus wärmte, als hätte sie eine Injektion mit heißem Nektar bekommen. Eine Hand unter ihrem Hals, knöpfte er sein Hemd auf. Dann griff er nach ihrer Hand und legte sie auf sein pochendes Herz. »Du warst immer hier drin.«

Als sie seine warme, nackte Haut und seinen schwer schlagenden Puls unter ihrer Hand spürte, konnte sie ein leises Aufstöhnen nicht unterdrücken. Ihre unbeholfenen Körpererkundungen von früher waren gereift und hatten sich im Lauf der Jahre zu einem fiebrigen Begehren aufgestaut. Ganz gemäß den gesellschaftlichen Erwartungen, und obwohl man in Powell Springs vielleicht anderes vermutete, seit Adam sie und Cole in jenem längst vergangenen Sommer am Bach erwischt hatte, war Jessica immer noch Jungfrau. Seit siebenundzwanzig Jahren, durch alle Versuchungen der Jugend, ihre ganze Ausbildung und berufliche Tätigkeit hindurch. Sie hatte nie auch nur in Erwägung gezogen, sich einem anderen Mann hinzugeben als Cole.

Sie hatte nie einen anderen Mann geliebt als Cole.

Seine große Hand wanderte zu ihrer Brust, zwischen seiner und ihrer Haut nur die dünne Bluse, und ihr Körper drängte sich seiner Berührung entgegen.

Jessica war auf dem neuesten medizinischen Wissensstand, was die Funktionsweise des menschlichen Körpers betraf. Sie wusste, wie das Herz Blut pumpte, wie die Organe arbeiteten, wie er sich selbst erhielt und reproduzierte. Aber davon, dass in ihm auch tiefe, von Gefühlen getriebene Begierden wohnten, wusste sie nur relativ wenig.

Während Coles ungeduldige Finger sich an den Knöpfen ihrer Bluse und an dem Hemdhöschen darunter zu schaffen machten, spielten seine Lippen und seine Zunge mit den ihren, heiß, feucht und suchend. Die Zeit und das Schreckgespenst von Krankheit und Tod zogen sich in den hintersten Winkel ihrer Gedanken zurück, verscheucht durch seine Liebkosungen. Er beugte sich mit dem Kopf über ihren Hals und Nacken und hinterließ eine Spur warmer, feuchter Küsse, die all ihre Sinne sensibilisierten. Ihr Kopf war erfüllt von seinem Geruch, ein Teil Mann, ein Teil Whiskey und ein Hauch Nachtluft, die in seinen Kleidern hing.

Sie erkundete mit den Fingerspitzen sein Gesicht, spürte die kurzen Bartstoppeln, sein kantiges Kinn, die zarte Nackenhaut, die durch die Haare vor der Witterung geschützt war. Scheinbar mühelos hatte er ihr Bluse und Rock ausgezogen, die nun zusammengeknüllt neben ihnen lagen. Er streifte ihr die Schuhe von den Füßen, als er seine Hand über ihre Beine gleiten ließ und ihr dabei auch die Strümpfe herunterzog.

Frei von Schamgefühlen, die sie bei jedem anderen Mann empfunden hätte, vergrub sie ihre Finger in seinem Haar und führte seine Lippen erneut zu ihrem Mund, um seinem wortlosen Drängen nachzukommen. In diesem Augenblick zählte kein Morgen – die Welt konnte sich ruhig ohne sie weiterdrehen. Sie befanden sich an einem Ort außerhalb der Zeit, wo alles andere unwichtig war.

An ihrem Oberschenkel spürte sie seine harte Männlichkeit, was keinen Zweifel an seinen Absichten ließ.

Cole knöpfte Jessicas Hemdhöschen aus Batist auf und griff hinein. Es war ein albernes Stück Frauenunterwäsche, knielang, ließ sich jedoch bis hinunter zum Schritt öffnen. Ihr weicher Körper, der den vertrauten Geruch nach Gewürzen und dunklem Holz verströmte, war voll und weiblich.

Draußen auf dem Gelände der Schmiede begann Roscoe zu bellen. Cole hob den Kopf und lauschte einen Augenblick. Roscoe machte so einen Lärm, dass Cole fast die Erforschung ihrer wohlduftenden Rundungen unterbrochen hätte. Der Hund schlug eigentlich nur bei einem Fremden so an. Die Tore waren nicht verschlossen, und die Pferdekoppel lag unter dem Fenster dieser Wohnung. Kurz erwog er, nachsehen zu gehen. Aber ein Blick auf die weiche, nackte Weiblichkeit vor ihm, und das Feuer in ihm loderte erneut auf. Er ließ die Idee fallen. Der dämliche Köter hatte wahrscheinlich nur ein nachtaktives Tier aufgespürt. Hoffentlich kein Stinktier.

»Du bist die schönste Frau der Welt, Jess«, flüsterte er in ihren Nacken, »die allerschönste«. Seine Hand glitt über ihren Bauch und tiefer hinunter in Regionen, die keine Unterwäsche vor ihm verbergen konnte. Sie stöhnte unter seiner Berührung auf.

Mit Schwung hob er sie hoch und trug sie zur Schlafzimmertür, hinter der ihr Bett stand. Während er sie auf den Armen balancierte, drehte er den Knauf und stieß die Tür auf. Eine Wolkenlücke ließ einen silbergrauen Strahl des Mondes auf die Steppdecke fallen, wie um sie einzuladen. Die Straßenlampe warf von draußen die Schatten kahler Äste an die Wände.

Er legte sie aufs Bett und zog sein Hemd aus, während sie ihm zusah. »Sag es«, murmelte sie fordernd. »Sag es noch einmal.«

Er wusste, was sie meinte. Er schleuderte die Stiefel von den Füßen, machte den Gürtel auf und öffnete den Hosenschlitz seiner Jeans. Dann streifte er Hose und Unterhose ab und kletterte zu ihr ins Bett, wo sie in einem Meer von Locken auf dem Kissen ruhte. »Ich liebe dich«, sagte er und nahm sie fest in die Arme. »Ich habe dich immer geliebt.«

Inmitten von allem, was in der Welt und zwischen ihnen schiefgelaufen war – Krieg, Krankheit, Verlust und Leid –, war das auch Balsam für seine Ohren. Eine Feier des Augenblicks, auf den er sein halbes Leben gewartet hatte, und ein Tribut an die Frau, der ebenso lang sein Herz gehörte.

Als ihre Fingerspitzen über seine Hüfte streiften, geriet sein Blut bis ins letzte Äderchen in Wallung, und er rollte sich zu ihr und legte ein Bein zwischen ihre Beine, um sich Zugang zu ihrem verheißungsvollen Schoß zu verschaffen. Tief unten in seinem Bauch spürte er ein verzweifeltes, drängendes Glühen, das nach Befriedigung verlangte. Aber er musste warten, erst war Jessica an der Reihe.

Er streichelte die Innenseite ihres weichen Oberschenkels, bis er zu der feuchten, süßen Wärme fand, die nach seiner Berührung lechzte. Gleichzeitig liebkoste er mit der Zunge ihre steife Brustwarze.

Lustvoll seufzend bäumte Jessica sich auf, gab sich ganz der Flut der Empfindungen hin. Was hier geschah, hatte mit den intimen Erkundungen ihrer Jugend nichts zu tun. Ihr Begehren war so viel stärker. Damals hatten sie Angst vor Entdeckung und Hemmungen blockiert. Jetzt fühlte sie sich ganz befreit.

Cole stöhnte an ihrem Nacken, als Jessica seine heiße Männlichkeit umfasste, und sie genoss seine Reaktion. Alles Weibliche in ihr wurde lebendig, als erwachte es aus einem jahrelangen Tiefschlaf. Er schob ihre Hand weg und murmelte: »Nicht, Liebling, noch nicht.«

Mit der Kunstfertigkeit eines Profimusikers, der seinem Instrument Töne entlockt, spielte er mit ihrem empfindsamen Fleisch. Ihre Nerven waren so gespannt wie die Saiten dieses Instruments, jedes Streicheln seiner Hände schickte Vibrationen durch ihren Körper, baute das Crescendo auf. Er murmelte ihr etwas ins Ohr, doch sie verstand es kaum. Als sie es schon fast nicht mehr aushielt, machte er unermüdlich weiter, brachte sie zu einer Ekstase der Gefühle, wie sie es noch nie erlebt hatte. Sie drängte sich an seine Hand, damit er die Zuckungen spürte, die sie erfasst hatten. Ihren Aufschrei in der Dunkelheit erstickte er mit seinem Kuss.

Nun verlagerte er sein Gewicht und schwebte im Mondschein über ihr, ehe er ihren Körper mit seinem bedeckte. Die Arme um ihn schließend spürte sie, wie er unbeirrbar zu ihrem Schoß vordrang, der immer noch von ihrem Orgasmus bebte.

Es verlangte ihm jedes Quäntchen Selbstbeherrschung ab, sich nicht in ihrer einladenden Glut zu verlieren. Er hatte sich diesen Moment schon Hunderte Male ausgemalt, seit er sie wiedergesehen hatte, auch wenn er nicht damit gerechnet hatte, dass es passieren würde. Als er sie tastend anstupste, entfuhr ihr ein kurzes, scharfes Keuchen.

»Ich kann jetzt nicht mehr zurück, Jess«, warnte er sie mit rauer Stimme.

»Nein, nein – bitte hör nicht auf.«

»Ich versuche dir nicht wehzutun.«

Aber sie streckte ihm bereits die Hüften entgegen, zwang ihn, eins mit ihr zu werden. Sie umfing ihn wie ein warmer Handschuh, wie eine Scheide das Schwert, für das sie gemacht wurde. Er zog sich zurück und stieß wieder zu, genoss die köstliche Qual, die sich in ihm aufbaute. Jessicas Bewegungen passten sich seinen an, und gemeinsam balancierten sie auf einer messerscharfe Klippe der Lust, bis sie schließlich in einen Abgrund der Leidenschaft stürzten, zwei Herzen und Seelen vereint, jetzt und für alle Zeiten. Sein Höhepunkt erschütterte ihn bis ins Mark.

Danach ließ er den Kopf auf ihre Schulter sinken, matt und keuchend wie ein erschöpftes Pferd. Er merkte, dass sie lächelte.

»Was ist?«

»Was für ein Mann du bist, Cole.«

Auch er lächelte. »Habe ich deiner Erwartung entsprochen?«

Sie umarmte ihn, und er rollte sich von ihr, damit sie auf ihm liegen konnte. »Mehr, als ich es mir erträumt habe. Und ich habe oft davon geträumt.«

»Ich auch. Ich konnte nicht anders, ich liebe dich nämlich.«

Sie streichelte seine Wange. »Nicht so wie ich dich.«

# Kapitel 18

Jessica lag wach im Bett, den Kopf an Coles Schulter geschmiegt, ein Bein um sein Bein geschlungen. Sie hatte das Gefühl, ihm endlich erklären zu können, warum sie ihre Stelle aufgegeben hatte, die sie letzten Endes so viel gekostet hatte.

»Mir wurde schließlich klar, dass ich im Leben dieser Menschen nicht viel bewirken konnte. Ich flickte immer wieder dieselben zusammen, falls sie noch am Leben waren, und kämpfte bei anderen mit stets den gleichen Problemen.« Sie hatten sich noch einmal geliebt und waren dann, erschöpft und zufrieden, in einen tiefen Schlaf gesunken. Jetzt war der Zauber ihrer gemeinsamen Nacht fast zu Ende. Die Uhr im Wohnzimmer schlug halb sieben. »Es war ganz egal, wie hart ich arbeitete oder wie sehr ich mich anstrengte. Es gab so viele Faktoren, gegenüber denen ich machtlos war. Zuerst dachte ich, ich könnte nicht gehen. Aber dann wurde mir klar, dass ich trotz allem nicht bleiben konnte. Ich hatte keine Freude mehr an meiner Arbeit. Nur das Gefühl, dass alles so erbärmlich sinnlos war. Also bin ich wohl einfach weggelaufen.« Sie erzählte ihm von ihrem Monat in Saratoga Springs und ihrer selbstauferlegten Abschottung von der Welt.

»Und jetzt? Du hast ja wohl nicht immer noch vor, nach Seattle zu gehen, oder?« Zärtlich streichelte er ihren nackten Arm und spielte mit ihren Fingern, die auf seiner Brust lagen.

Sie drehte ihr Gesicht zum Fenster. »Ich wage nicht, weiter als einen Tag vorauszudenken. Meine Aufgabe hier, die Verantwortung für diese Stadt, ist noch unkalkulierbarer als meine Arbeit im Osten. Damals wusste ich wenigstens, dass ich gegen Ignoranz und Unmenschlichkeit ankämpfe. Hier habe ich es mit einem unbekannten Feind zu tun, einem Mysterium.«

Mit quälendem Widerwillen löste sie sich aus der Wärme seiner Arme, setzte sich auf und hockte sich auf die Bettkante.

»Jess, warte. Geh noch nicht.« Das Bett war zu klein für ihn, und trotzdem wirkte er darin am rechten Platz. In ihrer Fantasie konnte sie sich leicht vorstellen, wie er jede Nacht dort verbrachte, und wie sie jeden Morgen neben ihm aufwachte. Als sie ihn im spärlichen Licht der Morgendämmerung dort liegen sah, seinen muskulösen Körper, das lange Haar zerzaust, fand sie ihn begehrenswerter und anziehender denn je.

Sie seufzte. »Ich muss ins Krankenhaus. Ich habe zu arbeiten. Solang die Epidemie anhält und ich die einzige Ärztin hier bin, werde ich weiterhin Überstunden machen. Selbst wenn die Zahl der Neuinfizierten jetzt sinkt, ist mein Kampf noch nicht zu Ende. Und die Lage könnte sich jederzeit wieder verschlimmern.«

Er setzte sich ebenfalls auf und begann sich anzuziehen. »Ich mache mich besser auch auf den Weg. Wir müssen eine Herde, die morgen Abend auf den Zug verladen wird, zusammentreiben. Kommst du danach auf die Ranch zum Essen?«

Sie erstarrte, einen Arm in der Bluse, die sie aus dem Schrank gezogen hatte. »Das ist keine gute Idee, Cole. Noch nicht. Über kurz oder lang muss Amy sich mit den Folgen ihrer Handlungen auseinandersetzen, und du musst ihr sagen, warum du eure Beziehung beendest. Aber jetzt wäre das noch zu viel für sie.« Und Jessica war sich nicht sicher, ob sie selbst schon bereit für das war, was danach kommen würde.

Er starrte einen Moment auf den Bettpfosten. »Ja, ja, ich weiß«, räumte er ein. Vor dem Spiegel der Kommode kämmte er sich mit beiden Händen das Haar zurück. »Aber ich kann dich wenigstens zur Schule bringen.«

»Da sage ich nicht nein«, meinte sie lächelnd. Nachdem sie sich in dem kleinen Badezimmer gewaschen und die Zähne geputzt hatte, borgte er sich von ihr Colgate-Zahnpulver und benutzte einen Finger als Zahnbürste.

Sie holte noch ihre schwarze Ledertasche aus dem Wohnzimmer, dann gingen sie nach unten. Cole half ihr in den Mantel, bevor er seine Jacke und seinen Hut vom Garderobenständer nahm. Gemeinsam traten sie ins Morgenlicht hinaus und blieben kurz auf der kleinen Veranda stehen. Die Stadt war ruhig, weicher Nebel hing in der Luft. Die letzten braunen Blätter lagen nass und verwelkt im Rinnstein, und kein Vogel zwitscherte. Auf der Straße war noch kein Verkehr, aber in diesen Tagen war selbst um die Mittagszeit kaum etwas los.

Cole fasste Jessica sanft am Kinn und zog sie zu sich heran. »Wenn ich dich absetze, kann ich das hier nicht mehr tun. Stell dir bloß vor, was die Krankenschwestern sagen würden.« Als er sie küsste, so leidenschaftlich wie in der Nacht zuvor, bröckelte ihr Vorsatz, an ihren Beruf zu denken und bei ihrer Beziehung zu Cole nicht ihre persönlichen Prinzipien zu vergessen. Sein warmer Atem strich ihr übers Gesicht, und sie hätte den ganzen Morgen so dastehen und sich von ihm küssen lassen können. Der Funke purer Freude, den er letzte Nacht in ihrem Herzen entfacht hatte – zum ersten Mal seit langer Zeit – brannte ein wenig höher und heller.

Als er von ihr abließ, blickte sie in seine blauen Augen und sah darin dieselbe lodernde Flamme. Er war so unwiderstehlich.

»Verdammt, Dr. Layton, wir sollten besser gehen, bevor ich es mir noch anders überlege und dich wieder nach oben bringe.«

Sie lachte. »Du meinst, schwänzen? Das habe ich noch nie gemacht.«

»Vielleicht solltest du mal damit anfangen«, erwiderte er. Bei einem kurzen Blick nach unten merkte er, dass ihm ein Hemdzipfel aus der Hose hing, und er stopfte ihn hinein. Jessica ertappte sich bei dem ziemlich undamenhaften Wunsch, sie könnte ebenfalls so in seine Hose greifen.

Sie gingen zu dem taubenetzten Lastwagen, der im Hof der Schmiede nebenan abgestellt war. Als er im Begriff war, ihr in den Wagen zu helfen, hörte sie eine Männerstimme.

»Unzuchtsünder. *Schämt* ihr euch denn nicht?«

Jess zuckte zusammen und sah zu ihrer Überraschung, wie Adam Jacobsen auf sie zukam. Seine Kleider waren zerknittert, was gar nicht seiner sonst so adretten Aufmachung entsprach. Wo kam er denn auf einmal her?

Cole neben ihr erstarrte wie ein Wolf bei der Begegnung mit einem Feind. »Was zum Teufel willst du, Jacobsen? Und warum schnüffelst du ständig überall herum und mischst dich in alles ein, anstatt dich um deine eigenen Angelegenheiten zu kümmern?«

Adam gab keine Antwort auf seine Fragen, sondern musterte beide mit abschätziger Selbstgerechtigkeit von Kopf bis Fuß. Das Haar stand ihm vom Kopf ab, und dunkle Schatten betonten den glühenden Zorn in seinen Augen. »So tief zu sinken. Ich hätte wissen müssen, dass deine niederen Instinkte irgendwann wieder zum Vorschein kommen.« Er funkelte Jessica an. »Mit dem Mann Unzucht zu treiben, der mit deiner Schwester verlobt ist.« Seine melodramatische Art zu reden erinnerte Jess an seinen Vater in dessen fanatischsten Momenten auf der Kanzel. Aber die hässliche Konfrontation ließ ihre Hände und ihren Magen zu Eis werden.

»Pass bloß auf, was du sagst, Jacobsen. Du versteigst dich da in eine Behauptung, die du nicht beweisen kannst. Verschwinde, oder ich mache dir Beine«, warnte ihn Cole.

»Und *du*«, geiferte Adam weiter und zeigte dabei auf Cole. »Jetzt in diesem Moment liegt Amy, eine anständige Frau mit gutem Charakter, ein leuchtendes Beispiel der Moral in dieser Gemeinde, hilflos im Krankenbett, und so zahlst du ihr ihr Vertrauen und ihre Zuneigung zurück?«

Cole schlug Adams Zeigefinger zur Seite. »Zeig nicht mit dem Finger auf mich. Und kümmere dich um deine eigenen Angelegenheiten«, wiederholte er. »Du weißt nicht, wovon du redest. Wenn du nicht gehst, vergesse ich die Bibel, hinter der du dich versteckst, und verpasse dir einen Tritt in den Hintern.« Er näherte sich Adam und schubste ihn mit der Schulter, sodass dieser einen Satz rückwärts machte.

Adams verzerrtes Gesicht leuchtete hochrot wie ein entzündeter Furunkel. Erneut trat er vor, seine Stimme zitterte vor Wut. »Wage nicht, mir zu drohen! Ich werde persönlich dafür sorgen, dass sich keiner von euch beiden jemals wieder mit erhobenem Kopf in dieser Stadt sehen lassen kann!«

Jessica, die sein Benehmen irritierte, erwartete fast, dass ihm gleich der Schaum vor den Mund treten würde.

»Wenn ich daran denke, dass ich dir einen Heiratsantrag gemacht habe. Du bist nichts weiter als ein studiertes Flittchen!«

Bei dieser giftigen Beleidigung keuchte Jessica auf.

»Du elender Mistkerl!« Cole packte Adam mit einer Hand am Revers und holte mit der anderen zum Schlag aus, als Jess ihn am Arm fasste. Er hatte sein ganzes Gewicht in den Schlag gelegt, aber Jess konnte die Bahn der Faust ablenken.

»Nicht, Cole. Er ist es nicht wert!«

Adam entwand sich Coles Griff und brachte sich mit ein paar Schritten in Sicherheit, die Augen fanatisch glänzend. »Wartet nur ab!« Er drehte sich um und marschierte im Eiltempo in Richtung seines Hauses. Ein- oder zweimal blickte er über die Schulter zurück, wie um sich zu vergewissern, dass Cole ihm nicht hinterherkam.

»Oh nein«, stöhnte Jessica, als sie ihm nachsah. »Dieser schreckliche Mensch! Er wird es allen erzählen.«

Cole war ebenfalls errötet und holte mehrmals tief Luft, dann umschloss er seine geballte Faust mit der anderen Hand. Auch er verfolgte Adams Rückzug. »Ich weiß, dass er versuchen wird, Ärger zu machen, aber was kann er schon sagen? Dass er gesehen hat, wie ich dir in den Lastwagen geholfen habe? Wir wissen, was letzte Nacht passiert ist, aber er doch nicht. Er hat nur schmutzige Vermutungen. Wie gewöhnlich.«

»Wahrscheinlich hat er gesehen, wie wir uns geküsst haben. Vielleicht. Ich bin nicht sicher.«

Er drehte sich zu ihr und sah ihr ins Gesicht. »Hat er dir wirklich einen Antrag gemacht?«

»Ja«, entgegnete sie mit matter, angewiderter Stimme.

»Und?«

»Was meinst du mit ›und‹?«

»Was hast du gesagt?«

»Ich glaube, ich habe nie klipp und klar abgelehnt. Aber ich habe ihm erklärt, dass ich keine gute Ehefrau für ihn wäre. Er hatte sich schon alles ausgemalt – sogar, wie wir dereinst zusammen im Himmel sein würden. Selbstverständlich sollte ich meinen Beruf aufgeben, um ihn bei seiner Arbeit zu unterstützen. Kannst du dir vorstellen, wie ich Tombolas und Quilt-Wettbewerbe organisiere?«

Cole löste seine Faust und lachte kurz und freudlos auf. »Nein.«

»Ich auch nicht, und das habe ich ihm ebenfalls deutlich gemacht. Außerdem weiß ich inzwischen selbst, dass du recht wegen ihm hattest.« Wieder einmal warf er ihr einen wissenden Blick zu, den sie mit hochgezogenen Augenbrauen und einem resignierten Schulterzucken quittierte. »Trotzdem hat er sich irgendwie eingebildet, ich hätte eingewilligt. Das war einer der Gründe, warum wir gestern Abend gestritten haben, als du dazugekommen bist. Ich habe ihm gesagt, dass wir *nicht* verlobt sind. Allerdings frage ich mich, was er um diese Uhrzeit hier zu suchen hatte.«

Cole dachte einen Augenblick darüber nach, und ihm fielen ein paar Dinge ein, die ihm kalte Schauer über den Rücken jagten. Er machte eine Kopfbewegung zum Beifahrersitz des Lastwagens, und sie ließ sich von ihm hineinhelfen. »Nimm dich vor ihm in Acht.« Er wollte ihr keine Angst machen, fand jedoch, sie sollte von seinem Verdacht wissen. »Er war vielleicht schon die ganze Nacht hier und hat uns beobachtet.«

Sie starrte ihn an. »Das ist doch lächerlich. Es – es ist unheimlich.«

»Ja, aber vergiss nicht, von wem wir hier reden, Jess. Ist dir nicht aufgefallen, dass er noch die gleichen Sachen anhatte wie gestern? Und als wir oben waren, hat sich Roscoe auf einmal die Seele aus dem Leib gebellt, wahrscheinlich wegen Jacobsen. Deshalb schien er auch wie aus dem Nichts aufzutauchen. Er war nämlich schon da.«

Jess zitterte. »Und hat uns beobachtet?«

»Ja. Um zu sehen, wer zu welcher Uhrzeit kommt und geht. Oder um etwas anderes auszuspionieren.« Er umrundete die Motorhaube und drehte ein paarmal an der schwergängigen Kurbel. Als der Motor rumpelnd ansprang, kletterte er in den Wagen und betätigte die Starterklappe.

»Ich habe keine Angst vor ihm. Er kann mir nichts anhaben, und ich lasse mich von seinen Drohungen nicht einschüchtern.«

»Trotzdem, nimm dich in Acht.« Er warf einen kurzen Blick durch die Scheibe, dann ergriff er ihre Hand, die auf ihrem Schoß lag. »Jess, wenn es wegen gestern Nacht irgendwelche Schwierigkeiten gibt, sei es durch ihn oder jemand anderen, dann kannst du auf mich zählen, das sollst du nur wissen. Es tut mir nicht leid, was wir getan haben, und ich schäme mich auch nicht dafür.«

Jess sah ihn an und drückte ihm die Hand. Wieder wusste er, dass sie ihm glaubte, weil sie ihm direkt ins Herz schauen konnte.

Für den Augenblick würde ihm das genügen müssen, um alles, was vor ihnen lag, durchzustehen.

Für Jessica verliefen die nächsten zwei Tage mehr oder weniger so wie alle seit Beginn der Epidemie. Die endlose Abfolge kranker, sterbender und genesender Patienten raubte ihr jedes Zeitgefühl. Dass ein neuer Tag anbrach oder verstrichen war, merkte sie nur am Sonnenaufgang oder Sonnenuntergang.

Sie hatte keine Ahnung, wo Adam steckte, war jedoch dankbar, dass er seit jenem schrecklichen Morgen, als sie sich zuletzt begegnet waren, dem Krankenhaus ferngeblieben war. Falls seine Abwesenheit jemandem auffiel, wurde nicht darüber geredet.

Auch Cole hatte sie nicht mehr gesehen, aber er war vermutlich damit beschäftigt, die Pferde für die Verladung fertigzumachen.

In Berichten vom Roten Kreuz und von anderen Quellen hieß es, die Epidemie habe sich weltweit ausgebreitet, wenngleich die Zeitungen die Situation zumeist herunterspielten, sofern sie überhaupt Thema war. Ärzte und Krankenschwestern waren ebenso häufig betroffen wie ihre Patienten, und manche Regionen des Landes waren ganz auf sich gestellt. Auch von ihren Helferinnen waren bereits einige erkrankt. Was sollte aus Powell Springs werden, wenn es sie selbst erwischte?

Aus einer Mischung aus Schuldgefühlen und unterschwelliger Wut heraus besuchte Jessica Amy so selten wie möglich. Das war zuerst nicht schwer, weil ihre Schwester ohnehin die meiste Zeit schlief, und nachdem Jessica sie ein paarmal kurz untersucht hatte, stellte sie zufrieden fest, dass Amy sich auf dem Weg der Besserung befand. Aber damit fing sie auch an, den Pflegerinnen Fragen zu stellen.

Am Tag nach ihrem Zusammenstoß mit Adam kümmerte sich Jessica gerade um einen Patienten, als sie Amy fragen hörte: »Wo ist Jessica? Warum besucht sie mich nicht? Wo ist Cole?«

Sie stand hinter einem der Laken, die man gespannt hatte, um separate Abteile für die Patienten zu schaffen. Wie ein Feigling schlich sie sich rasch an ihr Pult zurück, ehe jemand Notiz von ihr nahm. Dabei war ihr bewusst, dass sie nur das Unvermeidliche aufschob. Sicher, Blut war dicker als Wasser, aber Amys gemeiner Verrat, während sie gleichzeitig ihren »guten Charakter« demonstrierte und sich als »leuchtendes Beispiel der Moral« gab, wie Adam es formuliert hatte, erstickte jedes Fünkchen schwesterlicher Zuneigung.

Birdeen Lyons spürte sie auf. Mit dem weißen Handtuch, das sie sich um den Kopf geschlungen hatte, sah sie aus wie eine englische Krankenschwester. »Jessica, Amy fragt nach Ihnen.«

Jess blickte auf und schob die Papiere auf dem Tisch herum. »Danke, Birdeen. Sagen Sie ihr, dass ich bald komme?«

Birdeen nickte und dackelte zurück zu Amys Bett.

Als Horace Cookson am Spätnachmittag im Krankenhaus auftauchte, hatte sie ihren Besuch noch immer nicht erledigt. Sie sah ihn als Erste in der Tür des Behelfskrankenhauses stehen, unfähig oder unwillig, einen weiteren Schritt zu tun. Jess eilte auf ihn zu, um ihn zu begrüßen. Obwohl er seine Bürgermeisterkluft trug – die schiefe Krawatte, die Weste, an der ein Knopf fehlte, und die verknitterte Jacke, die an den Ellbogen blanke Stellen hatte – wirkte er so gealtert, so *grau im Gesicht*, dass sie sich besorgt fragte, ob er sich jetzt auch noch mit der Krankheit infiziert hatte, die ihm Frau und Sohn genommen hatte.

»Bürgermeister Cookson«, sagte sie mit gedämpfter Stimme. »Geht es Ihnen gut?« Seine erloschenen, verstörten Augen waren so erfüllt von Trauer und Verwirrung, dass es sie ans Herz rührte. Es war eine dumme Frage; natürlich ging es ihm nicht gut. Sie begann noch einmal. »Sind Sie krank?«

Er schüttelte den Kopf. »Jessica, können wir uns irgendwo ungestört unterhalten?«

»Ja, im ...« Erst dachte sie an den zur Leichenhalle umfunktionierten Umkleideraum, aber das kam nicht in Frage. »Suchen wir uns ein Klassenzimmer.« Sie nahm Augenkontakt mit einer der Schwestern auf und zeigte auf die Tür, um ihr zu signalisieren, dass sie kurz unterwegs war. Dann gingen sie und Horace den Flur entlang, bis sie das leere Erdkundezimmer erreichten. An den Wänden hingen Karten von Europa, auf dem Lehrerpult thronte ein Globus, und auf der Tafel stand immer noch der Leseauftrag der letzten Unterrichtsstunde, die hier stattgefunden hatte. Er wartete, bis sie am Pult Platz genommen hatte, und setzte sich dann auf eine Ecke des Tisches und ließ ein Bein herunterbaumeln.

Etwas lag ihm auf der Seele, und zwar etwas, das über seine Trauer hinausging. Um den peinlichen Moment zu überbrücken, sagte sie: »Ich möchte mich für die Butter und die Sahne bedanken, die Sie mir schicken. Ein wahrer Luxus.«

»Ach was«, wiegelte er ab. »Das ist doch gar nichts. Wissen Sie, als Farmer kann man einen Teil dessen, was man produziert, für die eigene Familie abzweigen, und jetzt bin ja nur noch ich übrig.«

Sie bedauerte ihn. »Ich wünschte, ich hätte mehr tun können. Es tut mir so leid …«

Doch er hob abwehrend die Hand. »Das ist nicht der Grund, weshalb ich hier bin, Jessica. Es gibt Vorgänge, von denen Sie wissen sollten.«

Sie spielte mit einem Stück Kreide, das auf der eichenen Tischplatte lag, und wartete darauf, dass er fortfuhr.

»Adam Jacobsen hat gestern Abend eine Krisensitzung des Stadtrats einberufen.«

Plötzlich fiel ihr die Kreide aus den kraftlosen Fingern. »Tatsächlich?«

»Er wollte, dass wir Ihnen mit sofortiger Wirkung als Ärztin von Powell Springs kündigen. Jedenfalls hat er es so formuliert.«

Die farbigen Karten an der Wand verschwammen einen Augenblick lang vor ihren Augen. Sie wandte den Blick von ihnen ab und spannte den Kiefer an, um sich wieder zu fangen. »Soso. Und wer soll sich seiner Meinung nach um all die Leute in der Turnhalle kümmern?«

»Er meinte, Granny Mae könnte einspringen, bis Dr. Pearson kommt.«

»Ach ja, der geheimnisvolle Dr. Pearson. Ich beginne allmählich an seiner Existenz zu zweifeln.« Sie konnte einen Hauch Sarkasmus nicht verhehlen.

Er zuckte die Schultern, wodurch sich seine ausgebeulte, ungepflegte Jacke nach oben schob. »Hören Sie, ich weiß nicht, was zwischen Ihnen und Adam oder sonst jemandem vorgefallen ist. Das geht mich auch nichts an. Unter uns gesagt, wäre ich jetzt lieber auf meiner Farm bei meinen Kühen, anstatt das hier zu erledigen. Aber er hat einige ziemlich schwere Anschuldigungen vorgebracht, irgendwas mit moralischer Verworfenheit oder so.«

Getroffen und eingeschüchtert spürte Jessica, wie ihr Gesicht zu kribbeln begann. Sie brachte es nicht über sich zu fragen, was genau Adam ihnen erzählt hatte. »Und was ist bei der Sitzung herausgekommen?«

»Wir haben ihn natürlich überstimmt. Wir brauchen Sie hier. Sie machen erstklassige Arbeit.«

Dass er immer noch so dachte, nachdem er seine Frau und seinen Sohn verloren hatte, war in Jessicas Augen sehr edelmütig. »Ich habe also die Unterstützung des Stadtrats? Sie verteidigen mich gegen diesen Rufmord?«

»Was mich betrifft, ja. Wir sind ja nur zu zweit, Roland Bright und ich. Adam ist der dritte Stadtrat.«

Jessica rieb sich die Stirn. Wieder einmal hatte sie das Gefühl, das Gewicht der Welt laste auf ihren Schultern.

»Ich sage das nur ungern – Powell Springs ist eine gute Stadt –, aber die Leute lieben solche Geschichten. Liegt wohl in der menschlichen Natur. Es wird sich herumsprechen. Besonders jetzt. Es gibt ihnen ein Thema, das jenseits von Krieg und Krankheit ihre Gedanken beschäftigt. Und noch etwas sollten Sie wissen. Adam war ziemlich sauer, weil er sich nicht durchsetzen konnte. Er hat gedroht, dafür zu sorgen, dass Sie, na ja ...«

Sie blickte auf und umklammerte den Tischrand so fest, dass ihre Fingerspitzen sich weiß und rot verfärbten. »Dass ich mit Schimpf und Schande aus der Stadt gejagt werde? Geteert und gefedert werde? Oder schwebt ihm meine Exekution im Morgengrauen vor? Was erwarten Sie von mir, Bürgermeister Cookson?«

Er seufzte, als wäre ihm die ganze Angelegenheit äußerst unangenehm. »Ich dachte nur, Sie sollten besser erfahren, was vor sich geht. Immerhin ist er bei der American Protective League, das macht die Sache ein bisschen heikel.«

Sie hatte befürchtet, dass Adam sie in Schwierigkeiten bringen würde. Aber so schlimm hatte sie es sich nicht vorgestellt. »Danke, dass Sie es mir gesagt haben.« Sie erhob sich mit so viel Würde, wie sie aufbrachte, vom Stuhl, und fügte noch hinzu: »Tut mir leid, dass Sie in eine Privatangelegenheit hineingezogen wurden, die Adam an die Öffentlichkeit gezerrt hat. Ich weiß, Sie haben ohnehin schon genug Sorgen. Und ich eigentlich auch.«

Er stand ebenfalls auf. »Wie geht es Ihrer Schwester?«

»Sie ist auf dem Weg der Besserung.«

»Es gibt hier kaum eine Familie, die von dieser – dieser *Sache* verschont geblieben ist. Die Genesung Ihrer Schwester ist eine gute Nachricht.«

Jessica warf dem geprüften Mann einen schiefen Blick zu. »Ja, wirklich. Ich kann es kaum erwarten, bis sie wieder auf den Beinen ist.«

Auf einem Nebengleis in der Nähe des Bahnhofs standen fünf Viehwaggons unter einem grauen Nachmittagshimmel. Niedrige Federwolken streiften die benachbarten Kuppen und Hügel, sodass sie zum Greifen nah wirkten. Der Oktoberregen hatte den Powell Creek zu neuem Leben erweckt, in seinem Flussbett neben den Gleisen plätscherte das Wasser. Cole, Susannah, Tanner und seine Neffen halfen alle mit, die Braddock-Pferde zu verladen. Sie waren bereits seit Stunden am Werk und inzwischen müde und hungrig. Eine muntere Herde grauer und falbfarbener Pferde, die drängelten, die Hälse übereinanderlegten, stiegen und scheuten, galt es zu bändigen. Schließlich war ein Ende in Sicht.

»Verdammt, hol dir den Falben, der dort steigt!«, brüllte Pop von Muleys Rücken aus.

Cole wäre es lieber gewesen, Pop wäre zu Hause geblieben. Er und Tanner hatten die Situation gut unter Kontrolle, und Pops laute Befehle machten die Pferde noch nervöser, als sie es ohnehin waren. Alle anderen wirkten einfach nur erschöpft.

Mit einem ungehaltenen Blick zu Pop rief Susannah Cole zu: »Ich kümmere mich um den Papierkram.« Er nickte, und sie lenkte ihre Stute an das Ende der Schlange. Sie verwahrte die Ladeliste und andere Transportpapiere. Inzwischen führten Cole und Tanner die letzten Tiere die Rampe zum Waggon hinauf und schlossen die Klappe.

Cole sprang auf den Boden und schob die Rampe weg. »Gott, was bin ich froh, dass wir das erledigt haben«, sagte er zu Tanner, der nickte.

Tanner drehte sich zu den Jungen, die bereits aufgesessen hatten. »Los, Jungs, reiten wir zurück zur Farm. Auf uns wartet noch Arbeit.«

»Ach, können wir nicht noch ein bisschen in der Stadt bleiben und ein Eis kaufen, Onkel Tanner?«, bat Wade.

»Dieses Mal nicht, mein Junge. Ihr hättet es euch zwar verdient, aber alles hat wegen der Grippe geschlossen. Ich kann euch vielleicht zu Hause etwas Leckeres brutzeln.«

Wade und Josh warfen sich einen Seitenblick zu, der Cole nicht entging. Er hatte schon davon gehört, dass Tanner kein begnadeter Koch war.

»Ich habe eine bessere Idee«, sagte Cole und band Sage, sein Reittier, los. »Gehen wir doch auf eine Runde oder zwei zu Tilly's. Ich lade euch ein. Pop, bist du mit von der Partie?«

»Solang du bezahlst, jederzeit«, erwiderte der alte Mann.

Cole gluckste. »Ihr Jungs wartet hier auf Miss Susannah und sagt ihr, wo wir sind. Dann reitet ihr mit ihr zur Farm zurück. Ich wette, sie treibt noch irgendwo in der Küche ein paar Kekse für euch auf.«

»Wie hört sich das an?«, fragte Tanner die Jungen. Wade grinste, und Tanner zauste ihm den roten Haarschopf. »Ja, das dachte ich mir.«

Die drei Männer machten sich Richtung Saloon auf. Als sie an den Zugwaggons vorbeiritten, fiel Cole auf, dass sein Vater fast nachdenklich wirkte. Das war sonst gar nicht seine Art.

»Hast du was, Pop?«

»Siebenundzwanzig unserer besten Tiere gehen nach Übersee. Wunderschöne, starke Pferde, jedes einzelne von ihnen«, sagte Pop und warf eine Blick zurück. In seiner rostigen Stimme lag ein wehmütiger Klang. »Ich hoffe nur, dass man sich verdammt noch mal gut um sie kümmert.«

Cole sah ihn prüfend an. »Ja, ich auch.« Er hörte zum ersten Mal von seinem Vater, dass er sich um die Tiere, die sie nach Europa schickten, sorgte. »Die Menschen führen Krieg gegeneinander. Die Tiere müssen mitmachen, ob sie wollen oder nicht. Teufel, die meisten Menschen haben auch keine Wahl.«

Als hätte er auf einmal das Gefühl, sich allzu weibisch und zartfühlend gezeigt zu haben, richtete Pop sich so gerade auf, wie sein arthritisgeplagter Rücken es zuließ, und der Augenblick war vorüber. »Ach, vergiss das rührselige Gerede. Krieg ist Männersache, und ein Mann tut, was getan werden muss, ohne herumzujammern. Komme, was wolle.«

Der Seitenhieb war gegen Cole gemünzt, aber er biss nicht an. Solche Kommentare kannte er von seinem Vater zur Genüge.

Es waren kaum Fußgänger unterwegs, als sie durch die Stadt ritten. Powell Springs war nur mehr eine dürres Gerippe, ein Schatten seiner selbst. Es verkroch sich vor einem unsichtbaren Feind. Die einzige Person, die die Stadt vor der totalen Katastrophe bewahrte, war Jessica, die tüchtige, starke, leidenschaftliche Jess, die sich durch nichts davon abhalten ließ, sich um die Menschen hier zu kümmern. Nicht durch Adam. Nicht durch Amy. Nicht einmal durch ihre Gefühle für Cole.

Die drei Männer traten über die Schwelle des rauchgeschwängerten Saloons, durstig und mit klirrenden Sporen. Hier schienen die Katastrophen und Ereignisse, die die Welt erschütterten, nicht zu zählen. Tilly's war ein Hort der Beständigkeit in der Stadt, mit seinen ausgestopften Elchköpfen, den Ölgemälden und dem obligatorischen Handtuch über der Schulter des Besitzers. Nur der Kalender von Olympia-Bier wechselte jedes Jahr, und gelegentlich die Poster an der Wand, je nachdem, wer im Weißen Haus in Washington gerade das Sagen hatte.

Cole bestellte eine Flasche Whiskey und drei Gläser, während Tanner und Pop sich an einen Tisch setzten. Es war relativ ruhig an diesem Nachmittag, Bert Bauer und Elvin Fowler waren die einzigen Gäste. Elvin hatte seine Krücken an seinen Tisch gelehnt. Es war Cole ein Rätsel, wie der alte Mann es überhaupt in die Stadt geschafft hatte. Elvin wurde, wie Cole gehört hatte, allmählich zu einem von Tilly's Stammkunden. Der arme Teufel, dachte Cole. Er konnte verstehen, warum der Mann zu trinken angefangen hatte.

Tanner erstarrte beim Anblick von Bauer, aber das überraschte Cole nicht. Dieser Grabräuber hatte so viele unangenehme

Charakterzüge, dass er es sich mit so ziemlich jedem verscherzte. Cole reichte die Gläser weiter und goss jedem einen Schluck ein.

»He, Shaw«, rief Tilly hinter dem Tresen. »Du kommst wie gerufen, du musst nämlich unsere Wette entscheiden.«

»Ja? Was denn für eine Wette?«

»Wir versuchen herauszufinden, was schlauer ist, ein Schwein oder ein Pferd. Ich sage, das Pferd, aber Elvin ist für das Schwein, und Bert auch.«

»Das passt zu ihm«, murmelte Tanner vor sich hin.

»Mensch, Jungs, das ist doch keine Frage. Jeder weiß, dass ein Pferd schlauer als ein Schwein ist!«, tönte Pop.

»Ich kannte mal einen, der hatte ein Jagdschwein«, erklärte Elvin. »Dieses Schwein konnte besser Wild aufstöbern als jeder Vorstehhund. Liegt an ihrem Geruchssinn.«

»Ich habe mal eines auf dem Jahrmarkt gesehen, das verdeckte Karten erraten sollte«, schaltete Bauer sich ein. »Es lag jedes verdammte Mal richtig. Zeig mir ein Pferd, das so was kann.« Er machte Tilly ein Zeichen, noch ein Bier zu bringen.

»Tja, aber Schweine bringen dich in einer finsteren Nacht nicht nach Hause, wenn du so blau bist, dass du nicht mehr weißt, wo links und rechts ist. Ein Pferd findet immer zurück. Wenn du dir irgendwo draußen ein Bein brichst, kann dich ein Schwein nicht retten.«

»Ich habe mal ein Huhn gesehen, dass mit dem Schnabel Klavier spielen konnte und ...«

»Verdammt, Elvin, wir reden hier nicht über Hühner. Wir reden über Schweine und kluge Pferde.«

Die lächerliche Diskussion erhitzte sich, und Cole wusste, dass Pop in seinem Element war. Jeder hatte eine Geschichte beizusteuern, ein Beispiel anzuführen. Sogar Tanner, sonst ein Mann von ruhiger Natur, der gern für sich blieb, beteiligte sich. Cole blendete die lärmenden Stimmen aus und dachte daran, wie Jessica, wunderschön und voller Leidenschaft, in seinen Armen gelegen hatte.

Morgen würde er Amy im Krankenhaus besuchen. Nicht weil er besondere Lust dazu hatte, sondern weil es sein musste. Und nebenbei konnte er sich gleich von ihrer Genesung überzeugen. Im Augenblick versuchte er nicht an den bösen Streich zu denken, den sie ihnen gespielt hatte. Aber er musste sich doch fragen, ob er sie überhaupt jemals richtig gekannt hatte. Angesichts dessen, was er jetzt wusste, fand er, sie würde am besten zu einer falschen Schlange wie Jacobsen passen. Beide gaben vor etwas zu sein, was sie nicht waren. Er trank das halbe Glas und setzte sich im Stuhl zurück, um seinen Rücken zu entspannen.

Die diversen Vorzüge von Schweinen und Pferden wurden ungefähr eine Stunde lang erörtert. Mit eigenen Gedanken beschäftigt, ließ Cole die Unterhaltung wie Flusswasser an sich vorbeirauschen. Als er wieder zuhörte, waren sie beim Thema Kahlköpfigkeit angelangt.

»Habt ihr schon mal einen Indianer mit Glatze gesehen?«, fragte Pop und stützte den Ellbogen auf den Tisch. »Habt ihr beiden schon mal einen Indianer mit Glatze gesehen?«, wiederholte er an Cole und Tanner gewandt. »Nein! Und wisst ihr auch, warum?« Er kam ihrer Antwort zuvor. »Weil sie sich die Haare nicht waschen. Diese Indianerhäuptlinge, die kennen den Trick. Wenn ihr keine Glatze bekommen wollt, wascht euch die Haare nicht mehr.«

»Ich weiß nicht, Shaw, das klingt irgendwie merkwürdig«, meinte Tilly und schwang sich das Handtuch über die Schulter.

Pop schenkte sich noch einen Whiskey ein und schlug mit der Faust auf den Tisch. »Sitting Bull, der ist ein gutes Beispiel. Sie haben ihn erschossen, aber als er starb, hatte er noch dicke Zöpfe.«

Cole lachte, klopfte auf den Tisch und schüttelte den Kopf. »Was für ein Unsinn.«

Pop wurde zornig. »Was? Glaubst du mir etwa nicht? Dann geh doch mal bitte in die Bibliothek und sieh dir die Fotografie an, die dort an der Wand hängt. Denkst du, Buffalo Bill würde einen Indianer in seiner Show auftreten lassen, der keine Haare hat?«

»So meine ich es doch nicht«, antwortete Cole.

»Ich habe das Bild gesehen«, mischte sich Tanner ein. »Er hat tatsächlich Zöpfe.«

Cole lachte erneut über die Absurdität des Ganzen.

»Da hast du verdammt recht, das hat er«, stimmte Pop ihm zu. »Dieser Bill Cody hat eine erstklassige Show geboten, mit Annie Oakley und all den anderen.«

»Ja, ja. Und als du diesen Trick zu Hause nachmachen wolltest, hast du Ärger mit Susannah bekommen, weil dein Kopfkissen ganz grau von dem Dreck in deinen Haaren war. Du musstest dir den Kopf schrubben, bis die Kopfhaut rosa war.«

Pop blickte finster drein. »Es ist ein Wunder, dass ich nach dieser Behandlung überhaupt noch ein Haar auf dem Kopf habe.«

»Du hast noch jede Menge.«

»Tja, Frauen waschen sich die Haare, und die werden nicht kahl«, wandte Elvin ein.

»Stimmt, und dabei waschen manche sie zweimal die Woche«, fügte Bauer hinzu. »Oder noch öfter.«

Die Tür des Saloons öffnete sich, und Cole hoffte, mit dem feuchten Luftschwall würde auch frischer Wind in diese dümmliche Unterhaltung kommen. Doch als er aufblickte, stand Susannah in der Tür. Sie trug immer noch Reitrock und Arbeitshandschuhe.

Elvin nickte. »Vielleicht hat das Waschen gar nichts damit zu tun, dass ...« Als er sie sah, brach er ab, und auch sonst sagte niemand mehr ein Wort.

Zwei Frauen bei Tilly's in ebenso vielen Monaten. So etwas hatte es noch nie gegeben.

Cole fuhr hoch, wobei er den Stuhl umkippte. Mit ihr stimmte etwas nicht. Ganz und gar nicht. Ein unerklärliches Schaudern durchlief ihn, und ihm stellten sich sämtliche Haare auf. Tanner gegenüber am Tisch stand ebenfalls auf, plötzlich in Alarmbereitschaft.

Cole hatte nur Augen für Susannahs kreidebleiches Gesicht. Er durchmaß die wenigen Meter, die sie trennten. »Was ist los?«

Sie sah ihn an, als hätte sie einen Schlag auf den Rücken bekommen und sich noch nicht von diesem Überraschungsangriff erholt. Ihr Mund bewegte sich, aber es kamen keine Worte heraus.

»Susannah!« Er streckte die Hand aus und packte sie am Armgelenk.

Schließlich hielt sie ihm ein zerknülltes Stück Papier hin. Zögernd nahm er es und strich es glatt.

Es war ein Telegramm. Oh Gott, dachte er, Telegramme hatten ihm noch nie gute Nachrichten gebracht. Noch nie. Er las die Worte zweimal, dann las er sie noch einmal.

MRS. SUSANNAH BRADDOCK
RTE 3
POWELL SPRINGS ORE

MIT GRÖSSTEM BEDAUERN TEILEN WIR IHNEN
MIT, DASS SERGEANT RILEY BRADDOCK,
INFANTERIST, LAUT OFFIZIELLEM BERICHT
AM 11. OKTOBER IM FELD GEFALLEN IST.
M. MORRIS, STELLVERTRETENDER ADJUTANT
GENERAL.

Cole drehte das Blatt um, als würde auf der Rückseite eine bessere Erklärung stehen, ein Beweis dafür, dass es nur ein grausamer, schrecklicher Scherz war. Aber da stand nichts.

»Oh mein Gott.« Coles Kehle war so eng und trocken wie ein alter Lederhandschuh. Seine Augen brannten, als er auf die unpersönlichen Worte starrte, die der Telegrafist geschrieben hatte. »Um Gottes willen.«

»Wo sind die Jungs?«, erkundigte sich Tanner und warf einen kurzen Blick in Bauers Richtung.

»Zu Hause.« Susannahs Stimme war nur mehr ein Krächzen. Sie ließ den Kopf hängen, sodass der feuchte Niederschlag auf ihrem Haar im Gaslicht des Saloons wie kleine Glasperlen funkelte. Ein ersticktes Schluchzen entrang sich ihrer Brust.

»Was ist denn los?« fragte Pop. »Haben sie dir auf dem Bahnhof etwa das Leben schwergemacht?« Cole sah zu seinem Vater, der sie verwirrt und noch in seliger Unwissenheit anblickte.

Cole fühlte sich so starr und leblos wie ein Automat. Er legte Susannah den Arm um die Schulter und machte den beiden anderen ein Zeichen, mit nach draußen zu kommen. »Wir müssen gehen. Jetzt gleich.« Sein brüsker Ton ließ keinen Raum für Widerworte.

*Krieg ist Männersache, und ein Mann tut, was getan werden muss.*

Er fragte sich, was jetzt allerdings völlig belanglos war, ob Pop diese knallharte Philosophie immer noch unterschreiben würde, nachdem er erfahren hatte, dass sein ältester Sohn auf einem Schlachtfeld in Frankreich gestorben war.

# Kapitel 19

Die Nachricht von Riley Braddocks Tod überschattete Powell Springs wie die dunklen Schwingen einer unheimlichen, mondlosen Nacht. Sie verbreitete sich im Flüsterton von Nachbar zu Nachbar, durch Hintertüren und Glasveranden und über das Telefon, trotz der Epidemie, die immer noch den Großteil der Stadt in die Knie zwang. Der *Powell Springs Star* brachte Rileys Nachruf auf der ersten Seite. Er war der dritte tote Soldat aus Powell Springs, wenngleich Eddie Cookson, der einem anderen Feind erlegen war, den Pazifischen Nordwesten nie verlassen hatte.

Jessica prüfte gerade den Bestand an sauberen Bettlaken in einem Vitrinenschrank aus Ahorn, der als Vorratsschrank diente, als Cole hereinkam. Sie hatte die schreckliche Nachricht von Riley bereits gehört und, weil sie nicht wusste, was sie unter den gegebenen Umständen sonst tun sollte, sofort einen mitfühlenden Beileidsbrief an die Familie Braddock geschickt.

Als sie sich umdrehte und ihn neben ihrem Pult stehen sah, von wo aus er ihr wie ein Schlafwandler zusah, erschrak sie über seine Blässe, das unrasierte Kinn und die eingesunkenen, blutunterlaufenen Augen. Rasch trat sie zu ihm.

»Cole«, sagte sie leise und ergriff seine Hände.

Er erwiderte nichts, sondern legte die Arme um sie und ließ seinen Kopf einen Augenblick auf ihrer Schulter ruhen. Sie spürte, wie er seufzte, und es schien ihr, als läge das ganze Leid der Welt in diesem Seufzer. Die Leute in der Nähe gafften und sahen dann weg. Zutiefst betrübt drückte sie ihn an sich.

Schließlich löste er sich von ihr. »Wie geht es Amy?«

»Viel besser, als ich je erwartet hätte. Ich habe vor, sie bereits morgen zu Mrs. Donaldson zu entlassen.«

»Weiß sie das mit Ri... meinem Bruder?« Er schien seinen Namen nicht herauszubringen.

»Ja. Jeder hat davon erfahren. Aber wie geht es *dir* denn?«

»Ich – es ist für keinen von uns leicht. Susannah hat seit zwei Nächten, seit wir das Telegramm bekommen haben, nicht mehr in ihrem Bett geschlafen. Sie sitzt einfach im Wohnzimmer am Fenster, als würde sie darauf warten, dass er die Straße heraufkommt. Sie kocht und ich helfe ihr dabei, aber keiner von uns hat so richtig Hunger. Wir machen alle eine schwere Zeit durch.«

Sie bot ihm einen Stuhl neben dem Pult an und setzte sich ebenfalls. »Ihr könnt Riley wohl nicht nach Hause holen, nehme ich an?« Angesichts der riesigen Gräberfelder in Frankreich hielt sie das für unwahrscheinlich.

Er schüttelte den Kopf, und als er antwortete, hielt er den Blick auf seine Knie gerichtet. »Ich habe mit Horace Cookson gesprochen. Er kennt einige Leute in Washington, D.C. Sie begraben die Männer so schnell wie möglich und in der Nähe des Schlachtfelds, wo sie gefallen sind. Auch die Pferde.« Seine Stimme stockte. Er schluckte, dann sah er sie an. »Mein Gott, sie begraben die Pferde ...«

»Cole«, flüsterte sie, »solltest du nicht besser zu Hause sein? Braucht jemand von euch einen Arzt? Dein Vater? Du hättest mich holen lassen können, ich hätte schon jemanden gefunden, der mich zu euch rausbringt.«

»Nein, ich bin nicht hier, weil wir einen Arzt brauchen.« Er setzte sich auf und schien aus seiner Benommenheit zu erwachen. »Ich muss mit Amy reden.«

Sie nahm seine Hände in ihre. »Oh, aber sie versteht, dass du sie nicht besuchen kannst.«

Er schüttelte den Kopf und stand auf, um durch den lakenverhangenen Gang zu Amys Bett zu gehen. Jess folgte ihm, die Hände fest ineinander verschränkt, und ihre Unruhe schickte ihr kalte Schauer über den Rücken.

Als Cole Amys Abteil betrat, saß sie im Bett und las ein Buch. Tatsächlich sah sie schon viel besser aus als an dem Tag, an dem er sie eingeliefert hatte. Sie trug eine schlichte Bettjacke und das Haar zu zwei ordentlichen Zöpfen geflochten, wie ein junges Mädchen. Und bis auf die Tatsache, dass ihre Wangen etwas schmaler wirkten, schien sie wohlauf.

»Cole, oh Cole!«, rief sie glücklich. »Ich freue mich so, dich zu sehen! Das mit Riley tut mir schrecklich leid. Was für ein Unglück.« Sie bot ihm ihre Wange zum Kuss dar, was er jedoch ignorierte.

Stattdessen setzte er sich auf den Hocker neben Amys Bett. Ihm dröhnte der Kopf von all dem Whiskey, den er in den vergangenen Tagen getrunken hatte, aber jetzt war er nüchtern. Und entschlossen. »Hallo, Amy. Geht es dir besser?«

Sie legte ein Stück Papier in das Buch auf ihrem Schoß, um die Stelle zu markieren. »Oh ja! Es tut mir leid, dass ich euch alle in Schrecken versetzt habe. Jessica hat gesagt, ich war eine Weile lang ziemlich krank. Heute Morgen habe ich eine Runde um die Turnhalle gemacht und mich danach ziemlich zittrig gefühlt, aber ich arbeite an meiner Kondition.«

»Gut.«

»Jessica will mich morgen entlassen, zu Mrs. Donaldson. Dann warten wir erst einmal ab, bis, na ja, eine angemessene Zeit verstrichen ist.« Diese eindeutige Anspielung unterstrich sie mit einem mitfühlenden Lächeln.

»Das ist schön. Danach kannst du dein Leben wiederaufnehmen, was immer du für die Zukunft planst.«

»Wie bitte?« Sie sah ihn fragend an, was Cole an Roscoe erinnerte, wenn der Hund ihn zu verstehen versuchte.

Aber erfreulicherweise war sie immerhin so weit genesen, dass sie ihm zuhören konnte. Er griff in seine Hemdtasche und zog ein weiteres Mal das Telegramm heraus, das Jess unter seinem Namen bekommen hatte. Er hatte es an jenem Abend, als er ihr den wahren Absender genannt hatte, wieder an sich genommen. Außerdem holte er Leroys eidesstattliche Erklärung hervor. »Ich muss dir etwas zeigen.«

Amys Miene blieb unverändert. »Ach Cole, mein armer Schatz. Ich weiß, was du durchmachst, was jeder von euch durchmacht.« So ungerecht es sein mochte, aber er nahm ihr jetzt nichts mehr ab, auch wenn sie noch so aufrichtig klang. »Du musst dir das wirklich nicht antun, mir das Telegramm mit der Nachricht von Rileys Tod zu zeigen.«

Er faltete die Mitteilung auseinander und hielt sie hoch, damit sie sie lesen konnte. »Es geht nicht um meinen Bruder. Das ist das Telegramm, das Jessica vor gut einem Jahr von mir bekommen hat. *Angeblich* von mir. Ich habe es nämlich nicht geschickt.«

Ihre feinen Brauen zogen sich zusammen und sie verschränkte die Hände über ihrem Buch. »Das verstehe ich nicht.«

»Hmm. Vielleicht hilft dir das weiter. Das hier«, fuhr er fort und entfaltete das Schreiben des Telegrafisten, »ist eine Erklärung von Leroy Fenton, in der steht, wer das Telegramm aufgegeben hat.« Er hielt die Blätter hoch.

Sie nahm sie entgegen und las beide. Muskeln zuckten in ihrem Gesicht, und sie wagte nicht ihn anzusehen. »Das glaubst du doch wohl nicht, oder?«

Er wollte sich nicht noch einmal das ganze Blabla über ihre blütenweiße Unschuld und ihr reines Herz anhören. Das hatte Jessica ihm bereits alles heruntergeleiert, bevor er sie von der Wahrheit überzeugt hatte. Er beugte sich näher und stellte seine Ellbogen auf die Knie, wodurch er sie zwang, ihn anzusehen. Mit leiser, kontrollierter Stimme sagte er: »Amy, ich werde dich nicht heiraten. Ich liebe dich nicht.« Sie starrte ihn mit offenem Mund und großen Augen an. »Ich habe immer Jessica geliebt, und du hast uns beiden einen ganz gemeinen, hinterhältigen Streich gespielt.

Du wolltest uns auseinanderbringen, und ich nehme einen Teil der Schuld auf mich – ich hätte dir nie den Hof machen dürfen. Ich wünschte, ich wäre stärker gewesen, und für diesen Fehler muss ich mich bei dir entschuldigen. Aber es ist nur einem Zufall zu verdanken, dass ich von deiner Intrige erfahren habe, ehe es zu spät war. Der Tod meines Bruders hat mir gezeigt, dass unsere Zeit auf Erden zu kurz ist, um sie mit falschen Entscheidungen zu verschwenden. Du kannst dein Leben verbringen, wie du willst, aber du wirst es nicht mit mir verbringen.«

Er riss die Papiere aus Amys Hand, stand auf und marschierte davon. Bei Jessica, die mit unergründlicher Miene in der Nähe wartete, blieb er stehen. Er küsste sie auf die Wange und sagte: »Ich melde mich in ein oder zwei Tagen bei dir.«

Granny Mae kam mit einem Stapel Handtüchern vorbei und sah sie dabei durchdringend an, sagte jedoch nichts.

Ein schrilles Kreischen kam von Amys Bett. »*Cole*! Komm zurück!« Alle wachen Augen in Blickweite starrten ihn an, aber er ging einfach weiter.

Er schob sich durch die Tür nach draußen, wo Sage angebunden war und geduldig auf ihn wartete. Obwohl er Riley verloren hatte und trotz allem, was passiert war, nahm ein merkwürdiges Gefühl der Befreiung einen Teil der Last von seinen Schultern. Er schwang sich aufs Pferd und ritt in Richtung Farm.

Jessica trat an das Bett ihrer Schwester. Jetzt, da Cole sie mit den Tatsachen konfrontiert hatte, konnte sie es auch nicht länger aufschieben, Amy gegenüberzutreten. Ihre Schwester hatte bereits einen Fuß auf dem Boden und wollte aufstehen.

»Ich denke, du solltest noch eine Weile hierbleiben.«

Unfähig zu widersprechen, sank Amy zurück aufs Bett. Sie keuchte vor Anstrengung, doch in ihren schmalen Augen lag Feindseligkeit, als sie Jessica prüfend musterte. Es erinnerte Jessica an ihr letztes, hasserfülltes Zusammentreffen in ihrer Praxis, als Amys Krankheit gerade ausgebrochen war. Amys Gesicht war fleckig und nass von zornigen Tränen. Jessica erwartete fast, sie würde gleich die Zähne fletschen. »Du ... du musst dich ja wahnsinnig freuen. Du hast wieder einmal deinen Willen bekommen, Jessica. Ich hoffe, du bist glücklich.«

Jessica setzte sich auf den Hocker, den Cole kurz zuvor freigemacht hatte, und verschränkte die Arme. »Ich bin überhaupt nicht glücklich. Ich habe herausgefunden, dass meine Schwester, mein eigen Fleisch und Blut, mich hintergangen und verletzt hat. Als Cole mir erzählt hat, was du getan hast, wollte ich es zuerst nicht glauben. Es erschien mir unmöglich, dass das Mädchen, mit dem ich aufgewachsen war, die Schwester, um die ich mich gekümmert und der ich, als ich fort war, jeden Monat Geld geschickt hatte, mich so hinters Licht führen könnte. Ich hätte sogar deine Hochzeit bezahlt.« Ihre Worte trieften vor Ironie. »Ich würde dich fragen, warum du es getan hast, aber ich bezweifle, dass irgendeine Erklärung jetzt noch etwas bewirken könnte.«

Amy versuchte unter Anstrengung, sich wieder aufzusetzen. »Ich habe dir bereits gesagt, warum. Du hast Cole nicht verdient!«

War ihre Schwester schon immer so ein selbstsüchtiges Ungeheuer gewesen?, fragte sich Jess. Hatte sie denn gar kein Gewissen? »Und wer gibt dir das Recht, das zu entscheiden? Empfindest du keine Gewissensbisse? Oder Reue?«

Amy sah sie aus schmalen Augen an. »Hattest du denn Gewissensbisse, weil du Daddys ganze Zeit für dich beansprucht hast?«

Hinter Amys Maske der frommen Wohltäterin schien sich eine erschreckend andere Person zu verbergen. Bitterer Groll regte sich in Jessica, und obwohl sie es schaffte, an diesem halböffentlichen Ort ihre zitternde Stimme nicht zu erheben, konnte sie ihren Ärger nicht länger bezähmen. »So hast du also beschlossen, dass du diejenige sein solltest, die Cole heiratet. Du hast uns beiden vorgegaukelt, dass der jeweils andere die Verlobung aufgekündigt hätte …«

»Ihr wart nicht verlobt. Zumindest nicht offiziell.«

»… obwohl du wusstest, dass wir uns seit unserer Kindheit geliebt hatten«, fuhr Jess fort, ohne auf Amys Unterbrechung zu achten. »Du hast uns unverzeihliche Lügen erzählt – *uns*, Menschen, die du vorgibst zu lieben. Das kann ich nicht hinnehmen, weder von dir noch von jemand anderem!« Sie stand vom Hocker auf.

»Du findest also, dass ich Cole nicht verdiene? Dann will ich dir etwas sagen, Amy. Ich finde, Cole verdient so eine hinterhältige Betrügerin wie dich nicht.«

Als Amy empört aufschnaufte, löste das einen leichten Hustenanfall aus, den Jessica jedoch nicht weiter beachtete, als sie ging.

ꝏ ꝏ ꝏ

Ein stetiger Regen peitschte gegen das Esszimmerfenster der Braddock-Farm. Nur Cole und Pop saßen am Tisch.

Susannah hatte sich wieder auf den Stuhl am Wohnzimmerfenster zurückgezogen, und die Jungen schliefen oben. Seit Susannah das Krankenhaus mied, hatte man ihre Verbannung in das Blockhaus der Farmarbeiter, das abseits des Haupthauses lag, aufgehoben. Sie waren die Einzigen, die immer noch mit dem Appetit kindlicher Unschuld aßen. Sie spürten jedoch, dass etwas nicht in Ordnung war, weil die Erwachsenen sich so komisch benahmen, das wusste Cole. Ihr Onkel Tanner hatte ihnen erzählt, dass Miss Susannahs Ehemann nicht mehr aus dem Krieg auf die Farm zurückkehren würde. Aber sie waren selbst von ihren Eltern verlassen worden, und auch die würden nicht mehr zurückkommen. Das war noch schlimmer gewesen.

Tanner saß im Wohnzimmer und las eine Farmerzeitschrift. Cole war aufgefallen, dass Tanner sich seit Rileys Tod besonders um Susannah kümmerte. Er mochte den Mann, der seine Arbeit erledigte, ruhig und kompetent war und nett mit seinen Neffen umging.

Cole nahm seinen blauen Emaille-Kaffeebecher, um ihn in die Küche zu bringen. »Magst du noch welchen, Pop?«

»Warum nicht.« Er schob ihm seinen Becher zu.

Cole ging zum Herd und kam mit zwei dampfenden Bechern zurück. Beide hatten sie sich bis zur Kante mit Whiskey volllaufen lassen. Jetzt waren sie wieder zu Kaffee übergegangen.

»Ich muss dir etwas erzählen.«

Sein Vater sah ihn an, müde und besorgt. »Ja?«

Cole nickte und erklärte, warum er nicht mehr mit Amy zusammen war.

Pop starrte ihn an. »Bist du dir da ganz sicher?«

Zum dritten Mal holte Cole sein Beweismaterial hervor und schob es über den Tisch. Der alte Mann nahm beide Blätter und hielt sie mit ausgestrecktem Arm, um sie lesen zu können.

»Und was hast du jetzt vor?«

»Ich werde Jessica fragen, ob sie mich heiratet und hier in Powell Springs bleibt.«

Pop schloss die Augen. »Du meine Güte, schon wieder das Arztmädel.«

»Komm schon, Pop, gib es doch zu. Amy wollte uns mit ihrem doppelten Spiel alle an der Nase herumführen. Jessica war immer nur Jessica. Amy ...« Er schauderte. »Ehrlich gesagt habe ich keine Ahnung, wer sie eigentlich ist. Jess geht es ebenso. Und so etwas möchte man nicht erst nach dem Jawort herausfinden.«

Der alte Mann hob zustimmend eine seiner arthritisgeplagten Hände. »Junge, Junge, sie hat uns ja ganz schön verschaukelt.«

»Allerdings. Möchtest du so eine Schwiegertochter?«

Seufzend rieb Pop sich sein weißes, kurzgeschnittenes Haar. Er antwortete nicht sofort. Auf Cole wirkte er gealtert, als wäre sein innerer Funke, diese kleine Flamme, die ihn reizbar und streitlustig machte, erloschen. »Manchmal glaube ich, ich lebe schon zu lang«, meinte er schließlich. »Alles steht auf dem Kopf. Ich weiß nicht, worauf ich mich noch verlassen kann.« Mit langsamen, steifen Bewegungen zog er eine kleine Flasche aus seiner Gesäßtasche und gab ein wenig Whiskey in seinen Becher. »Als eure Ma starb, habe ich mich durchgeboxt, ich hatte ja zwei Jungs großzuziehen und wusste, dass sie von mir erwarten würde, ich sollte es ordentlich machen.« Er sah zu Cole auf. »Ich weiß immer noch nicht, ob es mir gelungen ist.«

Cole spielte mit seinem Löffel herum, überrascht durch die Offenheit seines Vaters. Sofort ging er in die Defensive. »Warum, weil ich nicht so war, die du es erwartet hast?«

Pop starrte ihn an. »Habe ich das gesagt?«

»Manchmal, auf vielerlei Art.«

»Wie denn?«, wollte er wissen. »Wie habe ich es gesagt?«

Cole war nicht in der Stimmung, alte Streitereien und Unterstellungen wiederaufzuwärmen. »Das ist jetzt unwichtig. Belassen wir es einfach dabei, dass ich oft das Gefühl hatte, ich hätte dich irgendwie enttäuscht.« Der Kummer und die Wut über Rileys Verlust brachten ihn dazu, mehr zu sagen, als er es sonst getan hätte. »Dass ich nicht so geworden bin, wie du es gern gehabt hättest.«

»Weil ich wollte, dass du mit Riley in den Krieg ziehst?«, bohrte Pop nach. Er stützte seine Ellbogen auf den Tisch und beugte sich ein bisschen vor. »Dann lass dir mal was sagen. Damals dachte ich, es wäre das Richtige. Aber jetzt ...«

»Jetzt?

Cole wartete, er wusste nicht genau, worauf. Zustimmung, Lob, irgendeinen kritikfreien Kommentar. Aber es kam nichts.

Sein Vater machte nur eine Geste mit der Hand und hievte sich laut ächzend vom Stuhl hoch. »Ich gehe jetzt ins Bett.«

Cole sah ihm nach, wie er hinausschlurfte. Seufzend starrte er auf die regennassen Fenster und die Schwärze dahinter.

Am nächsten Morgen kehrte Amy in aller Frühe zu Mrs. Donaldson zurück, um sich dort vollständig zu erholen. Damit würde das Krankenhaus auch eine Pflegerin verlieren, was Jessica jedoch verschmerzen konnte. Mrs. Donaldson war doch oft sehr emotional.

Jessica blieb bewusst so lang in der Praxis und erledigte Papierkram, bis sie davon ausgehen konnte, dass ihre Schwester fort war. Ihre öffentliche Szene war hässlich gewesen und, was noch schlimmer war, Jess spürte die feine Trennlinie zwischen Unterstützern und Gegnern unter Patienten und Krankenschwestern. Manche hielten zu Jessica, andere zu Amy. Jess war es egal, wer auf ihrer Seite stand, ihr war einfach die ganze Situation peinlich. Hätte Cole doch nur einen günstigeren Augenblick abgewartet, um die Katze aus dem Sack zu lassen.

Während sie an ihrem Schreibtisch im Arbeitszimmer saß, ertappte sie sich dabei, wie sie auf Anzeichen von Aktivität in der Schmiede nebenan wartete. Der Klang des Hammers, der auf Metall schlug, der Geruch der Esse, das Wiehern von Pferden. Aber da war nichts.

Als sie am Nachmittag im Krankenhaus besorgt die feuchte Lunge von Jeremy Easton abhorchte, für den sie kaum noch Hoffnung hatte, hörte sie draußen Tumult. Sie blendete den Lärm aus und versuchte sich auf ihren Patienten zu konzentrieren. Die Hand auf seiner Stirn, spürte sie das Fieber in ihm brennen. Bitte, dachte sie, nicht auch noch Jeremy.

»Ach du heiliges Kanonenrohr!«, platzte Granny Mae am anderen Ende des großen Raums heraus.

Jessica blickte auf und sah Granny und Iris Delaney am Fenster. »Was ist denn da draußen los?«

»Ich kann es nicht sagen. Aber Adam Jacobsen hat ein Grüppchen Leute dabei, und sie kommen hierher.«

Eine kalte Hand des Grauens legte sich um Jessicas Herz. Adam war seit jenem Morgen, als er auf sie und Cole losgegangen war und wie ein Racheengel mit dem Finger auf sie gezeigt hatte, nicht mehr im Krankenhaus gesehen worden. Sie trat ans Fenster neben Granny Mae und zog ihren Mundschutz herunter, entsetzt über das Geschehen draußen.

Adam Jacobsen und eine bunte Anhängerschar, darunter Laura Donaldson, James Leonard und seine Frau Dolly, die etwas widerstrebend wirkte, hatten sich auf der Eingangstreppe der Schule versammelt. James Leonard trug ein schlecht gemaltes Schild.

**GOTT WIRD UNZUCHTSÜNDER UND EHEBRECHER RICHTEN!**

Gedämpft durch die Scheibe hörte Jess Adams Ansprache. »... wollt ihr, dass sich eine sittenlose Hure, die sich hinter einem ehrenwerten Beruf verschanzt, um eure Lieben kümmert?«

Eine Welle von *Neins* ging durch die Menge, wie eine Brise, die durch ein Sommerfeld streift.

»Es könnte sogar sein, dass Dr. Layton die Seuche eingeschleppt hat. Bevor sie kam, gab es sie hier nicht«, sagte Adam.

»He, das stimmt!«

»Wie Sie sagen, Mr. Jacobsen. Die Endzeit.«

»Der Stadtrat hat sich geweigert, sie aus ihrem Amt zu entfernen, sich geweigert zuzugeben, dass ich recht habe und sie nicht geeignet ist, als Ärztin zu praktizieren. Granny Mae kann sich um unsere Leute kümmern. Dr. Layton ist nicht länger Bürgerin von Powell Springs.«

In der Gruppe erhob sich allgemeines Gemurmel, und einige starrten Jessica wütend und gehässig an, sodass sie sich von der Scheibe zurückzog.

»Aber wir sind nicht machtlos«, fuhr Adam laut tönend fort. »Die demokratischen Prozesse, die uns zu einer großen Nation gemacht haben, werden uns zum Sieg verhelfen. Unterzeichnet die Petition, die ich euch gegeben habe. Reicht sie an alle weiter, die ihr kennt. Wenn ihr dafür in den Saloon gehen müsst, wo der teuflische Rum verkauft wird, dann sei es so! Ich weiß, dass dort auch der Liebhaber der Hure verkehrt, aber jede Unterschrift zählt. Macht, *was immer* nötig ist. Gott ist auf unserer Seite!« Er zeigte auf die zweiflügelige Schultüre. »Die Hure ist da drin!«

»Um Gottes willen!«, rief Iris aus.

»Das ist entsetzlich«, sagte Jessica, das Herz hämmerte ihr in der Brust. »Er ruft sie zu Gewalt auf. Cole muss das erfahren.«

Granny Mae schaute sich den Aufruhr an, ihr grauer Dutt saß leicht schief auf dem Kopf. »Sieht ganz so aus, als hätten Sie sich jemanden zum Feind gemacht. Jemand Gefährlichen noch dazu. Diese kleine Ratte hat mich schon zweimal bei der American Protective League angezeigt.«

Jessica seufzte, verschränkte die Hände unter dem Kinn und legte die beiden Zeigefinger, zu einer Kirchturmspitze geformt, an die Lippen. Warum, warum nur hatte sie wegen Adam nicht auf Cole gehört? Er war nicht nur völlig außer Rand und Band, sondern so bösartig wie eine Viper. Die Andeutung, sie hätte Powell Springs mit der Influenza angesteckt – der Mann war voller Hass. Beinahe erwartete sie, auch Amy unter den Beteiligten zu sehen, wenn sie nicht gewusst hätte, dass Amy für solche anstrengenden Unternehmungen noch zu schwach war. Und in einem Winkel ihres Herzens weigerte sie sich immer noch zu glauben, dass ihre Schwester, trotz allem, was sie bereits angerichtet hatte, so weit gehen würde wie die Menschen da draußen.

»Wenn es noch schlimmer wird, muss ich Sheriff Gannon rufen«, meinte Jessica. »Die Leute da draußen könnten auf die Idee kommen, das Krankenhaus anzugreifen, und dann sitzen wir mit den Patienten hier wie auf dem Präsentierteller.«

Während sie darauf wartete, dass sich die Menge zerstreute, kamen Winks Lamont und Bert Bauer durch die Hintertür, um zwei Leichen aus dem Umkleideraum für das Begräbnis abzuholen. Bauer mit seinem Rattengesicht warf Jessica einen anzüglichen Blick zu, unter dem sie sich wand.

Schließlich verzogen sich Adam und seine Anhänger, voll rechtschaffener Entschlossenheit, um den Auftrag des Geistlichen auszuführen. Als Jessica sicher war, dass sie fort waren, rannte sie zurück in ihre Praxis, um Cole anzurufen.

»Gott sei Dank bist du im Haus.«

»Ich habe draußen in der Scheune Heu abgeladen und wollte gerade ein Sandwich essen. Was gibt es denn?«, fragte er.

Wohl wissend, dass die Telefonistin und andere Teilnehmer nicht selten mithörten, antwortete Jessica ausweichend. »Einiges. Ich kann jetzt nicht darüber reden. Ich muss dich allein sprechen.«

»Allein – wer ist denn noch bei dir, Jess?«

Ungehalten und verängstigt antwortete sie: »Nur Birdeen.«

Eine weibliche Person, die nicht Jessica war, keuchte auf, gefolgt von einem scharfen Klicken in der Leitung.

»Siehst du?«

»In Ordnung. Ich bin gleich bei dir.«

Jess tigerte in ihrem Arbeitszimmer im Erdgeschoss auf und ab. Gelegentlich trat sie ans Fenster, um nach Cole Ausschau zu halten, oder nach Anzeichen für Ärger. Beim Gehen massierte sie sich den Nacken. Nach allem, was passiert war, begann sie sich zu fragen, was das alles eigentlich noch für einen Sinn hatte. Warum sollte sie weiterhin als Ärztin arbeiten?

Schließlich hörte sie den Motor des Lastwagens und rannte zum Fenster. »Gott sei Dank«, sagte sie laut und sah zu, wie Cole vor der Schmiede anhielt. Sie riss die Haustür auf, und er kam lächelnd auf sie zu. Bei seinem bloßen Anblick wurde ihr schon leichter ums Herz. Obwohl er immer noch etwas mitgenommen wirkte, schien er sich ein bisschen erholt zu haben.

»Jess.« Er trat durch die Tür und zog sie hinter sich zu. Dann nahm er Jessica in die Arme und gab ihr einen kurzen Kuss. Als er sie losließ, sagte er: »Entschuldige, ich rieche wohl ein bisschen streng.« Er roch nach frischem Schweiß und Heu und Pferden, was sie sehr männlich und verführerisch fand, angenehm anders als Adams muffiger Anzug und sein Haaröl. Sie spürte, dass Cole einen Waffengürtel mit einem langläufigen Revolver im Holster trug.

Die Männer in New York trugen keine Waffen, aber hier war es anders. Das hier war immer noch der Wilde Westen.

»Ich bin froh, dass du hier bist.«

»Nach deinem Anruf bin ich sofort losgefahren. Geht es dir gut?«

»Nein.« Sie war sonst nicht so direkt – von ihr erwartete man immer, dass alles bestens war, komme, was wolle. Aber jetzt ging es ihr nicht gut, und da der Grund auch ihn betraf, musste er ihn erfahren. »Komm und setz dich. Ich wünschte, du hättest die Flasche Whiskey mitgebracht.« Mit einem letzten kurzen Blick auf die Straße verriegelte sie die Haustür. Dann wies sie in Richtung des Arbeitszimmers.

Ihre auffällige Nervosität ließ ihn die Stirn runzeln. »Was ist denn los? Es klingt, als wäre es ernst.«

»Es ist ernst.«

Sie setzten sich auf die beiden einzigen verbliebenen Stühle, und dann erklärte sie ihm, was passiert war.

Seine Miene verdüsterte sich wie der Himmel bei Sturm. »Zur Hölle mit diesem elenden Mistkerl! Ich wusste doch, ich hätte ihm eine verpassen sollen, als ich Gelegenheit dazu hatte.«

Sie schüttelte energisch den Kopf. »Nein, Cole, du verstehst das nicht. Wir sind beide angreifbar. Wenn du ihn geschlagen hättest, hätte er nur noch mehr Munition gegen uns. Er wird ganz bestimmt meinen Ruf ruinieren. Vielleicht ... vielleicht hilft ihm sogar Amy dabei.« Ihre Stimme zitterte einen Augenblick, Tränen traten ihr in die Augen. »Denk bloß nicht, dass du nicht auch auf seiner schwarzen Liste stehst.« Sie stützte die Stirn mit der Hand.

»Ach *zur Hölle*, ich wünschte, du hättest ihn gar nicht erst reingelassen«, polterte er und schlug mit der Faust auf die Stuhllehne.

Schuldbewusst wie ein Kind, das man beim Stehlen erwischt hat, biss sie sich auf die Lippe und senkte den Blick auf ihren Schoß.

Er streckte die Hand aus und tätschelte ihr Knie. »Ich mache dir ja keine Vorwürfe, Jessica. Aber wenn du ihn nicht so nah an dich herangelassen hättest, hätte er auch nicht solchen Schaden anrichten können.« Er beugte sich vor. »Trotzdem, was kann er mir schon antun? Mir vorwerfen, ich wäre ungeeignet zur Pferdezucht? Um dich mache ich mir Sorgen.«

»Er kann uns einsperren lassen ...«

»Oh Mann, das soll er nur versuchen.« Er schnaubte kurz auf. »Einsperren! Weswegen denn?«

»Heutzutage braucht man keinen Grund dafür. Die American Protective League ermuntert die Menschen, ihre Nachbarn, Freunde, *jeden* zu melden. Es ist zu einer richtigen Hexenjagd ausgeartet.«

Ein stürmisches Klopfen an der Haustür unterbrach ihr Gespräch. Als Jessica durch die Scheibe spähte, erkannte sie Granny Mae, die ganz außer Atem war. Sie riss die Tür auf und ließ sie herein. Cole trat zu ihnen.

»Mae, was ist los?«, fragte er.

»Steht es bei einem der Patienten kritisch?«, erkundigte sich Jess und führte sie ins Arbeitszimmer. Granny Mae hob abwehrend die

Hand und legte sie sich dann auf die Brust. »Lassen Sie mich erst mal Luft holen.« Nachdem sie ein paarmal tief durchgeatmet hatte, erwiderte sie: »Diese Meute ... sie sind auf dem Weg ... hierher. James Leonard führt sie an.«

»Was? Weswegen?«, fragte Cole.

»Haben sie den Patienten etwas getan?«

Mae schüttelte den Kopf. »Nein. Sie sind in die Turnhalle gekommen, auf der Suche nach Ihnen. Ich habe ihnen nicht verraten, wo Sie sind, aber ich habe James sagen gehört, sie würden es hier versuchen.«

»Ist Jacobsen dabei?«

»Selbstverständlich nicht, dieser Feigling«, sagte die alte Frau.

Im selben Moment hörten sie vorn Glas klirren. Ein Gewirr aus erhobenen, wütenden Stimmen, die einander zu übertönen versuchten, erinnerte an eine Herde wilder Tiere. Jess stieß einen kleinen Schrei aus.

Cole sprang vom Stuhl auf und rannte ins Wartezimmer, gefolgt von Jessica. Ein Stein von der Größe eines Baseballs lag auf dem Boden. Er hob ihn auf.

»Um Gottes willen. Sie greifen die Praxis an!«, rief Jessica.

Als er aus dem Fenster sah, erkannte er einige der Leute, die sich laut Jessicas Beschreibung bereits vor der Schule versammelt hatten. Er setzte sich energisch den Hut auf den Kopf.

Aufgebracht riss er die Tür auf und trat ihnen gegenüber. Jessica wollte ihm folgen, doch er schob sie zurück zu Granny Mae, die hinter ihr stand.

»Da ist ja der Unzuchtsünder, am Ort des Verbrechens!«, dröhnte James Leonard und wedelte mit seinem Schild. Seine Frau Dolly versteckte sich am Rand der Gruppe und sah so elend aus, als wäre sie nicht freiwillig hier.

»Wovon reden Sie, Leonard? Und welche Beweise haben Sie für Ihre Anschuldigungen?«

Leonard trug einen kurzen Bart, der seiner Kinnlinie folgte, und einen schwarzen Filzhut. »Reverend Jacobsens Wort genügt mir.«

Cole warf den Stein in die Luft und fing ihn wieder auf. »Wenn ich Ihren Vandalismus und die Zerstörung meines Eigentums beim Sheriff melde, müssen Sie sich vor dem Amtsrichter verantworten. Das würde *mir* eigentlich genügen. Und wenn er Sie zu Gefängnis verurteilt, werde ich richtig glücklich sein.«

Leonard blähte sich auf wie eine wütende Kröte. »Ich habe den Stein nicht geworfen.«

»Ach wirklich? Aber Sie sind hier, *am Ort des Verbrechens.*«

»Wir möchten, dass Jessica Layton aufhört, hier in Powell Springs als Ärztin zu praktizieren, und dass sie die Stadt verlässt. Sie ist hier nicht mehr willkommen.«

Cole warf den Stein beiseite und ließ seine Hand neben der Pistole an seiner Hüfte baumeln. »Jetzt passt mal auf, ihr Unruhestifter. Ihr verschwindet jetzt sofort von diesem Grundstück oder ich schwöre bei Gott, ich rufe Sheriff Gannon an, so schnell, dass ihr noch heute Nacht in der Zelle sitzt.«

Granny Mae schlängelte sich hinter Cole hervor. Ein Blick in die wütende Menge brachte ihn zu dem Schluss, dass die alte Frau hier angesichts der aufgeheizten Stimmung nicht sicher war. Er streckte den Arm aus, um sie aufzuhalten, doch sie ließ sich nicht beirren. Ihr durchdringender Blick glitt über die Schar der blindwütigen Anhänger. »Wisst ihr, ich habe manch einen von euch im Krankenhaus gesehen, da wart ihr so krank, dass wir um euer Leben bangen mussten. Dr. Layton hat sich um euch und eure Familien gekümmert – eure Ehefrauen, Brüder, Schwestern, Kinder – und sie hat nie etwas dafür verlangt. Dieser Mann hier«, sagte sie und zeigte auf Cole, »hat vom ersten Tag an geholfen und euch von den Ladeflächen der Fuhrwerke ins Krankenhaus geschleppt. Auch er hat nichts dafür verlangt. Sein Bruder ist gerade in Frankreich gefallen, seine Familie ist in Trauer, und so zahlt ihr es ihm zurück – mit euren schmutzigen Beschuldigungen?« Sie schnaubte verächtlich und angewidert auf. Man hörte Füßescharren und Gemurmel. »Jetzt tut, was Cole gesagt hat. Geht nach Hause, kümmert euch um eure eigenen Angelegenheiten und hört auf, Leute zu belästigen, die euch nichts getan haben.«

Die Menschen begannen abzuziehen, nur Leonard drohte ihnen: »Wir haben immer noch unsere Petition. Wir werden diese Frau doch noch loswerden.«

Zu dritt blieben sie auf der kleinen Veranda stehen, bis sich die Gruppe aufgelöst hatte.

Jessica ergriff schmunzelnd zuerst das Wort. »Granny Mae Rumsteadt, Sie überraschen mich.«

Granny Mae hob das Kinn und bot Jessica einen Blick in ihre hoch angesetzten Nasenlöcher. »Ich kann Tyrannen nicht ausstehen. Ihr Vater und ich hatten unsere Zwistigkeiten, aber er war ein guter Mensch, Jessica. Und auch dein Vater, Cole, er ist dickköpfig wie ein Maulesel, so wie ich, hat aber ein gutes Herz.« Sie lächelte verstohlen, was Cole grübeln ließ, ob sich hinter ihrer beiläufigen Bemerkung eine tiefere Bedeutung verbarg. »Und sie haben gute Kinder.« Diese Formulierung ließ taktvollerweise offen, ob Amy ebenfalls gemeint war.

»Es ist noch nicht vorbei«, sagte Jessica.

»Vermutlich nicht. Aber für heute schon«, entgegnete Cole.

»Ich muss nach Jeremy sehen. Ich muss zurück zum Krankenhaus.«

»Jeremy ist auch krank?« fragte Cole mit überraschter Miene.

Jess nickte.

»Wir kümmern uns schon um ihn«, sagte Granny. »Ich glaube, Sie haben für diesen Tag genug gearbeitet. Wenn etwas ist, lassen wir Sie holen.«

Cole lüftete seinen Hut. Das Adrenalin, das durch seine Adern pumpte, flaute allmählich ab. »Jess, schließ dich besser ein. Mae, ich fahre dich zurück zur Schule. Dann komme ich zurück und vernagle die zerbrochene Scheibe mit Brettern.«

Er bot Mae seinen Arm an, und sie hakte sich bei ihm unter, als er sie zum Lastwagen brachte.

# Kapitel 20

Winks Lamont stürmte durch den Hintereingang der Turnhalle herein. »Er ist da! Er ist da, ich hab ihn mit eigenen Augen gesehen!«

»He, was schreist du denn so? Willst du etwa Tote aufwecken? Harhar!« Von ihrem Pult aus konnte Jessica Bert Bauers taktlosen Scherz hören, gefolgt von seinem wiehernden Lachen. Mit zusammengebissenen Zähnen notierte sie etwas auf Jeremy Eastons Krankenblatt. »Dann hoffe ich mal, dass dir unser Heiland höchstpersönlich begegnet ist«, fuhr Bauer fort, »ich warte hier nämlich schon ganz schön lang auf dich. Wird Zeit, dass wir diese Kadaver unter die Erde kriegen.«

Jess atmete tief durch und drückte die Feder so stark aufs Papier, dass ein Tintenklecks entstand.

»Nein, nicht unser Heiland. Es war dieser Pearson, auf den hier alle schon ewig warten. Er ist gerade aus dem Zug gestiegen.«

Bei dieser Bemerkung sprang Jess auf und eilte zum Umkleideraum, wo drei in Tücher gewickelte Leichen lagen. Eigentlich hätte sie inzwischen an den Geruch gewöhnt sein müssen, aber wie immer verzog sie unwillkürlich das Gesicht. Winks Lamonts mangelnde Körperhygiene tat ihr Übriges. Geflissentlich übersah sie Bauers anzügliches Grinsen.

»Winks, habe ich richtig gehört – Dr. Pearson ist eingetroffen? Sind Sie sicher?«

»Ja, Ma'am. Er ist drunten am Bahnhof auf der Suche nach jemandem, der sein Gepäck zum Hotel bringt.«

»Hat jemand ihn in Empfang genommen? Horace Cookson? Oder Roland Bright?«

»Nein, Ma'am. Nicht dass ich wüsste.«

»Um Himmels willen«, murmelte sie, während sie hastig die Schürze abband. Hatte er denn nicht telegrafisch angekündigt, wann er kommen würde? Falls doch und falls dann niemand am Zug gewesen war, würde Powell Springs keinen sehr guten ersten Eindruck auf den Mann machen, der so weit gereist war, um ihnen zu helfen.

Nach dem Zwischenfall vor Jessicas Praxis tags zuvor war Cole in die Schmiede gezogen und hatte auch ein paarmal im Krankenhaus nach dem Rechten gesehen. Zusätzlich zu seinem Revolvergürtel trug er jetzt einen Sheriffstern. Er hatte Whit Gannon berichtet, was vorgefallen war, aber der Sheriff war kurz darauf zu einem Gerichtstermin aufgebrochen. Da seine drei Stellvertreter allesamt krank waren, hatte Whit während seiner Abwesenheit vorübergehend Cole zum Hilfssheriff berufen.

Wahrscheinlich sollte sie lieber auf ihn warten, damit er sie zum Bahnhof begleitete, überlegte Jessica, aber sie konnte Dr. Pearson dort auch nicht allein herumstehen lassen. Er sollte so bald wie möglich die Arbeit aufnehmen. Außerdem war sie bereits in den gefährlichsten Vierteln New Yorks allein unterwegs gewesen und hatte dabei manchmal sogar den Weg über die Dächer der Mietskasernen genommen, um Zeit und Wege zu sparen.

Sie zog den Mundschutz ab. Eigentlich hatte sie es satt, dieses Ding zu tragen, das einem das Atmen erschwerte. »Iris, ich bin kurz weg«, rief sie Iris Delaney zu, die gerade Gladys Zachary versorgte, eine dreifache Mutter, deren Mann in Europa kämpfte.

»Jessica, warten Sie.«

Die grauhaarige, unverheiratete Iris, eine von Jessicas Lieblingshelferinnen, wirkte wie ein lebhaftes Vögelchen und war immer liebenswürdig und fröhlich. Im Gegensatz zu manchen anderen war sie eine kompetente Hilfe, tat ohne Murren, was man ihr auftrug, und behielt ihre Ansichten für sich.

Jess wollte zu ihr hinübergehen, aber Iris winkte sie in den vorderen Teil der Halle, weg von den Betten. Als sie Iris erreichte, fragte Jess: »Geht es Gladys schlechter?«

»Nein, ihr Zustand ist unverändert.« Iris senkte die Stimme. »Ich hatte keine Gelegenheit, seit – nun, seit dieser grässlichen Kundgebung vor der Schule neulich mit Ihnen zu sprechen.«

Jessica spürte, wie sich ihre Kiefermuskeln in Erwartung einer harschen Kritik anspannten.

»Sie sollen wissen, dass ich Adam Jacobsen und Männer seines Schlages verabscheue, die behaupten, gute, rechtschaffene Bürger zu sein, aber letztendlich doch nur Heuchler sind.« Ihre Stimme wurde zu einem Flüstern. »Es ist mir egal, ob seine Anschuldigungen wahr oder falsch sind. Was Sie privat machen, geht niemanden etwas an. Vor allem, wenn es sich um Herzensangelegenheiten dreht. Es ist kein Geheimnis, dass Cole und Sie einander seit der Kindheit zugetan sind. Das Leben ist zu kurz, um ständig nur den Dingen nachzutrauern, die hätten sein können. Glauben Sie mir, ich weiß, wovon ich rede. Lassen Sie nicht zu, dass Ihnen das Gleiche passiert.«

Jess bemerkte, dass in Iris' braunen Augen unvergossene Tränen glänzten, und sie erinnerte sich, dass diese schon immer für Roland Bright geschwärmt hatte. Warum sich Roland nie ein Herz gefasst und dieses Juwel von einer Frau geheiratet hatte, war Jessica ein Rätsel. Spontan beugte sie sich vor und drückte der älteren Frau einen flüchtigen Kuss auf die Wange. »Danke, Iris. Ihre Unterstützung bedeutet mir viel.«

Jess schlüpfte in den Mantel und trat hinaus in den grauen Novembertag. Dabei hielt sie nach allen Seiten Ausschau, ob jemand in der Nähe war, der sie womöglich in Bedrängnis bringen könnte.

Wie war es nur so weit gekommen?, fragte sie sich, während sie die Hauptstraße entlanglief. Vor etwas mehr als einem Monat war sie zu einem kurzen Besuch bei ihrer Schwester zurück nach

Powell Springs gekommen. Und in diesen Wochen war sie mit einer Epidemie, ungeheuerlichem Verrat und versuchtem Rufmord konfrontiert worden. Sie hatte, ganz zaghaft noch, die Möglichkeit erkundet, wieder jemanden zu lieben, hatte den Tod jedes einzelnen Patienten betrauert und ein weiteres Mal erfahren, welchen Schaden Unmenschlichkeit und Intoleranz anrichten konnten. Als sie an den Schaufenstern der geschlossenen Geschäfte vorbeiging, erhaschte sie ab und an ihr Spiegelbild. Dabei fiel ihr auf, dass von ihrem gesunden, erholten Aussehen, das sie in Saratoga zurückgewonnen hatte, nicht mehr viel übrig war. Ihre Kleidung war zerknittert, und sie wusch sie oft selbst in der Küchenspüle, da die Wäscherei inzwischen ebenfalls geschlossen war. Die Wegners hatten beide die Grippe bekommen, konnten jedoch zu Hause bleiben und sich gegenseitig pflegen.

Auf ihrem Weg zum Bahnhof schritt sie nicht mehr ganz so energisch aus wie zu Anfang ihres Aufenthalts, trotzdem beeilte sie sich in der Hoffnung, Dr. Pearson anzutreffen und angemessen begrüßen zu können. Zwei Jungen kamen ihr auf der Straße entgegen. Einer von ihnen fuhr auf einem Fahrrad, der andere zog einen Stecken hinter sich her und betrachtete das Muster, das er damit in den Schlamm malte. Ihrer Schätzung nach waren sie ungefähr zehn Jahre alt.

»He, das da ist doch die schlimme Ärztin, von der mein Pa erzählt hat«, sagte der eine zum anderen und deutete auf Jessica, wobei er sich nicht einmal bemühte, die Stimme zu senken.

Der Junge mit dem Stock blickte nun ebenfalls in ihre Richtung. »Ja, von der hab ich auch gehört. Gestern Morgen haben meine Eltern in der Küche über sie und Cole Braddock geredet. Meine Mutter hat gemeint, von so einer würde sie sich nicht mal einen Splitter aus dem Finger ziehen lassen, nach allem, was sie getan hat. Und Mr. Braddock wär keinen Deut besser. Aber dann haben sie mich bemerkt und waren still.«

Jessicas Gesicht brannte. Sie hielt den Blick auf die bewaldeten Hügel in der Ferne gerichtet, spürte jedoch, wie die Jungen sie anstarrten, als wäre sie eine Parkbank oder irgendein anderes lebloses Objekt. Sie sprachen über sie, als wäre sie taub.

»Warum? Was haben sie denn gemacht?«

»Keine Ahnung, aber es muss wohl was Schlimmes gewesen sein. Ich hab schon Ärger gekriegt, bloß weil ich gefragt hab. Mein Dad hat gesagt, sie wär eine *Hure*. Ich hab ihn gefragt, was das ist, aber er hat mir gleich den Hintern dafür versohlt, dass ich das Wort überhaupt in den Mund genommen hab, also werd ich ihn bestimmt nicht noch mal fragen.«

Als sie an ihr vorbeigingen, musste Jessica schlucken. Fieberhaft überlegte sie, was sie zu ihnen sagen sollte, aber da war es schon zu spät. Kinder konnten ziemlich grausam sein, das wusste sie, und ihre Umgangsformen – gute oder schlechte – lernten sie im Elternhaus.

Nach dieser einen gemeinsam verbrachten Nacht – die Erinnerung daran ließ Jessica immer noch vor Lust und Schamgefühl erröten – hatte Cole sie gebeten, in Powell Springs zu bleiben. Sie hatte sich vor der Antwort gedrückt, vor allem weil ihre Beziehung so kompliziert war. Aber wie konnte sie jetzt noch bleiben, trotz Iris' Zuspruch? Auch wenn es außer ihr keinen Arzt in der Stadt gäbe, hätte sie vermutlich keine Patienten. Dank Adam und seiner abscheulichen Petition würde sich niemand mehr von ihr behandeln lassen.

Adam Jacobsen – allein der Name ließ sie schaudern. Und der Gedanke, dass er bei seinem plumpen Versuch, ihr den Hof zu machen, doch tatsächlich seinen sabbernden Mund auf ihre Lippen gepresst hatte. Aber wie hätte sie auch vorhersehen sollen, dass ihre Ablehnung solch einen Feldzug, ihren Ruf und ihre Karriere zu ruinieren, lostreten würde?

Ein scharfer Ostwind fegte durch die Straßen, und sie zog den Mantel enger um sich. Im Moment musste sie all dies aus ihren Gedanken verbannen. Schließlich würde sie den Mann treffen, der ihr die Flucht aus dieser Stadt ermöglichte.

Als Jessica am Bahnhof eintraf, fand sie Frederick Pearson im Gebäude vor, wo er gerade mit Abner Willets, dem Bahnhofsvorsteher, diskutierte.

»Mr. Willets, habe ich Sie richtig verstanden, dass es in diesem *Nest* keinen *einzigen* Träger gibt, der mein Gepäck zum Hotel bringen kann?« Dr. Pearsons knappe, abgehackte Redeweise eines Neuengländers hatte man in der Gegend von Powell Springs vermutlich noch nie vernommen. Er war ein hochgewachsener junger Mann, dem man das privilegierte Leben ansah und anhörte. Sein kastanienbraunes Haar lichtete sich bereits an der Stirn, und beim Essen hatte er anscheinend immer tüchtig zugelangt. Bei Abner jedoch verfehlten sein hochmütiges Gebaren und die maßgeschneiderte Kleidung jede Wirkung.

»Sehen Sie, Mr. Price ...«

»Doktor Pearson, wenn ich bitten darf.«

Abner ließ sich nicht beirren. »Falls Sie es noch nicht bemerkt haben sollten, wir haben Krieg. Und auch die Influenza hat diese Stadt in ihren Grundfesten erschüttert. Meine jüngeren Gepäckträger habe ich an die Armee verloren, und der ältere liegt krank zu Hause.«

Jessica nutzte die Gelegenheit zum Eingreifen. Sie durchmaß den mit Kiefernholzdielen ausgelegten Bahnhofsraum, um sich vorzustellen. »Dr. Pearson, ich bin Jessica Layton.« Er schüttelte ihre ausgestreckte Hand. »Es tut mir leid, dass bisher niemand da war, um Sie zu begrüßen. Haben Sie jemandem Ihre Ankunftszeit telegrafisch mitgeteilt?«

»Dazu war keine Zeit. Nur mit Mühe und Not bin ich dieser Presspatrouille entwischt, die mich in Omaha praktisch aus dem Zug entführt und zur Arbeit im dortigen Krankenhaus gezwungen hat.« Seine Stimme bebte vor Entrüstung und Abscheu. »Ich habe versucht, ihnen zu erklären, dass ich hier erwartet werde, aber das hat sie ganz offensichtlich nicht gekümmert.«

Jessica nickte. »Im Grunde kann ich deren verzweifelte Lage gut verstehen. In den letzten Wochen habe ich die Patienten hier nur mithilfe von Freiwilligen versorgt, daher bin ich wirklich sehr froh, Sie zu sehen. Und ich bin sicher, ich finde jemanden, der Ihnen mit Ihrem großen Koffer und den anderen Sachen hilft.«

»Halleluja, wenigstens habe ich eine einigermaßen kompetente Krankenschwester.«

Jessica lächelte schmallippig. »Eigentlich bin ich Ärztin.«

Pearson zog die Augenbrauen in die Höhe. »Wirklich? Eine *Frau* als Arzt.« Sein Tonfall stellte klar, dass er dies als einen Irrtum der Natur betrachtete. An so etwas war sie inzwischen gewöhnt, aber es ärgerte sie trotzdem. »Und wo haben Sie Medizin studiert?«

»Am Women's Medical College in Philadelphia.«

»Tatsächlich. Wie bedauerlich, dass es Ihnen nicht möglich war, eine größere Universität zu besuchen. Wie ich gehört habe, können sich die wissenschaftlichen Vorlesungen an diesen Frauen-Colleges nicht mit einigen der etablierteren Universitäten wie Harvard oder Dartmouth messen.«

»Doch, Doktor, das können sie sehr wohl.« Jessica, die schon genügend unter Druck stand, riss angesichts Pearsons offenkundiger Herablassung allmählich der Geduldsfaden. Es fehlte nicht viel und sie würde explodieren. »Ich glaube, Bürgermeister Cookson hat nicht erwähnt, wo *Sie* Ihre Ausbildung erhalten haben.«

Pearson hob das Kinn. »Ich war in Yale.«

Jess lächelte. »Nicht an der Johns Hopkins University? Was für ein Verlust für diese Institution.«

Er wurde rot und gab sich mit einem leichten Nicken geschlagen. Zumindest vorerst.

»Gehen Sie doch schon mal zum Hotel, dann lasse ich Ihre Sachen dorthin bringen. Es wäre nicht schlecht, wenn Sie danach im Krankenhaus vorbeikommen könnten. Ich möchte Ihnen zeigen, wie wir hier arbeiten.«

»Das werde ich tun, Madam, wenn Sie so freundlich wären, mir den Weg zu erklären.«

»Ich schicke Ihnen zwei Männer, die dort aushelfen. Sie werden das Gepäck abliefern und Ihnen dann den Weg zeigen.«

»Also habe ich nicht nur Sie, sondern auch noch weiteres Personal. Das sind ja tröstliche Neuigkeiten.« Er wirkte zufrieden.

Jessica musterte diesen arroganten Arzt mit festem Blick. Was dachte er eigentlich, wo er sich hier befand? »Das ist kein ›Personal‹. Es sind die Totengräber.«

Frederick Pearson saß auf dem quietschenden Eisenbett mit der verblichenen Patchworkdecke und sah sich in seinem Hotelzimmer um. Wenn man so ein Etablissement überhaupt als Hotel bezeichnen konnte. Mein Gott, wie war er, der älteste Sohn einer alteingesessenen Familie, nur hierher in die Verbannung geraten? Natürlich kannte er die Antwort, aber das machte die gegenwärtige Situation auch nicht erträglicher.

Ein scharfes Klopfen an der Tür riss ihn aus seiner Grübelei. Vielleicht hatte diese bessere Krankenschwester Jessica Layton inzwischen den Transport seines Gepäcks organisiert. Das hoffte er jedenfalls. Er stand auf, öffnete die Tür und fand sich zwei schmutzstarrenden Arbeitern gegenüber. Der eine war ein magerer Geselle mit spitzem Gesicht und rot geränderten Augen, der ihn an ein Opossum erinnerte. Der andere war älter und dünstete den Gestank nach schalem Bier und monatelang ungewaschenem Körper aus. Er starrte ihn mit offenem Mund an und bot ihm dabei freien Blick auf seine letzten zwei oder drei Zähne.

»Sind Sie der Doc, Fred Pearson?«, fragte der mit dem Opossumgesicht. Er betrachtete ihn von oben bis unten, als schätzte er ab, ob der Arzt irgendetwas von Wert bei sich trug, das sich zu stehlen lohnte.

»Ja, das ist er. Ihn hab ich am Bahnhof gesehen«, bestätigte der übelriechende Kretin.

»*Doktor* Pearson, wenn ich bitten darf. Und mein Vorname lautet Frederick, nicht Fred.« Warum musste er die Leute immer an die grundlegendsten Höflichkeitsregeln erinnern? »Und Sie sind?«

Opossumgesicht ignorierte die Frage. »Siehst du, ich hab dir doch gesagt, dass es das richtige Zimmer ist«, meinte er zu seinem Kompagnon.

»Ja, ja, aber ich hab eben gedacht, es wäre am anderen Ende des Flurs.«

Erst jetzt wandte sich der Schmächtige an Pearson. »Ihr Zeug ist unten. Sie reisen nicht gerade mit leichtem Gepäck, was, Doc? Was haben sie bloß in all den Kisten drin? Ihre gesamte weltliche Habe?«

Dem war tatsächlich so. Abendanzüge, die er in diesem Kaff niemals benötigen würde, Reitkleidung, Tennis- und Golfdress – alles würde im Koffer bleiben. Er biss die Zähne zusammen, erpicht darauf, die ganze Sache hinter sich zu bringen und diese – was hatte die Krankenschwester gesagt? Totengräber? – los zu sein. »Das geht Sie wohl kaum etwas an. Bringen Sie bitte einfach nur die Sachen herauf.«

Opossumgesicht, respektlos und verdammt großspurig, salutierte spöttisch. »Wie immer Ihr wünscht, Euer Gnaden. Die Ärztin hat gesagt, dass wir Sie dann mitnehmen sollen.« Er und sein Begleiter drehten sich um und gingen durch den Flur zurück zur Treppe.

Frederick spürte, wie sein Gesicht bis hinauf zu den Augenbrauen heiß wurde. Was für eine Unverschämtheit! Was bildete sich dieser Barbar überhaupt ein? Mürrisch ließ er sich wieder aufs Bett fallen. Kurz darauf kehrten die beiden zurück, wobei sie mit den teuren Lederkoffern ohne Rücksicht auf deren Inhalt gegen Stufen und Wände stießen.

»Würden Sie bitte vorsichtig damit sein?«, zischte er. »Manches darin ist zerbrechlich.«

Die Barbaren ignorierten ihn völlig und fluchten wie die Bierkutscher über das Gepäck.

Endlich war alles in seinem Zimmer verstaut. »Okay, Doc, Zeit zu gehen«, forderte ihn der mit dem Nagergesicht auf. Die Bettfedern ächzten erneut, als Pearson aufstand und sich den Männern anschloss. Sie führten ihn einige Straßen weiter zu einem Bau, der keinerlei Ähnlichkeit mit einer medizinischen Einrichtung aufwies. Dann las er die Inschrift über dem Eingang.

*Powell Springs Union High School*

Pearson blieb am Fuß der Betonstufen stehen. »Was ist das für ein Gebäude?«, fragte er.

Opossumgesicht, dessen Name, wie er endlich erfahren hatte, Bert war, erwiderte: »Das ist die Krankenstation.«

»Wo ist das Krankenhaus?«

»Meinetwegen auch Krankenhaus – das hier ist es jedenfalls. Die Leute kommen nur auf zwei Arten raus – entweder aus eigener Kraft durch den Vordereingang oder mithilfe von Winks und mir durch die Hintertür zum Friedhof auf der Rückseite.«

Der alte Säufer namens Winks nickte bestätigend und zeigte erneut sein schiefes, zahnlückiges Grinsen.

Das wurde ja immer schlimmer! Pearson folgte seinen Führern die Treppe hinauf und durch das Eingangsportal. Sie brachten ihn zur Turnhalle, die er am Geruch augenblicklich als Grippestation erkannte.

Jessica verließ gerade Jeremys Abteil, als sie Frederick Pearson, immer noch in seinem eleganten Anzug, gaffend im Eingang stehen sah. Er nahm alles in sich auf, die aufgereihten Betten, die Basketballkörbe und die provisorischen Vorratsschränke mit den Schildchen, die sie als Leihgabe von Hustad's Möbelgeschäft auswiesen.

»Doktor, wie ich sehe, haben Sie uns gefunden.«

Bei seinem entgeisterten Gesichtsausdruck musste sie sich das Lachen verkneifen. »Sie haben kein Krankenhaus? Sogar in Omaha gab es eins!«

»Powell Springs ist nicht Omaha. Wir sind eine Kleinstadt. Bis zum Ausbruch dieser Epidemie gab es nie so viele Patienten, dass man ein Krankenhaus gebraucht hätte. Aufgrund der Notlage hat der Stadtrat mir die Turnhalle zur Verfügung gestellt.«

»Und es gibt keinen Operationssaal, kein Labor, keine Krankenpfleger oder ausgebildete Krankenschwestern?«

Jess faltete die Hände wie ein Haushofmeister, der Gäste empfängt, froh, dass sie einen Moment die Oberhand hatte. »Hat

Bürgermeister Cookson in seinem Briefwechsel mit Ihnen all das denn erwähnt?«

Ihm stand noch immer der Mund offen, während er den Kopf nach allen Seiten drehte, um seine neue Umgebung zu inspizieren. »Nicht ausdrücklich, aber er hat auch nicht das Bild vermittelt, dass es derart *rückständig* ist. Anscheinend wurden die Vorzüge von Powell Springs stark übertrieben dargestellt. Hier ist man keineswegs auf der Höhe des medizinischen Fortschritts, wie ich es von der Ostküste her gewohnt bin.«

»Nein, da haben Sie recht. Ich selbst habe einige Zeit in New York gearbeitet. Aber ich habe gelernt zurechtzukommen. Es ging nicht anders.«

»Wie versorgen Sie diese Leute mit Essen? Wie werden sie gebadet? Was ist mit der Wäsche?«

»Wir machen das, so gut wir eben können.« In aller Kürze berichtete sie ihm von Granny Maes Kochkünsten und dass sie in Powell Springs als Kräuterheilerin und gelegentlich auch als Tierärztin fungierte. Ferner erzählte sie ihm, dass sie den Inhalt der Nachttöpfe verbrannten und die Wäsche in Kesseln auskochten. »Granny Mae setzt auf traditionelle Heilmittel und hält wenig von der modernen Wissenschaft, aber sie ist ein bisschen offener geworden. Einige ihrer Ratschläge haben sich sogar als hilfreich erwiesen, auch wenn ich einschreiten musste, als sie Schwefel in die Schuhe der Patienten streuen wollte, um die Krankheit ›auszubrennen‹«.

Immer noch stand ihm das Entsetzen ins Gesicht geschrieben. Jessica wollte ihn zwar nicht ganz und gar verschrecken, aber es bereitete ihr ein diebisches Vergnügen, seinem aufgeblasenen Getue einen kleinen Dämpfer zu versetzen.

»Natürlich ist diese Grippeepidemie eine Ausnahmesituation. Sobald sie vorüber ist« – falls das je der Fall sein sollte, fügte sie im Stillen hinzu - »wird alles wieder seinen normalen Gang gehen.«

»Normal – aber was ist mit Operationen wie dem Entfernen der Gallenblase oder bei Darmverschluss? In lebensbedrohlichen Notfällen?«

Sie erlaubte sich ein Schmunzeln und genoss jede Sekunde. »Oh, das erledigen Sie in der Praxis. Dort gibt es zwar keinen Operationstisch, aber ich bin sicher, Sie könnten einen bestellen. Mein verstorbener Vater war früher der Arzt hier, und manchmal hat er einen Kaiserschnitt oder Ähnliches auf einem Küchentisch durchgeführt, wenn die Patienten nicht zu ihm kommen konnten.«

Frederick Pearsons Gesicht wurde puterrot und nahm einen solch gequälten Ausdruck an, als hätte er gerade eine Portion Alaun geschluckt oder stünde kurz vor einem Schlaganfall.

»Geht es Ihnen gut, Doktor?«

Er gab unverständliche Laute von sich.

»Ich schließe daraus, dass sie nicht daran gewöhnt sind, unter bescheideneren Umständen zu praktizieren.«

»Kaum.« Mehr als dieses Wort schien er nicht hervorbringen zu können.

Sie strahlte ihn an. »Oh, da fällt mir gerade ein – die Praxis verfügt über einen Telefonapparat. Unglücklicherweise haben die meisten Menschen hier keinen, und außerdem funktioniert er nur tagsüber.«

»Hmmm.« Er rang sich ein säuerliches Lächeln ab.

»Ich würde Ihnen gern anbieten, Sie hier herumzuführen und auf den aktuellen Stand zu bringen, was die Patienten betrifft, aber ich bin sicher, dass Sie nach der langen Reise sehr müde sind. Sollen wir uns morgen früh wieder hier treffen?«

»Ja – morgen. Das wäre besser.«

Mit schleppendem Schritt ging Frederick Pearson zum Hotel zurück und stieg zu seinem Zimmer im zweiten Stock hinauf. Sobald er die Tür hinter sich geschlossen hatte, ließ er sein ausladendes Hinterteil auf das fadenscheinige Polster des Ohrensessels sinken und wünschte sich verzweifelt fort von diesem Provinzkaff, diesem Fettfleck auf der Landkarte.

Er war so empört über das, was er bisher gehört und gesehen hatte, dass ihm schier der Kopf platzte. Ihm war, als hätte ihn der greise Fährmann Charon über den Totenfluss Acheron direkt in Dantes ersten Höllenkreis befördert.

Zum wiederholten Mal wünschte er sich, er wäre nie gezwungen gewesen, sein zivilisiertes Connecticut zu verlassen, um hier bei diesen primitiven, ungehobelten Wilden weit weg von der Ostküste sein Dasein zu fristen. Wie schrecklich vermisste er das Herrenhaus der Pearsons in Hartford mit seinen weitläufigen, gepflegten Anlagen, den ehrerbietigen, tüchtigen Dienstboten und anderen elementaren Annehmlichkeiten, die ihm seit seiner überstürzten Abreise nicht mehr vergönnt gewesen waren.

Er sehnte sich nach den herrlichen Sommermonaten, die er im Cottage der Pearsons in Newport, Rhode Island, verbracht hatte. *Cottage* war eine unzulängliche, aber liebevolle Bezeichnung für die prächtigen Villen mit Marmor und Goldverzierungen, die den angesehensten Familien gehörten und wo er die anregende Gesellschaft anderer Sommerfrischler wie der Vanderbilts, Berwinds und Astors genossen hatte. Die Wintersaison war angefüllt mit Konzerten und Theateraufführungen, eleganten Weihnachtssoireén, geistreichen Dinnerpartys, wöchentlich stattfindenden literarischen Salons und Ausflügen nach New York City. Dieses kultivierte, sorgenfreie Leben war jetzt nur noch die Erinnerung an eine längst vergangene Zeit, in die er sich sehnlichst zurückwünschte. Je weiter er nach Westen gereist war, umso primitiver schien das Land zu werden. Es hätte ihn nicht gewundert, wenn plötzlich Cowboys und Indianer mit Kriegsgeheul die schlammige Straße vor dem Hotel entlanggaloppiert gekommen wären.

Er stand auf und trat zum Garderobenständer, an dem sein Jackett hing. Aus der Innentasche zog er einen silbernen Flachmann, der ihn auf seiner Reise begleitet hatte und noch einen letzten Rest Cognac enthielt. Suchend sah er sich im Raum um, aber da es nicht einmal ein normales Wasserglas gab, war er gezwungen, den erlesenen französischen Weinbrand direkt aus der Flasche zu trinken. Niedergeschlagen ließ er sich wieder in den Ohrensessel aus Rosshaar plumpsen, der schon bessere Tage erlebt hatte.

Auch wenn es nicht in Fredericks Natur lag, das Positive an Situationen zu sehen, die sich nun einmal nicht ändern ließen, musste er doch eingestehen, dass er durch die politischen Verbindungen seines Vaters zumindest vom Kriegsdienst verschont geblieben war. Daher befand er sich jetzt wenigstens nicht in einem französischen Lazarett und musste unter noch schlimmeren Bedingungen als hier in Powell Springs arbeiten.

Natürlich gab es im Leben nichts umsonst. Unglücklicherweise war ihm nicht klar gewesen, dass der Senator, der das alles gedeichselt hatte, als Gegenleistung für diese Gunst von ihm erwartete, seine älteste und am wenigsten präsentable Tochter zu ehelichen. Der jungen Dame mangelte es derart an Reizen, dass sie im Alter von achtundzwanzig Jahren immer noch ledig war. Daran hatte auch ein Heer von Privatlehrern und Tanzlehrern sowie der Besuch eines Mädchenpensionats nichts ändern können, sie hatte jeden der zahllosen Heiratskandidaten vergrault. Die Frau des Senators war sogar so weit gegangen, die Verlobung ihrer altjüngferlichen Tochter »auszuplaudern«, was Frederick natürlich nicht dulden konnte. Nach einer hässlichen Szene, bei der erneut die Drohung im Raum gestanden hatte, dass man ihn zum Kriegsdienst einziehen würde – diesmal als Infanterist –, hatte Frederick Pearson sich bereit erklärt, eine Stelle als Arzt in einem entlegenen Teil des Landes anzunehmen.

In seinem Briefwechsel mit Bürgermeister Cookson hatte man ihn glauben lassen, Powell Springs sei eine aufstrebende Gemeinde im Einzugsbereich von Portland, wo Holzbarone und Pressemagnaten denselben luxuriösen Lebensstil pflegten, den er gewohnt war. Willets jedoch, der bäurisch wirkende Bahnhofsvorsteher, hatte ihm erklärt, dass die Stadt fünfzehn bis zwanzig Meilen westlich von hier lag, und dazwischen gebe es nur Farmland und einige andere Städtchen wie Powell Springs. Nach dem zu schließen, was er bisher gesehen hatte, war Powell Springs nicht mehr als ein Kuhdorf.

»›Lasst, die ihr eintretet, alle Hoffnung fahren‹«, murmelte er. Dann nahm er noch einen Schluck Cognac aus der Flasche und ließ ihn bis zum letzten Tropfen auf die Zunge fließen.

Adam Jacobsen saß in Laura Donaldsons Wohnzimmer im Schaukelstuhl und plauderte mit Amy Layton. Auf den Knien balancierte er sein Klemmbrett, das einen dicken Stoß Papiere enthielt. Er war gekommen, um sich die Unterschrift der älteren Dame für seine Petition zu holen. Sie hatte ihm nur zu gern den Wunsch erfüllt und ihn zum Mittagessen eingeladen.

»Was meinst du, haben schon genügend Leute unterschrieben?«, fragte Amy. Obwohl angekleidet, lag sie in einem mit vielen Kissen ausgepolstertem Sessel, die Füße auf einen Schemel mit Gobelinstickerei hochgelegt. Sie hatte ein blassblaues Tuch um die Schultern geschlungen und wirkte wie der Inbegriff einer Rekonvaleszentin.

Er tippte auf die Listen mit den Namen. »Wahrscheinlich noch nicht, aber ich werde heute Abend bei der Gemeindeversammlung herumgehen, und ich bin sicher, dass wir dann mehr als genug beisammen haben. Außerdem sollte es sich, nun, da Dr. Pearson eingetroffen ist, um eine reine Formalität handeln.«

Whitney Gannon hatte ihm wegen des Schadens an der Arztpraxis einen Besuch abgestattet. Natürlich konnte er diese Art von Gewaltanwendung niemals gutheißen, und er hatte sich geärgert, dass James Leonard sich zu so etwas Dummem hatte hinreißen lassen. Es würde ihrer Sache nicht helfen, sondern sogar schaden. Er hatte Sheriff Gannon versichert, dass er alles in seiner Macht Stehende tun werde, um seine Anhänger von weiterem Vandalismus abzuhalten. Im Gegenzug würde Gannon Leonard nicht verhaften, sondern nur dazu verpflichten, für die Reparaturkosten aufzukommen. Außerdem würde die Praxis sowieso bald von Dr. Pearson geführt werden, und was hatte es da für einen Sinn, die Fenster einzuwerfen?

Adam setzte eine mitfühlende Miene auf. »Es ist eine Schande, dass deine eigene Schwester, eine Frau aus guter Familie, sich als so unmoralisch und treulos erwiesen hat. Das nimmt dich bestimmt sehr mit, Amy, wo du doch auch noch gar nicht wieder richtig gesund bist. Zu entdecken, dass Jessica und Braddock sich hinter deinem Rücken zusammengetan haben, während du im Krankenbett um dein Leben gekämpft hast – das muss ein schwerer Schlag für dich gewesen sein.«

»Und was sie mir alles vorgeworfen haben, lauter Lügen – ich soll ein gefälschtes Telegramm an Jess aufgegeben haben, um ihr Cole wegzunehmen.« Amy presste die Handfläche gegen die Stirn. »Du kannst dir nicht vorstellen, wie sehr mich das erschüttert hat. Aber dich hat sie ja auch ziemlich übel behandelt. Ich weiß nicht, was aus meiner Schwester geworden ist – sie ist ganz anders als früher. Die Jahre im Osten müssen sie verändert haben. Das hat sie zwar selbst auch gesagt, ich war mir jedoch nicht darüber im Klaren, wie sehr.«

Mrs. Donaldson, fürsorglich wie eh und je, betrat das Zimmer. Sie brachte ein Tablett mit Tee und raffinierten, winzigen doppellagigen Sandwiches ohne Kruste. »Ich habe Ihnen einen kleinen Imbiss gemacht. Vermutlich essen Sie kaum mehr hausgemachte Mahlzeiten, Mr. Jacobsen, seit Nettie fort ist.«

»Ich komme einigermaßen zurecht, Mrs. Donaldson, aber vielen Dank für Ihre freundliche Geste. Nettie Stark hat so lang für uns gearbeitet, es wäre mir nicht im Traum eingefallen, dass sie bei dieser Sache gegen mich Partei ergreifen würde. Die Schäfchen des Herrn zu hüten ist oft eine einsame Aufgabe.«

Mrs. Donaldson stellte das Tablett auf dem Tischchen zwischen ihm und Amy ab und reichte ihm einen Teller mit zwei Eiersandwiches und eine Tasse Tee. »Da machen Sie sich mal keine Sorgen, Sie wissen doch, dass Sie hier jederzeit willkommen sind. Und ich bin sicher, Amy würde sich über Ihre Besuche freuen.«

Amy zog ihr wollenes Schultertuch zurecht. »Aber ja! Zwar fürchte ich, dass ich mich noch nicht wieder völlig erholt habe, aber ich bin bestimmt bald wieder auf dem Damm. Mrs. Donaldson kümmert sich so rührend um mich.« Sie nahm die Teetasse von ihr entgegen und rührte zwei Teelöffel Zucker in die bernsteinfarbene Flüssigkeit. »Und falls mich jemand zum Rathaus mitnehmen könnte, würde ich sogar gern die Versammlung heute Abend besuchen.«

Überrascht starrte Adam sie an. Er hatte sie nicht einmal gefragt, ob sie seine Petition unterzeichnen würde – das wäre bereits mehr als er erwarten konnte. »Bist du sicher? Schließlich wird es um deine Schwester gehen.«

Sie schenkte ihm ein strahlendes Lächeln. »Ja, aber ich kann doch die Sünderin lieben und ihre Sünde verabscheuen, nicht wahr? Steht es nicht schon so in der Bibel?«

Hitze stieg ihm in die Wangen. Trotz ihrer kränklichen Blässe war sie immer noch ein reizendes Ding. »Nun ja, natürlich. Das ist die beste Art, die Dinge zu betrachten.«

»Außerdem möchte ich Powell Springs zeigen, dass mir meine Heimatstadt am Herzen liegt, auch wenn Jessica mich im Stich gelassen hat.«

»Was für eine großzügige, mutige Frau du doch bist.« Auch er lächelte, und Mrs. Donaldson faltete die Hände und strahlte zustimmend. »Ich kann heute Abend mit dem Einspänner vorbeikommen, sagen wir, um halb sieben? Ich werde versuchen, dich nicht zu spät heimzubringen.«

»Aus dieser Sache kann viel Gutes erwachsen«, sagte Mrs. Donaldson mit dem zufriedenen Grinsen einer Heiratsvermittlerin. »Aber nur, wenn du dich wirklich kräftig genug fühlst, Amy.«

»Ich denke, es wird mir guttun, mal rauszukommen. Ich bin lang genug eingesperrt gewesen.«

Adam verschlang die Sandwich-Happen und trank seinen Tee aus, erpicht darauf, sich weiter seinen Angelegenheiten zu widmen. »Also dann, ich werde dich um halb sieben abholen. Entschuldige meinen eiligen Aufbruch, aber ich muss vor der Versammlung noch einige wichtige Dinge erledigen.« Dann wandte er sich an Laura: »Sorgen Sie bitte dafür, dass sich Amy heute Nachmittag ausruht.«

Sie nickte eifrig. »Oh ja, natürlich.«

Amy winkte ihm müde zu. »Ich bin so froh, dass du vorbeigekommen bist, Adam.«

Er hielt einen Moment inne, dann ergriff er ihre Hand und küsste sie. »Bis heute Abend.« Mit diesen Worten trat er hinaus in die kühle Mittagsstunde.

Emmaline saß auf ihrem Eisenbett und klopfte einladend auf den Platz neben sich. »Komm schon, Frank. Setz dich zu mir.« Die Grippeepidemie hatte ihr Geschäft in den letzten Wochen fast zum Erliegen gebracht, und sie hatte kein Geld für die Jungen auf der Bank einzahlen können. Allein genug Geld fürs Essen zusammenzukratzen war schwierig gewesen. Tanner hatte sie besucht, um ihr das Neueste von den Kindern zu erzählen, und ihr versichert, sie brauche sich wegen des Kontos keine Sorgen zu machen. Für den Unterhalt reiche das Guthaben allemal. Nachdem er gegangen war, hatte sie sogar einen Fünf-Dollar-Schein unter der Zuckerdose auf dem Küchentisch gefunden, den er dort für sie versteckt hatte. Trotzdem war sie beunruhigt. Daher war es eine Erleichterung, Frank Meadows wiederzusehen, obwohl sie immer noch fand, dass er ein wenig seltsam war.

Aber als ob nicht alle anderen Kunden auch ihre Eigenarten hätten. Hauptsache, sie waren nicht zu betrunken oder taten ihr weh, ansonsten konnte sie sich mit allem abfinden. Frank wusch sich wenigstens.

Lächelnd ließ er sich neben ihr nieder und band die Krawatte ab, während die Bettfedern unter seinem Gewicht nachgaben.

»Du warst länger nicht hier. Wie läuft's mit den Traktoren?«

»Mit was? Oh.« Er zuckte die Achseln. »In letzter Zeit verkaufe ich kaum noch etwas. Die Farmer interessieren sich nicht besonders für Traktoren und Eggen, wenn ihre Familien krank sind.«

»Ja, vermutlich nicht. Bei mir war es auch recht ruhig.«

Er drehte sich zu ihr und berührte sie. Seine Hand wanderte in den Ausschnitt ihres Morgenrocks und streichelte ihre Brüste. Dann drängte er sie rücklings auf die dünne Matratze und küsste sie, während er sich seiner Kleidung entledigte und sie achtlos über das Kopfteil des Bettes warf. Üblicherweise war er pedantisch wie ein altes Tantchen darauf bedacht, seinen Anzug nicht zu zerknittern. Heute war es ihm so eilig, als hätte ihn außer der Lust noch etwas anderes hierher getrieben. Es grenzte fast schon an Gewaltausübung.

»Emmaline, es ist so lang her«, flüsterte er dicht an ihrem Ohr. Zu ihrem Erstaunen verlor er keine Zeit damit, sie durch Streicheln in Stimmung zu bringen, sondern drang mit einem kraftvollen Stoß in sie ein.

Em bewegte sich wie eine Marionette und tat so, als würde sie mitmachen. Sie passte sich den Bewegungen seiner zustoßenden Hüften an, aber tatsächlich war sie in Gedanken weit fort. Sie betrachtete es als Segen, dass sie sich von diesen grunzenden, schwitzenden Männern, die für ihre Zeit und ihren Körper zahlten, innerlich lösen konnte. Ohne diese Fähigkeit wäre sie wahrscheinlich schon längst verrückt geworden. Obwohl sie also über Franks Schulter seinen weißen, auf und ab gleitenden Hintern sah, stand sie im Geist auf den endlosen grünen Weiden der Farm ihrer Kindheit. Der Himmel über ihr war von einem tiefen Blau, so blau, wie sie sich das Meer vorstellte, und eine sanfte Junibrise zerzauste das Gras zu ihren Füßen, während sie ...

Plötzlich flog die Tür zu ihrer Hütte mit solcher Wucht auf, dass der Türknauf wieder von der Wand abprallte. Frank zuckte zusammen und zog sich aus ihr zurück. Seine Erektion schrumpfte zusammen wie eine Schnecke, auf die man Salz gestreut hat. Es war in der Situation ein völlig unerhebliches Detail, aber ihr fiel auf, dass er, obwohl er ansonsten splitternackt war, die Socken anbehalten hatte.

»Walten Sie Ihres Amtes, Gannon! Hab ich Ihnen nicht gesagt, dass hier oben was faul ist?«

In der Tür stand dieser niederträchtige Halunke Lambert Bauer, hinter ihm Whit Gannon.

»Lambert!« kreischte sie erschrocken und zornig.

Whit, ein großer, drahtiger Mann mit ergrauendem Haar und einem dichten Schnurrbart, machte ein verdrossenes Gesicht. Seine volle Stimme dröhnte durch das Häuschen. »Verdammt noch mal, Bauer, und deswegen haben Sie mich den ganzen Weg hierher geschleppt? Sie haben gesagt, Emmaline würde das Gesetz brechen – es hat geklungen, als hätte sie jemanden umgebracht. Em geht ihren Geschäften nach, und wir legen ihr dabei keine Steine in den Weg!«

»Aber um Gottes willen, Gannon! Sie ist meine *Frau*! Was sie da macht, ist doch wohl ganz klar gesetzwidrig! Wollen Sie sich etwa hinstellen und mir erzählen, dass es kein Gesetz gegen Hurerei oder so gibt, wegen dem Sie sie einsperren können? Und was ist mit dem Hundesohn da auf ihrem Bett, dessen Schwanz rumbaumelt wie ...« Lambert hielt in seiner Tirade inne und musterte Frank, der sich verzweifelt zu bedecken suchte. »He – he, warten Sie mal, Sie kenn ich doch!«

Auch Whit fasste Frank genauer ins Auge, wandte sich jedoch augenblicklich verlegen ab. »Hören Sie, Bauer, ich werde diese Sache nicht weiterverfolgen, und wenn Sie dieser Frau noch mehr Schwierigkeiten machen, werde ich *Sie* dreißig Tage lang hinter Schloss und Riegel bringen. Hier vertrete ich das Gesetz, und es ist mir egal, was Sie behaupten. Emmaline ist eine Freundin von mir, und sie schadet niemandem.«

»Sie hat einmal auf mich geschossen! Was ist damit?« Lambert war dunkelrot im Gesicht vor Zorn.

»Zu schade, dass sie daneben gezielt hat. Wahrscheinlich hatten Sie es verdient. Übrigens habe ich Gerüchte über irgendwelchen Schmuck gehört, mit dem Sie Ihre Drinks bezahlen. Ich werde wohl mal nachprüfen müssen, wo Sie den herhaben.« Whit packte Bauer an seinem mageren Genick und schob ihn aus der Tür. Dann warf er einen kurzen Blick zurück über die Schulter. »Tut mir leid, Leute. Mir war nicht klar, aus welchem Grund Bauer mich hierher geschleppt hat, sonst wäre ich nicht mitgekommen. Emmaline, gib mir Bescheid, wenn er dich noch mal belästigen sollte. Dann werde ich ihn mit ein paar gezielten Tritten in den Hintern bis über die Countygrenze befördern.« Er schloss die Tür. Sie hörten, wie sich draußen Schritte entfernten und Wagentüren zuschlugen.

Ems Herz pochte wie das eines zu Tode verängstigten Vogels, und sie fühlte sich, als hätte sie einen Schlag in die Magengrube bekommen. »Oh Gott, Frank, es tut mir ja so leid. Dieser Lambert ist ein übler Geselle. War er schon immer.«

Doch Frank, kreidebleich im Gesicht, zog sich bereits hastig an. »Ich muss gehen, Em.«

»Nein, bitte bleib. Es tut mir wirklich leid. Das geht aufs Haus. Ich fühle mich schrecklich deswegen!« Draußen startete der Motor eines Automobils, dann knirschte Kies unter den Reifen.

Frank hatte Hosen und Schuhe angezogen. Das halb zugeknöpfte Hemd hing ihm über den Hosenbund. Die Krawatte hatte er um den einen Arm geschlungen, über dem anderen trug er die Jacke. Wenn jemand davon erfuhr, dass dieser verrückte Lambert Bauer ihre Tür auftrat und Kunden vertrieb, wäre sie ruiniert, und was würde dann aus den Jungen werden? Sie waren doch alles, was sie auf dieser lausigen Welt hatte, auch wenn sie sie nie sah.

Frank riss die Tür sperrangelweit auf, rannte hinaus und ließ sie einfach offen stehen. Einen Augenblick später rasten Pferd und Wagen im Schlingerkurs aus dem Vorgarten.

Mühsam erhob sich Emmaline vom Bett, stützte sich am Türrahmen ab und sah Frank Meadows nach.

Möge Gott diesen nutzlosen Lambert Bauer verdammen. Wäre er nur halb der Mann, der er sein sollte, wären ihre Kinder in Sicherheit und sie müsste nicht dieser erniedrigenden Arbeit nachgehen.

Zum ersten Mal seit sehr langer Zeit vergrub sie das Gesicht in der Armbeuge und brach in Tränen aus.

# Kapitel 21

Jessica beugte sich über das Waschbecken näher zum Badezimmerspiegel, um einige widerspenstige Haarsträhnen festzustecken. Heute Vormittag hatte sie sich erneut mit Dr. Pearson im Krankenhaus treffen müssen, um die aktuellen Fälle zu besprechen und ihm ihre Aufzeichnungen zu übergeben. In einem von Männern dominierten Beruf wurde sie häufig mit Überheblichkeit und Geringschätzung konfrontiert, aber unter den gegebenen Umständen ärgerte sie sich über ihn besonders. Bei allem, was sie ihm im Krankenhaus gezeigt und erklärt hatte, hatte er stillschweigende Verachtung ausgestrahlt. Nichts schien seinen Maßstäben oder Erwartungen zu genügen.

Nach ihrem Rundgang durch die Krankenstation hatte sie ihn mit hierher genommen, um ihm die Praxis und die darüberliegende Wohnung zu zeigen, außerdem das praktisch eingerichtete Krankenzimmer mit den zwei Betten für Patienten, die rund um die Uhr versorgt werden mussten, wie beispielsweise frisch Operierte oder Menschen, die zu krank waren, um nach Hause zurückzukehren. Er ließ keinen Zweifel daran, dass es in seinen Augen an allem mangelte.

Als er gegangen war, war sie, immer noch wütend über diesen unausstehlichen Menschen, wieder nach oben gestapft, um sich einen Augenblick Ruhe zu gönnen und dann mit dem Packen zu beginnen. Es waren schwere Zeiten, Zeiten, die verlangten, dass man zusammenarbeitete und gemeinsam danach trachtete, Leben zu retten. Vorurteile und das eigene Ego hatte man hintanzustellen. Nein, die Schulturnhalle war definitiv nicht das New Yorker Bellevue Hospital, aber sie mussten eben mit dem auskommen, was zur Verfügung stand.

Sie betrat das Wohnzimmer und sah sich um. Diese Wohnung und die Praxis unten würden ihm gehören, sobald sie hier ihre Zelte abbrach. Sogar Pearsons Name stand bereits auf dem Schild, das an der Vorderseite des Hauses an einer schmiedeeisernen Halterung hing.

Plötzlich hörte sie, wie jemand an der Tür im Erdgeschoss rüttelte, und ihr Herz machte einen Satz. Sie hatte sich angewöhnt, die Eingangstür immer abzuschließen. Bilder von Adam Jacobsen, die Augen von flammendem Hass erfüllt, oder von neuen Schikanen durch seine Anhänger schossen ihr durch den Kopf. Menschen, die anderer Ansicht als Jacobsen waren, wagten es nur, sich im Flüsterton über ihn zu äußern, vor lauter Angst, sich den Zorn der American Protective League zuzuziehen.

Und wenn dort unten nicht Jacobsen stand, wer sonst mochte etwas von ihr wollen? Ein Telegramm konnte es nicht sein, war doch Leroy Fentons Botenjunge erst vor Kurzem da gewesen und hatte ihr eines aus Seattle mit der üblichen Frage nach ihrer Ankunft überbracht.

Nun klopfte es an der Tür.

Jessica ging zum Treppenabsatz, konnte aber von dort oben nicht sehen, wer auf der anderen Seite des Türglases stand.

Erneutes Klopfen. »Jessica?« Sie erkannte Coles Stimme und merkte erst jetzt, dass sie die ganze Zeit die Luft angehalten hatte. Eilig lief sie die Treppe hinunter. »Ich komme, Cole!« Sie rannte durch den Eingangsbereich und riss die Tür auf. Als sie ihn dort stehen sah, groß und breitschultrig, den silbernen Sheriffstern an der Jacke und den Revolvergürtel um die Hüfte geschnallt, fühlte sie sich sofort sicherer. Er verkörperte im Augenblick die einzige

Sicherheit für sie. Beim Eintreten küsste er sie zärtlich auf Mund und Wangen, und diese liebevolle Geste verursachte ihr vor Rührung einen Kloß im Hals.

»Hat es wieder Probleme gegeben?«, fragte er.

»Nein. Trotzdem traue ich mich nicht mehr, die Tür unversperrt zu lassen.«

Er nickte. »Vermutlich ist es ganz richtig, dass du dich einschließt. Ich habe in der Schule vorbeigeschaut, aber Granny Mae hat gesagt, dass du hier bist. Pearson wirkte etwas überfordert.«

Jessica rollte mit den Augen und seufzte. »Ich weiß ja nicht, wie gut es mit *ihm* hier klappen wird. Powell Springs hat ihn nicht verdient, finde ich, selbst wenn es sich von seiner schlechtesten Seite zeigt.« Sie deutete mit einer Kopfbewegung auf das Arbeitszimmer, wo gerade Kaffee durchlief.

Er folgte ihr und machte es sich auf einem der Stühle bequem, den Fuß auf dem Knie. »Warum?«

Sie sah nach, wie weit der Kaffee war, fegte einige verstreute Krümel vom Arbeitstisch, warf sie in den Papierkorb und streifte sich die Hände ab. »Abgesehen von der Tatsache, dass er sich herablassend und beleidigend verhält und weibliche Ärzte ablehnt, habe ich den Eindruck, dass er sich hier wie ein Fisch auf dem Trockenen fühlt. Er gehört ganz offensichtlich zu den oberen Zehntausend von Neuengland und ist, wie es scheint, ziemlich von sich überzeugt.«

»Hm, ich glaube, das wird ein interessanter Abend.«

»Was ist denn heute Abend?«

»Adam Jacobsen hat eine Bürgerversammlung im Rathaus einberufen. Er möchte Pearson offiziell willkommen heißen und, na ja ...« Für einen Moment wandte er den Blick ab.

Sie verschränkte die Arme vor der Brust. »Und mich aus der Stadt jagen.«

Er kippelte mit dem Stuhl und balancierte ihn auf den beiden hinteren Beinen. »Sie haben es nicht wörtlich so formuliert. Auf meinen Kopf haben sie es jedenfalls auch abgesehen. Adam möchte, dass Whit Gannon mir den Stern wieder abnimmt. Das habe ich zumindest heute Vormittag gehört. Zum Teufel damit, soll er das verdammte Ding doch haben. Ich habe auch so genug zu tun.«

Sie warf die Hände nach oben. »Und Horace Cookson hat sich zu all dem breitschlagen lassen, obwohl immer noch die Grippe grassiert und große Versammlungen verboten worden sind?«

»Horace ist nicht mehr derselbe, seit seine Frau und sein Sohn gestorben sind. Ich kann mir vorstellen, wie er sich fühlt.«

Jess ließ die Arme fallen und lockerte die verspannten Schultern. »Wirst du zu der Versammlung gehen?«

»Ja, und ich denke, das solltest du auch.«

Ihr blieb der Mund offen stehen. »Um mich Adam und seinen Anhängern selbst auszuliefern? Damit sie mich gleich öffentlich steinigen können, ohne mich erst holen zu kommen? Nein danke, ohne mich.« Sie griff nach der Kaffeekanne, goss zwei Tassen ein, und gab je einen Schuss Sahne dazu.

»So habe ich es nicht gemeint, und das weißt du. Du solltest dich ihm stellen. Er ist bloß ein einzelner Mann und ein Waschlappen noch dazu. Er besitzt nur so viel Macht über die Menschen hier, weil ihn nie jemand herausgefordert hat. Du gehörst schließlich auch hierher, bist hier geboren und aufgewachsen.«

»Ich habe mein Versprechen erfüllt und bin bis Pearsons Ankunft eingesprungen. Jetzt hat Powell Springs wieder einen Arzt, und meine Aufgabe ist erledigt.«

Er hörte auf zu kippeln und stand auf, um die Tasse Kaffee von ihr entgegenzunehmen. »Also wirst du heute Abend nicht kommen?«

Die Hüfte gegen die Tischkante gelehnt, nippte sie an ihrem Kaffee. »Du hast doch gesehen, wie aufgebracht die Leute waren, die das Fenster eingeworfen haben. Ich kann mir leicht vorstellen, dass diese Versammlung zu einem Femegericht ausartet. Bevor ich weiß, wie mir geschieht, werfen sie mich vielleicht in den Powell Creek.«

Schweigend schaute er sie an. In der entstehenden Stille konnte sie seinen Ledergürtel im Rhythmus seiner Atemzüge knarzen hören. »Ich weiß, dass du das Powell Springs im Grunde deines Herzens nicht zutraust. Du bist immer eine Kämpferin gewesen, Jess.«

»Vielleicht. Aber ich muss so *viele* Schlachten schlagen, und ich bin es müde. Manche Kämpfe sind einfach zu anstrengend.« In diesem Augenblick fühlte sie sich fast genauso niedergeschmettert wie zu dem Zeitpunkt, als sie den Osten verlassen hatte.

Schließlich nickte er, als habe er sie verstanden. Er streckte die Hand aus und strich ihr eine lose Strähne hinters Ohr. Bei seiner Berührung bekam sie eine Gänsehaut auf den Armen. »Dann werde ich diesen Kampf für dich führen. Ich habe in letzter Zeit zu viel verloren, um jetzt einfach aufzugeben, und ich werde nicht tatenlos zusehen, wie diese frömmelnden Heuchler uns beide in der Luft zerreißen.«

Spontan presste sie einen schnellen, harten Kuss auf seine Lippen. »Ich hoffe, du gewinnst.«

Um Viertel vor sieben herrschte im Sitzungssaal des Rathauses drangvolle Enge, und die Menschen stauten sich bis hinaus auf den Flur. Jeder, der sich gesundheitlich einigermaßen dazu in der Lage fühlte, war gekommen. Sogar Virgil Tilly hatte den Saloon heute früher geschlossen, um teilnehmen zu können. Obwohl Roland Bright und Horace Cookson jeden verfügbaren Stuhl im Gebäude herbeischleppten, mussten viele Besucher stehen.

Cole wurde von Susannah und Tanner begleitet, und zu seiner freudigen Überraschung hatte sich ihnen sogar Pop angeschlossen. »Ich lasse nicht zu, dass Leute wie Jacobsen und Leonard unseren guten Namen in den Schmutz ziehen. Die haben vielleicht Nerven, besonders Jacobsen. Ich kann mich erinnern, dass er, bis er sechs Jahre alt war, nicht mal ›Mama‹ sagen konnte, aber seither hat er nicht aufgehört, Blödsinn zu verzapfen.« So energisch hatte sich der alte Herr nicht mehr geäußert, seit das Telegramm gekommen war. Nachdem sie von Rileys Tod und Amys Verrat erfahren hatten, war von Pops Großmäuligkeit nicht mehr viel übrig geblieben. Sogar die Ausflüge in den Saloon hatten ihren Reiz für ihn verloren.

Cole bahnte ihnen einen Weg durch die Menge und führte seine Familie ganz nach vorn, wo sie gute Sicht hatten und alles hören konnten. Mit viel Glück ergatterten sie noch vier Sitzplätze. Im Vorbeigehen spürte er die Blicke der anderen auf sich und bemerkte, dass manche Leute die Köpfe zusammensteckten und tuschelten. Wo er hinsah, waren Menschen, die er schon sein ganzes Leben kannte, Menschen, mit denen er geschäftlich zu tun hatte, an deren Hochzeiten er teilgenommen oder mit denen er auch nur bei Tilly's am Tresen gestanden hatte. Darauf zählte er. Vielleicht würden sie doch ihm Glauben schenken und nicht dem Mann, der hergekommen war, um seinen Ruf zu zerstören und über Jessica und seine Familie herzufallen.

Auf der einen Seite des Raums wanderte James Leonard mit Stift und Papieren bewaffnet von einer Person zur nächsten, vermutlich, um Unterschriften für die Petition zu sammeln. Auf der anderen Seite tat Jacobsen dasselbe. Kurz vor Beginn der Veranstaltung blieb er bei einer Frau stehen, die ebenfalls weit vorn saß.

»Ach du lieber Himmel!«, flüsterte Susannah und deutete diskret zu ihrer Linken. Alle vier drehten sich in die angegebene Richtung und sahen Amy Layton ein Stück weiter in der Reihe sitzen. Um ihre Schultern hatte sie ein Tuch geschlungen, und sie trug die affektierte, leidende Miene eines Menschen zur Schau, dem bitteres Unrecht zugefügt worden ist. Mit einem besorgten Ausdruck im Gesicht ergriff Adam ihre Hand und beugte sich zu ihr hinunter. Für Susannah war es ein schwerer Schlag gewesen, als sie so kurz nach Rileys Tod erfahren hatte, welches Motiv tatsächlich hinter Amys Freundschaft steckte. Cole wusste, dass sie sich beinahe so verraten fühlte wie er selbst. Sie hatte geglaubt, Jessicas Schwester wäre ihr aufrichtig zugetan, aber sie hatte kein tröstendes Wort von ihr gehört. Nicht einmal, als Amy so weit genesen war, um zu Mrs. Donaldson zurückzukehren, hatte sie ihr einen Beileidsbrief geschickt.

Begleitet von einleitendem Stühlerücken und Flüstern nahmen die drei Stadträte ihre Plätze am langen Ratstisch ein. An einem kleinen Schreibpult zu ihrer Rechten saß Birdeen Lyons in ihrer Eigenschaft als Protokollführerin. In dem Saal war es bereits heiß und stickig, und ein gelegentliches Husten reichte aus, damit sich einige Leute umdrehten und die möglichen Keimträger misstrauisch beäugten. Manche trugen immer noch einen Mundschutz, aber die meisten hatten ihn abgelegt.

Bürgermeister Cookson bat mit einigen Schlägen seines Hammers um Ruhe. »Gut, lasst uns mit der Versammlung beginnen. Zunächst möchte ich die Gelegenheit nutzen und Dr. Fred Pearson in Powell Springs willkommen heißen. Ich denke, ich spreche im Namen aller, wenn ich sage, dass wir sehr froh sind, ihn nach so vielen Monaten hier begrüßen zu dürfen.«

Man applaudierte höflich, und die Leute reckten den Hals, um einen Blick auf den so sehnlichst erwarteten Arzt zu erhaschen. Pearson stand auf und verneigte sich in alle Richtungen, aber auf seinem ernsten Gesicht lag nicht einmal die Andeutung eines Lächelns. »*Frederick* Pearson, wenn ich bitten darf.«

In einer Stadt, in der man nur zum Kirchgang, bei Hochzeiten oder Beerdigungen feine Kleider trug, stach sein teurer Anzug heraus aus all den Latzhosen und der Alltagskleidung aus einfachem Tuch und Drillich.

Adam, der etwas gequält dreinschaute, ließ einige Papiere fallen und sammelte sie eilig wieder auf. Mit einem Blick zu Amy strich er seine Krawatte glatt und ergriff das Wort. »Ich bin sicher, Dr. Pearson wird auf Jahre hinaus ein Gewinn für unsere Gemeinde sein. Zumindest ich danke Gott dafür, dass er uns einen Arzt mit solch vorzüglichen Referenzen, festen Prinzipien und hohen Idealen gesandt hat.« Seinen Worten folgte noch mehr Applaus.

Neben Cole schnaubte Pop verächtlich. »Woher will er das wissen?«, flüsterte er.

»Meine Herren«, begann Pearson, der immer noch stand. »Ich danke Ihnen für Ihre großzügigen Komplimente und die schmeichelhafte Einschätzung meiner Person. Das freut mich sehr. Und ich bedauere außerordentlich, Sie eines Besseren belehren zu müssen, was die Dauer meines Aufenthalts in Powell Springs betrifft, wahrscheinlich mehr, als Sie es bedauern, mir einen falschen Eindruck von dieser Stadt vermittelt zu haben.«

Der Applaus wich einer verblüfften Stille. Dr. Pearson war noch nicht fertig.

»Nun, da ich die Gelegenheit hatte, Ihre Stadt kennenzulernen, ist es für mich leider ganz offensichtlich, dass Powell Springs' Vorzüge in meiner Korrespondenz mit diesem ehrenwerten Gremium stark übertrieben wurden.« Er nickte den drei Männern am Ratstisch zu, und sein Sarkasmus war kaum zu überhören. »Ich würde nicht so weit gehen zu behaupten, dass man mich absichtlich getäuscht hat, aber diese Stadt hält sich eindeutig für weltoffener, als gerechtfertigt ist.«

Einige Zuhörer begannen wütend dazwischenzurufen – zumindest jene, die in der Lage waren, Pearsons hochtrabender Ausdrucksweise und seinem monotonen Neuengland-Akzent zu folgen. Den restlichen Anwesenden war nur klar, dass sie irgendwie beleidigt worden waren. Cole zog den Kopf ein, um sein Lachen zu verbergen.

»Was genau wollen Sie uns sagen, Doktor?«, fragte Adam.

»Ich will damit sagen, dass ich eine große städtische Praxis mit der entsprechenden Ausstattung erwartet habe. Nichts von dem, was ich hier gesehen habe, entspricht auch nur im Entferntesten diesen Kriterien. Es gibt kein Krankenhaus, keine zufriedenstellend ausgestattete Praxis – ich vermute stark, man wird mich vielleicht sogar holen, um einer Kuh beim Kalben zu helfen oder bei einem Schaf eine Kolik zu diagnostizieren. Das heißt, falls Ihre Kräuterheilerin nicht zu beschäftigt damit ist, Amulette mit Teufelsdreck herzustellen oder ihr Café zu führen. Kurz gesagt, meine Herren« – er drehte sich zu der versammelten Menge um – »und meine Damen, ich werde hier nur so lang ausharren, bis ich eine vielversprechende Stellung in einer anderen Stadt gefunden habe. Sicher werden Sie verstehen, dass ein Arzt, der seine Ausbildung in Yale erhalten hat, nicht an einem Ort verweilen wird, wo seine Fähigkeiten weder ausreichend Anwendung finden noch gewürdigt werden.« Endlich schenkte er ihnen ein aufrichtiges Lächeln.

»Wenn Sie mich jetzt bitte entschuldigen wollen, in der Turnhalle warten Patienten auf mich.«

Hoch erhobenen Hauptes verließ er den Saal, arrogant und von seiner eigenen Wichtigkeit überzeugt wie ein König, der von seiner Bergfestung herabgestiegen ist, um sich unters gemeine, ungewaschene Volk zu mischen, so unangenehm ihm das auch sein mochte.

Die Zuschauer erwachten allmählich aus ihrer Betäubung. Zornige Stimmen wurden laut.

»Er sollte heute Nacht besser mit einem Revolver unterm Kopfkissen schlafen«, stieß jemand barsch hervor, und Cole war geneigt, sich dieser Meinung anzuschließen.

»Hast du so was schon mal gehört?«

»Was zum Teufel bildet sich dieser Kerl eigentlich ein? Yale, wo ist das überhaupt?«

»Wenn er glaubt, ich würde ihn an meine Schafe ranlassen, dann hat er sich geschnitten!«

Horace Cookson, der erschöpft wirkte, stand auf und ließ mehrmals den Hammer herabsausen. Mit steigender Lautstärke rief er zur Ordnung, schaffte es jedoch erst nach drei oder vier Minuten, sich in dem Lärm Gehör zu verschaffen.

»Nehmen Sie bitte alle wieder Platz und seien Sie leise oder ich lasse den Saal augenblicklich räumen!«, donnerte er. Endlich verebbte der Aufruhr zu einem leisen Summen. »Nun sitzen wir noch mehr in der Patsche als vorher«, fuhr der Bürgermeister fort. »Wir haben keinen Arzt und auch keinen in Aussicht. Jessica Layton hat von vornherein klargestellt, dass in Seattle eine Stellung auf sie wartet. Sie hat ihre Weiterreise nur verschoben, um uns während der Grippeepidemie beizustehen.«

Wenn das Schicksal Cole jemals eine Gelegenheit zum Handeln geboten hatte, dann jetzt. Er stand auf. »Horace, Jessica könnte vielleicht dazu überredet werden, die Stelle in Seattle auszuschlagen und in Powell Springs zu bleiben ...« An diesem Punkt fixierte er Adam scharf. »Vorausgesetzt, diejenigen, die es sich zum Ziel gesetzt haben, sie zu beleidigen und ihren Ruf zu ruinieren, hören auf, andere gegen sie aufzuhetzen, und brechen ihre Petitionskampagne ab.«

Adam erhob sich. »Bürgermeister Cookson, wenn ich dazu etwas sagen dürfte.«

Horace setzte sich und gab mit einer Handbewegung sein Einverständnis, auch wenn er wenig begeistert aussah. »Nur zu, Adam.«

Der Pfarrer räusperte sich. »Ich muss gestehen, diese Versammlung läuft nicht so ab, wie ich es mir vorgestellt hatte. Nun stehen wir vor dem gleichen Problem wie zuvor.« Dieses Mal suchte er Cole auf seinem Platz in der Menge und starrte ihn finster an, bevor er weitersprach. »Fast ganz Powell Springs weiß inzwischen, dass Dr. Jessica Layton kürzlich in einer kompromittierenden Situation mit Cole Braddock ertappt wurde. Ich sollte vielleicht daran erinnern, dass Braddock mit Amy Layton, der Schwester der Ärztin, so gut wie verlobt ist. Eine Frau mit solch losen Moralvorstellungen darf nicht mit der medizinischen Betreuung unserer Mitbürger betraut werden.«

Alle begannen gleichzeitig zu reden, wobei viele Adam zustimmten.

Während Horace wieder seinen Hammer zum Einsatz kommen ließ, schoss Granny Mae Rumsteadt wie eine dünne, grauhaarige Furie von ihrem Stuhl einige Reihen hinter Cole hoch. »Sie, Adam Jacobsen, verhalten sich wie ein Großinquisitor, nicht wie ein Mann Gottes.« Sie drehte sich um und blickte in die Gesichter um sie herum. »Ich bin enttäuscht von jedem von euch, der die scheußliche Petition dieses Mannes unterzeichnet hat. Als ihr im Krankenhaus gelegen habt, war da etwa nicht jedes Mal, wenn ihr die Augen aufgeschlagen habt, Dr. Jessica an eurer Seite und hat euch gepflegt? Hält sich Powell Springs für etwas Besseres als Jess Layton? Ihr habt doch selbst gehört, dass dieser feine Herr Doktor meint, Powell Springs sei nicht gut genug für *ihn.* Und außerdem sind Amy Layton und Cole Braddock gar nicht verlobt.«

»Granny, Sie sind ja völlig gestört!«, zischte Adam.

Birdeen hatte Mühe, den erhitzten Wortwechsel mitzuprotokollieren.

»Reden Sie keinen Bockmist, *Reverend* Jacobsen!«

Pop, Cole und mehrere andere brachen in Gelächter aus. Einige der anwesenden Damen schnappten nach Luft, aber Granny Mae war eine Frau, die kein Blatt vor den Mund nahm, wenn sie sich im Recht fühlte, was meistens der Fall war.

»Welchen Beweis haben Sie, dass das, was Sie von Cole und Jessica behauptet haben, der Wahrheit entspricht?«, fragte sie herausfordernd. »Diese Stadt geht vor die Hunde, und ich bin der Meinung, dass Menschen wie Sie, Adam Jacobsen, und Sie, James Leonard« – sie drehte sich um und zeigte auf den Mann, der den Mob zu Jessicas Praxis geführt hatte – »den Weg dazu bereitet haben.«

Mit vor Entrüstung hochrotem Gesicht wandte sich Adam an Horace. »Bürgermeister Cookson, wollen Sie einfach nur dasitzen und zulassen, dass diese Versammlung in Anarchie versinkt?«

Der Bürgermeister rieb sich die Stirn. »Um Gottes willen, Adam, Granny oder wer auch immer. Wir sind hier doch nicht bei einem Nähkränzchen, um den neuesten Klatsch auszutauschen. Es ist eine Bürgerversammlung. Wir versuchen, wichtige Entscheidungen zu treffen.«

»Genau das tun wir auch. Ich werde nicht dafür stimmen, Jessica Layton die Stelle als Ärztin anzubieten. Um halb sechs Uhr morgens habe ich Cole Braddock aus der Praxis kommen sehen. Was werden sie wohl zu dieser frühen Stunde dort gemacht haben?«

»Was hattest du denn in aller Herrgottsfrühe dort zu suchen, Jacobsen?«, fragte Cole dazwischen. »Du hast selbst ausgesehen, als hättest du die Nacht in einem Heuhaufen verbracht.«

»Ich war auf dem Weg ins Krankenhaus, um den Leidenden Trost zu spenden.« Adam richtete sich nun an die versammelte Bürgerschaft. »Ich habe gehört, wie sie sich unterhalten haben – es war ein sehr aufschlussreiches Gespräch. Und ich habe gesehen, wie sie sich geküsst haben.«

»Ach ja? Und ich hab Ihren blanken Hintern heute Nachmittag im Bett meiner Frau gesehen, Jacobsen, wo Sie sich mächtig ins

Zeug gelegt haben. Das ist um einiges schlimmer, als sich auf einer Veranda zu unterhalten und zu küssen.«

Alle Köpfe fuhren herum, um herauszufinden, wer solch eine geschmacklose und ungeheuerliche Anschuldigung vorgebracht hatte. Ganz hinten im Saal lehnte Bert Bauer mit verschränkten Armen am Türpfosten. Seiner nuschelnden Aussprache nach zu schließen, war er stockbetrunken – und anscheinend vollkommen übergeschnappt.

Über die Versammlung senkte sich eine schwere, lastende Stille, sodass Cole sogar das Wiehern eines Pferdes von draußen vernehmen konnte. Mit offenen Mündern und wie festgefroren saßen die Menschen da.

Dann brach Chaos aus.

Alle sprachen gleichzeitig. Manche Zuhörer sprangen auf.

»Dieser nichtsnutzige Bastard«, stieß Tanner hervor, und Cole hätte nicht sagen können, welchen Bastard er meinte.

Adam schnappte sich den Hammer aus Horace Cooksons Hand und begann damit auf den Tisch einzudreschen. Seine Augen wollten ihm schier aus den Höhlen treten, und sein Gesicht glänzte vor Schweiß. »Lasst diesen gottlosen, verderbten Lügner entfernen. Schmeißt ihn raus!«, brüllte er.

Einige Männer in Bauers Nähe packten ihn und versuchten ihn wegzuzerren, doch er wehrte sich und rief: »Es ist keine Lüge! Und ich habe mir das nicht aus den Fingern gesogen. Ich habe einen Zeugen – Sheriff Gannon! Auch er hat diesen Mistkerl mit Emmaline gesehen!«

Adam, der kurz vor einem Tobsuchtsanfall stand, schlug mit dem Hammer auf den Tisch ein, bis der Stiel abbrach und der hölzerne Kopf durch den Saal flog.

Whit Gannon an der gegenüberliegenden Wand schien aus allen Wolken zu fallen, und seiner Miene nach wünschte er sich ganz weit weg.

»Ist das wahr?«

»Sheriff, haben Sie Jacobsen mit Emmaline gesehen?«

»Wer ist Emmaline?« Das wollten einige Frauen wissen.

Cole konnte kaum glauben, welches Drama hier soeben seinen Lauf nahm. Er stand auf, um eine bessere Sicht auf Bauer zu haben, und wandte sich dann wieder an Jacobsen.

»Emmaline ist verheiratet? Mit *Bauer*?«

»Mein Gott!«, rief Pop aus.

»*Wer ist Emmaline*?«, beharrte eine Frau in der Nähe.

Bürgermeister Cookson fing Whit Gannons Blick auf und bedeutete ihm, nach vorn zu kommen. Mit langen, lässigen Schritten trat der Sheriff zum Ratstisch. Adam schien bei seinem Anblick immer mehr zusammenzuschrumpfen.

»Whit«, begann Horace, »sagt Bert Bauer die Wahrheit? Hast du Reverend Jacobsen in einer kompromittierenden Situation mit Em – das heißt, Mrs. Bauer, angetroffen?«

»Ja.«

Birdeen kam mit dem Schreiben kaum nach.

»Und du hast dich nicht vielleicht getäuscht – sie haben sich nicht einfach nur ... unterhalten?«

Whit senkte das Kinn. Ein Mundwinkel zog sich nach unten. »Also, Unterhaltung hab ich keine gehört.« Er sah Adam an. »Als Zeuge kann ich bestätigen, dass Bauers Beschreibung ziemlich zutreffend ist. Geschmacklos, aber zutreffend.«

Die Blätter mit der Petition flatterten zu Boden, als Adam kalkweiß und schweißgebadet auf seinen Stuhl sank.

Nachdem die Versammlung geschlossen war, machte Cole sich sofort zu Jessicas Praxis auf. »Und, bereust du jetzt, dass du nicht dabei warst?«

Sie saßen oben im Wohnzimmer, umgeben von Koffern und Kisten, und Jessica sah ihn nachdenklich an. »Nein – na ja, doch, wahrscheinlich schon.« Sie musste lachen. »Ich wette, so eine Bürgerversammlung hat Powell Springs noch nie erlebt.«

»Und das wird's auch so bald nicht mehr geben, gleich zwei

Skandale an einem Abend. Außerdem hat Whit Gannon Bauer wegen Trunkenheit und Erregung öffentlichen Ärgernisses verhaftet, und auch wegen Verdachts auf Diebstahl dieser Schmuckstücke, mit denen er überall bezahlt.« Cole beugte sich auf dem Sofa vor. »Wie dem auch sei, Horace und Roland Bright haben sich entschieden, dich ganz offiziell zu fragen, ob du auf Dauer in der Stadt bleiben willst, da Pearson sich ja für einen Haufen unzivilisierter Bauerntrampel wie uns zu fein ist. Ich habe durchblicken lassen, dass der gute Doktor vielleicht sogar Interesse hätte, deine Stelle in Seattle zu übernehmen.«

»Aber *ich* werde nach Seattle gehen. Es ist meine Stelle, man erwartet mich dort. Heute habe ich schon wieder ein Telegramm bekommen.« Sie stand auf, wandte sich einer offenen Kiste zu und faltete ein Schultertuch.

Cole folgte ihr und führte sie wieder zum Sofa zurück. Dann holte er eine schon etwas abgegriffene schwarze Samtschachtel aus der Tasche. »Jess, wir sollten endlich alles in Ordnung bringen. Wir sind füreinander bestimmt, du und ich. Schon als Kind wusste ich, dass ich dich einmal heiraten will. In den letzten Jahren haben wir stürmische Zeiten durchgemacht, aber damit müssen wir uns doch nicht bis zum Rest unseres Lebens belasten. Ich habe falsche Entscheidungen gefällt, ich habe Riley verloren – und dich beinahe auch. Ich möchte nicht noch mehr Dingen nachtrauern müssen.«

Dingen nachtrauern ... Iris Delaney hatte davon gesprochen. Jess selbst hatte darüber nachgedacht, und nun erwähnte Cole dasselbe. Aber ...

»Cole, die Lage hat sich geändert. Sehr sogar. Was ist mit Amy, und was ist mit dem Lynchmob, der es auf uns abgesehen hat, wie lässt sich das in Ordnung bringen? Es wird sich nicht alles in Wohlgefallen auflösen, bloß weil Horace Cookson es so möchte. Er kann den Leuten doch nicht befehlen, zu mir zu kommen. Sogar zwei Jungen, die mir auf der Straße begegnet sind, haben mich als Hure bezeichnet.«

Er zuckte zusammen, fuhr aber unbeirrt fort. »Jess, du hast mich gebeten, diesen Kampf auszutragen. Das habe ich getan, und wir haben gewonnen. Die ganze Aufregung wird sich mit der Zeit legen. Und außerdem stehen die Anhänger von Jacobsen und Leonard nicht für die ganze Stadt.«

Sie ließ das Schultertuch in den Schoß sinken. »Vermutlich würdest du anders denken, wenn du derjenige wärst, der mit Schimpfnamen bedacht und dessen Tugendhaftigkeit angezweifelt wird. Wie du weißt, achtet man bei Frauen, und besonders bei Ärztinnen, genau auf ihr Verhalten und sucht förmlich nach Verfehlungen. Diese Ablehnung reibt mich auf. Ich werde hier keine Patienten haben. Sie werden eher zu Granny Mae gehen, bevor sie mir vergeben.«

»Vielleicht könntest du in Twelve Mile eine Praxis eröffnen. Die Ranch liegt auf halbem Weg zwischen beiden Städten.«

Sie zog die Augenbrauen in die Höhe. »Wie bitte?«

»Ich könnte dir sogar das Fahren beibringen, dann wärst du mobiler.«

Er ging vor ihr auf die Knie und hielt ihr die schwarze Samtschachtel hin. »Jessica, ich möchte, dass du mich heiratest. So schnell wie möglich. Lass uns nicht länger warten.« Er drückte den kleinen Schnappverschluss an der Schachtel, und der Deckel klappte auf.

Voller Staunen erblickte sie einen Ring. Die Fassung war in einem alten Stil gehalten, und der Schliff des Diamanten erinnerte sie an ein antikes Stück.

Prüfend sah er ihr ins Gesicht, und bei seinem Blick glaubte sie, ihr Herz müsste zerspringen. »Er hat meiner Mutter gehört.«

»Oh, Cole …«

»Du hast recht – es ist viel passiert, Gutes und Schlechtes. Das Einzige, was ich sicher weiß, ist, dass ich dich liebe. Dich immer geliebt habe. Ich möchte, dass du meine Frau wirst, so wie es schon immer hätte sein sollen.«

Sie legte ihm die Hand auf den Arm. »Ich liebe dich auch. Aber das Krankenhaus in Seattle braucht mich.« Da kam ihr eine Idee, eine so brillante Idee, dass sie wünschte, sie wäre ihr schon früher eingefallen. »Ich hab's – du könntest mit mir gehen! Seattle ist eine aufsteigende Metropole, dort könntest du neu anfangen.«

Er setzte sich auf die Fersen und runzelte die Stirn, als hätte sie vorgeschlagen, mit einem Ochsenkarren zum Mond zu fahren. »Wie kann ich meine Familie allein lassen? Vor allem jetzt, wo mein Bruder nicht mehr da ist?«

»Aber meine ganze Ausbildung und die harte Arbeit, um meinen Abschluss zu machen und Referenzen zu bekommen – ohne Patienten nützt mir das alles gar nichts. Und hier kann ich nicht in der Forschung arbeiten. In Seattle weiß ich wenigstens, dass ich gebraucht werde.« Blicklos starrte sie auf das Muster des geflochtenen Teppichs unter ihren Füßen. »Alle in Powell Springs haben sich von mir abgewandt, sogar meine eigene Schwester.«

»Aber Jessica, natürlich wirst du hier gebraucht. Ich brauche dich. Wenn du nach Seattle gehst, läufst du nur wieder weg wie damals in New York.«

Sie zog so hastig ihre Hand fort, als hätte er ihr einen Schlag versetzt. »Das ist gemein!«

Er erhob sich vom Boden und setzte sich etwas entfernt von ihr auf einen Stuhl. »Ich kann Pop und Susannah nicht im Stich lassen. Sie sind meine Heimat, meine Wurzeln. Deine auch. Das gilt auch für die Stadt, im Guten wie im Schlechten. Du und ich – gemeinsam können wir es mit allen aufnehmen.«

Beschwörend hob sie die Hände. »Cole, wir können dort, wo uns niemand kennt, einen Neuanfang machen. Ich müsste nicht jeden Tag Amy oder diesen hasserfüllten Leuten begegnen, die mich so unbarmherzig behandelt haben, obwohl ich ihnen doch nur helfen wollte. Komm mit mir, bitte.«

»Du müsstest ihnen also begegnen. Nun, das muss ich auch. Ich schäme mich für nichts, was wir getan haben. Du etwa?«

»Nein, aber ...«

»Und wenn wir erst verheiratet sind, wird es nichts mehr geben, worüber sie klatschen können. Es wird ihnen bestimmt langweilig werden, vor allem jetzt, wo man der Meute mit Jacobsen einen neuen Leckerbissen zum Fraß vorgeworfen hat.«

»Würdest du wenigstens darüber nachdenken, mit mir zu kommen?«

Sein Blick wurde kalt und hart, und sie spürte, wie er sich innerlich von ihr zurückzog. Es erinnerte sie an den Tag ihrer Ankunft, als er Eddie ins Café gebracht hatte. »Nein.«

Sie ballte ihre Hände im Schoß zu Fäusten, und ihre Stimme zitterte vor Enttäuschung und Wut. »Nur einmal – ein *einziges* Mal möchte ich, dass jemand, der vorgibt, mich zu lieben, zu mir sagt ›Jessica, für dich würde ich alles tun‹. Von mir erwartet jeder, dass ich seine Seite sehe und für ihn ein Auge zudrücke.

›Ich habe gedacht, du hättest unsere Beziehung beendet, also habe ich angefangen, deiner Schwester den Hof zu machen.‹ ›Ich habe beschlossen, dass du Cole nicht verdienst, also habe ich ihm erzählt, dass du nicht zurückkommst.‹ ›Hure.‹ ›Eine *Frau* als Arzt.‹ ›Du läufst schon wieder weg.‹ Jeder hat eine Entschuldigung für die Dinge, die er mir angetan oder zu mir gesagt hat. Wann wird sich endlich mal jemand auf meine Seite schlagen?«

Er stand auf und legte die Schachtel mit dem Ring auf den Tisch. »Jess, du hast vor langer Zeit versprochen, nach Powell Springs zurückzukehren und mich zu heiraten. Als dein Vater gestorben ist, hast du gelobt, dich um diese Stadt zu kümmern und seine Arbeit fortzuführen. Nicht jeder hier glaubt Adam Jacobsen. Sogar Granny Mae hat sich für dich eingesetzt, hat dich schon zweimal gegen diese kleine Minderheit verteidigt. Ja, natürlich gibt es ein paar Spinner, wie überall. Du wirst ihnen auch in Seattle begegnen, falls du dorthin gehst. Menschen, die meinen, Frauen sollten keine Ärzte werden, Menschen, die hinter deinem Rücken über dich reden. Einige wenige, die dich enttäuschen werden. Aber dort wirst du allein sein. Kein Ort ist vollkommen.«

Jessica sah zu, wie er in die Schaffelljacke schlüpfte, den Hut aufsetzte und sich zum Gehen wandte. In der Tür drehte er sich noch einmal zu ihr um. »Du hast etwas versprochen, und wenn du es nicht erfüllst, dann bist du weder die Frau *noch* die Ärztin, für die ich dich gehalten habe.« Er deutete mit einer Kopfbewegung auf die Samtschachtel. »Solltest du dich entscheiden zu bleiben, steck den Ring an. Falls nicht – du findest mich nebenan.«

Tränen brannten ihr in den Augen, als sie vom Sofa aufsprang. »Dann nimm ihn am besten gleich wieder mit.« Er musterte sie lang, ging schließlich zum Tisch und steckte die kleine Schatulle ein.

Sie hörte seinen schweren Schritt auf der Treppe und im Erdgeschoss. Die Glocke ertönte, als er die Eingangstür öffnete und wieder schloss.

Dann war er fort.

Jessica verbrachte eine furchtbare schlaflose Nacht. Immer wieder spulte sie den Streit mit Cole in ihrem Kopf ab. Er hatte sie nicht nur persönlich angegriffen, sondern auch in ihrer Eigenschaft als Ärztin. Einige Stunden lang weinte sie, bis sie fast keine Luft mehr bekam, schlug auf ihr Kissen ein, stand zweimal auf, um das Laken wieder festzustecken, und trank ein Glas warme Milch. Nichts half.

Schließlich schlug sie die Decke zurück, stand auf, zog sich an und packte den Rest ihrer Sachen. Tränenüberströmt und erschöpft warf sie die Sachen achtlos in den Koffer, ohne sich darum zu kümmern, ob sie später zerknittert oder zerdrückt sein würden. Sie wollte diese Wohnung, diese Stadt so schnell wie möglich hinter sich lassen. Die schweren Sachen wie die Bücher würde sie abholen lassen, sobald sie in Seattle war. Sie kritzelte eine Nachricht, in der stand, wohin sie unterwegs war, und ließ sie liegen. Irgendjemand würde den Zettel schon finden. Vielleicht würde sie von Seattle aus denjenigen Briefe schreiben, die eine bessere Erklärung für ihren Weggang verdienten. Mit der Zeit würde sie vielleicht sogar Amy schreiben. *Vielleicht.* Für den Augenblick hatte sie genug von Powell Springs und den Leuten hier.

Nachdem sie das bisschen Geschirr abgespült, das Bett abgezogen und die Wohnung aufgeräumt hatte, stand sie vor dem Spiegel, zog ihren Mantel an und setzte den Hut auf. Ihre Augen waren vom Weinen und dem Schlafmangel geschwollen und brannten. Wie üblich konnte sie ihre Handschuhe nicht finden, aber das war im Moment ihr geringstes Problem. Sie sah sich noch einmal in der Wohnung um, in der sie die letzten Wochen verbracht hatte. Zum Schluss warf sie einen Blick ins Schlafzimmer, wo sie und Cole sich geliebt hatten und wo sie sich zumindest einige Stunden lang geborgen gefühlt hatte, beschützt vor der Welt und dem Berg von Problemen, die sie in den vergangenen Jahren hatte bewältigen müssen.

Als sie den Schlüssel für die Eingangstür auf den Arbeitstisch legte, hielt sie einen Moment inne und fuhr mit den Fingern darüber, bevor sie das Haus verließ und die Tür zum allerletzten Mal hinter sich zuzog.

Bepackt mit einem Koffer, ihrer Arzttasche und der Umhängetasche ging sie im morgendlichen Dunkel vor der Dämmerung Richtung Bahnhof und achtete sorgfältig darauf, nicht zu Coles Schmiede hinzusehen. Sie war entschlossen, falls nötig vor dem Bahnhof zu warten, bis er öffnete.

Aber aus den Fenstern des Gebäudes drang warmer Lichtschein. Sie stellte ihr Gepäck ab und öffnete die Tür.

»Miss Jessica! Was für eine Überraschung!«, begrüßte sie Abner Willets am Fahrkartenschalter. Von irgendwo hinter ihm drang der Geruch nach frisch gebrühtem Kaffee zu ihr. »Sie haben gestern Abend eine turbulente Gemeindeversammlung verpasst!«

»Davon habe ich schon gehört. Mr. Willets, ich hätte gern eine Fahrkarte für den ersten Zug nach Seattle.«

Der alte Mann sah sie unter seinem grünen Augenschirm hervor an, und ein leichtes Stirnrunzeln ließ seine buschigen Augenbrauen zusammenstoßen. »Sie verlassen uns? Ich hatte den Eindruck, dass Sie jetzt, da dieser Pierce sich davonmacht, hierbleiben.« Abner hatte sich den Namen dieses Snobs immer noch nicht richtig gemerkt. Wenn sie sich nicht so elend gefühlt hätte, hätte sie sich darüber amüsiert. »Cole hat jedenfalls was in der Richtung angedeutet.«

Sie schluckte schwer. »Nein, ich hatte immer die Absicht, nach Washington weiterzureisen, sobald der andere Arzt da ist.«

»Hm. Dann stehen wir wohl wieder ganz ohne Doktor da, denn Pierce wird auf keinen Fall bleiben.«

»Wann, sagten Sie, fährt der Zug?«, soufflierte sie ihm, bemüht, das Thema zu wechseln. Ihr Herz fühlte sich an, als wäre es auf die Größe einer Melone angeschwollen und würde ihr die Kehle zudrücken.

Er blätterte in seinem Fahrplan und sah auf die Wanduhr. »Sie haben Glück. Der nächste kommt um acht Uhr neunundvierzig. Es gibt nur zweimal die Woche einen Frühzug nach Portland. Dort haben Sie an der Union Station Anschluss nach Seattle.« Sie nickte und schob mit zitternden Fingern das Fahrgeld unter dem Messinggitter hindurch, das sie beide trennte.

Wieder spähte er unter seinem Augenschirm hervor. »Ist alles in Ordnung mit Ihnen, Miss Jessica? Ich weiß, dass Sie alle Hände voll zu tun hatten, seit Sie hier angekommen sind.«

Mühsam brachte sie ein unsicheres Lächeln zustande. »Mit mir wird bald wieder alles in Ordnung sein, Mr. Willets. Es stimmt, die letzten Wochen waren sehr anstrengend.«

Er griff unter dem Gitter durch und tätschelte ihr die Hand. »Wir sind Ihnen sehr dankbar für alles, was Sie für uns getan haben. Das möchte ich Ihnen nur sagen, falls Sie sich schlecht fühlen wegen dieser Mist- äh, Unruhestifter. Die meisten von uns waren froh, dass Sie da waren.«

Sie neigte den Kopf, um ihre Tränen vor ihm zu verbergen. Dann ging sie zu einer der Bänke und wartete auf die Ankunft des Zuges.

# Kapitel 22

Emmaline saß an ihrem Küchentisch, rauchte ihre letzte Lucky Strike und war tief in Gedanken, als sie ein leichtes Klopfen an der Tür hörte. Seit jenem schrecklichen Tag, an dem Lambert hereingeplatzt war, schloss sie auch tagsüber ab. Sie warf einen kurzen Blick aufs Bett, um sich zu vergewissern, dass es vorzeigbar war – nur für den Fall –, stand leise auf und schlich auf Zehenspitzen zum Fenster, um zu erspähen, wer draußen stand. Aber aus diesem Winkel war nichts zu erkennen.

Ohne ein Geräusch zu machen griff sie zu ihrer geladenen Flinte und zielte auf die Tür. »Wer ist da?«

»Em, ich bin's. Whit Gannon.« Sie musste ganz in ihre Sorgen versunken gewesen sein, dass sie sein Automobil nicht gehört hatte.

»Hast du wieder jemanden dabei?«

»Nein, ich bin allein.«

Die Hand immer noch am Lauf der Flinte, atmete sie erleichtert auf und öffnete die Tür einen Spalt. Sein eisgrauer Schopf und Schnurrbart waren ein tröstlicher Anblick.

Als er ihre Waffe sah, lächelte er. »Ich werde dir gewiss keinen Grund geben, Gebrauch davon zu machen.« In seiner tiefen, polternden Stimme lag ein scherzhafter Ton, aber trotzdem ...

»Kommst du in einer dienstlichen Angelegenheit, Whit?«

»Nein, nein, Em, nichts dergleichen. Und es hat auch nichts mit *deinen* Geschäften zu tun. Ich möchte mich nur einen Augenblick unterhalten.«

Vorsichtig öffnete sie die Tür und spähte über seine Schulter und nach links und rechts. Sie sah nichts außer dem nassen, grauen Tag und dem Unkrautgestrüpp im Vorgarten. »Na schön. Komm rein.«

Als er eintrat, ließ seine hochaufgeschossene Gestalt die kleine Hütte noch winziger erscheinen. »Zuerst möchte ich mich noch einmal wegen der Sache mit Bauer entschuldigen. Ich hätte wissen sollen, dass er nichts Gutes im Schilde führt, als ich ihn hierher begleitet habe.«

Sie stellte die Flinte zurück an ihren Platz neben der Tür und winkte ihn zum Tisch. »Ich mache dir keine Vorwürfe, Whit«, meinte sie mit einem angedeuteten Lächeln. »Zumindest keine allzu schweren. Lambert hat ja angekündigt, er würde es mich büßen lassen.«

Er nahm auf dem Stuhl ihr gegenüber Platz und legte den Fuß auf dem Knie ab. »Tja, ich dachte, du würdest gern erfahren, dass er dich eine ganze Weile lang nicht mehr belästigen wird. Später am selben Abend hat er sich mit dem Mann, den du als Frank Meadows kennst, bei einer Bürgerversammlung angelegt, und da habe ich ihn wegen Trunkenheit und Erregung öffentlichen Ärgernisses eingesperrt. Als ich ihn durchsuchte, fand ich wertvollen Schmuck bei ihm, dessen Herkunft er nicht erklären konnte. Er war ziemlich aufsässig, bis er sich in meiner Zelle ein wenig ausgenüchtert hatte. Schließlich gab er zu, dass er den Schmuck Verstorbenen abgenommen hatte, bevor er sie begrub. Er meinte, dort, wohin sie gingen, hätten sie ohnehin keine Verwendung dafür.«

Sie schüttelte den Kopf und nahm die brennende Zigarette von der Untertasse. »Mein Gott, ich kann nicht glauben, dass ich mit dem Mann mal etwas zu tun hatte.«

»Es wird eine Zeit lang dauern, bis ich die Besitzer ermittelt habe. Außerdem habe ich noch etwas bei ihm gefunden, das du wahrscheinlich gut gebrauchen kannst.« Argwöhnisch und beklommen sah sie ihn an. Er griff in seine Tasche und zog eine Rolle Dollarnoten heraus. »Das sind ungefähr hundert Dollar. Ich dachte, du kannst mehr damit anfangen als er.«

Sie starrte auf die Rolle. »Aber ist das – ist das legal? Kannst du ihm das einfach abnehmen, ohne Ärger zu bekommen?«

»Nein, ist es nicht, und ja, ich kann. Wie bereits gesagt, hier vertrete ich das Gesetz, und Bauer steckt so tief im Schlamassel, dass er wegen des Geldes keinen Ärger machen wird.« Er schob es ihr über die verblichene Wachstuchdecke zu.

»Danke, Whit«, sagte sie, als sie es mit einem Lächeln entgegennahm.

Er beäugte sie schelmisch. »Ich wusste ja gar nicht, dass du Grübchen hast, Emmaline.«

Sie senkte den Kopf und grinste noch breiter. »Die sieht man nur, wenn ich lächle.«

»Dann bin ich ja froh, dass ich dir Anlass zum Lächeln gegeben habe. Oh, und falls es dich interessiert, Frank Meadows heißt in Wirklichkeit Adam Jacobsen. Er war der Pfarrer von Powell Springs, aber ich glaube, viele Menschen sind froh, dass er von seinem hohen Ross gestürzt ist. Er hat sie nämlich bei der Regierung angeschwärzt.« Er spielte mit der Streichholzschachtel, die neben der als Aschenbecher benutzten Untertasse lag. »Bauer war derjenige, der ihn bei der Bürgerversammlung verpfiffen hat, vielleicht ist also doch noch was Gutes bei der ganzen Sache herausgekommen.«

»Jacobsen – mir hat er erzählt, er handle mit Traktoren. Ich hatte immer den Eindruck, dass mit ihm etwas nicht stimmt. Allerdings habe ich vermutet, er wäre verheiratet.«

»Nein, verheiratet ist er nicht, aber eben auch nicht der ehrenwerte Geistliche, den er gespielt hat.«

Em zog die Brauen nach oben. »Und die Menschen halten das, was *ich* tue, für schlecht.«

Whit schob seinen Stuhl zurück und stand auf. »Tja, ich muss los. Auch wenn die Grippeepidemie allmählich abflaut, ist hier immer irgendetwas los, um das ich mich kümmern muss. Ich dachte nur, du wüsstest gern Bescheid. Und könntest ein bisschen Geld gebrauchen als Ausgleich für all die Schwierigkeiten, die dir dein Ehemann gemacht hat. Vielleicht kannst du jetzt die Scheidung einreichen und einen endgültigen Schlussstrich ziehen.«

Wieder lächelte sie. »Ja, vielleicht.« Sie brachte ihn zur Tür. »Du bist ein guter Freund, Whit.«

Als er sie auf die Wange küsste, kitzelte sie sein großer Schnurrbart. »Du auch, Emmaline. Ich komm mal wieder abends vorbei.«

»Für dich steht meine Tür immer offen.«

Cole sah bereits aus einer Querstraße Entfernung, dass Muley vor Tilly's angebunden war. Während er den Pfützen des Platzregens vom Nachmittag auswich, dachte er, das könnte ein gutes Zeichen sein. Der Vater, den er kannte, hätte vor einem Monat auf jeden Fall das, was auf der Bürgerversammlung passiert war, im Saloon noch einmal gründlich durchgekaut und erörtert.

Cole wollte sich nur in eine Ecke setzen und betrinken.

Er hatte kaum ein Auge zugemacht, sondern sich in der Sattelkammer auf der Pritsche herumgewälzt und an Jessica gedacht, die gleich nebenan in ihrem Bett lag. Ein Dutzend Mal wäre er um ein Haar aufgestanden, in seine Hose geschlüpft und zu ihr gegangen, um vernünftig mit ihr zu reden, sich zu entschuldigen, sie zu lieben, sie tüchtig zu schimpfen.

Es stand außer Frage, dass er seine Familie nicht verlassen konnte. Trotzdem war er die ganze Nacht das Gefühl nicht losgeworden, dass sie recht gehabt hatte: Es hatte wirklich niemand so richtig hinter ihr gestanden.

Und sie hatte etwas versprochen und es dann nicht gehalten.

Aber nur weil sie von anderen im Stich gelassen worden war. Einschließlich ihm. Er hatte sie so sehr begehrt, und als er dann dachte, sie hätte Schluss mit ihm gemacht, setzte er auf die augenscheinlich zweitbeste Lösung – Amy. Monatelang hatte er Amys

Flirten und Geschäker widerstanden, aber irgendwann war er schwach geworden.

Später am Morgen hatte er endlich den Mut aufgebracht, zu Jessica zu gehen, um ihr zu sagen, dass er unrecht gehabt hatte. Er wollte sie bitten zu bleiben. Als sie auf sein Klopfen nicht reagierte, hatte er am Türknauf gedreht und festgestellt, dass die Tür offen war. Sie war fort und hatte außer einer unpersönlichen Nachricht, dass man ihr die restlichen Sachen nachschicken sollte, nichts hinterlassen. Daraufhin war er in den Hof der Schmiede gegangen und hatte angefangen, Holz zu hacken.

*Zack!* Warum hatte sie sich seine Sicht der Dinge nicht anhören wollen?

*Zack!* Warum zum Teufel hatte er Amys Intrige nicht durchschaut?

*Zack!* Wie konnte er dieselbe Frau zweimal verlieren?

Holzspäne flogen ihm um die Ohren, manche haarscharf an seinen Augen vorbei, und als er innehielt, schweißüberströmt und mit schmerzenden Muskeln, hatte er wohl ein ganzes Klafter Erlenholz für die Esse gehackt. Er hatte gehofft, er könnte den Schmerz in seiner Brust und die völlige Leere, die er empfand, wegarbeiten, aber dann musste er erkennen, dass er bis zum Jüngsten Tag Holz hacken könnte und immer noch verzweifelt wäre. Doch zumindest wusste er jetzt, was er zu tun hatte.

Wenn sie in Seattle angekommen wäre und er ihre Adresse hätte, würde er zu ihr fahren und sie um Verzeihung bitten. Das war er ihr schuldig.

Im Augenblick würde es allerdings eine Flasche Whiskey tun müssen. Er wollte eine kaufen und sie in der Schmiede trinken, damit Virgil Tilly ihn nicht wieder im Regen auf die Veranda verfrachtete, wenn er umkippte. Als er die Tür zum Saloon öffnete, schlugen ihm die vertrauten Gerüche entgegen – Tabakrauch, Bier, die scharfen Würstchen, die Tilly in der Küche briet, nasse Kleider, eingelegte Eier. Wie er vermutet hatte, unterhielten sich die alten Knaben aufgeregt über die Geschehnisse von gestern Abend. Sie begrüßten ihn und wandten sich dann wieder ihrem Gespräch zu, das sie in ziemlicher Lautstärke führten, weil alle schwerhörig waren.

Pop jedoch saß allein an einem der Ecktische und beteiligte sich kaum. Sein schwarzer Ölmantel hing an einem der Haken an der Wand; Wasser tropfte davon auf die Sägespäne am Boden. Cole winkte ihm zur Begrüßung zu und ging zu ihm hinüber, um ihm ein bisschen Gesellschaft zu leisten.

»Schön, dass du mal wieder ausgehst, Pop. Ich dachte eigentlich, dieses Wetter wäre Gift für deine Gelenke und du würdest lieber zu Hause am Feuer sitzen.«

Der alte Mann streckte seine knotigen Hände aus. »Das Wetter tut ihnen nicht gut, aber ich wollte mir die Debatte über gestern Abend nicht entgehen lassen.« Er lächelte ihn an, was Cole in letzter Zeit nicht oft von ihm gesehen hatte. »Dieser Jacobsen – Bauer hat es ihm tüchtig gegeben, was? Als hätte er ein Eichhörnchen aus zweihundert Meter Entfernung ins Visier genommen – direkt zwischen die Augen, *bumm*. Wer hätte gedacht, dass er mit Emmaline rummacht?«

»Ja, ich muss zugeben, dass ich nicht traurig war, das zu sehen.« Cole musste beim bloßen Gedanken daran schmunzeln. »Und die arme Frau ist mit diesem Mistkerl Bauer verheiratet – sie muss die Verwandtschaft sein, nach der er angeblich hier gesucht hat. Ich habe mitbekommen, wie Gannon Winks wegen der Schmuckstücke, die Bauer den Toten gestohlen hat, verhört hat. Winks macht sich schier in die Hosen, weil Bauer versucht, ihm einen Teil der Schuld in die Schuhe zu schieben. Aber ich kenne Winks. Auch wenn sein Hirn kleiner ist als das eines Truthahns, zu so etwas wäre er nicht fähig.« Er hielt inne und betrachtete das Whiskeyglas vor sich. »Einen Menschen auszurauben, der schon die Hölle durchgemacht hat ... Gott, ich darf gar nicht daran denken«, meinte er kopfschüttelnd.

Cole wusste, dass Pop dabei nicht die Leute von hier im Sinn hatte.

Dann riss Pop sich von seinen Grübeleien los und sagte: »Weißt du, du hast dir gestern bei der Versammlung alle Ehre gemacht.«

Cole blickte überrascht auf. »Ach ja?«

Pop nickte. »Und mir auch.«

Sprachlos setzte Cole sich zurück und starrte seinen Vater an. Er konnte sich nicht erinnern, jemals ein solches Kompliment von ihm gehört zu haben. Mit einer Geste signalisierte er Virgil, ihm eine Flasche und ein Glas zu bringen. Das Mindeste, was er tun konnte, war, mit seinem Vater einen Whiskey zu trinken, bevor er ging. »Danke, Pop.«

»Tja, ich denke, dein Arztmädel hat wohl jetzt ihre Stelle zurück, nachdem uns dieser eingebildete Pearson so schmählich im Stich gelassen hat.«

Cole wartete mit seiner Antwort, bis Tilly die Flasche auf den Tisch gestellt hatte. »Sie ist weg.«

»Weg!«, echote Pop mit weit aufgerissenen Augen.

Cole hob die Hand, um den alten Mann dazu zu bringen, seine Stimme zu senken.

»Was meinst du mit ›weg‹?« Auch wenn er immer noch nicht flüsterte, schienen die übrigen Gäste nicht auf sie zu achten.

Cole berichtete ihm einen Teil dessen, was Jessica am Abend zuvor gesagt hatte. Dass sie keine Patienten haben und Powell Springs ihr niemals verzeihen würde.

»Weißt du, wo sie ist?«, fragte Pop und schenkte sich aus Coles Flasche ein.

»Noch nicht. Aber sie hat eine Nachricht hinterlassen, in der steht, sie würde so bald wie möglich ihre neue Adresse melden, an die man ihre restlichen Sachen nachschicken soll.«

Pop fixierte ihn mit demselben Blick, mit dem er ihn und Riley schon als Jungen durchbohrt hatte. »Und wenn sie das tut, dann fährst du besser hin und holst sie zurück.«

»Was?« Cole traute seinen Ohren nicht. Das war natürlich auch sein Plan, aber das hatte er schön für sich behalten. »Du konntest sie doch nie leiden!«

»Das habe ich nicht gesagt. Ich habe nur gesagt, sie ist klüger, als gut für sie ist. Aber in diese Klemme ist sie ohne eigene Schuld geraten. Warst du nicht bei ihr?«

Cole wandte den Blick ab, Hitze kroch ihm den Hals hoch.

Pop hob sein Glas. »Tja, wie dem auch sei. Wenn das Arztmädel diejenige ist, die du willst, dann beweis es ihr. Sorg dafür, dass sie dir glaubt. Diese Stadt wird ihr nichts nachtragen. Sie ist eine gute Frau.«

»Ich dachte, Amy wäre deine Favoritin.« Jetzt goss Cole sich selbst einen großen Schuss ein.

»Pah. Viel zu süß für meinen Geschmack. Kein Mensch ist ohne Grund so nett und perfekt. Wie sich herausgestellt hat, hatte ich recht.«

Er musste fast lachen. Sein Vater war nicht gut darin, seine Gefühle auszudrücken. Aber aus all seinem Gepolter hörte Cole Unterstützung heraus, und mehr brauchte er nicht.

Das feuchte Taschentuch in der Faust zerknüllt, sah Jessica die Landschaft an ihrem Zugfenster vorbeiziehen. Dann und wann ließ der Regen so weit nach, dass sie kilometerweit Ackerland, mächtige Holzstapel und die letzten Herbstfarben in den Bäumen erkennen konnte. Aber alles glitt wie im Nebel an ihr vorbei, nichts konnte ihre Aufmerksamkeit fesseln. Sie hielt ihren Kopf zur Scheibe gedreht, um den neugierigen Blicken der anderen zu entgehen.

Ruckelnd und zuckelnd brachte der Zug sie immer weiter nach Norden Richtung Seattle. Manche Passagiere hatten sich den inzwischen so vertrauten Mundschutz übergestülpt. Auch sie hatte ihren eine Weile getragen, aber es war schwierig, sich damit die laufende Nase zu putzen, deshalb hatte sie ihn abgelegt. Einige, die in der Nähe saßen, beäugten sie deswegen argwöhnisch, aber sie brachte es nicht über sich, ihnen zu sagen, dass sie nicht die Grippe hatte.

Sondern dass sie nur weinte.

Die Tränen kamen in Schüben, ebenso wie die unaufhörlichen Fragen, die sie quälten. Nur die schmerzende Leere in ihrem Innern spürte sie die ganze Zeit.

Hatte sie die falsche Entscheidung getroffen, Powell Springs zu verlassen? War sie wieder weggelaufen, wie Cole gesagt hatte? Und wenn sie sich richtig entschieden hatte, warum fühlte sie sich dann so elend? Bei ihrer Abreise aus New York war sie nicht traurig gewesen.

Sie sah sich um und wünschte, sie könnte einer der Menschen sein, die ihre Nase in ein Buch steckten oder mit Reisegefährten plauderten, sich ganz normal die Zeit vertrieben. Ein Mann las die Lokalzeitung von heute, dem 10. November, und während sie zerstreut zu ihm hinübersah, fiel ihr auf, dass die verheerende Bilanz der Spanischen Grippe auf der ersten Seite mit keinem Wort erwähnt wurde. Immer noch wurden Menschen krank und starben, und selbst wenn die Epidemie im Westen bei Weitem nicht so schlimm grassierte wie im Osten, war sie noch nicht vorüber.

Als sie sich wieder zum Fenster drehte, sah sie unter der Brücke, über die sie gerade fuhren, ein tiefes Flusstal. Aber vor ihrem inneren Auge tauchte immer wieder Cole auf. Die Erinnerung daran, wie Cole ihre nackte Haut gestreichelt, ihre Hand gehalten hatte, wie sie die Wärme seines Körpers durch sein Hemd hindurch gespürt hatte.

Noch mehr Fragen nagten an ihr. Hätte sie sich mit ihm an ihrer Seite gegen die kleine, aufgebrachte Gruppe in Powell Springs behaupten können? War sie es den Bewohnern ihrer Stadt schuldig, zu bleiben und sich um sie zu kümmern, anstatt sie dem eingebildeten Dr. Pearson zu überlassen?

Und in all ihrer Verzweiflung war ihr schlimmster Gedanke: Hatte sie ihr gebrochenes Herz dieses Mal selbst verschuldet?

»Olympia!«, verkündete der Schaffner mit dröhnender Stimme. »Zehn Minuten bis Olympia, Washington!«

Jessica, die bloß noch ein Nervenbündel war, fuhr bei dieser Ankündigung zusammen.

»Entschuldigung«, wandte sie sich an den Schaffner mit seinem Mundschutz und winkte ihn heran. »Wie weit ist es noch bis Seattle?«

Er konsultierte seine große Eisenbahner-Taschenuhr. »Das wären noch einmal drei Stunden, Ma'am, die Aufenthalte mit eingerechnet.« Sie nickte dankend, dann ging er weiter durch den Gang, um seine Ankündigung zu wiederholen.

Drei weitere Stunden wie diese. Vielleicht konnte sie am Bahnhof in Olympia kurz aussteigen und sich im Waschraum das Gesicht waschen und wieder sammeln. Sie musste einfach.

Es klang nach einer gewaltigen Aufgabe. Sie hatte sich in ihrem ganzen Leben noch nie so verwirrt und allein gefühlt.

Am nächsten Nachmittag stand Cole in der Schmiede und betätigte den Blasebalg, bis die Glut so heiß war, dass sie ein Steak in einer Minute zu Asche verbrannt hätte. In der Box wartete Mr. Brights wunderschöner Fuchs Morgan, den er zum Ausliefern der Lebensmittel benutzte, auf neue Hufeisen.

Cole wollte eigentlich gar nicht hier sein. Aber das einzige Mittel gegen Kummer, das er kannte, abgesehen von Alkohol, war Arbeit. Harte Knochenarbeit, die jeden Muskel um Gnade winseln und ihn abends in einen todesähnlichen Schlaf sinken ließ. Am Abend zuvor hatte er die Flasche Whiskey mit in die Schmiede genommen, und jetzt stand sie immer noch unberührt auf dem Regal in der Sattelkammer. Es fehlten nur die gut fünf Zentimeter, die er sich mit Pop geteilt hatte. Sich zu betrinken, hätte auch nichts geändert – er hätte sich heute nur noch elender gefühlt.

Und er fühlte sich schon ziemlich elend.

Das Jahr 1918 war für niemanden ein gutes Jahr, aber Coles Eindruck nach hatte es die Braddocks ganz besonders schlimm getroffen. Das einzig Positive, das er vermelden konnte, war, dass die ganze Familie durch göttliche Gnade oder Glück oder irgendeine Fügung des Schicksals bisher von der Grippe verschont geblieben war, und das konnten nicht viele von sich behaupten.

Plötzlich hörte er über das Geräusch seiner Werkzeuge hinweg die Feuerglocke. Sie befand sich neben dem Rathaus, und wenn sie ertönte, wurde von jedermann erwartet, dass er alles stehen und liegen ließ und zu Hilfe eilte. Cole beugte sich vor, um die Zange niederzulegen, die er in der Hand hielt, und in seiner Hast streifte er dabei mit der Schulter die Esse. Fluchend sah er nach unten und entdeckte ein zweieinhalb Zentimeter langes, dreieckiges Brandloch auf seinem Hemd und eine hässliche rote Wunde darunter. Granny Maes bevorzugtes Mittel gegen Brandwunden war Urin. Puh, wenn Granny Mae ihm auftrug, darauf zu pinkeln …

Auf dem Weg zum Tor stieß er immer noch Verwünschungen aus und versuchte einzuschätzen, wie schwer die Verbrennung war. Dort angekommen hörte er merkwürdige Jubelrufe von der Straße, wie an Silvester, und vom Bahnhof her war die Dampfpfeife zu vernehmen, ein anhaltendes, scharfes Pfeifen, das bis hierher drang.

Meine Güte, was war denn nur los?

Alle strömten aus den Häusern, und aus den wiedereröffneten Geschäften liefen Kunden und Inhaber auf die Hauptstraße, um nachzuschauen, was der Lärm sollte. Dann sah er, wie Leroy Fentons Botenjunge auf dem Fahrrad die Straße heraufkam, mit einem Stück Papier wedelte und sich die Lunge aus dem Leib schrie.

»Er ist aus! Der Krieg ist aus! Waffenstillstand! Die Kämpfe wurden heute Morgen um elf Uhr in Frankreich beendet! Der Krieg ist aus!«

»Hol mich der Teufel«, sagte Cole laut und lachte. Er lehnte sich an den Torpfosten und beobachtete, wie die Menschen sich umarmten und jubelten. Dann und wann begutachtete er die Brandwunde, auf der sich bereits eine Blase bildete. Er zog sich mit den Zähnen den schweren Lederhandschuh aus und vergrößerte vorsichtig das Loch im Hemd, um die Verbrennung besser sehen zu können. Meine Güte, er wurde schon so ungeschickt wie Jeremy. Wenigstens hatte der Junge die Grippe überlebt. »Oh, verdammt«, murmelte er.

»Brauchst du einen Arzt?«

Coles Kopf flog nach oben, und er sah Jessica auf sich zukommen, ihre Arzttasche in der Hand. Sie wirkte ebenso müde und abgespannt wie er, aber sie lächelte, und obwohl ihre Röcke nass und schmutzig von der Straße waren, schien es ihm, als wäre die Sonne herausgekommen. Der Schmerz der Wunde war vergessen, aller Schmerz war vergessen, und er breitete die Arme für sie aus.

Jessica ließ ihre Tasche in den Schlamm fallen, rannte die letzten paar Meter und warf sich in seine Arme. Er bedeckte sie mit Küssen, sog ihren Duft ein. Dann nahm er ihr Gesicht in beide Händen und fragte: »Jess, bist du das wirklich? Bist du wieder zu Hause?«

»Ich bin zu Hause, Cole. Ich war ein Dummkopf. Ich hätte niemals weggehen sollen. Du hattest recht, ich gehöre hierher, zu dir, der Liebe meines Lebens. Ich bin gestern in Olympia aus dem Zug gestiegen und habe meine Fahrkarte gegen eine Rückfahrkarte umgetauscht. In Portland musste ich übernachten, um den Anschluss zu erreichen, und der Bahnhofsvorsteher dort sagte, ich wäre am Morgen zu Hause. Aber der Zug hatte Verspätung – die Union Station war überfüllt mit Menschen, die die guten Nachrichten gefeiert haben.«

Er blickte zu ihr hinab, und in ihren Augen sah er dieselbe Liebe, die auch in seinem Herzen glühte. »Das macht doch nichts. Du bist zurückgekommen. Du bist hier. Der Krieg ist aus. Was für ein schöner Tag!«

»Es ist ein *großartiger* Tag.«

Er nahm sie hoch und wirbelte sie herum, vor Glück lachend. »Mensch, warte bloß, bis Pop das erfährt!«

# Epilog

»Jessica? Bist du fertig?« Susannah streckte den Kopf durch den Türspalt. Jess befand sich in dem kleinen Nebenzimmer von Horace Cooksons Büro.

Sie nickte nervös. Susannah gab das Nicken an die kleine Gesellschaft in ihrem Rücken weiter und schlüpfte dann herein.

»Hast du alles, was du brauchst? Ein Taschentuch?«

Jess atmete tief durch. »Mir geht's gut.« Sie griff nach Susannahs Hand. »Danke, dass du das für mich tust, dass du meine Trauzeugin bist. Ich weiß, nach allem, was geschehen ist, ist es nicht gerade der geeignetste Zeitpunkt für eine Hochzeit. Aber du siehst wunderschön aus.«

»Ich fühle mich *geehrt*, deine Trauzeugin sein zu dürfen«, erwiderte Susannah. »Endlich ist alles so, wie es sein soll. Ihr beiden gehört zusammen. Ich hoffe, ihr werdet genauso glücklich wie Riley und ich es ... waren.« Sie schluckte. In ihren Augen glänzten Tränen. Jess drückte ihr mitfühlend die Hand. »Hier ist dein Brautstrauß«, fuhr Susannah fort. »Ich habe ihn bei einem Blumenhändler in Portland bestellt. Der Schaffner hat ihn die gesamten fünfzehn Meilen bis hierher in der Hand gehalten, damit er nicht zerdrückt wird.«

Jessica nahm den Strauß mit einem Lächeln entgegen. »Rosa Rosen.«

»Das hat Cole mir aufgetragen. Er hat gesagt, es seien deine Lieblingsblumen.«

Jess nickte, gerührt, dass er sich daran erinnert hatte.

Die Hochzeit war in aller Eile innerhalb nur einer Woche organisiert worden. Jessica würde nicht in Weiß heiraten, aber unter den gegebenen Umständen hatten sie ihr Möglichstes getan. Für das leibliche Wohl der Hochzeitsgesellschaft, die sich im Sitzungszimmer des Stadtrats versammelte, sorgte Granny Mae.

Das Wichtigste jedoch war, dass Cole Braddock auf der anderen Seite der Tür auf Jess wartete.

Irgendwann während der letzten Woche hatten Amy und Adam die Stadt bei Nacht und Nebel mit einem Zug Richtung Osten verlassen. Mehr wusste man nicht. Amy hatte keinen Brief für Jessica hinterlassen. Auch gut. Eines Tages vielleicht, wenn genügend Zeit verstrichen war ...

Frederick Pearson war tatsächlich nordwärts gereist, um Jessicas Stelle am Allgemeinen Krankenhaus in Seattle zu übernehmen. Ob Dr. Thomas Martin, der dortige Chefarzt, es allerdings mit diesem Widerling aushalten würde, blieb dahingestellt. Aber das war nicht ihr Problem.

In diesem Moment stand Bürgermeister Cookson bereit, um sie und Cole zu trauen, und nur das zählte.

Wieder lächelte sie Susannah zu. »Also dann.«

Als Susannah die Tür zu Bürgermeister Cooksons Büro öffnete, fiel Jessicas Blick als Erstes auf Cole, der in seinem Anzug einfach umwerfend aussah.

Er wartete auf sie.

Er wartete darauf, sie heimzuholen.

ENDE

12786211R00193

Printed in Poland
by Amazon Fulfillment
Poland Sp. z o.o., Wrocław